何常在 著
HECHANGZAI

谋局者2

风云际会

北京联合出版公司
Beijing United Publishing Co.,Ltd.

图书在版编目（CIP）数据

谋局者．2，风云际会 / 何常在著．—北京：北京联合出版公司，2017.4

ISBN 978-7-5502-9815-6

Ⅰ．①谋… Ⅱ．①何… Ⅲ．①长篇小说－中国－当代 Ⅳ．①I247.5

中国版本图书馆 CIP 数据核字（2017）第 031447 号

谋局者．2，风云际会

作　　者：何常在
监　　制：王那厮
产品经理：陈　也
责任编辑：夏应鹏
封面设计：仙　境

北京联合出版公司出版
（北京市西城区德外大街 83 号楼 9 层　100088）
北京嘉业印刷厂印刷　新华书店经销
字数 300 千字　700 毫米 ×980 毫米　1/16　22.5 印张
2017 年 4 月第 1 版　　2017 年 4 月第 1 次印刷
ISBN 978-7-5502-9815-6
定价：39.80 元

目录

/第/一/章/

终有一别

也不知睡了多久，传来了轻微的敲门声。商深迷迷糊糊地睁开眼睛，发现天还没有亮，愣了愣，看了看手表，是凌晨三点多。

是做梦还是听错了？翻了一个身，商深继续睡觉，敲门声却再次响起。

他一翻身跳下床，打开门，朦胧的灯光之下，站着一个抱着玩具熊的女孩。女孩穿一身洁白的睡衣，睡衣很短，刚刚盖住臀部，她光着脚，脚上红红的指甲清晰可见，在昏黄的光线下，有一种触目惊心之美。

不过更美的是她青春的胴体。

裸露在外的大腿，修长而笔直，宛如凤尾竹一般光洁而美好。迷离的双眼、楚楚可怜的表情以及半张半合的娇艳红唇，在深夜时分，勾画出一幅令人目眩神迷的诱人画面。

“卫卫……”商深吓了一跳，范卫卫怎么跑到他梦里来了，而且还穿得这么诱人，不对，是他梦游还是范卫卫梦游，也不对，揉了揉眼，他清醒了过来，他还没有回北京，现在还是在范家。

不行，范卫卫深更半夜又这身打扮来到他的房间，万一被范长天和许施发现，他怎么解释也说不清了，忙一把将范卫卫拉进了房间：“你这是干什么？”

“我……”范卫卫扔掉了玩具熊，扑入商深的怀中，心中的压抑和委屈倾泻而出，嘤嘤地哭了起来，“我辜负了你，不能陪你一起慢慢变老了，对不起商深，真的对不起。”

怎么了这是？商深一头雾水，他抚摸着范卫卫的秀发，轻声安慰：“别哭了，卫卫，你没有辜负我，是我自己想好了要回北京，不怪你，真的……”

“不是的，不是的！”范卫卫连连摇头，“我知道是爸爸妈妈逼你的，昨天我已经答应了妈妈要陪她出国，妈妈以生病为由要求我必须陪她，我实在是没有办法不答应她。商深，我会等你三年，三年之内，我关上心扉，不接受任何人，只一心等你，我向你保证。”

感受着怀中范卫卫滚热的身躯和她痛彻肺腑的心声，商深几乎无法抑制内心的悲怆，他用力抱紧范卫卫，吻去她脸上的泪水：“我也会等你，卫卫，等你三年。”

范卫卫回应商深的亲吻，她用力抱住商深，仿佛要将自己的身体和商深的身体融为一体。

商深也被范卫卫的热情感染了，他被范卫卫推动，站立不稳，步步后退，然后一下倒在了床上，被范卫卫顺势压在了身上。

“商深，你要了我吧……”范卫卫在即将别离的伤感之下，在被爸妈步步紧逼的逆反心理的带动下，在和商深相拥在一起本能的刺激下，她意乱情迷，想和商深跨越最后的界限，让爸妈面对生米做成熟饭的事实，只能无奈地接受他们在一起。

有那么一瞬间，商深想起了范长天表面谦和实则寸步不让的伪装，想起了许施高高在上的傲慢和咄咄逼人的强势，他心中闪过一丝报复的快感。不如要了范卫卫，让范长天和许施无可奈何，只能接受他和范卫卫的既成事实。

这么想时，商深翻身将范卫卫压在了身下，手伸进了她的睡衣之内，触手之处，滑腻、柔软而又弹性宜人。

虽然以前也和范卫卫有过肌肤之亲，但还没有如此零距离接触过，男人的欲望被挑动多半是因为视觉和触觉，看和摸最容易情动，现在的商深，不但看得清楚，还将范卫卫压在身下，同时又摸得真实，而且鼻中又有范卫卫的体香袭来，作为一个正常的男人，如果没有正常的生理反应反而就不正常了。

商深的正常反应立刻被范卫卫察觉了，她虽然羞不可抑，却将商深抱得更紧了，犹如呓语一般的声音又柔又软：“商深，要了我吧，我愿意给你……”

此情此景，此时此刻，商深只差一点儿就失去理智，在荷尔蒙的刺激下做出不应该做的事情，忽然脑中闪过一个强烈而执拗的念头——如果他要了范卫卫而范卫卫最终不能嫁给他，他会一辈子无法心安！

商深是一个恪守传统的人，他的原则就是如果他不能娶一个女孩，他绝对不会和她上床！既是对对方负责，也是对自己的所作所为负责。

房间内没开空调，二人滚在一起，又激情四射，浑身大汗，商深的头脑却格外冷静，他翻身坐起，又拉起了范卫卫：“现在是夏天，天气太热了，如果是冬天的时候两个人抱在一起取暖那才叫浪漫，现在嘛，就叫烧包……”

范卫卫脸上红晕未退，激情迅速退却，被商深的话逗乐了：“烧包怎么了，我愿意！只要和你在一起，管他烧包还是烧烤，我都认了。”想起了刚才的一幕，她又低下了头，面红过耳，“谢谢你商深，刚才我太冲动了，你别笑我，听到没有？如果你拿刚才的事情笑话我的话，哼哼，我要你好看！”

“我本来就已经很好看了，你还想要我怎么好看？”商深嘿嘿一笑，下意识地向门口望了一眼。

“门外没人，爸妈都在二楼住。”范卫卫猜到了商深的心思，吐着舌头一笑，一双小腿在床上荡来荡去，诱人且喜人。

“我怎么刚才隐约听到门口有动静？”商深不是吓唬范卫卫，而是刚才在激情之时，确实听到了门口有轻微的声响。

“真的假的？你别吓人。”范卫卫也吓着了，忙跳下了床，蹑手蹑脚来到门口，俯在门上听了片刻，然后猛然拉开了房门。

门口空空荡荡，除了小夜灯发出微弱的灯光之外，哪里有什么人影。

“真是的，自己吓唬自己。”范卫卫嗔怪地白了商深一眼，坐回到商深身边，“你抱着我睡，好不好？不过事先声明，你不许胡来。”

"好。"商深一口答应，抱着范卫卫躺在床上，虽然温香软玉扑满怀，心中却一片澄明，没有半分杂念，就如抱着一块美玉。

只是美玉虽美却易碎，就如美梦虽好却易醒。不知何故，商深心中忽然涌出一片悲凉，仿佛过了今晚他就再也无法和范卫卫相拥相眠了一样。

"我明天回北京……"

"嗯。"范卫卫虽然不舍，却也知道再多留商深一天也是无用的，她微闭双眼，泪水悄然滑落。

"你什么时候出国？"

"估计一个月内。"

"什么时候回来？"

"不知道。"范卫卫的声音如梦如幻，近在耳边却又远在天边。

怀中的范卫卫沉沉地睡去，商深却再无睡意。此次来深圳，他受到了极大的触动，除了深圳的气象带给他感观上的冲击之外，还有范卫卫爸妈带给他的心灵的撞击。

人生在世，如果为官，当为官一任造福一方；如果经商，当敢为天下先，抓住时代的脉搏，傲立潮头，成为时代的弄潮儿。拥有了一定的财富和影响力后，取之于民用之于民，回报社会，以智慧的创造为人们带来便利和幸福。

官员为百姓带来的是制度上的服务，而企业为人们带来的是生活上的服务。虽形式不同，但目的相同，都是在为社会的进步和人类的幸福而孜孜以求。

难道刚才他真的听错了？商深忽然又想起了和范卫卫激情之时门外的动静，明明有脚步声，虽然轻微，却还是被他的耳朵捕捉到了。

不可能是幻觉，商深对自己的听力很有信心，但范卫卫开门的时候又明明没人，到底是怎么一回事儿？

想来想去不得要领，不知何时又睡着了。

商深并没有听错，刚才他和范卫卫激情之时，门外确实有人，而且还不是一个人，是两个人。

范长天和许施一直没有睡下，二人躺在床上说话。

“今天王启东和王向西想让我投资他们的计算机公司，我拒绝了，”范长天靠在舒适的真皮床头，穿一身花格子睡衣，“说是要推广什么即时通信软件，现在的年轻人，真是异想天开，被什么互联网概念冲昏了头脑，却不好好想想，谁会打开电脑联上网再打开一个通信软件联络？多麻烦，有什么事情直接发短信打电话多方便？一台电脑一万多，上网费用又那么高，什么人会为了装一个即时通信软件去买一台昂贵的电脑，再用慢得像蜗牛一样的网络进行联系？”

许施完全赞同范长天的观点：“都是中了互联网时代概念的毒，想想电视普及用了多少年？电脑想要普及，我看至少需要二十年。电脑普及都要二十年，互联网得要多少年？你不投资他们的公司是对的，如果投资了，绝对大赔特赔。”

“不说他们了，没意思。”范长天摇了摇头，他对互联网的未来全无信心，一点儿也不看好互联网的前景，“说说商深吧，我们对商深是不是太苛刻了？”

“苛刻？让他住在家里就不错了，他长这么大，还没住过这么好的房子吧？商深学的是什么信息系统工程专业，以后顶多就是在赛格卖卖电脑和软件，能有多大出息？”许施想起商深还敢和她针锋相对就气愤难平，“他和卫卫差距太大了，不对他苛刻一些，万一他一直对卫卫有想法怎么办？就是要让他幻想破灭，认清自己的地位，从哪里来回哪里去。哎呀不好，赶紧起来，别出事儿才好……”

范长天吓了一跳：“怎么啦，一惊一乍的？”

“他住在家里，万一晚上摸到卫卫的房间怎么办？”许施下床，穿睡衣的她露出了一双洁白的大腿，虽然年纪不小了，保养得依然不错，“别睡了，赶紧和我一起看看去。”

范长天顿时睡意全无，和许施一起上楼，二人高抬脚轻迈步，小心翼翼地来到范卫卫的房间，在门口中听了片刻，房间内没有声响，二人又来到商深的房间，听到房间内有轻微的鼾声，二人才算放了心。

再次睡下后，许施还是不放心，她拿手机定了闹铃。半夜里醒来后，又和范长天一起来到范卫卫的房间，发现范卫卫的房门虚掩，二人大惊失色，推门一看，里面空无一人。

二人知道出事了，忙上楼来到了商深的房间，听到房间中传来了商深和范卫卫激情的声音，许施勃然大怒，正要推门进去，却被范长天阻止了。

范长天考虑得比许施周全，是女儿主动来了商深的房间，如果贸然进去，难堪的不是商深而是他们，也会让女儿无地自容。思忖片刻，他决定耐住性子，暗中观察一下，如果商深真的要对女儿怎样，再及时推门进去也不迟。

结果在最后关头，商深自己收手了，最后听到女儿和商深的对话，范长天长舒了一口气，拉着许施下楼了。

“为什么不让我进去？”许施不解范长天为什么阻止她，“不能让他们睡在一起，年轻人把持不住，出事了怎么办？”

“不会，我相信商深，也相信女儿。”范长天想起刚才商深及时收手，一时感慨，在商深这样的年纪，有这样的克制力和定力，实属难得。如果说以前他还不相信商深的能力，现在先不管商深的能力如何，至少商深的人品比他见过的年轻人都要强上不少，“不让你进去，是为女儿留个余地，也为我们自己保留脸面。你怎么就不明白呢？是女儿主动去了商深的房间，我们进去，让女儿情何以堪？如果商深说，是女儿主动投怀送抱，你怎么应对？”

许施无话可说了：“气死我了，卫卫都是让你惯的，一个女孩子家，不知羞，主动送上门了，真是丢死人了。”

“好了，好了，以前我们对她管教得严，她高中和大学都没有谈恋爱，她第一次喜欢一个人，我们又强行让他们分手，她不顾一切地投入也可以理解。不过你大可以放心，商深是一个好孩子，他不会再碰卫卫了。明天他走的时候，我送他一份大礼。可惜了，如果这孩子稍微有一点儿出身，学的又不是什么计算机专业，我还真有点儿喜欢他了。”

“不行，说什么也不能让卫卫和他在一起，我就是不喜欢他明明什么都没有却还装得很自信的样子，自信有什么用？如果自信就能成功，世界上全是富人了。”许施对商深的成见太深，让她改变对商深的看法，比登天还难。

如果让商深知道刚才确实是范长天和许施在外面，他肯定不会安然入睡了。还好他不知道，抱着范卫卫青春美好的身体，听着窗外的风声雨声，他睡得很是香甜。

睁开眼的时候，怀中已经空无一人，不知何时卫卫已经走了，只有枕上的香气和一根长发提醒了他昨夜佳人入怀并非黄粱一梦的事实。

收拾好行李，商深才下楼。早饭已经摆好，很丰盛。只是面对范长天温和却深不可测的笑容以及许施冰冷的面孔，他一点儿胃口也没有，勉强吃了几口就饱了。

饭后，范长天拿出一个信封，信封很鼓，里面装满了现金。

“商深，感谢你在德泉、北京对卫卫的照顾，你来深圳，花销不小，这点儿钱你拿上，别客气，也别嫌少，是我和许施的一点儿心意。”范长天轻轻将信封推到了商深的面前。

范卫卫的脸色瞬间变了，她知道商深的脾气，直接送钱肯定会被当成是对他的施舍，商深是一个不会接受别人施舍的人！

不料，让她没想到的是，商深只是微一推辞就收下了：“这怎么好意思？不过既然是范伯伯、许阿姨的一番心意，我要是不要就太矫情了，谢谢范伯伯和许阿姨，我收下了。”

拿过信封，商深还有意抽出厚厚的一沓百元大钞看了一眼，然后喜笑颜开并且心满意足地装进了口袋。

许施顿时一脸鄙夷之色，再看商深时的眼神，就如居高临下看一个要饭的叫花子一样。

商深装作没看见许施的脸色，说了几句客气话，背起行李就走出了范家的别墅。

许施没有起身，范长天送商深到了门口。

范卫卫心里无比难受，商深越是若无其事，她越觉得对不起商深。跟在商深身后，她想说什么，却又不知道从何说起。

“我送你去机场，”范卫卫拉了拉商深的衣服，“你生气了？”

“没有。”商深笑了笑，南国的阳光过于热烈，他眯起了眼睛，站在小区的门口极目四望，山水相连，绿树无边，深圳确实是一个气象万千的城市，但并不适合他，“不用麻烦了，送君千里，终有一别，我自己去机场就行了。”

“骗人，你还是生气了。”范卫卫心情低落，她低眉顺眼的样子，似乎她做了多大的错事，“真的对不起商深，害你白来一趟深圳。三年，三年后不管你是贫穷还是富贵，不管你是健康还是疾病，我都会不惜一切代价和你在一起，哪怕爸妈再怎么反对也无效。你若不离不弃，我必生死相依！”

/第/二/章/

挑　逗

商深被范卫卫的真诚感动了，他真的没有生气，只是情绪不高，他抱了抱范卫卫，微微一笑：“我也会等你三年。”

“拉钩上吊，一百年不变。”范卫卫伸出小拇指和商深拉钩。

商深的小拇指钩住了范卫卫洁白如玉的小拇指，拉钩上吊，一百年不变……恍惚中，仿佛回到了从前，回到了和甜甜一起嬉笑的童年，记得小时候他和甜甜也拉钩上吊一百年不变，只是誓言还在，却已经物是人非。甜甜已不再是当年的甜甜，她沦落风尘，现在不知道在哪个城市的阴暗角落里挣扎着生活。

阳光很强，晒得商深有几分头晕目眩，他拉着范卫卫来到树荫下面。树荫下，有一个老奶奶呆坐在地上，老人满头白发，衣衫褴褛，目光呆滞，双眼深陷，看样子有几天没吃饭了。

商深蹲在老人面前，耐心地问老人叫什么，家在哪里，怎么会坐在路边。老人一开始不理商深，范卫卫见状，动了恻隐之心，也蹲了下去关心地问老人一些问题。

旁边有一家商店，商深跑去买了水和食物。老人喝了水吃了一些东西后，才慢慢有了力气。

通过交谈得知，老人的儿子是深圳特区成立之后第一批来深圳工作的，因公牺牲之后，骨灰就留在了深圳。老人一直想来儿子墓前看望一眼，却一直凑不够路费。积攒了十年之后，总算来了一趟深圳，没想到，还没有看到儿子的墓碑，她身上的钱就被小偷偷走了。

范卫卫的眼睛湿润了，老人家的儿子为深圳的发展做出了巨大的贡献，甚至付出了生命的代价，老人家却连看望儿子一眼的路费都没有，不得不说是人间悲剧。

范卫卫擦了擦眼泪，伸手从包里翻钱，却晚了一步，商深拿出了一个信封——正是范长天给他的装满现金的信封——交到了老人手中，握了握老人的手："老人家，回家吧。"

老人家惊呆了，从信封里面抽出钱，一见这么多，吓得要还给商深："不要，不要，太多了，太多了。"

"收下吧，老人家，向您和您的儿子致敬！"商深的话发自真心，在城市的建设中，有太多人付出了青春热血甚至是生命的代价，但却没有得到应有的回报和尊敬，这也是在过度追求建设速度的过程中人性的缺失。

"谢谢，谢谢。"老人家拿着厚厚的一沓钱，她一辈子都没有见过这么多钱，足足有一万块，她都不知道该说什么好了，挣扎着起来要向商深磕头，在她朴素的观念中，只有磕头才能表达她内心最真实的情感。

商深不等老人家起身，朝老人家点了点头，转身走了，他不习惯接受别人的跪拜，尽管说来他拿出一万块不管施舍给谁，谁都会感激涕零。

当时毫不犹豫拿走范长天的厚礼，商深并不是出于贪财，他虽然也爱钱，但信奉君子爱财取之有道的理念，对于别人无偿的给予一概不要。但他对范长天和许施的以财取人的做法十分不满，就故意拿了范长天的钱，想在合适的机会送给最需要的人。

钱是好东西，人人都需要，用在关键时刻，可以救人一命，可以让一个饱经岁月风霜和磨难的老人踏上回家之路并且安度晚年，也算是善莫大焉的好事。

招手截了一辆出租车，商深上了车，范卫卫也要跟着上车，他没让："你回去吧，省得你爸妈再多想。我没事，真的，总有一天我还会再回深圳，到时应该就不是现在的样子了。”

“嗯，我等你，会一直等你。”范卫卫的泪水滚滚滑落，她很想送商深去机场，却又怕到了机场她控制不住自己的感情，只好关上了车门，向商深挥手作别。

回到家里，她泪痕未干，见爸妈都在等她归来，她不想说话，转身就要上楼。

“卫卫，商深走了？走了好，深圳不适合他，他也适应不了深圳的快节奏生活。还有，他就是一个见钱眼开的穷小子，刚才你爸给他钱，他马上就收了，难道你到现在还没有看清他的为人吗？”许施对刚才商深收钱时几乎没有犹豫的动作很是鄙夷，穷人就是穷人，在面对万元巨款时的贪心表现出了掩饰不住的穷酸。

范卫卫在楼梯上站住了，回头居高临下地看了许施一眼，眼中全是不满和不屑：“商深把钱救济了门口一个孤苦老人，他替你们做了善事！”

话一说完，噔噔噔上楼而去，看也不再多看许施一眼。

许施震惊得目瞪口呆，不是吧，一万块说给人就给人了，商深也太大方了吧？如果是一个百万富翁还好说，拿出百分之一救济别人不算什么，但一万块对商深来说，绝对是一笔巨额财富。省吃俭用的话，足够他在北京三五年的生活费了。

这个商深，到底是真傻还是犯贱？

范长天听了却是长叹一声，明白了商深的真实想法：“我说以商深的人品，不至于这么见钱眼开，现在才知道，他拿钱的时候就有了决定，会转手把钱送出去……真是一个有志气的年轻人，我是不是真的看错他了？”

出租车驶离了范家的别墅小区，迎着朝阳，一路朝机场进发。商深心情平静如水，他不恨范卫卫，也不恨范长天和许施，没有钱不是他的错，看不起他不敢让女儿跟他赌明天，也不是范长天和许施的错。

但一切到底是谁的错呢？也许谁也没错，错的只是命运。

商深暗暗下定决心，他会不惜一切代价为成功而努力，希望有朝一日可以扬眉吐气地站在范长天和许施面前，让他们亲眼看到他的成功，让他们知道，一个人不管出身怎样，只要努力拼搏，只要有一颗锲而不舍的上进心，他就一定可以获得期望中的成功。

莫欺少年穷，他现在穷，不代表他以后还穷。他最大的资本就是年轻，年轻就让人生充满了无数种可能。

走到半路，手机忽然响了。

是深圳的号码。

商深接听了电话，他的心思已经回到了北京，正在思索回到北京后是创业还是加入天马，正想得入神，被突如其来的电话打断了思路。

“你好，我是商深。”

“商深，我是徐一莫。”

徐一莫？商深才想起他和范卫卫只顾沉迷在二人被迫分开的个人私事之中，居然忘了徐一莫和崔涵薇还在威尼斯酒店。

“怎么了？”

“你在哪里呀？能不能现在来酒店一趟，我和薇薇有事情要请你帮忙，”徐一莫的声音透露出几分焦急，“是非常紧急的事情。”

“好，我马上过去。”商深本想说他都快到机场了，但话到嘴边又咽了回去，他可以对一个素昧平生的老人施以援手，难道对认识的徐一莫和崔涵薇有为难之事就袖手旁观不成？

“太好了，我和薇薇等你。”

半个小时后，商深赶到了酒店，徐一莫和崔涵薇已经在门口等候多时了。

见商深带了行李，崔涵薇先是一愣，随后笑了：“怎么了，被范家赶出来了？不是吧，你和范卫卫不是好得不得了，怎么会不让你住在家里了？”

商深习惯了崔涵薇的刁钻，笑了笑：“我和卫卫的事情，没必要告诉你。说吧，出什么事情了？”

崔涵薇脸色一变，想说什么，却被徐一莫抢了先。

“在外面说话不方便，先回房间。”徐一莫一把拿过商深的行李。

第一次见识总统套间的商深，也被总统套间的豪华震惊了，他大马金刀地坐在了沙发上感慨着。

“可惜你也只能沾范卫卫的光。”崔涵薇嘲讽商深，想起昨晚商深住在范卫卫家中，也不知道发生了什么，她就心里别扭。

商深脾气好，对崔涵薇的冷嘲热讽视若无睹，他见徐一莫小意温存地递过来一杯水，也不客气，接过一口喝下：“还是一莫有眼色，有一句话不是说，遍看北京花，还是一莫好，一莫，找我什么事情？”

徐一莫喜笑颜开：“商哥，你嘴可真甜，我还以为你是一块木头呢。找你当然有重要的事情，否则轻易也不敢请动你这个超级电脑高手，对不对？”

商深摆了摆手，示意徐一莫别说没用的话，直接说主题，徐一莫会意，眯着眼睛一笑：“是这样的，我陪薇薇来深圳和一家商贸公司谈合作，本来说好今天中午见面，对方却突然改成了今天晚上见面。”

商深点了点头，大概猜到了徐一莫想说什么了，他伸手阻止了徐一莫继续说下去，转头问崔涵薇：“你们是想让我陪你们去和对方谈判？怕你们两个女孩去会吃亏？”

崔涵薇见商深足够聪明，一点就透，点了点头：“去了肯定要喝酒，我和一莫酒量都不行，万一被人灌醉了……”

“你们在深圳又不认识别人，就只认识我，所以就想到了我，对吧？”商深淡淡一笑，“我其实已经要回北京了，如果要帮你们的话，得特意留下来……”

崔涵薇听出了商深的话外之音，脸色微微一变：“你想要多少？”

“上次在火锅店你打了一个欠条给我，还欠我 5000 块没有还。”商深点到为止。

“什么，你还想要 5000 块？”崔涵薇气坏了，伸手拉起商深，“没见过你这么见钱眼开的人，你可以走了，我们从此互不认识、互不相欠。”

商深起身背起行李：“互不认识没问题，但互不相欠做不到，你欠我 5000

块还没有还，别想赖账。”

徐一莫伸开双臂拦住了商深的去路：“商哥，好说好商量，你人这么好，肯定不会见死不救是吧？万一我和薇薇被人灌醉了，最后出了什么让人后悔都来不及的事情，你良心上也过不去是不是？这样吧，2000 块怎么样？”

“2000 就 2000，我是好人，不会漫天要价，而且我还支持欠账。”商深见好就收，他真不会放手不管崔涵薇和徐一莫，虽然崔涵薇和徐一莫的事情和他真的半点儿关系也没有，但毕竟认识一场，而且他对徐一莫有好感。

当然了，就算他很讨厌崔涵薇，即使没有徐一莫，他也会出面帮崔涵薇。之所以开口要钱，其实还是因为想故意气一气崔涵薇。

“好，我打欠条给你。”崔涵薇双眼一瞪，还想和商深理论几句，徐一莫却不给她机会，拉住商深就要打欠条。

“我来。”崔涵薇不好意思让徐一莫出面，毕竟是她的事情，她拿过纸笔，唰唰几下写了一个欠条交给了商深，“好，前前后后一共欠你 7000 块了，等回北京一次性还清。”

商深接过欠条，看也未看，嘿嘿一笑：“晚上才去是吧？现在还有大把的时间，反正也没事，我去一趟赛格。”

“我也去，我也去！”徐一莫高高举起右手，“等我一下，商哥，我去换衣服。”

“你不去？”商深斜着眼睛，故意挑逗崔涵薇。

“去，干吗不去。”崔涵薇本来不想去，商深一说，她反倒又来了兴趣。

又等了足足有 10 分钟，崔涵薇和徐一莫才收拾完毕，二人刚才穿得很是正式，现在都换了一身衣服。徐一莫换了一身淡黄色长裙，崔涵薇穿了过膝的浅蓝色半身裙。

淡黄色长裙衬托得徐一莫更如兰花般清新脱俗，配合一条深蓝色腰带，不由得让商深想起了一首诗——我爱幽兰异众芳，不将颜色媚春阳。西风寒露深林下，任是无人也自香。

而崔涵薇的半身裙为她增添了几分飒爽英姿，如亭亭净植的莲花，可远观而不可亵玩焉——荷叶五寸荷花娇，贴波不碍画船摇。相到熏风四五月，也能遮却美人腰。

女孩子就是麻烦，商深摇了摇头，想起了范卫卫不喜欢化妆的淡然，更是多了几分思念。崔涵薇化了淡妆，淡淡蛾眉淡淡施。徐一莫却未施脂粉，在性格和习惯上，徐一莫和范卫卫还真是有几分相似之处。

赛格电子市场位于被誉为深圳“钻石宝地”的交通主干道深南中路与华强北路的交会处，经营面积近 56000 平方米，商铺数量 3000 余个。站在市场门口，仰望一柱擎天的大楼，以及楼下人流如织的热闹景象，商深忽然生发了一种风云际会的豪迈。

时代造英雄，尽管范长天作为一个在商深视线范围之内最成功的人士对互联网的前景并不看好，但商深还是坚持他的信念——作为新兴事物的电脑和互联网大有可为，终有一日可以影响到每个人生活的方方面面，并且人人都离不开电脑和互联网。

“商哥，你和卫卫没事吧？”徐一莫双手插进裙子的兜里，走路的时候肩膀不晃动，很有模特范儿，她走在商深的右边，一边东张西望，一边问商深她很关心的八卦问题。

“没事。”商深并不想多说他和范卫卫的事情，他来赛格，是想了解一下作为国内知名的电子市场之一，赛格和中关村到底有什么不同。

“肯定有事。”崔涵薇走在商深左侧，她双手甩来甩去，显得既轻松惬意又轻盈，她才不信商深的话，斜了商深一眼，“很明显你是被范家赶了出来，我很可怜你，商深，男人就应该拿得起放得下，而不是故作轻松。”

“不劳您关心。”商深不冷不热地回应崔涵薇，他的目光被旁边的 IBM 专卖店吸引了，看到各种款式的笔记本电脑摆放在一起，他见猎心喜，忙凑了过去。

徐一莫眼睛转了一转，刚才商深和崔涵薇的对话她听得清清楚楚，而且她也看了出来，商深和范卫卫肯定有矛盾了，多好的撮合崔涵薇和商深的机会，她才不会错过。虽然范卫卫替她和崔涵薇安排了酒店，但在心理上她还是和崔涵薇近多了，并且她总觉得商深和范卫卫在一起不合适，崔涵薇才最配商深。

这么想着，她悄悄落在了商深和崔涵薇的身后，拿出电话打给了范卫卫。

“卫卫，是我，徐一莫，谢谢你的盛情款待，总统套房太奢华、太舒服了，长这么大还是第一次住，我对你的感激就如滔滔江水连绵不绝……”先是奉送了一番人人爱听的好话，徐一莫才言归正传，“商深呢？麻烦你让他接一下电话，我有事请他帮忙。”

范卫卫正在家里收拾行李，原以为还要过一段时间才出国，不料商深前脚还没走，妈妈就已经替她办好了手续，说是一周之内随时都可以出国，她就知道妈妈是铁了心要分开她和商深了。

本来范卫卫的性格就是柔中带刚，再加上青春期都有逆反心理，见妈妈如此迫切地让她和商深隔个太平洋，她就在心中暗暗发誓，有朝一日她只要有能力脱离妈妈的掌控，她一定会冲破一切阻力和商深在一起，一定！

/ 第 / 三 / 章 /

何方神圣

接到徐一莫的电话时，她正沉浸在对商深的思念之中，就愣了一愣，然后才反应过来："不用客气，举手之劳的小事。商深已经回北京了，你直接打他的手机好了……你找他有什么事情？"

如果只是徐一莫找商深，范卫卫还没有什么想法，但联想到徐一莫和崔涵薇在一起，她立刻有了提防之心："是不是崔涵薇有事要商深帮忙？"

徐一莫对范卫卫也有几分好感，并非像崔涵薇一样对范卫卫充满敌意，她敏锐地捕捉到了范卫卫话里话外对崔涵薇的提防，轻笑一声："不是涵薇找他，就是我找他帮忙。也没什么大事，是电脑上的小事。算了，既然他已经走了，就以后再说吧。对了，商深不是要在深圳待一段时间吗，怎么才来一天就回北京了？"

若论言语机锋，范卫卫也未必不是徐一莫的对手，只是现在她方寸已乱，没有细心留意徐一莫话中不着痕迹的试探，不过她也没有说出实情："有突发事件，他必须回去……还有事吗？"

听得出来范卫卫不想多谈论商深的话题，徐一莫更加肯定了自己的猜测，她就又小心翼翼地试探了一句："你们还好吧？没事吧？"

"没事，挺好的。"范卫卫淡淡地回应了徐一莫。

尽管范卫卫语气很平静，却还是让徐一莫嗅到了其中牵强的味道，挂了电话，她抬头看了并肩站在一起很是般配的商深和崔涵薇一眼，得意地笑了。至此她基本上可以断定，范卫卫和商深之间，绝对出现了什么导致二人不愉快的事情。

徐一莫的电话，商深和崔涵薇都没有听到，二人正在以一台笔记本电脑为支点谈论一件至关重要的大事。

“你很喜欢电脑？”崔涵薇站在商深左侧，双手放在一台IBM560的键盘上，试了几下手感，“我送你一台，你要不要？”

商深摸了摸鼻子，含蓄地笑了：“不要，无功不受禄。”

“如果我成立一家专门在网上销售电脑、软件以及各种外设的公司，邀请你加盟，不但让你担任总经理，还给你股份，再外加送你一台笔记本电脑，你有兴趣不？”崔涵薇暂时忘记了她和商深之间所有的不快，把心思放到了事业之上，商深是一个难得的人才，如果把他放对位置，他肯定可以大放光芒，可以创造惊人的价值。

商深现在还是一个巨大的未经开采的宝藏，一旦开采，就会释放出巨大的能量。所以从实际出发，丢掉个人的感情因素，崔涵薇希望商深可以和她合作。

先下手为强，后下手遭殃。

如果说来深圳之前，商深对未来的规划还只停留在找一份高薪工作上，比如天马开出了月薪高达2000元的工作就让他怦然心动，那么深圳之行改变了他的看法，替别人工作总归只是打工者，不能掌控自己的未来和命运，他想要的是创业，是自己做自己最喜欢做的事情。

一个人做一件事情，今天做了，明天还得做，是工作；今天做了，明天还想做，是事业。可以将兴趣和工作完美地结合在一起的事业，是人人追求并且向往的事业。

因此，崔涵薇的提议让他大为动心。

“我不太想卖硬件，我想做软件。”商深的梦想是改写ICQ，也许是因为先前受了徐一莫的启发，对于销售硬件，他兴趣不是很大。

“软件？”亲眼见识过商深动手拆装笔记本的崔涵薇只以为商深是硬件高手，并不知道他在编写软件上面的水平有多高，不过看好 IT 行业前景并且对 IT 产业十分了解的她，立刻笑了，“没问题，只要你有编程方面的才华，我会给你施展才华的舞台。不过我不敢确定你到底会不会编程。”

商深在中关村名声大振的事情崔涵薇并不知情，她忙于公司的转型和重组，心思全在公司的事务之上，以至于连天马的中文处理软件是经商深修复之后重新上市的轰动消息都不得而知。

商深笑了笑，没有正面回答崔涵薇的问题，他端详了几眼 IBM 笔记本电脑，又依依不舍地放回了原处，正要离开时，忽然发现电脑中也装了天马中文处理软件，不由得一愣，然后又会心地笑了。

出于好奇，他打开了天马中文处理软件。

“不要乱动，动坏了你赔不起！”

商深才点开中文处理软件，店员崔强就冲了过来，一把推开了他，态度很蛮横。长了一脸青春痘的崔强也就二十岁出头的样子，虽然穿的是职业装，却没有职业精神，摆出居高临下的姿态，双手抱肩打量了商深几眼，一脸鄙夷之色：“贵重物品，非买勿动。”

崔强也没有夸大，确实是贵重物品，一台一万块出头的笔记本电脑即使在经济发达的深圳也是奢侈品，更何况商深的穿着打扮一看就不是有钱人，他被崔强看不起也在情理之中。

崔涵薇不干了，虽然她有时也有以貌取人的毛病，她上前一步，挡在了商深的面前，和崔强正面对峙：“觉得我们买不起是吧？”

“当然了，一万多的笔记本电脑，不是什么阿猫阿狗都可以买得起的。”崔强乜斜着眼睛，一脸不屑，“人贵有自知之明，对于自己买不起的东西不要乱摸乱动，万一弄坏了又没有赔偿能力，不是自取其辱吗？”

“如果我买得起呢？”崔涵薇被崔强狗眼看人低的态度激怒了，拿出了信用卡，“如果我买了，你要向商深和我赔礼道歉。”

崔强依然不相信崔涵薇真会买下一万多块的笔记本电脑，正要再理论几句，又来客人了。

“我要一套天马中文处理软件。”是一个衣着光鲜的客人，他头发梳得一丝不乱，分头，还打了摩丝，油光可鉴，穿一件花格子半袖衬衣，打了领带。

“刘总……”崔强认识来人，是他们的一个大客户，他忙赔着笑脸扔下崔涵薇和商深凑了过去，拿起一套天马中文处理软件恭恭敬敬地递了过去，“昨天刘总不是刚买了一套，怎么今天又要？”

“软件很好用，再买一套回去送人。”刘总掏钱买了软件，赞叹不已，“听说天马请了一个叫商深的高手修复了软件，修复之后，真是好用多了，商深是一个了不起的人才。可惜听说他在北京，如果他在深圳的话，我一定请他到我的公司发展，一个月最少给他开3000块的工资。”

“3000块？”崔强张大了嘴巴，不敢相信自己的耳朵，“商深是谁，这么值钱？”

“商深是谁？”刘总呵呵笑了，“你最近卖出了多少套中文处理软件？赚了多少钱？”

“有几十套吧，是所有软件里面卖得最好的一款。”

“如果不是商深，你一套也卖不出去。”刘总扬了扬手中的中文处理软件，“软件出了问题，是商深修复了软件，然后天马才又投放了市场。这才几天时间，全国据说就已经卖出上万套了，天马赚了几百万。商深是谁？是天马的救星，是你的财神。现在深圳的IT圈子也传遍了，都说商深是继陈安平、王启东和王向西之后的又一个天才级别的电脑高手！听说商深还替天马解决了打印机BIOS启动故障，而且还是一个人独自解决的！王启东和王向西现在到处在打听商深，想挖商深加盟他们要成立的公司。”

“啊！”崔强作为资深IT行业从业者，自然知道陈安平是何许人也，更知道在深圳IT圈子之内大名鼎鼎的王启东和王向西。北有陈安平南有王向西，虽然一个在北京一个在深圳，却都是广东东莞人，并且同是中国IT业的佼佼者，也是无人不知的风云人物。

商深到底是何方神圣，居然被陈安平、王启东和王向西同时赏识，有好多年 IT 业内没有出过这样的顶尖人物了，崔强震惊得无以复加。

“啊！”崔涵薇震惊当场，她右手掩住了嘴巴，如看外星人一样看向了身边的商深。

原来商深这么厉害，原来商深是一个深藏不露的绝顶高手！原来商深是天马集团的贵宾，原来商深是许多人求之不得的人才。

“他们说的是你吗？”崔涵薇震惊过后，问了一句连她自己都觉得好笑的话。

“同名同姓，”商深憨厚地笑了笑，不肯承认，“肯定不是我。”

“就是他，就是我们的商深。”徐一莫不知何时已经站在了商深和崔涵薇的身后，她昂着脸，洋溢着与有荣焉的骄傲，“上次一见商深，我就知道我们的商深不是一般人。还是我有眼光，知道商深必成大器，对吧？”

以前徐一莫对商深是好奇多过好感，只当商深是一个再普通不过的朋友，但现在她忽然有了另外的想法，对商深好感大过了好奇，觉得商深可以成为一个关系很好的朋友，因为商深比她想象中还要厉害许多倍。

虽然学的是经济学专业，但和崔涵薇一样，徐一莫也早早地接触了电脑，并看好互联网的未来。而且她很欣赏自信并且有能力的男孩，商深不但自信、能力出众，而且还沉稳低调，从来不炫耀自己，她在心里给他打出了一个前所未有的分数。

现在她越来越觉得商深和崔涵薇简直就是天作之合，崔涵薇有资本，有商业头脑，商深懂技术，是电脑高手，二人有共同兴趣和共同语言，再加上如果有共同事业，以后走到一起也是水到渠成的事情。

“什么我们的商深？”崔涵薇听出了徐一莫话里故意流露的倾向，白了徐一莫一眼，“是别人的商深才对。”崔涵薇嘴上这么说，心里却多了一丝甜蜜，心思再次大动。

刘总说完，冲崔强笑了笑，转身走了，只留下崔强一人呆呆地站立原地一动不动。过了半天他才清醒过来，摇头自嘲地一笑：“牛人，偶像，如果我遇到了，也得请他签名。我最佩服电脑高手了……”

一回头，见商深等人还没走，崔强顿时又想起了刚才的不快：“哎，到底买不买，不买就赶紧走人，别影响我做生意。”

崔涵薇一昂头，就要发作，商深摇了摇头，轻轻一拉，示意她不要和他一般见识。

“涵薇，别闹，走了。”商深不想和人起争执，既没意义又浪费时间。

崔涵薇还真想买下电脑，既为出气，又想借机买下送给商深，商深一劝，她的火气瞬间冰消雪融了，连她自己都觉得奇怪，怎么这么听商深的话？

几人迈步就往外走，忽然商深的手机响了。

商深还以为是范卫卫来电，一看却是一个陌生的深圳号码，正要接听，徐一莫却突然抢过了他的手机，按下了拒听键。

“好了，不要接电话了，漫游费用很贵的，商深！”徐一莫拒听之后也没把手机还给商深，而是直接关了机，装在了自己的包里，“你今天的任务就是陪好我和涵薇，别的事情不要想不要做。”

商深无语，徐一莫也太霸道了，怎么收起了他的手机。他想要回手机，万一范卫卫和他联系不上，不知道会怎样担心。

“商深？”崔强耳尖，听到了徐一莫对商深的称呼，还以为他听错了，“你就是商深？不对，你也叫商深？”

崔强才不相信眼前的人就是刚才刘总口中的绝顶高手商深。

“他当然……”徐一莫下巴一扬，正要说出真相，却被商深打断了。

“同名同姓。”商深朝徐一莫使了一个眼色，又朝崔强点头一笑，一推徐一莫，“走了，别闹了。”

“我没闹，为什么不让我说？”徐一莫很是不满地瞪了商深一眼，“就得打击一下他这种门缝里看人的势利眼。”

崔强相信了此商深不是彼商深，摇了摇头，不无鄙夷地笑了笑：“人家商深是电脑高手，你也叫商深，却是一个穷小子，人和人的差距怎么就这么大呢？还说要买电脑，没钱装什么有钱，真没意思。”

崔涵薇被崔强的话再次激起了怒火，正要回身和崔强说个明白时，忽然身后传来了一个惊喜的声音。

“商深，真的是你？”

回头一看，不远处站了一人，个子不高，戴金丝眼镜，微胖，正一脸惊喜地看向身边的商深。

崔涵薇不认识对方是谁，商深却认识，他向前一步，握住了对方伸出的右手：“董总，你也来深圳了？他乡遇故知，太好了。”

董博瀚哈哈一笑：“人生四大喜事之一的他乡遇故知，确实是喜事呀，大喜事。我来深圳出差，来之前本想和你联系一下，却打不通你的电话。刚才打你的电话，又关机了。没想到，重逢的人总会重逢，竟然在赛格遇到了你，太出人意料了。”

崔强由于和天马有业务上的往来，也认识董博瀚，见董博瀚出现，立刻过来问好：“董总来了，欢迎，欢迎。”话说一半，忽然想起了刚才董博瀚称呼那人为商深，顿时惊呆了，“董……董总，他是商深？是传说中的那个电脑高手商深？”

“是呀，就是他！”董博瀚并不知道刚才崔强对商深的轻视，笑道，“商深可是最近北京 IT 圈的传奇人物，以后说不定他编写的软件会成为你销售利润的主要来源。怎么，想不想认识一下？”

“想……”崔强艰难地咽了一口口水，尴尬地看了商深一眼，心中无比自责自己有眼不识金镶玉，“不想，不是，不敢认识大人物。”

“哟，一转眼的工夫商深不是穷小子是大人物了？你的变脸本事真不一般，去唱戏的话，肯定满堂叫好。”徐一莫轻笑一声，语气冷嘲热讽，“是谁刚才碰都不让碰一下电脑，现在又想结识商深，对不起，商深不想认识你。”

董博瀚看出了端倪：“怎么了这是？”

崔强一脸苦笑：“我有眼无珠，刚才得罪了商大侠，董总，都怪我狗眼看人低。商大侠，你大人不计小人过，原谅我一次，好吗？”

董博瀚一头雾水。

/ 第 / 四 / 章 /

人才难得

崔强主动将刚才的事情说了一遍，董博瀚听了哈哈大笑，一拍崔强的肩膀：“你以后要改改你的判断力了，未来是 IT 业的时代，在互联网时代成长起来的新贵和传统行业的有钱人不一样，他们平和、淡然，不追求名牌，和普通人没有区别，但就是身家亿万。就如商深，他现在虽然还不是有钱人，但以他的能力，他距离成为有钱人只有一步之遥。今天的他也许还会为买不起一台笔记本电脑而苦恼，明天的他说不定就会为买别墅还是高层豪宅而为难，未来 IT 行业会比以前的任何一个行业都更容易上演财富神话。”

“大侠，能不能帮我签个名？”崔强觍着脸拿着一个本子，一脸讨好的笑容，“我最崇拜电脑高手了，上学的时候，我英文不好，电脑水平也就一直不行，要是我也会写程序，我就不卖硬件了。”

商深伸手接过崔强的本子，不客气地提笔签上了自己的大名：“不打不相识，第一次签名，也算是难得的纪念。”

“借你的地方一用，”董博瀚见商深为人大度，事过即忘，颇有大将之风，心中更是坚定了他要请商深加盟天马的想法，他一拍崔强的肩膀，“崔强，方便的话帮我们来五杯茶。”

“五杯，不是四个人吗？”崔强拿着商深的签名，心花怒放，借他的地方聊天喝茶是他的荣幸。

“一会儿还有一个朋友要来。”董博瀚点头一笑，邀请商深坐到了专卖店的角落里。

专卖店有二十多平方米，在角落里划出了四五平方米的样子，隔成了一个临时休息室，平常的时候也可以用来接待大客户或是贵宾。

崔涵薇和徐一莫不认识董博瀚，二人跟随商深来到了休息室，等崔强上了茶水之后，商深才向她们介绍了董博瀚。

原来是天马集团的副总，崔涵薇心中震撼不已。天马集团在北京乃至全国都是威名远震的公司，而天马的副总不管走到哪里都有一定的分量，在业内也算是响当当的人物，没想到，董博瀚对商深如此敬若上宾，她不由得再次高看了商深一眼。

崔涵薇为她自己的眼光而暗喜，她果然没有看走眼，从董博瀚对商深的态度明显可以看出，他对商深无比器重。能让见识过无数电脑高手的董博瀚如此器重的人物，必定是比大多数电脑高手还要棋高一着的顶级高手。

不过接下来董博瀚的一句话，顿时让崔涵薇视董博瀚为竞争对手。

“商深，下一步怎么打算，是留在深圳还是回北京？”

“回北京。”

“太好了！”董博瀚高兴地右拳一击左掌，“陈总知道你回北京的话，肯定会再次邀请你加盟天马。我个人也希望你加盟天马，月薪2000元起，还有年终分红和股权奖励，怎么样？你还有什么想法尽管提，我们还可以继续协商。”

原来董博瀚是想挖商深，崔涵薇忽然就有了危机感。如果说她认识商深时，商深已经和范卫卫在一起，在商深的感情世界里她是后来者的话，那么现在在商深事业上还没有归属的时候，她和董博瀚站在同一个起跑线上，不能再次让董博瀚抢先。

“董总……”崔涵薇坐直了身子，要谈判的时候，必须拿出应有的姿态，她端庄而优雅地一笑，很有职业白领的风范，“不好意思董总，就在刚才，我已经和商深达成了共识，由我出资成立一家计算机公司，商深以技术入股，持股百分之十。”

商深愣住了，他什么时候答应崔涵薇了？刚才崔涵薇只是随口一提，他还没有正面回答，怎么就成了事实了？正要开口说个明白，却被徐一莫制止了。

徐一莫悄悄一拧商深的胳膊——没错，是拧而不是拉，疼得商深一咧嘴，差点儿惊呼出声，心想徐一莫也太不当自己是外人了，他和她什么关系，她就那么卖力地拧他，真是的。

不过注意到了徐一莫朝他暗示的眼神，分明是让他少安毋躁，多拿捏几分才能提高身价，他才恍然大悟，朝徐一莫投去了感激的眼神。

徐一莫眨眨眼睛，悄无声息地笑了。

“哦，真的？”董博瀚还以为他的条件已经很不错了，没想到半路杀出个崔涵薇想要截胡，而且还开出了更好的条件，打了他一个措手不及，“公司打算投资多少？”

商深端坐不动，摆出置身事外的态度，徐一莫拧是拧得疼了一些，但提醒得很及时，竞拍才能提高卖价，现在的他就是一个双方争夺的拍卖品，他得沉住气，冷眼旁观，等出价高的获胜一方出现后，他再和胜方讨价还价，才能坐享渔翁之利。

“300 万，”崔涵薇伸出三根手指，淡淡一笑，“10% 的股份就是 30 万，而且商深还可以直接坐到总经理的位置，再加上股权奖励和分红，他如果加盟我的公司，比起月薪 2000 元和所谓的年终分红要实惠多了……董总，你说呢？”

董博瀚沉默了，如果天马是他的公司，他可以出到比崔涵薇更好的条件来邀请商深加盟，但可惜的是，他没有股权分配的决定权，因为他不是陈安平。

怎么办？难道真的要被崔涵薇横刀夺爱抢走商深？不只是他，陈安平对商深也是十分器重，但崔涵薇给出的条件，陈安平不可能答应。好吧，退一万步讲，就算陈安平想答应，也得开董事会研究讨论，陈安平虽是总经理，却不是董事长，也没有最终决定权。

“这样好了……”董博瀚犹豫了一会儿，终于开口了，“商深如果来天马，在我的权限之内，可以为他开出 3000 元的月薪外加不少于一万元的年终奖，至于其他奖励要根据业绩再定。明年公司会上线一个网站，网站需要大量的人才，之前陈总就许诺商深技术总监的位置，我估计以商深的能力，到时至少也是负责技术的副总。而且网站由于新上线，肯定会有许多奖励机制，商深拿到原始股很容易。以天马的实力，我相信几十万的收入对商深来说，一年之后就可以轻松达到。”

应该说，董博瀚在他的权限之下，已经拿出了最大的诚意，毕竟天马是一家有着严格规章制度的大公司，不比崔涵薇个人投资的公司机动灵活。

“诚意还是不够，一年之后太空洞了。”崔涵薇淡然地笑了笑，跷起了二郎腿，俨然胜券在握了。

“话也不能这么说，天马是大公司，制度规范，虽然不如个人投资的小公司灵活，但胜在实力雄厚，而且说到做到，不会夸大事实。”董博瀚从容地回击了崔涵薇，他很清楚大公司和小公司的优势和不足所在。

“小公司怎么了？小公司就夸大事实，说到做不到了？”崔涵薇冷冷一笑，拿出了支票，写了一个数额，签名盖章后撕了下来，“我现在就可以预付商深 10 万元表示诚意。”

商深表面上安然不动，内心却已经掀起轩然大波！

如果说他最先认识到自身价值比他想象中高上许多是从董博瀚开始，那么到他为天马解决了打印机 BIOS 启动故障和修复了中文处理软件之后，他对自身价值算是有了一个初步的直观认识，具体到数字上就是可以月薪 2000 元，再加上年终分红，有望跻身年收入 3 万元的高收入阶层。

深圳之行，虽然他和范卫卫没有如愿以偿在一起，却在感观和观念上都为他带来了巨大的冲击，让他意识到了月薪 2000 元的高薪距离真正的成功还有相当遥远的距离，而现在，当他作为拍卖品被崔涵薇和董博瀚竞拍之时，他才发现，他远远低估了自身的价值。当他满足于年薪 3 万的时候，却不知道，在全新的商业价值的衡量下，他已经达到了 30 万的身价。

30 万，是他以前都不敢想象的巨额数字，现在却真真实实地落在了自己身上，一时让他感慨万千，恍如梦中。

不过商深没有被冲昏头脑，瞬间就清醒了。清醒之后他第一个想到的人是范卫卫，心中满是遗憾。范卫卫比崔涵薇小了一两岁，还没有走向社会的她似乎在阅历和人生规划上比崔涵薇差了许多，如果她也如崔涵薇一般可以随意调动几十上百万的资金，如果她也和崔涵薇一样看好互联网的前景，她和他联手创办一家公司，她负责资金和管理，他负责技术和运营，肯定可以配合得完美无缺，各自发挥最大的优势，从而同时打造事业和爱情上的两重成功。

范卫卫的家世不比崔涵薇差。

只可惜，人生没有假设，范卫卫对互联网有根深蒂固的偏见，就算她可以调动资金，她也不会支持他开办一家从事互联网的公司。商深忽然脑中跳出一个大胆的假设，如果他和范卫卫没有范长天和许施的阻挠顺利地走到了一起，会不会因为对待互联网发展前景有分歧而理念不合，最终的结局还是分手？

想远了，也想多了，商深驱散了脑中不安分的念头，回到了崔涵薇和董博瀚角斗的现实之中。

崔涵薇到底是真心想和他合作，还是只是为了哄抬价格，好让董博瀚可以给出更好的条件请他？商深怀疑崔涵薇的真正用意，因为崔涵薇虽然在互联网的前景上和他看法相同，但他还是对崔涵薇了解不多，不知道她投资 IT 行业的决心和魄力有多大。

董博瀚被崔涵薇的举动震惊了，他愣了一会儿，“呼”地站了起来，一步迈出了休息室，到外面打电话去了。

“薇薇，你刚才太帅了，惊得我下巴都掉了。一出手就是 10 万，太有魄力太有冲击力了。”徐一莫等董博瀚走出休息室，再也按捺不住心中的激动，一把抓住了崔涵薇的胳膊，用力摇晃，“我都佩服死你了，有钱就是有底气，10 万元让堂堂的天马副总董博瀚目瞪口呆，这事儿要是传出去，也会成为一段佳话。不对，应该说薇薇豪掷 10 万挖商深的举动会成为美谈。”

商深却没有徐一莫的激动，他一脸认真地问道：“涵薇，你是为了抬高我的身价故意和董博瀚作对，还是真的有意和我联合成立一家公司？”

“你以为呢？”崔涵薇白了商深一眼，“我才没那闲工夫为了抬举你而和董博瀚叫板，我是真心想和你联合成立一家计算机公司，刚才我和董博瀚讨价还价的条件就是我准备向你开出的条件，额外再加一台笔记本电脑，怎么样？”

“额外再加一台笔记本电脑……生产力工具有了，交通工具和住宿怎么解决？”商深笑得很含蓄，他现在也轻易不会露出底牌了。

“你不要得寸进尺！”崔涵薇被商深得意扬扬的姿态气着了，又一想，不对，商深应该是故意试探她，就又淡然地笑了，“住宿问题好说，我负责给你租一间房子，交通工具嘛……送你一辆自行车没有问题。至于吃饭问题，你自己解决就行了，总不能我还管你饭吧？”

“自行车呀？自行车也可以接受，总比没有强。”商深嘿嘿直笑，摸了摸鼻子，“吃饭问题是大问题，我生活自理能力差，要么配一个保姆，要么你管我，你看着办。”

“行，我管你。”崔涵薇意味深长地笑了，“一天管你三顿饭没问题，只要你听话就行。”

“什么情况？你们要同居了？”徐一莫语不惊人死不休，见崔涵薇和商深你来我往，她比自己恋爱了还开心。

“一莫！”崔涵薇一时娇羞无限，瞪了徐一莫一眼，“我和商深在谈正事，你能不能不捣乱？什么同居，难听死了。我说一天管他三顿饭，是想让他住在公司里，吃住都在公司，压榨他身上的最后一点剩余价值，你想哪里去了？真是的。”

“你是不是也吃住在公司？”徐一莫嘻嘻一笑，一推商深，“商哥，走过路过不要错过，薇薇的暗示都这么直接了，你还不赶紧答应下来，还等什么？”

商深伸手抓头：“这些细枝末节的小事，以后再讨论，再说我还没有说一定会同意你的条件……”

“什么？商深，你不要太过分了。”崔涵薇正要再说几句什么，门一响，董博瀚推门进来了。

董博瀚出去的时候一个人，回来的时候身后却多了一人。

“我刚才请示陈总了，陈总说，等商深回北京后，他要亲自和商深面谈。”董博瀚一拍商深的肩膀，“商深，先不要轻易答应别人的条件，也许你的价值远比你自己期待的更高。”

“啊，王哥，怎么是你？”徐一莫最先注意到董博瀚身后的一人，她惊喜地跳了起来，“太巧了，太好了，上次的事情还没谢谢你，以为见不到你了，原来你也在这里呀。”

王哥却对徐一莫的热情视而不见，只冲徐一莫微微一点头就径直来到了商深面前，他紧盯着商深不放：“你就是商深？你就是修复天马中文处理软件的商深？”

商深被王哥的举动吓了一跳，他点了点头：“是我，王哥。”

“哎呀，简直就是踏破铁鞋无觅处，得来全不费功夫，我可算找到你了，哈哈哈哈……”王向西惊喜之下，放声大笑，“在飞机上遇到你，我就觉得和你很有眼缘，却不知道你就是商深，竟然和你擦肩而过。”

王向西本来是受董博瀚之邀，来赛格和董博瀚见面，想和董博瀚聊聊，看有没有合作的可能，同时还想向董博瀚打听一下商深的下落。之前一直打商深的电话没有打通，让他无比郁闷，所以一听说董博瀚来到了深圳，他忙通过中间人牵线，联系上了董博瀚，不过他没有明确向董博瀚说明他想打听商深，只说想和董博瀚谈谈合作的可能。董博瀚欣然应允，他也知道王向西和王启东在深圳 IT 圈子是举足轻重的人物，一直在寻找突破口，他也愿意和他们碰撞出灵感的火花。

/第/五/章/

财富神话

约好在赛格见面，董博瀚没想到王向西还没有到，却遇到了商深，算是意外之喜。等他出去打电话向陈安平请示的时候，王向西赶到了，他也没有多想，直接领王向西来到了休息室，想介绍王向西和商深认识一下。

原来王向西和商深早已认识，他也是一时惊愕："怎么，你们认识？"

"认识，不，也不算认识，只能说是见过。"王向西高兴地握住商深的手不放，"相遇的人总会相遇，商深，你怎么在飞机上不告诉我你就是商深呢？如果你早早告诉了我，我也不至于找你找得那么辛苦。不过还好，总算找到你了。"

商深不明就里，只好抓头："我也不知道你在找我呀，王哥……你找我到底有什么事儿？我既没捡你的钱包，又没骗你的妹妹！"

"哧……"崔涵薇虽然看得摸不着头脑，却还是被商深的话逗乐了，她才发现原来商深在纯朴可爱之外还有幽默的一面。

"我还真没有一个妹妹让你骗。"王向西回想起和商深一路同行却擦肩而过的经历，更加感觉他和商深的认识来之不易，"你的手机怎么总是关机？刚才我还打你的电话了……"

徐一莫脸一红，吐了吐舌头，从包中拿出了商深的手机："不好意思王哥，是我自作主张关了商深的手机，不怪他，怪我。"

“我说呢！”王向西心领神会地笑了，“你是怕商深骗别的女孩，所以才关了他的手机，把他管得死死的，对吧？”

见王向西误会了她和商深，徐一莫忙把手机还给了商深，连连摆手：“王哥，千万别把我和商深放在一起，商深是薇薇的人，跟我没关系。”

“又扯我。”崔涵薇脸红了，呸了徐一莫一口，“说正事呢，你别打岔。”

“对，对，说正事。”只要不把她和商深相提并论，徐一莫就没有意见，忙说，“就是，王哥，你到底为什么要找商深？”

“这里说话不方便，我找一个茶馆，我们边喝茶边聊，怎么样？”王向西征求几人意见。

董博瀚没意见，他晚上才去广州，现在左右无事。

崔涵薇和徐一莫也是晚上的谈判，自然也没意见，只有商深迟疑了一下，想了想才点头同意了。

王向西唯恐商深有反对意见，一脸紧张地等商深做最后的决定，见商深点头了，才露出了笑脸。

一行五人告别了崔强，下到一楼，路过一家连邦软件店的时候，发现店里围了一群人，在争论着什么。

连邦软件成立于1994年，在IT产业浪潮中迅速成为中国正版软件流通领域的第一品牌，代理承销正版软件上万款，基本囊括了各类通用型、专业型软件，与微软、ACDSee、趋势、赛门铁克、Adobe等世界知名品牌建立了密切合作的伙伴关系。

商深本不是喜欢看热闹之人，正要绕行时，忽然被徐一莫拉住了。

“干什么？”商深不明白徐一莫为什么要停下来，看她一脸八卦的样子，显然是想看热闹，“别闹了，没时间看热闹。”

“不是看热闹，是听。”徐一莫吐着舌头做了一个鬼脸，“你听，里面的人在说你。”

“说我？说我什么？”商深支着耳朵一听，果然听到里面的人在争论不休，而争论的焦点居然是他！

商深和徐一莫停了下来，崔涵薇、董博瀚和王向西不知道出了什么事情，也停了下来。他们听清了里面吵架的内容。

“我就觉得商深比王启东厉害，王启东是写了一个股霸卡，但股霸卡又不是他原创的，是综合了市面上其他几款股票软件再创造的，商深比他牛多了，他不但修复了天马的中文处理软件，还解决了天马打印机的BIOS启动故障问题。BIOS问题最复杂难度最高了，我相信王启东也解决不了。”

是一个女孩的声音，听上去应该年纪不大，商深几人在外围看不到她长什么样子，但她说话时竭力维护商深的口气，可以让人想象到她咄咄逼人的气势。

“你还是不是深圳人？怎么维护外地人不维护我们深圳的王启东？商深哪里比得上王启东了，他不就是修复了天马中文软件，有什么了不起？王启东的股霸卡多有影响，又赚了多少钱？商深修复了天马中文处理软件，充其量赚个几千块，而且卖得再多和他也没关系，所以我觉得他不管是技术手段还是商业头脑都比不了王启东！”

是一个中年男人的声音，有几分沙哑，虽然声音很大，但明显气势不如那个女孩，说话底气没那么足。

“我是深圳人，可是我只站在真理的一方，不以地域来划分。商深想要成功，总要有一个支点，天马就是他的支点。借助天马的中文处理软件成名，就算不赚钱，也算赚到了名气，打开了市场。不要鼠目寸光只看眼前的一点利益，是，商深修复中文处理软件是没有王启东在股霸卡上赚得多，但那又怎样？股霸卡只是在深圳有名气，出了深圳就没人知道了，天马中文处理软件是国内知名软件，商深以后不管走到哪里，只要一提是他修复了天马中文处理软件，就会让人刮目相看。”

女孩的反驳颇有力度，并且一针见血。

徐一莫会心地笑了，一拍商深的肩膀：“行呀商深，你名声越来越大了，居然传到了深圳，还和王启东相提并论了。”

商深谦虚地一笑：“虚名白尽人头，问来往，何时是休。”表面是笑，内心却受到了震动，他深感荣幸，在深圳居然有人将他和王启东相提并论，说实话，他自认还做不到和王启东平起平坐。

“哎哟喂，你还挺文青。”徐一莫大笑。

“钱财累坏身心，说起来，哪里有头？”崔涵薇接了一句，心中既惊讶商深名气之大远在她意想之外，又佩服商深面对盛名时的平静和随和，更坚定了要和商深合作的决心。

“哈哈，好事，好事，商深能和启东相提并论，就说明商深和我们有缘。”王向西不但没有因为有人高抬商深而生气，反倒更开心了，他还担心商深对他和王启东有隔阂感，无意中遇到一出意外，却拉近了商深和王启东原本陌生的关系。

商深也笑了：“太高抬我了，和王启东相比，我还差了许多，还需要多向王启东学习。”

“共同进步，共同进步。”王向西开怀大笑。

出了赛格，几人来到了一家名为米博士的茶馆，要了一个楼上的雅间。

几人之中，论年纪董博瀚最大，论职务，也是董博瀚最高，所以请董博瀚坐了首座。

王向西点了一壶碧螺春，没让服务员服务，他亲自为几人倒茶。可以看出，他娴熟的泡茶和倒茶手法源于日常对茶道的喜爱。

董博瀚了解了王向西为什么要找商深之后，无奈地摇了摇头。本以为认识王向西是多个朋友多条路，没想到，反倒让王向西也加入了争夺商深的战斗中。不过又一想，这也未尝不是好事，也许可以打乱崔涵薇的章法，让崔涵薇功亏一篑。

不管怎样，他都要尽最大的努力拉拢商深，不过也要做好失败的打算。

“商深，刚才我也说过了，陈总希望你慎重考虑一下，不要急着做出决定，等回了北京再和陈总面谈，你说呢？”在王向西没有开口邀请商深之前，董博瀚再一次向商深强烈暗示要尊重陈安平的意见，毕竟陈安平在北京乃至全国的 IT 圈内都是举足轻重的人物。

当然，董博瀚也知道王向西的分量，在深圳 IT 圈内，王向西也是了不起的人物，况且他的背后还有王启东。

崔涵薇至此也猜到了王向西为什么要千方百计地找到商深。意外又多了一个竞争者，她不但没有感到压力增大，却更加激起了她的争强好胜之心，也更加让她看好商深了。

来吧，不管别人开出什么条件，她不但照单全收，还会再多加一些调料，务必要让商深成为她的合作伙伴。

“商深，我的态度也很明确，别人的条件，我全跟，并且还有额外赠送。”崔涵薇一拢头发，淡然而笑，她在谈及工作时和她生气时判若两人，严肃认真的态度，俨然是久经商场的职业丽人。

王向西面对董博瀚的咄咄逼人和崔涵薇的太极推手，不动声色地笑了笑，再次为几人倒满了茶，看了看手表，微微一笑:“再等一下，王启东一会儿过来。”

“王启东要亲自过来？”商深微微一惊，说实话，深圳之行认识了王向西已经算不小的收获了，如果能再和王启东见面，就真是不虚此行了，“太好了，能和王启东见上一面，也足以告慰平生了。”

商深还不知道王启东和王向西的关系。

“你才多大，动不动就告慰平生，好像你以后再也见不到更厉害的大人物了一样。”徐一莫对商深的用语颇为不满。

商深嘿嘿一笑。

“没错。”见商深高兴，王向西也很开心，既然都是行业内的佼佼者，有共同语言，就会少了生疏感，“你也许还不知道，我和启东是大学同学，又是铁哥们儿。启东和刘凌一样，在大学期间就成了远近闻名的电脑高手。”

“刘凌是谁？”商深还真没有听说过刘凌。

“刘凌现在是双茂软件的总经理，他在武汉大学上学时就表现出了过人的电脑天分，大学三年级时凭借替别人开发软件就成了百万富翁。”说起刘凌其人，王向西眼神里流露出敬佩之意，“1992 年，刘凌与同事合编了《深入 DOS 编程》一书，卖得很好。在接下来的两年里，他写过加密软件、杀毒软件、财务软件、CAD 软件、中文系统以及各种实用小工具等，还和别人一起做过电路板设计、焊过电路板，甚至还干过一段时间的黑客，解密各种各样的软件。两年下来，他和各家电脑公司的老板都成了熟人，并且成了武汉电子一条街最有名的一号人物。”

“双茂软件的总经理？”商深知道双茂软件，“不简单，双茂软件可是国内响当当的著名软件生产商。”

双茂软件股份有限公司创建于 1988 年，是中国领先的应用软件产品和服务供应商。总部在北京，公司机构分别设立在珠海、北京、成都、大连、深圳，并在日本设有分公司。其产品线覆盖了桌面办公、信息安全、实用工具、游戏娱乐和行业应用等诸多领域，自主研发了适用于个人用户和企业级用户的系列知名产品。

“没错，刘凌也是 IT 行业的传奇人物，我相信，他的传奇以后还会继续。当然，你以后也许会成为比他还要传奇的人物。”王向西不是恭维商深，而是真心看好商深的前景，“当年我认识刘凌是在中关村的一个酒吧里。我们交换名片时，他看到我名片上的电子邮箱，说，你怎么还在用 net.cn，应该注册个 Hotmail 试试。我还真的听从了他的建议，注册了一个 Hotmail 邮箱，呵呵。”

Hotmail 是互联网免费电子邮件提供商之一，由杰克·史密斯（Jack Smith）和印度企业家沙比尔·巴蒂亚（Sabeer Bhatia）于 1995 年建立，并于 1996 年 7 月 4 日开始商业运作。

“听说 Hotmail 要被微软收购了？”商深本来想问同样的问题，不料却被崔涵薇抢了先，崔涵薇对目前交谈的话题很感兴趣，“不知道微软能出资多少？”

“据传是 4 亿美元。”董博瀚接过话头，他神秘地一笑，“现在许多传统企业家都不看好 IT 行业的未来，却不知道他们从现在开始就已经落后于时代了。1995 年建立的 Hotmail，而且只是两个人就搭建起来了，只用了两年时间就卖到了 4 亿美元的价格，呵呵，虽然说智慧和创意无法用价值衡量，但 4 亿美元会是一家大型集团公司数年甚至十几年的产值……”

商深点头赞同董博瀚的说法，在 IT 行业，财富神话已经初现，相信在未来还会有更多的财富神话上演，作为一个恰逢其时的 IT 从业者，如果他不能抓住时代的机遇，他就太 OUT 了。

Hotmail 胜在创意上，成立不足两年，员工仅有 26 人，主导业务仅为提供免费邮件业务，却能够被微软以 4 亿美元的高价收购，说明 Hotmail 的创意走在了所有人前面，抢占了时代的先机。

创始人杰克·史密斯最初的想法是要建立一种任何计算机都可以通过 Web 访问的电子邮件服务，他的出发点就是任何计算机都能随时随地通过网络收发电子邮件，并且免费，正是方便、随时、免费的创意成就了 Hotmail，才让 Hotmail 在短时间内就成为注册人数最多的免费电子邮件，从而进入了微软的视线。

商深不无向往地想，如果他也能够领先别人想出一个好的创意并且付诸实施，也许也可以和 Hotmail 被微软收购一样，创造另一个财富神话，而他则是财富神话的主角。

梦想一定要有，万一实现了呢？

“商深，如果我们联合创立一家 IT 公司，两年后被微软或是 IBM 等跨国集团收购，出价不要 4 亿美元，2 亿美元就行，而你在公司持股超过 20%，你说到时会有多少身家？”王向西及时将话题引回到了眼前的现实之上。

2 亿美元的 20% 是 4000 万美元，按汇率 8.2 计算，合 3 亿多人民币。

崔涵薇听出了王向西的言外之意，掩嘴一笑：“王哥的意思是，你和王启东的新公司邀请商深加盟，条件是让商深持股 20%？条件不错嘛，新公司准备投资多少？”

“300 万起。”王向西伸出了三根手指，“新公司以软件开发、互联网服务为主，商深如果同意加盟的话，除了股份之外，还有副总的职务以及丰厚的福利待遇。”

“少了吧？”董博瀚趁机杀入，现在是三方厮杀，不再讲究谈判策略，只需要拼实力就行，商场上的较量有时需要虚实结合，有时只需要简单粗暴地亮出肌肉，“Hotmail 被微软以 4 亿美元收购是一个很不错的例子，但也是一个很遥远的大饼，画饼充饥不太好吧？不瞒各位，不出意外的话，天马很快就能获得一笔高达六七百万美元的投资，不仅如此，天马还和美国的华渊资讯网商讨合并事宜，如果一切顺利的话，今年投资就会到位，明年新网站就会上线。有实力、有前景的天马会提供一个无比广阔的舞台，商深，你来天马之后，哪怕只有 1% 的股份奖励，也比看不到未来的小公司强了不少。”

/ 第 / 六 / 章 /

一拍即合

“宁为鸡头不为牛后，商深，我相信你更愿意在小舞台上尽情施展自己的才华，而不愿意在大舞台上束手束脚，成为被别人指挥的木偶。”董博瀚话音刚落，一个人的声音就在门外响起，说话的时候人还在门外，话说到一半，人已经一步迈进了房间中。

商深一下子愣住了，进来的人他也认识，正是上次吓跑朱石的儒雅男。

莫非他就是大名鼎鼎的王启东？

“商深你好，我是王启东。”王启东主动和商深握手，一脸灿然的笑容，他身穿白衬衣，中规中矩的打扮却掩饰不住他脸上的生机勃勃和自信，“上次见过了，不过当时不知道你就是商深，要是知道的话，我说什么也不能放你走。不过人生就是这么有趣，该相遇的总会相遇，一听到向西说总算找到了你，我就马不停蹄地赶了过来。错过了第一次，不能再错过第二次。如果赶上了最好的时候还错过的话，就太遗憾了，是不是？互联网时代很快就到来了，如果我们再不相遇，再不坐下来好好聊一聊未来，也许就真的错过了最好的时机。”

王启东很是健谈，上来就说了一大堆话，而且很有感染力，亲切又有鼓动性。和赵向飞的话具有感染力和煽动性不同，他的话让人感觉更亲切随和。

不知为何，商深总是下意识地拿王启东和赵向飞对比，虽然二人一个在深圳一个在北京，远隔数千里之遥，也没有什么交集，他却总认为二人有什么共同之处。

所以在王启东说了一通话之后，商深回应他的第一句话却是牛头不对马嘴的问题："你认识赵哥吗？"

众人一愣，顿时哄堂大笑。

商深又补充说道："中国黄页的赵向飞。"

"知道，但没见过，赵向飞也是我极敬佩的几个人之一，也正是他的中国黄页，让我看到了中国互联网的希望。"王启东招呼商深坐下，依次冲众人打了招呼，又特意问董博瀚，"安平最近在忙什么？我很想念他。上次在广州和纪德佑喝啤酒时还回忆起和安平聊天时的情景，就像昨天一样。"

董博瀚哈哈一笑："陈总最近忙着融资，忙着上线网站，他也经常提到你，说你思维活跃，善于从现在的现象之中发现新的亮点，还说你是一个模仿天才。"

"是夸我还是损我？"王启东开心地大笑，"模仿没有错，日本企业当年也是靠模仿起家，最后才有了自己的风格和创造，电脑本来就起源于美国，互联网也是，我们想要跟上信息时代的脚步，就要从模仿开始做起。当然，不仅仅只是模仿，还要超越。傅开诚和我的观点就一致，他的祥麟网站就办得不错，听说明年要改版，还要改名。如果再算上纪德佑的韵舟网站正式推出的全中文搜索引擎服务，以及陈安平明年要成立的新网站，我相信 1997 年是中国互联网元年，你说呢商深？"

听到王启东提到了陈安平、纪德佑、傅开诚一个个在业内灿若明星的名字，商深的热血被点燃了，他完全赞同王启东所说的中国互联网元年的说法："1997 年是时代骤变的一年，除了这几人之外，赵向飞到北京参与外经贸部的网站建设，纪德佑在广州，陈安平在北京，傅开诚在北京，你和王哥在深圳，中国互联网创业的激情已经燃烧了整个中国。"

"我？"王启东一指自己的鼻子，摇头笑了，"比起前辈们，我和向西还差了不少，还没有真正迈进互联网的大门。以前我摆过地摊，干组装电脑的生意，结果发现就连路边摊也竞争激烈，最后没赚到钱，只好老老实实地回去工作了。我在寻呼机行业的龙头老大润迅公司工作时，认识了陈安平，当时我就想，在网络时代还需要寻呼机吗？肯定也需要，因为交流是人的本能，不管采取什么方式交流，人时刻都有交流的渴望。陈安平说要做网络传呼，我赞成他的想法，其实我没有告诉他的是，我也想做网络传呼，我还起了一个更形象、更生动的名字——网络即时通信。”

“ICQ！”王启东的话引起了徐一莫的共鸣，她脱口而出，“我上次就对商深说过，如果我们有一款中国人自己的ICQ多好，现在的ICQ全是英文界面不说，而且和系统的兼容似乎也有问题，功能又单一，不太好用。商深，你不是说想汉化ICQ，让ICQ更符合中国人的使用习惯吗？”

王启东顿时眼前一亮："你真这么想，商深？太好了，你和我们想到一起了，向西，你费这么大力气找到商深，还真是有眼光，商深和我们确实是同路人。”

崔涵薇当即插嘴说道："一莫说得没错，我也很喜欢用ICQ，但ICQ界面不太友好，功能又单一，不想用它吧，许多人都在用。用它吧，又觉得别扭。如果再有一个比它好用并且市场占有率高的软件出现，我一定换了ICQ。商深，如果你加盟我的公司，我会全力支持你改写ICQ或是自己重新编写一个网络寻呼软件，或者说即时通信软件。”

“不如这样……”王启东举起茶杯，“既然我们兴趣相同、目标一致，不如联合在一起，谁也别争商深了，大家一起合作不就行了？向西和商深负责技术，涵薇，你和我负责资金和运营，怎么样？”

“好呀，我没意见。”崔涵薇对王启东、王向西印象很好，她也知道互联网开放、共享和双赢的原则，就举起茶杯，“来，商深、王哥、一莫，为了我们共同的美好明天，干杯。”

商深和徐一莫都举起了茶杯，只有董博瀚一个人被遗忘了，商深笑了笑，拿起董博瀚的茶杯递到了他的手中："董总，加盟或是不加盟天马不重要，合作有许多种方式，就算不合作，只要是为了共同的事业，为了中国的互联网事业可以更快、更早地兴起，可以赶上甚至超越美国，凡是为中国互联网的发展出力献策的同行，都是我们共同的合作伙伴。互联网的大潮可以容纳无数创业者和成功者，可以是一个百亿甚至是千亿、万亿的市场规模，来，为了中国互联网的明天，干杯。”

董博瀚本来有几分落寞，被商深的一番话激发了豪情，接过商深递来的茶杯，哈哈一笑：“来，干杯。为创造历史的一刻干杯，为奠定历史的现在干杯！”

几人举起青瓷茶杯碰在了一起，杯子发出了清脆的响声，和旁边包间里的碰杯没什么两样，却在一瞬间定格成了历史，决定了未来诸多人物不平凡的命运！

1994年4月20日，通过一条64Kb的国际专线，中国全功能接入国际互联网，这成为了中国互联网时代的起始点。当时网速之慢是现在的宽带无法想象的，发一封邮件有可能七天才会到达。三年之后，1997年，网速虽然提高了不少，中国的互联网已经呈现出热火朝天的景象，但真正的互联网浪潮还没有到来。

在全国各地，却有无数如商深、王启东、赵向飞、纪德佑、陈安平、王向西、傅开诚一样的热血青年，敏锐地发现了时代的契机，以高人一等的眼光和快人一步的动作抢先占领了中国互联网元年的制高点，从而迈出了至关重要的第一步。

时代的潮流不可抵挡，在即将到来的互联网大潮之中，谁会成为时代的弄潮儿，和他的出身、长相以及身高都无关，只和他的眼光、才华和对未来有没有信心有关！

许多年后当商深再次回忆起在米博士茶馆中的一幕，他才知道，他的命运轨迹在碰杯的一刻，就被决定了未来的方向。如果说他在德泉仪表厂的工作是他命运转折的一个关键点——他遇到并且喜欢上了范卫卫，而他在德泉和董博瀚的认识，也奠定了他置身于互联网浪潮之中的根基。之后为天马所做的一切，进一步让他在中国互联网元年的历史时刻留下了属于自己浓重的一笔。

董博瀚望着商深意气风发的笑脸，心中感慨万千，谁也没有他对商深的感情深厚，毕竟商深是他发现的人才。尽管他早就看出商深并非池中物，一遇风云便化龙，却还是没有想到商深的深圳之行会收获如此之丰，有了崔涵薇资本力量的介入，有了王启东和王向西创业思维的碰撞，商深会快速成长为一名可以在互联网浪潮之中遨游的全能型高手，而不仅仅是一个电脑技术上的高手。

可惜的是，也许天马不再是最适合商深的舞台了，原本以为在商深成长起来之前还可以为天马的发展做出一定的贡献，没想到商深的成长速度之快远超他的想象。如果说在德泉时的商深还只是一个初出茅庐的青葱少年，有天分和勤奋却缺少眼界，那么在北京时的商深已经对自身价值有了一定的认识，而现在经过深圳之行的他，更多了成熟和稳重，还多了高屋建瓴的见解和对未来更为清晰的认识。

董博瀚既为商深感到高兴又为天马感到遗憾，商深已经成长为可以左右自己命运的弄潮儿了，不再需要别人的评估和赏识。

当然，就商深自己而言，他只是想更快、更好地释放自己的能力，让自己不至于落后互联网浪潮太多。

快到中午吃饭时间了，王向西提议道："中午一起吃个便饭吧。"

几人聊得正投机，就都表示同意。从米博士茶馆出来，走不多远就来到一家粤菜馆，几人刚落座，王启东的手机忽然响了。

"刘凌，我在深圳，你在北京？最近不知道什么时候去北京，去的话，一定联系你。"王启东一边接听电话，一边有意无意多看了商深几眼，"你正在编写一款杀毒、清理系统的软件，借鉴了一个叫商深的年轻人的创意？从哪里借鉴的？重庆火锅城老板的电脑里面？你可真行，真会见缝插针。商深正和我在一起，你要不要和他说话？"

商深坐在崔涵薇和徐一莫中间，正在嗑瓜子，没想到王启东的电话内容涉及了他，当时一惊，瓜子都掉了。

"找我？"商深接过了电话，听到电话另一端传来了一个陌生的声音，对方自称叫刘凌，他愣了愣，“刘凌你好，我是商深，很高兴认识你。”

尽管不太熟悉刘凌其人，但刚才听王向西介绍过刘凌的经历，商深对刘凌也心生敬佩——在大学期间就能成为百万富翁的人，绝对是一个天才级的聪明人物。

“商深你好，你可能不知道我，但我知道你。先跟你说一声抱歉，我抄袭了你的创意。我从重庆火锅城老板的电脑里复制了你的365清理软件，然后在你的创意的基础上，又增加了一些功能，估计再过一段时间就会形成一个全新的大型功能性软件，这样，等软件推向市场之后，我按一定比例付你报酬，怎么样？你觉得多少合适？”

商深认真地想了一想：“不过是信手写来的一个小软件，本来就不成形，你拿走之后让我的创意发扬光大，我应该感谢你才对，怎么好意思再要报酬？”

“不行，要尊重知识产权，如果我不认识你还好说，可以用找不到原创作者为理由来安慰自己，但我既然认识你了，就一定得按照规矩办事。”刘凌还以为商深会狮子大开口要一个高价，没想到商深全然没有商业头脑，居然要免费赠送，他不由得心生感动。

诚然，如果他不说，商深也不会知道他的软件是抄袭了他的创意，但做人的原则让他必须告诉商深，更何况商深和王启东又是朋友，IT圈子说大也大说小也小，如果事后再被商深发现了他的所作所为，传了出去，他就没法做人了。

“这样呀……”商深迟疑了一下，“你觉得多少合适就行了，我没意见。互联网本来就是一个开放共享互利共赢的平台，我的创意如果能为你带来灵感，能为许多人带来便利和服务，也算是物尽其用了。”

刘凌深为商深的大度和不计较得失的态度叫好，和他接触的纯粹的唯利是图的传统商人不同的是，伴随着互联网兴起的新一代的创业者，在金钱上都不太计较一时的得失，大多目光长远，更在意长远的收益。

略一盘算，刘凌说出一个自认对得起良心的开价：“按5%的比例提成，怎么样？因为软件推向市场，还需要经过许多环节，每个环节都要留出利润空间，我个人的利润也只能提成到 15%。”

“足够了，谢谢你，刘哥。你有原则，坚守底线，有信念的人可以走得更远，我相信你未来会走出一条与众不同的成功之路。”商深很客气地感谢了刘凌，现在知识产权保护的规章制度还不成熟，市场机制也没有建立，即使他的创意被人窃取了，去起诉对方，也未必能赢，所以刘凌能主动向他分成利润，已经是良心做法了。

“哈哈，借你吉言，商深。回北京后，记得找我，我们好好聊一聊。可以预见的是，在不久的将来，互联网大潮就会到来，到时我们一起畅游在互联网大潮之中，傲立潮头。”

“好，回北京我一定去找刘哥。”商深将电话还给了王启东，朝王启东点了点头：“谢谢王哥。”

“不用谢我，我又没做什么，要谢就谢你自己。”王启东拍了拍商深的肩膀，语重心长地说道，“刚才你的态度让我很受感动，商深，你预言刘凌可以走出一条与众不同的成功之路，我却认为你以后的成功会比他更独特、更有意义。”

/第/七/章/

成功之道

董博瀚点头表示认可王启东的说法，刚才商深和刘凌的电话他也听到了一些。就和之前他与崔涵薇、王向西争相邀请商深加盟时一样，商深既没有主动报价，又没有借机抬价，而是摆出置身事外的态度，淡定而从容地面对。或许在别人看来，商深没有过于精明的头脑，不知道抓住送上门的机会讨价还价，在善于算计的人眼中，或许商深天真得可爱，却不知道，商深不争而争的态度才是聪明的最高境界。或许退让和被动会有一时的损失，但却可以换来长远的收益。李嘉诚的成功秘诀就是在和别人合作时，如果能赚八分的生意，他主动让出二分，只赚六分。结果传开之后，许多人都争相要和他合作。

眼前退让一小步，换来的却是以后无数的合作，在目光短浅者的眼中，商深是吃亏了，但在目光长远者看来，商深此举是奠定了未来的基础。

在互联网时代，不但要比拼创意和灵感，还要比拼对未来把握的眼光以及谁更能沉得住气。商深真是一个天生的互联网人才。

“互联网时代，每个人都有可能走出一条与众不同的成功之路，商深，我越来越看好你了，加油。”董博瀚也为商深打气。

商深不好意思地摸了摸后脑勺：“现在应该是吃饭时间，不是夸人时间，各位前辈就不要捧杀我了。”

话刚说完，左边的崔涵薇和右边的徐一莫两人心有灵犀，同时一拍他的肩膀，异口同声："商深，我也越来越看好你了！"

"哈哈！"

众人一起大笑。

饭菜还算丰盛。

深圳是一个移民城市，口味综合了各地的特点，想吃什么有什么。不过既然来的是粤菜馆，自然以粤菜为主了。商深还好，对吃不怎么挑剔，崔涵薇和徐一莫却吃不惯过于清淡的粤菜。

几人吃完饭，王启东和董博瀚有事先离开了，留下了王向西继续陪商深和崔涵薇、徐一莫。

商深见王向西留了下来，他就知道，他还有话要说。

"不如先回宾馆吧。"崔涵薇提议，站在街上，正午的阳光过于刺眼，她手搭凉篷站立在人来人往的街头的姿态，既淑女又轻灵。

崔涵薇的举动忽然就让商深想起了当初在德泉县时，范卫卫也喜欢手搭凉篷，现在置身深圳的街头，虽然和范卫卫在同一个城市，感觉上却有了千山万水的距离，他才想起手机被徐一莫关机后还没有开机，就忙取出手机打开。却没有任何短信，他不免有几分失望，想了想："好吧，回宾馆，外面太热了。"

"我……方便一起吗？"王向西征求商深的意见。

"方便，我们住的是总统套房，房间足够大。"徐一莫抢先说道。

到了酒店，王向西惊叹一声："你们居然住在威尼斯，太厉害了。对了，你们知道威尼斯是谁的产业吗？是范长天，范长天控股威尼斯。可惜的是，范长天不看好互联网的未来，不支持我和启东的创业。我和启东去登门拜访，希望他投资我们的新公司，结果被他没有回旋余地地拒绝了。"

想起在范家遭遇范长天的冷漠，王向西自嘲地一笑："总有一天，我会让范长天后悔他的决定！"

"范长天？范卫卫？"徐一莫想起了什么，惊叫了一声，"薇薇，会不会范卫卫就是范长天的女儿呀？怪不得她一句话就能安排我们一个总统套房，原来她有一个这么厉害的爹。哎，商深，你发达了，赚到了，你的女朋友是亿万富翁的女儿，你以后娶了范卫卫，钱多得想怎么花就怎么花……”

“少说两句。”崔涵薇伸手捂住了徐一莫的嘴巴，“不说话没人当你是哑巴。”

“我……”徐一莫还想挣脱崔涵薇的魔爪，却见商深神色不对，他一个人站在宽大的落地窗前，凝望着窗外的景色，一言不发，她就识趣地闭了嘴，朝崔涵薇使了一个眼色。

“商深的女朋友是范卫卫？”王向西也惊呆了，“范卫卫可是有深圳第一千金的称号，据说有许多人追求她，可是她心高气傲，拒绝了许多富家公子哥。没想到，她居然被商深俘虏了。商深，你可真行，我真的佩服你。”

“行了，别说了。”徐一莫眼睛转了一转，忽然一推王向西，抓起了相机，“王哥，陪我下楼一趟，买点儿东西。”

“买什么？”王向西还没有明白过来是怎么一回事儿，就被徐一莫连推带拉弄到了门外。

“怎么了？”出了房间王向西才意识到肯定是哪里不对。

“商深这一次来深圳就是想和范卫卫在一起，昨天才到，今天就要回北京，你说怎么啦？肯定是出事了。他不说，我和薇薇又不好意思问，估计是范长天不答应他和范卫卫的事情，你想呀，他是多骄傲的一个人，肯定受不了范长天的冷漠和嘲讽。我瞎猜的啊，商深才来深圳一天就急着回北京，和范卫卫不是掰了就是闹矛盾了，所以你就别提范卫卫了。”徐一莫快语连珠，说完之后从相机中取出胶卷，“王哥，附近哪里有洗照片的地方，要快洗。”

“楼下就有。”王向西听明白了事情的始末，叹息一声，“爱情说来就来，挡也挡不住。爱上范卫卫不是商深的错，范卫卫爱他也不是错，都是范长天的错。”

“哧……”徐一莫被王向西绕口令一样的话逗乐了，“其实我觉得范卫卫不适合商深，倒是薇薇和他挺般配，所以我决定趁现在机会正好，想办法撮合他和薇薇在一起。”

一边说，她一边扬了扬手中的相机。

“也是，崔涵薇家境也不错，她也相信互联网的未来，和商深有共同语言，她如果和商深合作事业的话，就是爱情事业双丰收了。”王向西赞同徐一莫的说法，注意到了徐一莫手中的相机，“你洗照片做什么？”

“保密。”徐一莫才不会告诉王向西她要洗出崔涵薇和商深在飞机上相依相偎的照片。

“好吧，保密就保密，我不问就是了。”王向西嘿嘿一笑，他憨厚的笑容还真有商深式的可爱，“对了，你老想撮合别人，那你有男朋友吗？”

“没有，怎么了，你喜欢上我了？”徐一莫倒也直接。

王向西被徐一莫的单刀直入吓到了，愣了一愣，没正面回答徐一莫的问题，而是直接转移了话题，“能不能告诉我，崔涵薇是真的想和商深合作，还是只想抬高商深的身价？”

“当然是真想合作了，你想哪里去了？”徐一莫白了王向西一眼，又扑哧笑了，“王哥，你和我们北方人尤其是北京人打交道，不用那么多弯弯肠子，只管有一说一就行，保管你可以如愿以偿地谈判成功。如果你喜欢绕弯喜欢算计，反倒会误了正事。”

王向西不好意思地摸了摸后脑勺：“说得好像我们南方人多精明多坏一样，其实也不是算计，而是考虑得稍微多一些。说实话，启东提议和崔涵薇一起合作，也不是不可能，但要具体协商出来一个合作方案才行……对了，你和崔涵薇是什么关系？”

“发小、闺蜜，外加她最信任的朋友。”来到楼下，徐一莫注意到果然有一家柯达快洗店，她一路小跑冲向了快洗店，“王哥，你等我一下，马上好。”

王向西应了一声，站在门口，他微眯了眼睛，徐一莫灵巧的身影就如一只在阳光下翩翩起舞的蝴蝶，她的背影比他见过的所有女孩的背影都要好看。

“我也没有女朋友。”他心中默念了一声，会心地笑了。

“王向西应该没有女朋友吧？看他就比你大一两岁的样子，一莫拉他下楼，是不是有什么悄悄话要说？”崔涵薇有意缓和了一下气氛，她也看了出来，商深一听到范卫卫的名字就情绪不高。

商深不是情绪不高，而是心思浮沉，再次受到了巨大的冲击。

原本以为范卫卫家住豪宅已经是很厉害了，没想到，范卫卫的爸爸范长天居然是威尼斯的大股东，也就是说，范长天身家数亿！

甚至更多。

商深感觉范长天就如一座高不可攀的高山横亘在他和范卫卫之间，成了他和范卫卫无法逾越的屏障。不用再去想范长天名下还有其他什么资产，只一个威尼斯酒店就足以让他仰望的了。

也不知道他要经过多少年的努力才能达到范长天的高度，商深忽然感觉眼前的总统套房就如一个华丽的陷阱，他深陷其中无法自拔，想要脱身，却又觉得无处用力。

以前和范卫卫在一起，他感受到的只有甜蜜和幸福，也许是因为在贫穷落后的县城，没有生活的压力和现实的逼迫，他们像是生活在童话之中。现在回到了现实世界，尤其是在一切向钱看的沿海城市，他第一次觉得压力山大。

摇头笑了笑，商深已经从低落的情绪中多少恢复了几分："王向西比我大两岁，有没有女朋友不知道，不过徐一莫拉他下楼肯定不是为了说悄悄话，而是为了……"

"为了什么？"崔涵薇眨着一双灵动的大眼睛，她倒了一杯水给商深，想宽慰商深几句什么，却又觉得现在提范卫卫的话题不太合适。

"为了给我们腾出空间。"商深见崔涵薇忽然比以前温柔了许多，就有意逗逗她，"你怎么变得温柔了？我还以为你永远一副高傲的姿态。"

"高傲不是觉得自己高人一等，而是保护色。"若是平常，崔涵薇或许会和商深争论一番，现在她却有了一反常态的温情，"有的女孩用冷漠来保护自己，有的用随和来掩饰自己，也有的用随性和无所谓来表现自己，我只不过是用高傲来包裹自己罢了，说到底，是不想让自己在人前显得太容易接近了。女孩子，天生矜持，矜持的表现方法有许多种，比如说范卫卫的矜持是活泼开朗，一莫的矜持是随性和无所谓，蓝袜的矜持是文静，卫辛的矜持是含蓄……对了，你说一莫是为给我们腾出空间，是腾出什么空间？"

话一说完，崔涵薇的脸莫名红了一红。

“女孩的心思你别猜，猜来猜去也猜不明白。”商深哈哈一笑，“说吧，崔总，你邀请我加盟你的公司，是出于真心还是只为了抬高我在董博瀚和王向西眼里的价格？现在没有外人，可以放心大胆地说出实话。徐一莫为我们腾出空间，可不是腾出谈恋爱的空间，而是腾出谈判的空间。”

“呸，谁要和你谈恋爱，你乱说什么呢？”心事被撞破，崔涵薇又羞又急，她本来坐在床上，起身坐到了沙发上，似乎离商深远一些才能表明她并不喜欢商深的心迹，“当然是出于真心，你又不是不知道我对互联网的前景十分看好，以前就一直想投资一家面向互联网的公司，却一直没有合适的机会。现在遇到了你，觉得和你还算有共同语言，而且你也有这方面的能力，所以就想和你合作。我在他们面前提出的条件，都是不打折扣的真话，你有不满意的地方，可以再提。”

“先不说合作条件，先说说你的设想，对，还有你的个人情况，包括资金来源，好让我心里有数。”商深不知道崔涵薇心思万千，他走过来坐到了崔涵薇的旁边。

偌大的总统套房，此刻只有她和他，阳光从西面的窗户中照进室内，更像一幅精致的油画，仿佛生命停止了流动。崔涵薇心中柔情无限，就这样和商深一直待下去该有多好，一直待到地老天荒，待到永远。

“嗯？”不见崔涵薇回答，商深咳嗽了一声，“咳咳……”

“干吗？”崔涵薇如梦方醒，意识到自己走神了，抱歉地微微一笑，“不好意思，刚才想到了别的事情。先说说我的个人情况吧，我和哥哥开了一家从事外贸的公司，公司目前的运营状况还不错，年利润在300万以上。强调一下，我和哥哥的公司是白手起家，没有借助爸爸的资金和力量。这一次来深圳，也是和深圳的一家外贸公司谈一笔生意。”

商深没说话，静静地听崔涵薇说下去。

“资金来源不成问题，我和哥哥的公司我占一半的股份，如果退股的话，可以变现300万。除此之外，爸爸也为我准备了一笔创业基金，我随时可以提取300万左右的资金。再不济，我求求爸爸，让他资助我几百万也不成问题。”崔涵薇一拢头发，目光平视商深的双眼，“我很看好互联网的未来，但新公司是从事硬件方面的经营还是软件上面的服务，我还没有拿定主意，想听听你的意见。”

商深沉思了片刻：“我想编写一个和ICQ类似的软件推向市场，相信以后肯定会大有作为。”商深现在更坚定了他要改写ICQ的决心，手机普及的速度就说明了人们对交流的渴望，随着电脑和网络的普及，上网的人越来越多，那么方便快捷的网上交流将会成为潮流。

“好，我支持你。”话一出口，连她自己都感到惊讶，不知道自己为什么对商深的决定没有丝毫的怀疑。

“真的？”商深第一次感觉到了崔涵薇的可爱，谁都会对支持自己想法的人有好感，何况从某种意义上说，如果他和崔涵薇合作的话，崔涵薇会是他的老板，他惊喜交加，“你真的看好网络寻呼软件的未来？”

“当然了，我天天上ICQ，现在有什么事情都会通过ICQ和哥哥联系。以前有什么资料和文件，都要发传真，现在收电子邮件就可以了。时代在进步，社会在发展，我们就要抢占时代的制高点，就是要比别人快上一步才能成功。”崔涵薇的语气四分傲然六分撒娇，“你别小瞧人，虽然我电脑不如你，不是电脑高手，但我有投资眼光。你是技术上的领先者，但如果没有我这样有长远眼光的投资人，你的技术只能是纸上谈兵的理论，不会投向市场。”

/ 第 / 八 / 章 /

待价而沽

“太好了。”商深激动之余，一拍桌子站了起来，“涵薇，回北京后我们再讨论一下合作的细节。”

崔涵薇莞尔一笑：“这么说，你决定和我合作了？”

“还没完全决定，等回北京后，我再听听赵向飞的意见。”商深憨厚地一笑，“赵哥的眼光比我长远。”

“优柔寡断。”崔涵薇空欢喜一场，不满地白了商深一眼，“你一个大男人，凡事不能自己做主？干吗要听别人的意见？”

“兼听则明。”商深不理会崔涵薇的埋怨，他就是故意以退为进，因为他清楚一点，和崔涵薇合作，以崔涵薇性格上的强势和资金上的雄厚，她必定要事事掌控主动权。但他又想自己掌控主动权，毕竟在他看来，在针对互联网前景的分析上，崔涵薇的眼光还差了几分火候。如果事事由崔涵薇说了算，也许会走向失败。

以前他还不成熟，不知道自身的价值，现在经历过为天马排除打印机BIOS故障和修复中文处理软件之后，再经历了被董博瀚、王向西、崔涵薇争相邀请加盟的竞拍，他意识到了他本身就是一个价值连城的宝藏，既然有人要和他联合开发他的宝藏，那么就必须他的地盘他做主。

“你就是待价而沽。”崔涵薇哼了一声，虽然不满商深的回答，却也无奈，她有资金不假，但现在是买方市场，资金别人也有，但商深却是独一无二不可替代的技术高手，在一个软件就有可能带来一场风暴的今天，商深一人可抵百万雄兵。或者说，商深本身就是不可估量的巨额财富。

她只有耐心等待商深的明确答复，别无他法。因为独一无二的存在就拥有独一无二的价值。

崔涵薇起身去倒水，穿了短裙的她，弯腰的时候，裙摆上提，露出了大腿部分。由于正对着商深，商深不想看也看个正着，他就被崔涵薇紧致圆润的大腿惊呆了。

崔涵薇的大腿非常漂亮，堪称完美，匀称而圆润，从上到下流畅而自然，大腿粗得恰到好处，小腿细得十分得体。

再看她的细腰、瘦削却不显单薄的双肩，只看背影就让人浮想联翩，当真是个一等一的美女。

“喂，看什么呢？色狼！”

其实商深虽然是在看崔涵薇，心思却又落到了范卫卫身上，一时入神了。崔涵薇回身的时候，见商深目光呆呆地盯着她的背影不放，瞬间脸就红了。

此时夕阳西斜，不再如正午时分强烈，多了柔和的色彩，余晖把崔涵薇的影子拉得很长，就如夏日海滩上的一个不真实的梦境。

商深如梦方醒，不好意思地笑了：“什么都没看见。”

“骗子。”崔涵薇才不信商深的话，她端着水杯站在了窗前，眺望远处林立的高楼和层次分明的绿色，在繁华之外的远处，也有正在建造的高楼和拆迁之后的满目疮痍。

崔涵薇的心情忽然就平静了下来，一时想了许多，想起了童年，想起了爸爸和哥哥，想起了明天和事业，也想起了和商深的合作，在一起合作会发生什么呢？

如果商深和范卫卫分手了该有多好……不知为何，崔涵薇脑中忽然闪过了一个念头，吓了自己一跳。商深虽然没说，但谁都可以猜到他和范卫卫之间肯定出了什么问题，估计和范卫卫的家庭有关。

可是她还是不明白自己的心思，怎么就喜欢上了商深呢？商深有什么好？穷小子一个，还挺有个性，表面上随和，其实很有原则，也不是很帅。就算他是一个电脑天才，但也不是所有的天才最后都可以成功。

那么她到底喜欢商深什么？他又不会哄女孩开心，又不会甜言蜜语，就会气人，对她都是误会和嘲讽，对了……崔涵薇心思一动，是该告诉商深她和祖纵真正关系的时候了，不要让商深一直误会下去。

“商深，其实我和……”崔涵薇回过身去，想向商深说个明白，不料刚一回头，却一头撞进了商深的怀里。

“啊！”崔涵薇惊叫一声，手中的一杯热水就全部洒在了商深的身上。

原来不知何时，商深悄然来到了她的身后，她回身的速度太快，哪里知道身后突然多了一人。

商深被烫得惊叫一声，再加上崔涵薇的前扑之势过快，他站立不稳，身子后仰，摔在了地上。

商深一倒，崔涵薇也手忙脚乱，被商深的脚一绊，也摔倒了。

却偏偏摔在了商深的身上，商深闷哼一声，感觉胸口一阵发闷，随后就被崔涵薇压了个结结实实。

“刚才是谁说我是色狼来着？”商深被崔涵薇压在身下，而且还被她按住了双手，如同被她制伏了一般，他无奈地笑道，“现在用事实说话，谁是色狼谁是好人，一目了然。”

“你！”崔涵薇本来压在了商深身上，羞不可抑，又被商深调侃，更是面红耳赤，她努力支撑身子，想要起来，“你就是流氓！”

她的手正压在商深的手上，她一用力，商深一疼，本能地抽回双手。

她的双手失去了借力点，起了一半的身子又朝前一扑跌落下去，崔涵薇正要开口骂商深，一张口，她的双唇就印在了商深的嘴唇上。

“啊！”

“啊！唔！”

崔涵薇和商深同时“啊”了一声，商深“啊”了一半，嘴就被堵了个严严实实。

崔涵薇瞪大了眼睛，嘴唇和商深的嘴唇碰在一起，她不敢相信眼前的一切，她的初吻就这样被商深夺走了？太没有情调了！

她不但没有感觉到任何美感，嘴唇还火辣辣地疼。

商深哭笑不得，没想到一向喜欢主动的他却被崔涵薇推倒了。作为男人，竟然被推倒了，还被她强吻，还真没有被女孩子这么欺负过。

一时心中极度不平衡，想翻身把崔涵薇压到身下，还没有来得及有所动作，门突然被人推开了。

“照片洗得还真不错，也说明我的摄影技术高超。王哥，你说等有一天数码相机普及了，用数码相机拍照，传到电脑里，想看哪张看哪张，是不是就都不用洗照片了？如果网络发达了，拍好的照片都能放到网上，大家是不是就都能看到了，哇！太神奇了！想想就让人激动不已……”徐一莫洗好照片，和王向西走回房间，她直接刷了自己的房卡开了门，推门一看，顿时惊得目瞪口呆，手中的照片也失手落地。

“哎呀，商深你想干什么？”徐一莫想都没想，就以为商深在欺负崔涵薇，赶忙向前要去痛打流氓，才一迈步就发现情况不对，“薇薇，你干什么？千万不要冲动，你这是犯罪……啊，不对，我什么都没看见，我走错房间了。你也什么都没有看见，对吧王哥？”

一边说，一边还捂住了双眼。

“扶我起来。”崔涵薇被徐一莫气得哭笑不得，“我摔伤了，起不来了，快来帮忙。”

“摔伤了？”徐一莫不相信，“这样的事情也会摔伤，你们玩得太嗨了吧？”

崔涵薇都快气哭了：“我真是摔倒了，徐一莫，你再不过来，我和你绝交！”

“凶什么凶？”徐一莫这才急忙跑了过来，拉起了崔涵薇，王向西也伸出援手，扶起了商深。

“什么情况？”王向西嘿嘿一笑，笑容中透露出暧昧和调侃的意味。

“意外，纯属意外。”商深不好意思地抓了抓头，朝王向西使了一个眼色，示意不要再揪着这件事情不放，“你和一莫做什么去了？”

王向西却不肯放过商深，他一把抱住商深的肩膀，将商深拉到了一边：“老弟，你和崔涵薇到底是怎么一回事儿？你们是商业上的合作关系还是感情上的恋爱关系？如果你们有感情的话，我和董博瀚再怎么争也争不过她的。”

“想哪里去了？我有女朋友她有男朋友，刚才的事情真的纯属意外，你看我身上的水……”商深向王向西展示了他身上的水渍，“就是不小心摔倒了，她摔在了我的身上。我和她的合作，只会出于商业上的考虑，不会涉及感情因素。”

“那就好，那就好。”王向西笑眯眯的，仍然是半信半疑，“对了，我听徐一莫说，晚上你要陪她们去参加一个谈判？”

“嗯。”商深点了点头，见徐一莫和崔涵薇进了里面的房间，才放松了几分，刚才的事情让他也感到尴尬，不知道该怎么面对崔涵薇了。

“我正好没事，方便的话，我陪你们一起？”王向西是想借机和商深加深感情，现在，他也多了一层目的，想和徐一莫多一些互动。

商深点头：“没问题，欢迎。”忽然又想到了什么，恍然大悟地笑了，“我明白了，你的目标是徐一莫。”

王向西憨厚地一笑：“我还没有女朋友，就是不知道她有没有男朋友。我的主要目标是你，她是次要目标。”

见王向西实话实说，商深也笑了：“徐一莫应该还没有男朋友，不过她不好追到手。她看似随和，实际上是一个很特别的人，在一起的时候和你谈得来，一转身分开了，就会把你抛到脑后。”

“这样呀……”王向西低头想了一想，“这样也好，更有挑战性。对了，刚才感觉如何？”

“什么感觉？”商深一脸疑惑。

“别装了，被崔涵薇压在身下的感觉呀？被这么一个大美女抱了，你没感觉到幸福吗？别再强调说你们刚才是意外了，你们在飞机上就抱在一起了。”王向西想起了什么，用手一指徐一莫扔了一地的照片，“嘿嘿，我都看到了。”

“看到什么了？”商深更是一头雾水了，他见地上散落了几张照片，其中有一张很醒目，捡起一看，惊得差点儿跳起来，“啊，怎么会这样？”

照片上是他和崔涵薇，崔涵薇的头枕在他的肩膀之上，他的头靠在崔涵薇的头上，崔涵薇双手抱住了他的胳膊，他的手则紧紧抓住了崔涵薇的手，二人相依相偎，就如一对热恋中的恋人，无比甜蜜。

商深头大了，也火大了，冲里间大吼一声：“徐一莫，你给我出来！”

徐一莫怯生生地出来了，她低眉顺眼的样子，似乎真的意识到了自己的错误一样：“商哥，你先别生气，我又不是特意要洗你和薇薇的照片。我是整卷冲洗的，就算有错，也是无心之错，对吧？再说了，你一个大男人别这么小气好不好，你看我拍得多好，不但光用得好，背景也虚化了，还把你拍得比本人白了不少，相当于艺术照了。你别戴着有色眼镜看待问题，这是艺术，不是艳照。”

商深被她的一番歪理邪说弄得哭笑不得，拿起照片就要撕掉，却被徐一莫一把抢了过去。

“别撕呀，薇薇还没看到呢。”徐一莫将照片藏到了身后，“等薇薇看了再撕也行，你不能一个人决定两个人照片的命运，对吧？”

崔涵薇从里间出来了，换了一身职业丽人的打扮，上身是半袖衣衫，下身是过膝的一步裙，既正式又不失韵味，她扬了扬手中的电话：“客户打来电话说，现在就想和商深见面。商深，你表现的时候到了。”

“我只是陪衬好不好？”商深笑了笑，“王哥也要当护花使者，没意见吧？”

“没意见。”崔涵薇似乎忘记了刚才的不快，有王向西助阵，她高兴还来不及，她招呼徐一莫，“一莫，赶紧准备一下资料，我们马上出发。王哥，辛苦你了。”

“不辛苦。”王向西去帮徐一莫准备资料了。

崔涵薇伸手拉住商深的胳膊，将他拉到了一边。

“王哥和一莫是什么情况？”她注意到了王向西对徐一莫的热情。

“谁知道呢？”商深摇了摇头，“顶多就是比正常情况稍微复杂一点儿的小情况，比不上我们刚才的大情况。”

“又来！”崔涵薇回想起刚才的一出，既甜蜜又羞涩，脸红了，“不许说了，听到没有？赶紧陪我去办正事，谈完了事情后，就马上回北京。北京还有许多事情要做，不能再在深圳耽误时间了。”

被崔涵薇这么一说，商深也忽然归心似箭了。

/ 第 / 九 / 章 /

鸿门宴

四人下楼，因为有了王向西的加入，崔涵薇对今晚的谈判更有底气了，心情格外舒畅，一路哼唱着艾敬的《我的 1997》。

商深的心思被崔涵薇的歌带动着，崔涵薇的嗓音出人意料地动听，他的思绪已经飞到了北京，忘记了照片的事情。

他不知道，徐一莫在下楼之前，直接将照片扔到了床上，也没收拾，就和王向西有说有笑地下楼去了。

到了楼下，徐一莫和王向西自告奋勇地去叫出租车，商深和崔涵薇站在酒店门口等着。

还是王超、马寒、张珑和赵蝴四人值班，上次花机灵已经告诉了他们范卫卫的真实身份，现在他们再也不敢小瞧范卫卫的贵宾，对商深和崔涵薇毕恭毕敬。商深注意到了迎宾态度一百八十度的大转弯，心里猜到了原因，就又不可抑制地想起了范卫卫。

“你说有没有可能等我有钱了，我会买下威尼斯酒店？”商深仰望一柱擎天的高楼，忽然心中生发豪情万丈。

“一切皆有可能。”崔涵薇被商深脸上洋溢的自信光芒迷了双眼，她的心脏不争气地一阵猛烈跳动，忙深吸一口气压下了澎湃的心潮，“一个 Hotmail 可以卖出 4 亿美元的高价，实际上 Hotmail 只是胜在了创意上，并没有太多的技术含量。在互联网浪潮的世界里，财富神话不是以几百万美元为衡量标准，而是上千万甚至上亿美元起。商深，我相信你早晚会是互联网大潮的弄潮儿。我们赶上了好时代，就一定不要辜负这个时代。我也相信你的成功会是让许多人仰望的成功，包括范长天。不要说一个小小的威尼斯酒店了，就是你想买下一个城市也不在话下。”

尽管崔涵薇的话有夸大之处，但商深听了还是热血沸腾。和范卫卫在一起的时候，他和她几乎没有谈过事业和成功，因为他们在互联网的前景上没有共同语言。和崔涵薇在一起，却激发了他强烈的事业心和创业动力。

或许是和崔涵薇熟了，又或许是崔涵薇的话让他感觉和她少了隔阂、多了亲切，他在心理上没有那么疏远崔涵薇了。

一辆汽车朝他们驶来，他下意识地用手扶住她的后背，和她一同让到了一边。

汽车停在了酒店门口，上面却没有人下来。商深也没在意，正好徐一莫和王向西叫到了出租车，四人就上了出租车。

在出租车扬长而去之后，停在酒店门口的汽车车门打开，车上下来一人，她呆呆地望着绝尘而去的出租车，身子晃了一晃，手扶住车顶才没有摔倒。

怎么会……这样？她不相信自己的眼睛，却又不得不接受刚才眼前发生的事实——从商深和崔涵薇站在门口谈笑风生，到商深态度亲密地扶着崔涵薇，如果再算上徐一莫和王哥的话，四个人，正好是两对，也不知道他们去了哪里。

商深真的这么快就变心了？爸爸和妈妈是对他苛刻了一些，但她对他一往情深，甚至为他发了三年不接受任何人追求的誓言，实际上她内心真实的想法是，何止三年，多少年她也要等他。

可是为什么商深明明说他要回北京，却还留在深圳？也没有告诉她，而是转眼就和崔涵薇在一起了。如果商深没有变心，刚才活生生的一幕又怎么解释？商深和崔涵薇已经到了亲密无间的地步！

商深，你骗我！范卫卫心如刀割！

不过……范卫卫转念一想，也许商深是受崔涵薇之托帮她什么忙，她安慰自己，试图说服自己商深并没有背叛她，因为怎么看商深都不是一个见异思迁的人。

范卫卫临时改变了主意，决定去崔涵薇的房间看一看。

她强打精神，转身走进了大堂。

再次见到范卫卫的王超、马寒、张珑和赵蝴四个迎宾，见大小姐光临，顿时打起了十二分精神，一齐向范卫卫鞠躬问好。

“范小姐好！”

声若雷震。

范卫卫却像没听见一样，看也没有多看四人一眼，昂首走进了酒店。

不是范卫卫傲慢，而是她的心思压根儿不在这儿，对四人是轻视还是点头哈腰，根本就没放在心上。她找到了花机灵，在花机灵的陪同下，来到了崔涵薇和徐一莫的房间。

虽然也知道私闯别人房间不对，但范卫卫顾不了那么多了，她想弄清楚商深到底有没有和崔涵薇在一起。

范卫卫不停地安慰自己，商深不是见异思迁的人，他对她的爱一往情深，不会移情别恋。商深是慢热的性格，他不可能在这么短的时间内就喜欢上崔涵薇。

进了房间，地上放着一个包，蓝色的包，她再熟悉不过，正是商深的行李。范卫卫的心急速地坠落，一路下沉。

一个行李说明不了什么问题。范卫卫再次安慰自己，目光又落在了床上散落的照片上，上前去一看，顿时惊呆了。

简直如同晴天霹雳。照片上，商深和崔涵薇相依相偎，二人虽然闭着眼睛，却可以看出脸上流露出的幸福和甜蜜，分明是热恋中恋人的那种甜蜜！

商深！范卫卫感觉心中最珍贵的东西瞬间破碎了，撒落了一地。心碎的感觉真的是太难受了，她站立不住，弯腰蹲了下来。

花机灵默默地站在范卫卫的身后，她心疼范卫卫，却又不能为她做些什么。感情上的事情，只能靠自己想通，心病还须心药医。女孩在成为女人的过程中，必然要经历感情之伤，她摇了摇头，总有一天卫卫会明白，男人靠不住，靠得住的只有自己。

只有自己强大了，才能活得潇洒快乐。

也不知在地上蹲了多久，范卫卫手扶住床站了起来，她脸上泪痕未干，拿起电话打给了妈妈。

“妈妈，我准备好了，不用等了，明天就可以出国。是，我决定了，就明天，一天也不想在国内待下去了。”

放下电话，恢复了一脸坚毅之色的她对花机灵说道：“花姐，崔涵薇在威尼斯发生的一切费用，全免。不管她消费了什么，都不收费。”

花机灵点了点头，她不忍看到范卫卫难过：“卫卫，你要觉得难受就哭出来，别憋在心里。”

“我不难受，我很好。”范卫卫强忍着不让泪水再次滑落，她努力笑了笑，“以前我总觉得我对不起商深，亏欠他许多。现在好了，终于卸下了心理负担。欠一个人的感情债真的很累，现在我不欠他什么了，希望他一切都好，开开心心地过好每一天，我在国外也就安心了……”

话未说完，泪水夺眶而出，范卫卫再也支持不住，一头扑在床上，嘤嘤痛哭起来。

“卫卫……”花机灵蹲在范卫卫身边，轻拍范卫卫的后背，想安慰她却又无从开口，只好淡而无味地说道，“只有经历过痛苦你才会长大，生活就是这样，既残酷又温情。也许有一天，你还会感谢今天发生的一切，因为等你遇到了更好的人时你才会明白，当你放下这个人的时候，更好的那个人已经开始为你等候了。”

“不用了……”范卫卫努力支撑着站了起来，她凄然地笑了笑，“男人都一样，没什么好和更好，我想再也遇不到和商深一样朴实可爱的男孩了，他都会背叛我，我还能相信谁？”

“也许是有什么误会。”花机灵见过商深，对商深的印象不错，印象中，商深和崔涵薇应该不是恋人，如果真是的话，商深的演技就太高明了，“你打个电话问问他？”

范卫卫拿出了电话，犹豫了片刻，终究没有拨出那个无比熟悉的号码：“还是给他也给我自己留一个美好的回忆吧。”

话虽如此，她还是发出了一个短信。

收到短信的时候，商深一行已经到了目的地——上龙河餐馆。

正下车的时候，听到手机响了，商深拿出了手机一看，是来自范卫卫的短信，是一首诗：“君问归期未有期，巴山夜雨涨秋池。何当共剪西窗烛，却话巴山夜雨时。”

是李商隐的一首《夜雨寄北》。

正好徐一莫站在商深身边，瞥了一眼短信内容，她嘻嘻一笑：“范卫卫很有文采嘛，她是在暗示你什么。《夜雨寄北》……深圳在南北京在北，对了，肯定是在问你有没有回北京？你不会还没有告诉她你还在深圳吧？”

“她不知道我还在深圳。”商深想了想，回复了范卫卫：“一切安好，勿念。”又说：“我一直在犹豫要不要告诉她真相，想来想去还是觉得不告诉她为好。如果她知道我还在深圳，再知道我和你们在一起，肯定会多想。”

“多想什么呢？”崔涵薇一拢头发，淡淡一笑，她很想知道商深到底和范卫卫发生了什么事情。

“反正就是胡思乱想，容易引起不必要的误会。”商深没有多说，也不愿意多说，“不说范卫卫了，办正事要紧。”

四人进了餐馆，来到了约定的二号包间。推门进去，房间中已经有三个人在等候了。

三个都是男人，都是三十岁左右，清一色地留了平头，在长发盛行分头流行的年代，平头很引人注目。

商深扫了一眼三人，如果分别用一个特点概括三个人长相的话，就是鹰钩鼻、三角眼、招风耳。

三人见到崔涵薇和徐一莫进来，眼前一亮，再看到二人身后的商深和王向西时，眼神中又迅速闪过一丝不甘。

“崔小姐？”鹰钩鼻显然是头儿，他站起来迎接商深几人，“自我介绍一下，我叫黄广宽，是太平洋贸易有限公司的总经理……”

随后他又依次介绍了三角眼、招风耳。三角眼叫姚朝涛，是副总，招风耳叫蒋友，也是副总。崔涵薇也为黄广宽介绍了商深、徐一莫和王向西，却只介绍了名字，没有提及商深三人的职务。

黄广宽的目光不停地在商深和王向西的身上扫来扫去，想弄清他们与崔涵薇、徐一莫到底是什么关系，观察了半天却不得要领。王向西似乎和她们还不太熟悉，对待她们还比较客气，似乎才认识不久，而商深和崔涵薇、徐一莫的关系就说不清了，好像又密切、又疏远，就让黄广宽摸不清状况。

黄广宽、姚朝涛和蒋友三人经营了一家贸易公司。

在20世纪90年代时，尤其是在南方沿海城市，有多如牛毛的所谓贸易公司，大多数是皮包公司，两三个人租一间办公室，凭借天花乱坠的口才到处坑蒙拐骗，能骗成一笔生意是一笔。公司的全部家当以及公章全部都在随身的皮包中，所以叫皮包公司。

黄广宽的公司也是众多皮包公司中的一个。

黄广宽之前一个偶然的机会去北京出差，在一次聚会上见到了崔涵薇，当时就惊为天人。千方百计打听到了崔涵薇的姓名之后，又了解到崔涵薇和崔涵柏联合开了一家公司，他就以寻求合作为由和崔涵柏接上了头。

崔涵柏既然开了公司，自然愿意生意做大，虽然他也算是见过世面的人，但在生意场上，还是经验稍有欠缺，先入为主地认为深圳的公司大多都是有钱的大公司。黄广宽有合作意向，主动送上门来，他喜出望外，也没有深思好事的背后有没有隐藏陷阱。

黄广宽对和崔涵柏做生意兴趣不大，他的兴趣主要在崔涵薇身上。在他眼中的崔涵薇犹如天女下凡，娇美不可方物，他只见了一次就日思夜想。作为情场老手和猎艳高手，他深谙欲速则不达的道理，一点点地推进和崔涵柏接触，让崔涵柏深信他真是想谈成一笔300万的生意。

其实黄广宽的真实目的是接近崔涵薇，是想得到崔涵薇。当然了，如果在得到崔涵薇的同时还可以骗到崔涵柏的钱就更好了，在他对成功的定义里，财色兼收才是做人的最高境界。

这一次约崔涵薇和崔涵柏来深圳洽谈生意，他已经做好了充足的准备，保管让崔涵薇来了之后就别想完整地回去。至于如何绕开崔涵柏对崔涵薇下手，他也想好了对策，不料事到临头，崔涵柏有事不来了，他当时就乐开了花，当真是天助我也。崔涵薇只身一人前来深圳，如果还能逃过他的手掌心，就太对不起这大好良机了。

崔涵柏还天真地以为黄广宽真是一个可以弄到许多紧俏物资的实力雄厚的高人，黄广宽满嘴跑火车，说大话吹牛皮从来不打草稿，什么都敢吹，什么都敢说，不管崔涵柏说需要什么，他就是一句话："没问题，包在我身上。"

崔涵柏最大的不足在于不了解人心的险恶，不知道南方沿海开放城市虽然比内陆发达，但改革开放就如打开窗户一样，在吸引了外资和全新的管理理念的同时，也飞进了苍蝇、蚊子。在相当长一段时期内，操一口南方口音普通话并且西装革履的老板，要么是真正的生意人，要么就是地道的大骗子。

很可惜的是，崔涵柏遇到的黄广宽正是一个地道的大骗子，不但骗财还骗色。

自始至终，崔涵薇和黄广宽都没有过正面接触，甚至连电话也没有通过，一直都是崔涵柏在联系。她一直对黄广宽没有好印象，听崔涵柏的转述，她总觉得黄广宽说话过满、过大。商场中人，都是说话留有三分余地，和官场一样，凡事不可太圆，承诺不可说死。所以她建议不要和黄广宽来往，崔涵柏却宁愿相信黄广宽就是一个实力强、路子野、渠道多的大老板。

/ 第 / 十 / 章 /

深藏不露

来到深圳之后，崔涵薇联系了黄广宽几次，约定的时间一变再变，更让崔涵薇觉得黄广宽不靠谱，想起商深正好在深圳，就想要让商深陪她和徐一莫一同赴宴。

刚好，王向西也自告奋勇地当了护花使者，她心里就踏实多了。但即使一行四人，见到黄广宽一方是三个男人时，心情又莫名烦躁了几分。

对方都是三十岁上下，比商深和王向西年纪都大，也不知道商深和王向西能不能识别谈判中的漏洞和诡计。崔涵薇打定主意，如果势头不对，她就立即撤退，不会为了生意让自己和商深他们以身试险。

刚才瞥见黄广宽见到他们一瞬间的眼神，崔涵薇心里就更明白了几分，先不管对方是不是十足的骗子，起码也说明其动机不纯，这样的人合作不来。这么想着，她就朝商深悄悄使了一个眼色。

商深居然没注意到她的暗示，仿佛神游物外一般，崔涵薇大失所望，商深也许真的只是一个技术型人才，应付场面上的事情不是他的强项，一会儿几杯酒下肚别出丑就谢天谢地了。

“崔总远来是客，今天不谈生意只谈风月，哈哈，来，我先敬崔总一杯。”黄广宽观察了一下，心中重新打定了主意。在他看来，商深和王向西，都不过是刚刚二十出头的毛头小伙子，没见过什么场面，酒场经验不足，相信几圈下来就会喝趴下。

这么一想，黄广宽的眼光又在徐一莫的身上扫了几下，顿时心痒难抑。徐一莫初看之下不如崔涵薇惊艳，但她的身材之健美又远非崔涵薇可比，更让他欲火焚身的是，徐一莫浑身上下散发的青春气息比崔涵薇的端庄更有野性，也更能激发男人的征服欲。

好，真好，黄广宽被徐一莫的健美征服了，商深和王向西的意外出现导致的坏情绪也消散了不少，说不定今晚他可以一箭双雕了。

崔涵薇酒量不大，平常她很少单独赴宴，都是和崔涵柏在一起，有酒都由崔涵柏挡下。现在她首先成了靶子，她很淡定地举起酒杯，轻抿了一小口："我酒量有限，不过黄总盛情难却，我就喝一口。不多，也是心意，黄总不要见怪。"

"不会，怎么会？"初次见面，黄广宽不好逼之过急，就连连摆手，"多少都是心意，崔总太客气了，来，吃菜吃菜。"

随后，黄广宽开始了第二轮敬酒。

商深紧邻崔涵薇而坐，他就当仁不让成了黄广宽的攻克对象。

"商深，我比你大了几岁，就自认当你哥了，来，黄哥敬你一杯。"黄广宽的面前摆了三种酒，白酒、啤酒和红酒，刚才和崔涵薇碰杯时是红酒，现在他却端起了白酒，意图很明显，要速战速决。

商深端起了面前的茶杯："黄总，我不会喝酒，就以茶代酒……"

"不行。"黄广宽熟稔地夺过了商深手中的茶杯，"男人不喝酒还叫男人吗？茶就是茶，能代替酒吗？就和白条代替不了人民币一样，对吧？喝，必须喝，不喝就是不给黄哥面子。"

"就是，黄哥在深圳也是有头有脸的人物，有多少老总、处长甚至是局长想和黄哥喝酒，黄哥都不赏脸，现在黄哥主动和你喝酒，小商，你要是不喝，就太拿大了。怎么着，你不喝，是不是想让旁边的美女替你喝？"姚朝涛阴阳怪气地调侃商深，他作为黄广宽多年的跟班，对黄广宽的一个动作一个眼神都了如指掌，很清楚黄广宽的剑锋所指之处，正是看上去最憨厚老实的商深。

人善被人欺，此话一点儿不假，王向西外表憨厚，但眼神跳跃，至少看上去比商深成熟了不少，很不幸，商深就成了首先要被打倒的对象。

徐一莫端起商深眼前的啤酒，递到商深的手中：“你再不能喝，一瓶啤酒应该没有问题，喝了，你顶不住的时候，我替你。”

“怎么着，还真要美女替你？是男人就不能认㞞。”黄广宽嘿嘿一笑，见商深还在犹豫，就有了几分不满，调侃的语气中带有嘲讽。

商深却还是很为难的表情，接过徐一莫的啤酒，皱着眉头：“要说吹牛我还在行，喝酒真的不行。黄总，你不能强人所难是不是？”

“真不爽快。”黄广宽被商深的一拖再拖惹火了，一口喝干了杯中的白酒，“如果你不觉得丢人，不觉得我欺负你，我喝白酒你喝啤酒，总行了吧？”

“对不会喝酒的人来说，你喝白酒我喝啤酒也算是欺负人。”商深勉为其难地喝了一小口啤酒，酒一入口，立刻一脸痛苦的表情，似乎有多难下咽一样，皱了半天眉头，才咽下去，然后放下酒杯，大口地喘着粗气。

黄广宽和姚朝涛、蒋友三人对视一眼，目光中尽露鄙夷之色。除了鄙夷之外，还有几分得意。商深酒量这么浅，估计不出三个回合就可以结束战斗了。

崔涵薇也是微微皱眉，流露出不悦之色，商深太给她丢面子了，酒量浅倒没什么，他喝酒也太不爽快了，至于跟喝药一样的痛苦表情，男人就得有男人样，就算再不能喝，也不能认输。

徐一莫拍了拍商深的后背：“行不行？真不行的话，下面我都替你喝了。”

“我再试试，实在不行你再上。”商深脸憋得通红，好像马上就要醉倒一样。

“真是的，你酒量怎么这么差？”崔涵薇摇了摇头，“不能喝就算了，别逞能了。”

商深勉强笑了笑，没有说话。

“王总，我敬你。”既然黄广宽和姚朝涛的矛头都对准了商深，蒋友也不能闲着，就举杯向王向西发动了挑战，“王总是深圳人？酒量应该可以吧？喝啤的还是红的？”

“都行，随意。”王向西酒量也是一般，本来他不想冲锋在前，想保持清醒以便随时保护崔涵薇和徐一莫，但眼下情形如果他再不喝的话，估计很难过关，就一咬牙顶上了，“你喝什么我陪什么。”

“爽快，这才叫男人。喝红的吧。”蒋友有一个外号叫千杯不倒，一般人都会被他的外号吓倒，却不知道他喝酒有选择性，白酒一杯倒、啤酒三杯倒，红酒才是千杯不倒，知道他深浅的人只要和他喝红酒以外的酒，他就会立马认输。

倒了半杯红酒，蒋友和王向西碰了碰杯，二人举杯示意，都一饮而尽。

“来，我敬美女。”姚朝涛见商深毫无战斗力可言，而且喝酒极不爽快，对商深失去了兴趣，举杯向徐一莫进攻了，“徐美女，你的身材简直太好了，我还从来没有见过和你一样身材健美的美女，是不是平常每天都锻炼身体？”

女人都喜欢赞美之词，哪怕是溢美，徐一莫也不例外，何况她年纪还小，当即心花怒放，和姚朝涛碰了碰杯，毫不含糊地一饮而尽：“谢谢夸奖，平常当然要锻炼身体了，不锻炼不能保持好身材。身材好，心态才好。心态好，人才好，对吧？”

“对，对，说得太好了，就冲这句话，应该再喝一杯，不，三杯。”姚朝涛大喜过望，和崔涵薇的矜持以及商深的无能相比，徐一莫爽朗奔放，他喜欢，也不等徐一莫同不同意，连干了三杯，然后举杯朝徐一莫示意，“先干为敬。”

“哎呀，一口气喝三杯，太厉害了，我真佩服你，姚哥。”徐一莫扭捏地转动手中的酒杯，“我一个女孩子，酒量本来就不行，再一口气喝三杯，肯定要喝醉的。你是男人，得懂得怜香惜玉，不能欺负女孩子，我先喝一杯好不好？”

徐一莫一边说，一边眨动眼睛，显得楚楚动人。

姚朝涛也算阅女无数了，但被徐一莫的清纯外表、健美身材以及亦真亦假的撒娇弄得晕头转向，只坚持了三秒钟就投降了：“好，先喝一杯，不欺负你，我是好人，怎么会欺负你一个小女孩呢？”

黄广宽心中暗骂一声，说好的策略呢？真没用，被小女孩的媚眼迷得神魂颠倒，没见过女人呀？

腹诽归腹诽，却还是保持了风度，他正要举杯再敬崔涵薇时，徐一莫却主动向他挑衅了。

“黄总，虽然你是主人，我们是客人，但客人理应要感谢主人的热情好客，来，我敬黄总。”徐一莫拿起一个空酒杯，伸到商深面前，“我喝红酒，商深，倒酒。”

商深伸手拿过酒瓶，为徐一莫倒了小半杯，目光中闪过一丝不易察觉的光芒。

“你喝红酒我陪你红酒。”黄广宽不甘示弱，也拿起了面前的红酒杯子，高高举起，“美女敬酒，必须一口喝干，干了。”

他是一口喝干了，徐一莫却只是抿了一抿就放下了杯子：“商深，你倒酒的技术不行，好好的红酒让你倒酸了，太难喝了。不好意思黄总，我喝酒比较挑剔，不合口味的不喝。这样好了，我再敬你一杯啤酒好不好？”

“哎呀，不好意思，我真不知道红酒该怎么倒，对不起。”商深忙点头认错，憨厚老实的样子和诚恳的态度，让人实在没法儿对他生气。

玩我是不是？黄广宽没对商深生气，却对徐一莫生气了，他拿过啤酒杯，斜着眼睛：“好呀，不过你得先喝。你喝多少，我喝多少。”

“黄总可要说话算话。”徐一莫话一说完，一仰脖，满满的一杯啤酒一饮而尽，然后重重地放下杯子，“和我喝酒的男人，没一个孬包，黄总更不是。”

明明知道是激将法，黄广宽却还是被激起了火气，徐一莫喝完啤酒一抹嘴巴的豪爽更能激发男人不愿意在她面前认输的斗志。

徐一莫就是一个外表清纯靓丽、身材健美迷人、举止淡漠，但言语之间总能激发男人征服欲的女孩，有的男人喜欢如范卫卫一样各方面均衡又进退有度的女孩，也有的男人喜欢如崔涵薇一样端庄傲然的女孩，但几乎所有男人都会喜欢外表清纯内心狂野的女孩，比如徐一莫。

和徐一莫的气势过人相比，商深稳坐钓鱼台，在现阶段的正面交战中，他既没有冲锋在前，又没有指挥若定，而是畏畏缩缩地偏坐一隅，以没有见过大场面的懦弱置身事外，表现出了让人失望的无能。

“我从小到大就没有㞞包过一次！”黄广宽也是一口喝干了杯中酒，然后将酒杯倒扣在桌子上，“一莫，接下来怎么喝，你说了算。只要你说，我就奉陪到底。”

“好，黄总是文化人，也是爽快人，我们就一对一喝吧，怎么样？”徐一莫穿着半袖，却还要做出挽袖子的动作，她摆了三个杯子在眼前，“商深，来，倒酒，一个白酒，一个啤酒，一个红酒，满上。”

“都满上？”商深吓了一跳，他不敢相信地看了看徐一莫，“你行不行？不行别逞强。”

“我不行你行？你行你上呀。”徐一莫瞪了商深一眼，“我今天和黄总，不，黄哥一见如故，就想和黄哥多喝几杯了，怎么了，你嫉妒了？嫉妒有什么用，有本事用酒量说话才是男人，哼。”

商深无话可说了，翻了翻白眼，听话地为徐一莫倒满了三杯酒。

“一莫……”崔涵薇急了，想要阻止徐一莫。

“一莫，不要这样，我来。”王向西就要为徐一莫挺身而出。

“你们不用管我！”徐一莫大喊一声，呼地站了起来，“我不需要你们帮忙，黄哥，说好了，你也不要别人帮忙，我们就是单挑。”

“行，一对一。”黄广宽笑逐颜开，他相信以他的酒量，徐一莫完全不是对手，既然徐一莫主动送上门来，他再不笑纳就太对不起自己了。

“你们也别闲着，也一对一，来，嗨起来。”黄广宽暗示姚朝涛和蒋友也行动起来，在最快的时间内结束战斗。

得了授意，姚朝涛和蒋友交换了一下眼神，姚朝涛向崔涵薇进攻，蒋友狙击王向西，至于商深，因为战斗力太弱而且太不爽快，就被无情地忽视了。

商深也没闲着，轮流给众人倒酒，跑来跑去，跑得不亦乐乎，像一个合格的店小二。

一时场面陷入了混战。

半个小时后。

崔涵薇眼神迷离，有了五分醉意，但她对垒的姚朝涛，已经脸红脖子粗，醉意已经七八分了。而和王向西对战的蒋友，酒量确实过人，脸不红心不跳的样子，连三分醉意都没有。王向西却惨了，几个回合下来，趴在桌子上动弹不了了。

而徐一莫和黄广宽的战局进入了僵持阶段，徐一莫娇憨之态毕露，脸色红润，双眼迷离，甚至裸露在外的胳膊也有些泛红，她都站不稳了，却还是冲黄广宽举杯："黄哥，再干最后一杯。"

黄广宽的酒量似乎深不可测，还没有半点儿醉意，他也站起来，哈哈一笑："徐妹妹，你醉了。"

"我……我，我没醉，还要再喝三斤。"徐一莫手一滑，手中的一杯酒全部洒了出来，正泼在黄广宽的胸前，顿时湿了一片，她却没有发觉，兀自说道，"喝，再喝一杯，你看，我干了，你还没有干，真不男人。"

"你的酒洒了，哪里是干了？"黄广宽想纠正徐一莫。

/第/十/一/章/

智取

“什么，你的意思是说我要赖了？”徐一莫用手指着黄广宽的鼻子，“黄哥，你怎么能这样，一个大男人喝不过我就要赖，我生气了。”

“啪”，她摔了杯子。

黄广宽被她的娇憨逗乐了，一仰头喝干了杯中酒：“好，是我要赖，怪我，徐妹妹不要生气。”

“崔总，再干最后一杯？”姚朝涛虽然酒意上涌，但见距离打倒崔涵薇只有一步之遥了，就打算再加一把劲儿，哪怕拼了自己也要成全了黄广宽，“就最后一杯了，我保证。”

崔涵薇确实有了五六分醉意，正要开口拒绝，目光正好落在了商深身上。

商深几乎没喝，他云淡风轻的样子，没有丝毫醉意，不但没有帮醉倒的王向西，连她和徐一莫也没有帮。崔涵薇忽然一阵心寒，原本指望商深陪她前来可以替她抵挡一番，不想商深百无一用，在场面上完全就是一个废物。

也许她真是看错人了，如果商深只是一个技术上的人才而不会应付场面的话，他的成就终究有限。如果联合创办公司，是该重新考虑一下商深的定位了，顶多让商深担任负责技术的副总，而不能让他担任主持全面工作的总经理。

以商深的能力，也就是到技术为止了，他不是一个综合型的全面人才。

不知为何，她心中忽然升起很深的失落感，或许是商深今天的表现太让她失望了，又或许是觉得商深没有帮她抵挡来自黄广宽的进攻，让她觉得商深不能给她渴望的安全感，又或许是她心中的商深太完美，而现在幻想破灭，她心理上的落差让她一时百感交集。

“好，最后一杯，最后一杯！”崔涵薇倒满了一大杯啤酒，和姚朝涛一碰杯，然后幽怨地看了商深一眼，一饮而尽。

由于喝得过急了一些，呛着了，她咳嗽了起来。

商深递上了纸巾，轻轻拍了拍她的后背：“别太勉强自己了。”

“不勉强自己怎么行，又没人替我独当一面。”崔涵薇忽然无比讨厌商深，伸手推开他，“你离远一点儿好，省得闻到酒味儿就醉了。”

商深像木头一样，被推开之后，只是憨笑一下，既不解释也不反驳，站在一旁呆呆地不动了。

真是蠢驴，姚朝涛十分鄙夷地看了商深一眼，也一口喝干了杯中的啤酒，反正商深已经不足为虑，他只需要喝倒崔涵薇就算圆满完成任务。以目前的形势来看，崔涵薇被他喝倒，徐一莫被黄哥摆平，王向西被蒋友拿下，自己一方获胜已成定局，不必担心再有意外发生了。

这么一想，他一时高兴，就有意逗逗商深这个笨蛋。他倒了满满一杯白酒，足有三两多，高高举到商深面前：“商老弟，半天了你没有喝一口酒，显得我们招待不周，我心里过意不去，这样吧，你如果敢喝完杯中酒，我就敢喝一瓶。”

商深连连摆手：“不行，真的不行，我不会喝酒。”

“三两对一瓶你都不敢？”姚朝涛讥笑一声，一伸手拿过一瓶白酒打开了瓶盖，作势欲喝，“要不我先干为敬？”

商深怯怯地接过杯子，才闻了一闻就咳嗽了起来：“真要喝呀？”

“当然要喝了。”姚朝涛眯着眼睛，从眼缝中斜视商深，至此他已经彻底看扁了商深，觉得商深是一个彻头彻尾的失败者，他索性从商深手中夺过杯子，倒出一半白酒，然后又还给商深，“你敢喝半杯，我就喝一瓶。”

“说话算话？”商深依然是一副懦弱的样子，他畏缩的姿态让崔涵薇恨不得踢他一脚，骂他窝囊废！

三两酒，不，一两多酒而已，一个大男人，至于吗？

此时徐一莫和黄广宽还在厮杀，徐一莫有了八分醉意，黄广宽最少也有了五分醉意。

王向西已经动弹不了了，伏在桌子上呼呼大睡，蒋友却清醒得很，估计连五分醉意也没有。见姚朝涛正在集中火力要绞杀商深，蒋友也加入了战团。

“这样吧，商深，你敢喝了杯中酒，不但朝涛陪你一瓶，我也陪你一瓶……啤酒，怎么样？”蒋友就是要让商深无路可退，只能喝下杯中酒，商深一下肚就会醉倒。

不过他也留了后路，只答应陪一瓶啤酒。

商深再一醉，就只剩下半醉的崔涵薇和七八分醉的徐一莫，她们就插翅难飞了。

崔涵薇刚才被姚朝涛逼迫得过紧，再被商深气得激发了倔强的一面，所以才一时没有控制住喝多了，现在她清醒了几分，再一审视目前的形势，顿时大吃一惊，原来不知不觉中，她还是被黄广宽几人算计了。

现在她已经酒力不支了，王向西已经大醉不起，徐一莫醉倒也是早晚的事情，商深居然成了唯一清醒并且战斗力满血的人，她脑中蓦然闪过一个念头，会不会刚才商深是故意为之？如果真是如此的话，商深就太高明了。

又一想，刚才商深畏畏缩缩的样子，谁也不会相信是假的。崔涵薇收回了心思，不再幻想商深可以帮她解围，而在苦思脱困之策。

求人不如求己，指望商深？还是算了吧，商深估计一杯酒就倒了。

“真要这样吗？你们也太热情了，我真的不喜欢喝酒，你们不用劝我。”商深憨厚地笑，又抓了抓了头，“酱油，你就别为难我了，是我和姚朝涛的事情，你在一边打打酱油就行了。”

蒋友的名字谐音酱油，平常老有人拿他的名字开玩笑，他最不喜欢别人喊他酱油，商深这么一个窝囊废，也敢嘲笑他？蒋友顿时火了，他二话不说拿起酒瓶一口喝干，然后将酒瓶扔到了桌子上：“我喝完了，你看着办。”

商深似乎吓傻了一样，呆呆看了蒋友半天，然后又看向了姚朝涛：“你还陪一瓶吗？”

“陪。”姚朝涛早就不耐烦了，商深太磨叽了，让他无比烦躁，不过一瓶白酒可不能像一瓶啤酒一样一口喝干，他倒满了一个杯子，拿在手中，“我先喝三两。如果我喝完之后你再不喝的话，商深，你就太不给面子了，到时也别怪我们欺负你了。”

话一说完，也一仰头喝干了。

“商，商深，你怎么变成两个了？咦，你长得好帅呀，来，让我亲亲。”徐一莫酒意发作，身子一歪就靠住了商深的身子，她伸出双手搂住了商深的脖子，“我好像有一点点喜欢你了，你喜不喜欢我？”

崔涵薇脸色一变，伸手拉开徐一莫：“一莫，你喝醉了，别闹。”

“我没醉，我就是喝多了。喝多不是喝醉，懂不？”徐一莫伸出一根手指在崔涵薇眼前晃了晃，想说什么，却眼睛一闭，顺势倒在了崔涵薇的身上，醉得人事不省了。

又倒一个，现在只剩下她和商深了，崔涵薇暗叫糟糕，对方三个人，一个没倒，自己一方已经倒了两个，而没倒的两个，也一个半醉一个一杯就醉，今天的一战，输定了。

输了酒倒没什么，怕的就是输了人。崔涵薇早就看了出来，黄广宽对她不怀好意，不，不仅仅是对她，对徐一莫也是，一双色眯眯的眼睛总是在她和徐一莫的身上扫来扫去。她早就清楚了一个事实，今天的一局是鸿门宴，对方根本就没有谈生意的意思，目的从一开始就不纯。

怎么办？怎么办呀？崔涵薇后悔不迭，早先应该趁清醒时就全身而退，对方也不可能强留他们，都怪她当初一时犹豫，没有当机立断的勇气。

只是现在后悔也晚了。黄广宽醉眼蒙眬之中露出不怀好意的笑容，姚朝涛摆出一副不灌醉商深誓不罢休的态势，蒋友冷冷地袖手旁观，做好了随时助力的准备，三个人围攻她和商深，相信不用一个回合她就会败下阵来，而商深，更是一招就输。

真的就这么一败涂地了？崔涵薇心急如焚，如果商深再趴下了，她和徐一莫都在劫难逃。难道说，今天真的无路可走了？如果商深男人那么一点点，也许还有反败为胜的机会，可惜的是，商深太草包了。

草包商深被蒋友和姚朝涛逼到了悬崖边上，他手端酒杯，脸上的畏惧之色慢慢地褪去，自信和微笑渲染了整个脸庞，他轻轻闻了一闻杯中酒，一副陶醉的神情，就如一名剑客抚摸心爱的宝剑一样，片刻之后，他端起酒杯一饮而尽。

不是吧，商深真的喝干了杯中酒？姚朝涛和蒋友瞪大了眼睛，在等着商深剧烈的咳嗽和一头栽倒，不料等了半天，商深不但若无其事，反而一脸光彩，仿佛刚才喝的不是酒而是水。

“我喝完了，该你了，姚哥。”商深朝姚朝涛笑了笑，刚才的畏缩和懦弱消失不见，取而代之的是从容和镇静，“喝不完的话不要勉强，酒量的大小，凭的是实力，不是牛皮。”

“谁不敢喝了？”姚朝涛怒了，刚才他在商深面前还是高高在上的姿态，谁知现在商深摇身一变，咄咄逼人起来，如此巨大的落差让他很不服气，二话不说拿起酒瓶倒了满满一杯，一口喝干。

本来已经有了六七分醉意的他，两杯白酒下肚，一阵天旋地转之后，身子一歪就趴在了桌子上。

商深一招就解决了姚朝涛，众人顿时目瞪口呆，不敢相信刚才发生的一幕！

怎么会？怎么可能？商深到底是投机取巧还真是一个深藏不露的高人？黄广宽忽然觉得他刚才可能看错了商深。

蒋友也是心中疑惑，商深太能装了吧？刚才在别人厮杀的时候，他可是滴酒未沾，现在以逸待劳，以全力拼他们的残力，真是打得一手好算盘。

黄广宽心中冷笑，就算商深以逸待劳，他和蒋友联手，足以打得商深屁滚尿流，更何况，他还有最后的撒手锏。

“厉害，厉害。”黄广宽站了起来，轻轻鼓掌，他不动声色地倒满了一大杯啤酒，“老弟，没看出来，原来你是一个深藏不露的高手，我和蒋友都喝了不少了，我们一起上，不算欺负你吧？”

“不算。”商深淡淡地一笑，神态轻松自若，“不过车轮战太没创意了，这样吧，我们玩点儿花样好不好？”

“商深，你行不行呀？”崔涵薇在七分醉意的刺激下，脑子有点儿乱，分不清商深是故作姿态还是真有本事，她一拉商深，“不行就不要逞能，你要窝囊就窝囊到底吧，我不怪你。”

“如果为了最后的胜利，窝囊一天两天甚至一年两年都不是问题，问题是，不管多窝囊的开始，只要有一个大获全胜的结局就行。”商深伸手抓住了崔涵薇的小手，入手之处，柔软而冰凉，他知道她害怕了，心中蓦然升腾起保护她不受到任何伤害的决心，“有我在，不会让任何人伤害你。”

仿佛一瞬间，之前的窝囊废突然就光芒万丈，就如一个深藏不露的武林高手，从蓬头垢面摇身一变成了一个风度翩翩的公子，手摇折扇，风流倜傥，武功高强，挥手间，强敌灰飞烟灭。

感受到商深手心的温暖，崔涵薇的心瞬间就融化了，只觉得全身酥软，酒意上涌，刚才强撑的意识立刻倒塌了，只想倒在商深的怀中沉沉睡去，哪怕睡到地老天荒她也愿意。

“有什么花招尽管使出来。”商深和崔涵薇手拉手还深情对视，让黄广宽醋意大发，他一拍桌子，“商深，尽管放马过来，怕你我就不姓黄。”

“黄哥……”商深从容不迫的姿态和刚才判若两人，“我们一拖二吧。”

“什么一拖二？”黄广宽和蒋友同时发问。

“一瓶白酒外加两瓶啤酒。”商深拿过三瓶酒摆在自己的桌前，“也别先白后啤或是先啤后白了，直接深水炸弹多好玩。”

北方人喝酒不但酒量大，而且花样众多，远非酒量一般的南方人可比。

商深拿过一个大杯子，先是倒了大半杯啤酒，然后又取过一个小杯子，向小杯子中倒满白酒，伸手将小杯子扔进大杯子中，“扑通”一声，小杯子落入啤酒之中后，激起了无数啤酒花。

商深举起酒杯，并没有入口，而是举在眼前用心地端详起来，此时的他，神态专注，神情专一，就如一个武林高手欣赏手中的宝刀一般。

“省得说我欺负你们，先干为敬！”商深话一说完，酒杯朝前一举，然后送到嘴边，“咕咚咕咚”一口喝干了。

一杯深水炸弹足有半瓶啤酒加一两白酒，混合在一起威力就大了。

黄广宽和蒋友傻眼了，原来商深这么会喝！

“这样好了，我喝两杯深水炸弹，黄哥和蒋哥各喝一杯，还算公平吧？”商深如法炮制又来了一杯深水炸弹，二话不说也是一口喝干，然后潇洒地一抹嘴巴，“怎么样，够不够男人？”

一句“够不够男人”让张口结舌的黄广宽和蒋友如梦方醒，二人被商深咄咄逼人的挑衅激怒了，谁怕谁呀，谁不是男人？二人对视一眼，拿起酒杯也制造了一杯深水炸弹，然后一饮而尽。

/第/十/二/章/

宝刀出鞘

“行不行，黄哥？”深水炸弹威力果然惊人，比想象中厉害多了，酒一下肚，蒋友立刻感觉体内翻江倒海，本来只有五分醉意，一下就到了七分，他忙轻轻一拉黄广宽的胳膊，“不行就不拼了，别中了商深的计，他之前可是一点儿酒也没喝。”

黄广宽比蒋友还惨，他刚才拼得厉害了一点儿，已经有六分醉意，现在成八分了，不过他却不想认输，不信他和蒋友二比一也拼不过商深。刚才商深的窝囊形象让他印象太深刻了，他始终无法把现在的商深和刚才的商深联系起来。

更何况他还有后招没有使出来。

“没事，不信拼不过他。”黄广宽朝蒋友挤了挤眼，暗示蒋友他还有杀招，他拿过酒杯，还想再炮制一个深水炸弹，不料才一动手，商深又说话了。

“深水炸弹是小儿科，要不，我们来一个核潜艇？”

一脸憨厚的笑容，看上去无害的商深，说话时的语气也很轻柔，偏偏说话之时的气势让黄广宽和蒋友大感刺耳。

崔涵薇已经不能用震惊来形容她的心情了，当然，让她震惊的不是这些酒桌文化上的名词，而是商深所展现出来的应付自如的过人才能。刚才的商深完全就是一个没见过世面的土包子，现在的他，就是一把出鞘的宝刀，寒光闪闪，杀气逼人。

这才是她认识的商深，这才是她喜欢的商深，这才是她期待中的商深。

崔涵薇虽然醉意汹涌，心中却无比甜蜜，商深以一敌二的气势，让她心中大安，感觉只要商深在她身边，就会一切安好。

女孩最喜欢安全感，如果她喜欢的人给她足够的安全感，她就会对他产生依赖，依赖久了，就会转变成爱。

“什么是核潜艇？”黄广宽和蒋友也被商深层出不穷的花样弄迷糊了，再加上二人酒意上涌，更是失去了思考的能力。

商深也不多说，拿了一个大号酒杯，将一整瓶啤酒倒了进去，然后又拿过可以容纳三两白酒的玻璃杯，倒满白酒，将白酒杯子“扑通”一声放到啤酒杯中，说道：“这一杯叫核潜艇！”

崔涵薇惊得目瞪口呆，一瓶啤酒外加三两白酒叫核潜艇，还真是名副其实，威力确实堪比核潜艇，可是……她隐隐担心，商深行不行，别为了逞强而逞强，万一自己喝倒了麻烦就大了。

商深却没事人一样，在崔涵薇的目瞪口呆之中，在黄广宽和蒋友难以置信的注视之下，一口气喝下了他亲自炮制的核潜艇，然后将杯子重重地一放，白酒酒杯碰在啤酒酒杯上的声音叮咚作响，听在黄广宽和蒋友的耳中，却如催命的枪声一般刺耳。

“算了商深，黄哥和蒋哥年纪大了，和你没法比，你别欺负老人家。”崔涵薇终于笑了，她是看了出来，商深不是逞强，而是他的酒量真的深不可测。

崔涵薇的话就如一枚匕首直接刺中了黄广宽和蒋友的心脏，其实黄广宽和蒋友不过三十多岁，正当年，一听居然被崔涵薇当成老人，顿时火起，二人不由分说各自依样制作了核潜艇，一言不发地一饮而尽。

已经有了七八分醉意的黄广宽和蒋友一杯核潜艇下肚，哪里还受得了，只觉得眼前金星乱冒，然后天旋地转，一个东倒，一个西歪，全部倒下了。

至此，房间中的七个人，倒下了五个，只有商深和崔涵薇还站着，崔涵薇却并不清醒，她摇摇晃晃，已经接近了醉酒的边缘。

“商深，你、你好厉害，我真的佩服你，原来你是欲擒故纵，高明，太高明了。你对我是不是也是欲擒故纵，故意让我喜欢上你，然后你再假装不喜欢我，折磨我……是不是？”崔涵薇醉了，她抓住商深的胳膊不停地摇动，摇了几下之后，身子一歪，差点儿摔倒。

商深忙伸手扶住她，苦笑一声：“高明也没用，就我一个人清醒，你们都醉了，想走也走不了。我怀疑黄广宽还有后手，现在能走才是上上策。”

“报告领导，我能走。”商深话音刚落，徐一莫突然就站了起来，高高举起了右手，“老师好，我叫徐一莫，请多多关照。”

商深哭笑不得，徐一莫真是喝醉了。不过还好，她还能自己走，他就伸手扶起王向西：“涵薇，你和一莫马上走，去外面打个车，我和向西随后就到。”

“干吗要跑？跟做贼一样。”徐一莫伸出一根手指去摸商深的脸，“你的脸好红呀，好好玩。”

商深推开徐一莫：“不许闹了，听话。涵薇，赶紧行动起来，再晚了说不定就真的跑不掉了。”

崔涵薇瞬间清醒了几分，拉起徐一莫就冲了出去。商深也没有迟疑，弯腰扶起王向西，又看了一眼东倒西歪的黄广宽、姚朝涛和蒋友三人，见三人睡得跟死猪一样，口水流了一地，丑态百出，他摇了摇头，扶起王向西离开了房间。

商深搀扶着王向西出了饭店，崔涵薇已经叫上了出租车，都上车之后，商深才长出了一口气，感觉总算安全了。

“他们不是都被你喝倒了，你担心什么？”崔涵薇见商深还回头张望，心中疑惑不解。

“我总觉得黄广宽今天精心设计的一局，应该还有后手。只不过刚才被我两杯打倒，他的后备力量还没有到位。再晚一会儿万一再来俩帮手的话，今天别说你和一莫了，就连我也说不定会遭了毒手。不是我说你，涵薇，你认识的都是一些什么人？你这不是谈生意，是羊入虎口。哪有为了赚钱这么拼的？你有这么缺钱吗？”

崔涵薇一脸后悔：“其实我也不愿意来，是哥哥非要我跑一趟。刚才我也发现了黄广宽不是什么好人，是个臭流氓。以后我记住了，不和一些乱七八糟的人打交道，就算是真能赚钱也不合作！做人必须要有原则。”

话刚说完，突然手机响了。

崔涵薇一看来电，顿时脸色大变，犹豫着要不要接听。

“怎么了？”商深惊问。

“黄广宽的电话。”

“接，听他说些什么。”

崔涵薇接听了电话，已经有了七分醉意的她被车窗外迷离的灯光一照，更显红润喜人，如雨后桃花，娇艳无双。

“黄广宽，你这个无耻败类！你还好意思打来电话？”崔涵薇的声音十分冰冷。

“哈哈，没想到商深那个小子这么聪明，要不是他，我今天就得手了。算你们跑得快，再晚一步我的帮手就到了，你们想跑也跑不掉了。不过下次别再落在我手里，你等着，总有一天我们还会见面。”黄广宽放荡地大笑，然后挂断了电话。

黄广宽最后几杯喝得过急，猝然醉倒，等商深几人刚走，他的人手就到了。把他弄醒后，才知道商深几人已经趁机溜走了。他边吐边骂，对商深恨之入骨。

此时黄广宽坐在椅子上，神色黯然，犹如斗败的公鸡一般垂头丧气。他现在已经确信无疑是被商深玩弄了，从一开始商深就是在装，直到最后一刻才露出獠牙，然后打得他和蒋友体无完肤。

先不说商深的酒量有多少，只说商深的演技当真一流，问鼎奥斯卡影帝也不在话下。别让他再遇到商深，如果再遇到，他一定不会轻饶商深。

房间中，除了黄广宽清醒之外，姚朝涛和蒋友依然酣睡不醒，不过又多了两个人。

“黄哥，你没听错，真是商深？”多出的两个人之中，其中一人长得又黑又胖，不仔细看还真有几分李逵的风范，不是别人，正是漏网之鱼黄汉。

“怎么可能听错，我又不是聋子。”黄广宽正在气头上，“怎么了，你也认识商深？”

“太认识了！”黄汉咬牙切齿，“我和他有不共戴天之仇。”

“还不共戴天？杀父之仇还是夺妻之恨？”另外一人个子不高，长相猥琐。

这个人商深也认识，正是长发猥琐男朱石！

真是世界之大，无巧不有。

“商深可不太好惹。”在听到黄广宽要对付的人是商深时，朱石沉默了半天没有说话，他现在脸上还有瘀青，熊猫眼还没有完全消肿，机场被痛打的一幕还在心中挥之不去，身体上的疼痛还是小事，心理上的屈辱却是难以平复。

原来，被痛打之后，朱石气愤难平，想找机会报复。结果一打听，打他的人叫范卫卫，号称深圳第一大小姐，她的爸爸范长天是如雷贯耳的大人物，在深圳政商两界都是响当当的角色，别说朱石敢动范卫卫一根手指了，就是范长天打个喷嚏，就能让他在深圳没有立足之地。

无奈之下，只好咽下了心中的恶气，没办法，谁让他惹了不该惹的人，自认倒霉吧。

今天黄广宽让他和黄汉来帮忙，一听说有美女，他竟不记前车之鉴，伤疤还没好利索就赶了过来，真是本性难移。

朱石是之前去北京的时候在酒吧认识的黄汉。

也确实，臭味相投嘛。后来宁二被抓后，黄汉仓皇逃出了北京南下深圳。黄汉盘算的是，深圳离北京远，天高皇帝远，安全。再者深圳是改革开放的窗口，发财的机会多，他来深圳试试运气，万一发达了呢？

在深圳，黄汉人生地不熟，朱石做什么，他都跟着。却没想到，深圳那么大，居然差一点儿和商深再次不期而遇。

“商深有什么了不起？他还不好惹？哧……”黄汉不屑地笑了笑，“在德泉和北京，我一出手就吓得商深屁滚尿流，他算个屌球。幸亏他跑得快，否则遇到了我，嘿嘿，保管让他跪在地上叫爷爷。”

吹牛是混混必备的基本功之一。黄汉说起他和商深的往事，不提他被商深玩弄于股掌之间的真相，却编造了商深被他骑在脖子上撒尿然后跪地求饶的剧本。

“以前是以前，现在是现在，在北京或许商深没什么势力，在深圳就不同了。”朱石想起被范卫卫保镖痛打时的情景，打了个寒战，“知道商深的女朋友是谁吗？是范卫卫，范长天的女儿。知道范长天是谁？说了你也不知道，反正你只需要知道如果你真的惹了范长天，你就会深刻地体会到一句话的真正含义——天堂向左，深圳向右。”

朱石也是才知道黄汉和商深还有这样的过往，他之前还真信了黄汉，以为黄汉来深圳就是发财来了，现在多半猜到了黄汉是在北京待不下去才跑路来到深圳。不过他也没有当着黄广宽的面儿揭穿黄汉。

“我知道范卫卫是商深的女朋友，也见过她，嘿嘿，她没什么了不起，还被我摸过。”黄汉不知道范长天在深圳的分量，对范卫卫没有丝毫畏惧之意，淫笑几声，还想说些什么，却被黄广宽打断了。

“别吹牛皮了，说点儿有用的事情。”黄广宽不满地瞪了朱石和黄汉一眼，“女人也好，社会地位也好，先放一边。崔涵薇跑了就跑了，以后有机会再琢磨她。现在琢磨点儿实际的，有个大生意，你们做不做？”

“黄哥怎么说我就怎么做。”朱石知道黄广宽的本事，深圳是一个鱼龙混杂的地方，有做正当生意赚大钱的正经商人，也有靠歪门邪道发大财的走私客，在这些歪门邪道的人中，他最佩服的人就是黄广宽，黄广宽路子野、胆子大、眼光高，空手套白狼的手法一流。

“许多人说以后是 IT 时代，所以你们看，现在从香港向深圳带电子产品的水客有多少？我才不管以后是不是什么 IT 时代呢，我只管眼前能不能大赚一笔。”黄广宽比刚才清醒了许多，端坐在主位上，喝着茶，眯着眼睛，借着酒精的刺激摆出一副天下我有的傲然姿态，“一台电脑、一部手机、一些零碎的电路板，走私过来能有多少利润？都是小打小闹罢了，太低端，要做就做大生意！”

/ 第 / 十 / 三 / 章 /

午夜惊梦

“什么大生意？”朱石点头哈腰为黄广宽点了一支烟，“黄哥，我和黄汉最近没事情做，就等你一声令下大发一笔呢。”

“不急，有你们施展的时候。”黄广宽上下打量了黄汉一眼，对黄汉还算满意，“过段时间我弄一条船，从外边拉一船汽车过来，到时你们就都有活儿干了。”

走私汽车是大生意，朱石立刻喜笑颜开了：“高档不高档？”

“废话，不高档我走私什么！”“黄哥，除了汽车之外，我觉得成品油、植物油、香烟这些东西也能赚钱。”黄汉及时表现自己，以便得到黄广宽的重用。

“没错，你说得对。这也正是我下一步要考虑的方向，不过饭要一口一口吃，路要一步一步走。”黄广宽越发满意黄汉，“你以后跟着我干，我不会亏待你。”

“谢谢黄哥。”黄汉连连称谢，眼中闪过了光芒，直觉告诉他，他来深圳真是来对了。

相信不用多久，他就可以身家百万，不，千万，然后衣锦还乡，到时回北京的话，再见到商深，商深肯定会拜服在他的脚下。

想到得意处，黄汉几乎要笑出声了。

“黄广宽果然还有帮手，商深，我真服你了。”出租车上，坐在前座的崔涵薇回过头来，红唇娇艳双颊飞红，憨态可掬，“对不起，一开始我还当你真是一个窝囊废，后来才知道，原来你是在演戏，是故意迷惑黄广宽他们。”

商深坐在后排中间，左边要托住徐一莫的头，右边要扶住王向西不让他东倒西歪。王向西酣睡不醒，徐一莫半睡半醒，还将头靠在了他的肩膀上。

商深也是一阵后怕。如果让他知道黄广宽的两个帮手是谁，说不定他会惊得跳起来。

以他一人之力还真没有办法同时保护崔涵薇和徐一莫。

下车后，王向西终于醒了过来，推掉了商深和崔涵薇的挽留，打车回去了。

商深左手扶着崔涵薇，右手搀着徐一莫，进酒店的时候，被迎宾和周围的客人来回打量，神色暧昧，这让他无比尴尬。作为一个正经好孩子，让人误会也是不能接受的。如果不是他帮忙，崔涵薇和徐一莫这会儿真不知会怎么样了。

回到房间，商深看到了散落在床上的照片，他偷偷拿走了他和崔涵薇的合影。

总统套房一共两个房间，一大一小，商深把崔涵薇和徐一莫放在了大房间的床上。

她俩东倒西歪地躺在大床上，花开两朵，二人脸色红润，玉体横陈。

崔涵薇翻了个身，努力睁了一下眼睛：“商深，你出去，我们要睡觉了，你不许偷看，不许想入非非……”

徐一莫却一下坐了起来，一双惊恐的眼睛环视了一下房间，然后又一头栽倒：“吓死我了，我以为睡大街上了。”话一说完，她翻身趴在床上沉沉睡去，屁股翘起，一条腿还伸到了床外。

崔涵薇微微蜷起了身子，睡在一侧，睡姿甜美，面容安详，和徐一莫夸张的睡姿以及流着口水的形象形成了鲜明的对比。

商深无奈地摇了摇头，轻轻为二人盖了薄被，悄无声息地带上了门。

刚才还不觉得，现在商深感觉酒意上涌，他知道自己其实已经有了五六分醉意。

商深脱了衣服，扑在床上，感觉一阵潮水般的睡意袭来，片刻之后就睡着了。

也不知过了多久，商深口渴难耐，挣扎着起床，推开房门走到客厅，看了一眼就惊呆了。

客厅里坐着四个人，范卫卫、崔涵薇、徐一莫和杜子清。

怎么回事？商深迷糊了，范卫卫在他也可以理解，为什么杜子清也在？还有，他现在到底在哪里，是回北京了还是还在深圳？

“商深，你醒了，过来，我有话要对你说。”范卫卫一脸浅浅笑意，冲商深招手，“我决定不出国了，留在国内陪你。可是崔涵薇却告诉我，她喜欢上你了，而且你也喜欢她，你们会在一起，你告诉我，是不是真的？”

一旁的崔涵薇安静如淑女，没说话，正在削一个苹果。她的手法娴熟，长长的苹果皮连在一起，没有断开。

徐一莫掩口而笑：“商深一开始也以为他喜欢的是你，后来他才发现，最适合他的城市是北京，最适合他的人是薇薇。卫卫，你就算留在国内也留不住商深的心，我劝你还是出国算了。”

“我希望商深有始有终，不要抛弃卫卫，卫卫对他那么好，如果他这么快就移情别恋，他和叶十三还有什么区别？”杜子清对商深怒目而视，“商深，你说实话，你是不是真的喜欢上崔涵薇了？你太让人失望了，我一直以为你是一个有情有义的男人，原来你也是一个见异思迁喜新厌旧的庸俗男人！”

商深抓了抓头，一头雾水：“到底发生什么事情了？我哪里喜欢上崔涵薇了？卫卫你怎么来了？子清你怎么也来了？还有，我们现在到底是在哪里？”

“你还不承认你喜欢上我了？”崔涵薇削完了苹果，切了一小块用刀尖挑着递到了商深嘴边，“是谁和我在飞机上相依相偎？又是谁和我在房间的地毯上上演了一出香艳大戏？你不喜欢我？你觉得你能骗得了自己的内心？”

说话间，她将苹果塞到了商深的嘴里，脸色陡然一寒：“吃了我的苹果，从此就是我的人了。如果你敢背叛我，你就和苹果是一样的下场……”

话一说完，刀光一闪，崔涵薇手中的苹果被切成了两半。

“好你个商深，真的喜欢上崔涵薇了，枉费我对你一往情深。”范卫卫扑了过来，双手掐住了商深的脖子。

商深冷不防被范卫卫掐住了脖子，想要挣扎，却发现范卫卫的力气大得惊人，他居然挣脱不了。越挣扎反而被她掐得越紧，感觉喘不上气来，快要窒息了……

“啊！不要！”商深一下子醒了过来，原来是一个梦。

他大汗淋漓，醒来后，脖子上果然有一只胳膊压住了他的脖子，他吓得不轻，瞬间清醒了，怎么回事，明明他是一个人睡在床上，为什么旁边会多了一个人？

睁眼一看，惊得目瞪口呆。

一人近乎赤身裸体地躺在他的身边，一只胳膊正好压在了他的脖子上。

灯光半明半暗，但商深依然可以看清身边女孩每一块裸露在外的皮肤以及她健美的身材。她的身材很好，凸凹有致，堪称完美。尤其是小腹上掩盖在粉色内裤之下若隐若现的马甲线，表明了她平时喜欢锻炼。

有马甲线的小腹、完美的腰身、浑圆的肚脐、肚脐以上的两座山峰……商深忙移开了眼睛，非礼勿视，虽然对方送上门了，但他觉得不经对方允许就欣赏对方的身体就是偷窥。

还好，女孩翻了个身，留给商深一个后背。

后背如一马平川的平原，光洁细嫩，正中心有一个指甲大小的胎记，就如被人按了一个红红的手印一般。商深一时好奇，伸出右手食指按了下去。也是怪了，不大不小，正好和他的食指严丝合缝，好像是很久以前他的食指轻轻按下，留下了一个永远的纪念一般。

巧合，真是巧合，怎么会和他的食指大小一样？商深愣住了。

目光又向下移，顿时呼吸都为之一窒！

没错，商深其实第一眼就认出了上错床的女孩正是徐一莫。她浑圆的臀部之上竟然还有一对腰窝，就如一对美丽的性感之眼，带给了他足够强烈的震撼和冲击。

马甲线虽然一般女孩很少拥有，但仍然可以通过坚持不懈的锻炼获得，腰窝就不同了，在医学上被称作“麦凯斯菱”，在美术界又称“圣涡”的腰窝，是理想的人体模特的标志之一，据说只有胖瘦均匀、体形匀称的年轻女性才可能拥有，据说只占所有女性的3%！

比例之低，可想而知。

徐一莫居然有腰窝？太神奇了！商深自认不是臭流氓，但此时按捺不住好奇，不觉伸出手去。

触手之后，微凉而舒适，滑腻如玉弹性如球，女性身体特有的脂肪感让手感十分美好，商深手指在腰窝中只轻轻放了一下，就赶紧收了回来。

商深突然清醒过来，意识到一个严峻的问题——徐一莫应该是去完卫生间后迷迷糊糊地上了他的床，别说怎么和范卫卫交代了，就是被崔涵薇发现了，也吃不了兜着走，就算再解释，也无法回避他和徐一莫同床共枕的事实。

现在的问题是怎样才能摆脱嫌疑。相信等徐一莫醒来后，肯定会怀疑他对她做过了什么，就算没做过什么，想想赤身裸体地躺在一起，也会让人无比尴尬。

商深想到了一个妙计，他蹑手蹑脚地来到了卫生间，放开水，假装他冲了一个澡，然后摸到了崔涵薇的房间，见房门虚掩，轻轻敲了敲门。

没人应声。

又敲了几下，还是没有声音，他就小心翼翼地推开房门——房间内空空如也，床上只有散乱的被子和横七竖八的一堆枕头，哪里还有半个人影？

原本想告诉崔涵薇，说他洗完澡后回房间发现他的床被徐一莫霸占了——如此可以回避他和徐一莫同床共枕的事实——为了避免尴尬，他想让崔涵薇去和徐一莫一起睡，这样应该比较合理吧。

如此安排，等天亮之后相信徐一莫不会想起她昨晚到底是睡在哪张床上，更不会知道她近乎全裸睡在他身边的糗事，只要她一睁开眼睛看到的是崔涵薇就行了。

好像有水声？商深侧耳一听，果然从卫生间传来了哗哗的水声，他长舒了一口气，还好，崔涵薇应该是去洗澡了。

结果等了半天，水声哗哗响个不停，就是不见崔涵薇出来，商深着急了，崔涵薇和徐一莫都喝了不少酒，他不放心，于是就来到卫生间门口，轻轻敲了几下："涵薇，你在里面吗？"

没人回应。

"涵薇？"商深愈加感觉不好，加大了敲门力度，同时也提高了声音。

依然除了水声没人回答。

顾不上许多了，商深当即推门而入，果然，崔涵薇泡在浴缸里，昏昏欲睡的样子。水龙头没有关，水一直流，溢出了浴缸，流了满地。

在酒意的刺激和热水的浸泡下，她人面桃花，粉颈如玉，锁骨可见，两条玉臂伸在浴缸之上，呈现出温泉水滑洗凝脂之美。

/第/十/四/章/

误 会

商深只是惊艳了片刻就无心欣赏崔涵薇的美女入浴图了，这样非常危险，稍有不慎就有可能被淹死，要么碰得头破血流。

商深赶紧来到崔涵薇面前，摇晃着崔涵薇的胳膊：“涵薇，醒醒，别在浴缸里睡觉。”

崔涵薇一下清醒过来，她睁大迷茫的双眼，似乎不知道发生了什么，过了几秒钟才清醒过来：“哎呀，我怎么睡在卫生间了？”说着猛地坐了起来。

“不要！”商深最担心的事情还是发生了，好吧，他什么都看见了。

虽然只是一晃而过，商深随即就闭上了双眼，用手捂住了眼睛，但还是看到了崔涵薇的身体。

比起徐一莫，崔涵薇的身材毫不逊色，甚至还要白嫩几分，她的腰比徐一莫更轻盈，如果不比健美，她浑身上下散发的女人味比徐一莫更加诱人。

如果说徐一莫就如休闲装，那么崔涵薇就是正装。休闲装轻松惬意，正装成熟高贵，各有各的好。徐一莫是野性和美丽的完美结合，崔涵薇则是高贵和端庄的完美结合，一个奔放如江河，一个静美如湖泊。

“流氓！”崔涵薇一站起来就意识到了不对，她没穿衣服，如此一来等于是她直接暴露在了商深的眼皮底下，而且还是主动呈现，太羞人了。

大半夜不睡觉，干吗要跑到她房间的卫生间来？她又羞又气，忙躺了回去，顺势抓了块香皂扔向了商深。

“去死！”

“不关我事。”商深被香皂砸中，委屈满满，“涵薇，你听我说，出了点儿意外，一莫睡我床上了。”

“啊？你怎么她了？你们发生什么了？”崔涵薇大惊失色。

半夜里崔涵薇醒来后觉得浑身难受，就想洗一个澡。她记得起来的时候，徐一莫还睡在身边，怎么一转眼就睡商深床上了？

“我没怎么她。”商深忙说，“我起来去冲澡，回来后就发现她在我床上了，而且穿得很少，我没敢叫醒她，怕她尴尬，就想让你去和她一起睡，这样天亮后她也不会记得是半夜睡我床上了……”商深总算一口气说完，看着崔涵薇的反应。

“你看见什么了？”崔涵薇还不放心，话一出口才想起她已经被商深看了个遍，顿时脸红过耳，“刚才的事情你不许说出去。要是说出去，我和你没完。”

“怎么个没完法？”

“我……”崔涵薇一时语塞，愣了片刻忽然大着胆子说了一句，“我就赖上你了，非嫁给你不可，你不娶也得娶。”

不是吧，这也行？就看了一眼就得负责一辈子？何况他刚才的一眼还是被动接受，又不是他主动要看的。

好吧，好男不和女斗，商深认输了：“怕了你了，我不说出去就是了。就这么说定了，你去我床上睡。还有，别再在浴缸里睡了，小心碰破了头。”

商深走了许久，崔涵薇才慢慢地穿好衣服裹了浴巾，来到了商深的房间，见徐一莫睡得正香，还赤裸着上身，不但没有半点儿淑女睡姿，还口水流了一枕头，要多不雅就有多不雅。

崔涵薇实在是无语了，睡错了床都不知道，还裸露着上身，商深做得也对，她这个样子要是醒来后发现睡在一个男人身边——哪怕这个男人是商深——她也会无地自容，商深还真是一个考虑周到、事事细心的大男孩。

不过……崔涵薇又想到了一个问题，徐一莫光了上身，肯定已经被商深看了去。死商深，臭商深，看了徐一莫又看了她，便宜死他了。

越想越羞，越想越气，崔涵薇再也睡不着了。

天渐渐亮了。

徐一莫梦见她在游泳，是建造在楼顶的超级游泳池，偌大的游泳池只有她一个人，她感觉天那么蓝、云那么美、心情那么好，于是放开手脚去游，她一向自诩游泳技术高人一等，蝶泳、蛙泳样样精通。

游到了泳池的尽头，她像游泳运动员一样身子在水中一个翻转，准备再游一个来回，忽然泳池中的水一下全干了，她就如离开水的鱼一样失去了依靠，“扑通”一下跌落到了泳池的底部。

“哎哟！”徐一莫从睡梦中醒来，睁开眼睛，她头冲下脚在上摔倒在了地上，准确地说，上半身在地毯上，下半身还在床上。

徐一莫擦了一把嘴角的口水，爬了起来，才注意到上身没穿衣服，回身抓过床单挡在胸前，环顾自周，感觉哪里不对。

崔涵薇从卫生间出来，扔给她一条浴袍穿上，徐一莫满脸疑惑地问：“薇薇，怎么不对呀，我明明记得昨晚我们是睡在大房间，怎么醒来就在小房间了？”

“你当然记错了，昨晚我们就睡在这个房间。”崔涵薇莫名地脸红了，忽然想起一个疏漏的细节，忙说，“你先去洗漱，我已经买好了机票，我们一个小时后出发去机场。”

徐一莫想不明白，只好去卫生间洗漱了。她一进卫生间，崔涵薇就箭一般冲向了商深的房间。

商深穿着短裤和背心，还在沉睡，但正是荷尔蒙分泌旺盛阶段的他，和所有男人一样在早晨有一个共同的习性——崔涵薇来到商深身边，从商深的枕头下面摸到徐一莫的胸罩，不经意多看了一眼商深隐私部位的异常状况，顿时羞得面红耳赤，急急地跑开了。

“我的胸罩怎么在你手里？我找了半天没找到。”徐一莫从崔涵薇手中抢过胸罩，嘻嘻一笑，“还是不戴舒服，女人呀，就是比男人累，真没办法。”

“收拾一下东西，我们等下吃早饭，然后去机场。”崔涵薇不想和徐一莫纠缠胸罩的问题，说话间，她已经收拾好了自己的东西。

“商深怎么还没起来？我去叫他，真是一个懒猪。不过昨天晚上也多亏了他，要不是他，我们可就惨了。”徐一莫几步迈进了商深的房间。

事实上……崔涵薇无奈地摇了摇头，有些事情还是不知道为好。她想起了范卫卫，要走了，有必要给范卫卫打个电话说一声谢谢。

电话打过去，提示关机。

赶到机场，才早上九点多光景，距离飞机起飞还有一段时间。商深和崔涵薇、徐一莫坐在了候机大厅等候。

就要离开深圳了，商深忽然感觉到了前所未有的轻松，他拿出手机，想起昨天和范卫卫互通了短信，他回了“一切安好，勿念”的短信之后，范卫卫就再也没有回复。

昨天事情太多了，慌乱之中他也没有多想，现在静了下来，忽然觉得哪里不对。以范卫卫的性格，不可能不打来电话也没有短信问候，她应该问他有没有平安抵达北京、有没有想她才对。

范卫卫出了什么事情不成？商深越想越不安，忙打出了电话。

结果范卫卫的手机关机了。

怎么会关机呢？商深心中的不安越来越强烈，都怪他，如果昨天他告诉范卫卫他还留在深圳的真相就好了，他想了想，发了一个短信。

“卫卫，对不起，我不该骗你，其实我还在深圳，是为了帮崔涵薇和徐一莫一个忙，今天会返回北京。希望你一切顺利。”

信息刚发出去，手机就响了，商深还以为是范卫卫打来的电话，忙按下了接听键：“卫卫……”

“卫卫？我不是卫卫，我是王向西。”话筒一端传来的是王向西的笑声，“商深，你们还在酒店吗？昨晚不好意思，我本来是去助阵，结果自己却喝多了，后来发生了什么都不记得了。”

“王哥……”商深稳定了一下情绪，“我们已经到机场了，昨晚也多亏了王哥帮助，否则还真过不了关，谢了。等回到北京我们再电话联系，后会有期。”

“好，保持联系，我和启东估计过一段时间会去一趟北京，到时我们再面谈合作的事情。你等一下，启东有话要和你说。”

“商深，你也看好改写ICQ的前景，”王启东直接切入了主题，也不和商深寒暄了，“说说你的想法。”

“ICQ的成功就说明了市场前景，我觉得以ICQ为代表的网络即时通信软件早晚会替代E-mail成为人们交流的工具，Hotmail的成功例子可以复制。”商深很佩服王启东的专业精神和王向西的为人，觉得如果和他们合作，也不失为一个不错的选择。

“太好了，你和我的看法完全一致。”王启东大声叫好，高亢的声音从话筒中传过来，可以让人感受到他的兴奋，“我有一个建议，商深，向西前期已经改写了一部分ICQ的代码，现在正在后期完善中，你考虑一下和他合作共同编写一个全新的超越ICQ的软件，名字我都想好了，就叫OICQ，怎么样？”

经过初步接触，商深认可王向西的为人，他认真地想了一想：“可以，我愿意和王哥合作。”

“好，那就先这样说定了，过几天我和向西会到北京和你面谈。”王启东又将电话转给了王向西。

“商深，祝你一路平安。记得替我向一莫、涵薇问好，我就不给她们打电话了。等我去北京之前，我会提前和你联系。手机别忘了开机，都是IT时代了，天天关机怎么跟得上瞬息万变的时代。”王向西本想和徐一莫说几句，话到嘴边又没好意思出口。

商深呵呵笑了笑，挂断了电话。

“王向西的电话？”崔涵薇听出了什么，“他还想邀请你加盟他和王启东的公司？”

“不是，他想和我联合编写软件。”商深有了主意，“我想了想，涵薇，不管我是加盟你的公司，还是加盟他们的公司，其实两者并不是有你没我的零和矛盾，而是可以你中有我我中有你的共赢，等回北京我再详细和你说说我的想法……”

“好呀，没问题。”崔涵薇喜笑颜开，心情大好。

“不对，我总觉得哪里不对。”徐一莫凑了过来，手指放在下巴上，做深思状，“昨晚似乎哪里出现了状况，我明明记得开始是睡在了大房间，早上起来后怎么是在小房间呢？而且我睡觉的时候是穿了睡衣，醒来后却只穿了一件内衣……天啊，到底发生了什么事情？商深，你老实交代，你到底对我做了什么？”

商深大窘：“你不要诬陷好人好不好？你和涵薇同床共枕，我怎么可能对你做过什么？”

“你的意思是，如果不是涵薇和我在一起，你就要对我做什么了，是不是？”徐一莫想起了早上她找不到胸衣，后来一转身又找到了的怪事，隐隐觉得并不是她记错了，而是确实出现问题了。

“我不是这个意思……”商深被徐一莫的逻辑气笑了，“算了，不和你说了，反正我什么都没做，我是清白的。”

“你……”徐一莫伸手一推商深，“我才发现原来你也挺坏，说，以前的憨厚和可爱是不是演戏？对了，你演戏的水平挺高，昨晚你不但骗到了黄广宽他们，连我也被你蠢萌的表情骗得不知所措，后来才知道，你竟然是深藏不露的高手。”

徐一莫用力过猛，商深没防备，朝旁边一倒，正好撞在了崔涵薇的身上。崔涵薇冷不防被商深一撞，“哎呀”一声，下意识伸手抱住了商深。

“不要这么肉麻好不好？明明是想抱，还要假装是被我推的。”徐一莫故意调侃商深和崔涵薇，她还想再取笑二人几句，忽然眼睛睁大嘴巴张大，愣住了，“啊，啊，不好了……”

崔涵薇被徐一莫取笑，脸一红，正要反驳几句，忽然见徐一莫张口结舌的样子好像见鬼了一样，就笑：“什么不好了？除了你不好，没什么不好。”

商深回过头去，顺着徐一莫的目光一望，也一下惊呆了——不远处站着两个人，妈妈漠然而高傲，女儿清丽又脱俗，正是许施和范卫卫。

只是清丽脱俗的范卫卫此时一脸悲凉，眼中满是无边的失望和伤心。她紧咬嘴唇，眼泪在眼中打转，却强忍着不让泪水滑落，倔强而又不甘地紧盯着商深和崔涵薇不放。

刚才商深入怀崔涵薇的一幕，她正好看得清清楚楚！

尽管昨天威尼斯酒店门前的发现，已经让她伤心欲绝，做出了要离开国内远走他乡的决定，但她不甘心，总觉得商深和崔涵薇之间应该不像她看到的一样进展那么迅速，或许真有隐情也说不定，她希望看到商深的解释。

但是商深没有。

/ 第 / 十 / 五 / 章 /

百口莫辩

商深只给她回复了一个“一切安好，勿念”的短信，轻描淡写又毫无诚意，就让她意识到或许商深真是一个见异思迁的人，她毕竟认识他还短，没有看透他的本质。算了，不去想了，从此天各一方，自此永不相见。

一早来到了机场，真的要远离深圳远离商深了，她忽然又生出了几分不舍，真的就这样没有告别就离开了？长这么大，她第一次真正爱上一个人，为他牵肠挂肚，为他柔肠百结，甚至甘愿为他付出一切，但却是这样一个没有结果的结果，她不甘心，真的不甘心。

到了机场想了想还是打开了手机，看到了商深的短信。见到商深真诚地向她道歉，并且承认了他还在深圳，是为了帮崔涵薇一个忙，她心中所有的不甘和猜疑顿时烟消云散，她决定要原谅商深所有的隐瞒和过错，要和他重归于好，要等他到天荒地老。

但是……就在她向妈妈再次强调她早晚会回国并且会坚定地和商深在一起时，她的自信和骄傲却被妈妈一句冰冷而无情的话打落在地。

“你还要和商深在一起？问题是，他还会和你在一起吗？卫卫，你太天真了，哪里会有一个等你三年的男人？他连三天都等不了。”许施无比鄙夷地用手朝远处一指，“被那个女孩抱住的人不正是你朝思暮想的商深吗？”

什么？范卫卫顺着妈妈的手指看去——居然真是商深！她所有的期待和

美好都被崔涵薇对商深的倾情一抱化为了乌有，只一瞬间，所有的爱恨情仇都涌上了心头，她告诫自己：该醒醒了，范卫卫，别再心存幻想了，商深就是一个彻头彻尾的感情骗子，他根本就没有真感情。

是，她承认爸妈对商深过于苛刻了，但不管怎样，爸妈的出发点是为她好，为人父母谁不关心子女的婚姻大事？商深如果因此对爸妈耿耿于怀，他就太没有肚量了。如果商深真是因为受不了爸妈的刁难而移情别恋，那他也太没有原则、太没有男子气概了。

她心灰意冷，就当她没有认识过商深，就当她从来没有爱过商深，就当商深从来没有对她用过真心。

“卫卫！”商深先是一愣，随后注意到范卫卫伤心欲绝却又强忍悲痛的表情，他就知道范卫卫误会了他和崔涵薇，他心中还有几分不解，范卫卫尽管对崔涵薇有提防之心，却从来没有真当崔涵薇是她的情敌，他轻轻一转，脱离了崔涵薇的怀抱，朝范卫卫跑去。

“不要过来！”范卫卫用尽了全身的力气，朝商深喊出了饱含悲怆和绝望的一句话，“我不想再见到你，商深，我恨你，你记住，你永远欠我的！”

说完，她转身离去，不给商深解释的机会。

商深冲到了许施面前，被许施拦住了去路，许施傲然地站在商深面前：“商深，既然你已经有新欢了，就不要再纠缠卫卫了，你放她一条生路好不好？我求你了。”

“阿姨，你误会了，我和崔涵薇只是普通朋友……”商深才知道事情比他想象中严重多了，远处，范卫卫的身影眼见就要消失在人群中，他想要推开许施追过去。

许施却哪里肯让商深过去，她才无所谓商深和崔涵薇是什么关系，只要卫卫对商深死心了就好，眼下的机会太难得了，就算是误会，也要让卫卫对商深误会到底。

“商深，我希望你能保持最起码的尊严，不要再纠缠卫卫了！”许施伸手拉住了商深的胳膊，“作为卫卫的妈妈，我不希望她受半点伤害。你已经伤害到了她，难道还想继续伤害她下去，让她到了国外也不开心？你怎么就这么狠心？你到底有没有真的爱过卫卫？”

商深止步了，许施的话如一把尖刀正中他的心脏，让他疼到无法呼吸：“许阿姨，请你转告卫卫，在她没有亲口告诉我要和我分手之前，我不会爱上任何人。这是我的保证，也是我作为一个男人的承诺。”

说完，商深朝许施鞠了一躬：“谢谢！”

许施望着商深转身离去的背影，心中微有触动，不过很快就被胜利的情绪淹没了，就让卫卫无牵无挂地出国好了，她和商深的认识和相恋，本来就是一个错误，就算商深和崔涵薇刚才的举动是一个误会，由错误开始再由误会结束，也挺好。

从包中拿出范卫卫的手机，许施翻到商深的手机号，发出了一条短信：“商深，我们分手吧！你自由了，从此以后不管你再爱上谁，都与我无关了，我也不会再信守等你三年的承诺，从此你是你我是我……”

发完短信，远远望了刚才和商深抱在一起的女孩一眼，心中满满的胜利和开心顿时减弱了一大半，商深也真是交了狗屎运，这么漂亮端庄的女孩怎么会喜欢他？看女孩的举止、打扮和优雅的姿态，她肯定也是生长在富贵之家的千金小姐，家境应该不比卫卫差。

人就是如此奇怪，如果商深的身边是一个远不如范卫卫的女孩，许施会开心许多，觉得商深的眼光不过尔尔，但偏偏商深的身边是一个漂亮、优雅而且周身流露富贵之气的女孩，她就大感失落了，仿佛是商深又攀了高枝抛弃了卫卫一样。

以商深的水平，只能是卫卫抛弃他，不能让他抛弃卫卫。许施心理极度不平衡地多看了崔涵薇一眼，试图找到崔涵薇不如范卫卫的地方。让她失望的是，崔涵薇举止大方，亭亭如莲，在人群之中一站，是无数人的焦点，实在不比范卫卫逊色半分。

这么好的一个女孩为什么要喜欢商深这样一个要什么没什么的穷小子？许施恨恨地想，真没眼光，谁看上商深，谁就是傻子。

被许施腹诽为傻子的崔涵薇虽然不知道发生了什么事情，但也大概猜到了范卫卫的误会是因为刚才她对商深的一抱，其实也不是严格意义上的搂抱，只是她双手抱住了商深的肩膀，防止商深摔倒的扶助罢了。

怎么就让范卫卫误会了？想起范卫卫对她还算不错，她心中闪过一丝愧疚，见商深垂头丧气地走来，就上前安慰商深："不要紧，向卫卫解释清楚就行了。"

商深的手机响了。

看了范卫卫发来的短信，商深脸色骤变，心情低落到了极点，想回复范卫卫解释一番，却又觉得不管怎么辩白范卫卫也许都不会相信，他叹息一声，收起了手机。

飞机起飞了。

腾空而起的飞机让人产生失重的感觉。商深坐在靠窗的位置，窗外是蓝天白云和无边无际的天空。

来的时候，他和崔涵薇、徐一莫是无意地偶遇。回去的时候，却是有意地同行。他们却一直没有说话，连爱打闹的徐一莫也安静得像一个笑不露齿的淑女。商深知道，她们的安静是生怕不小心哪一句话会引起他的伤心。

真的就这样和范卫卫结束了？

范卫卫和许施来机场，应该是出国。商深心中长叹一声，范卫卫还是没能顶住家里的压力提前出国了，也许他和范卫卫的相识相恋，本来就是一场错误。但人生之中的每一次遇见，谁知道是对是错呢？

他真的很爱范卫卫。

想起范卫卫最后的一句"你永远欠我的"，再想到他给范卫卫打过的欠条，商深心中无比悲伤，为什么会这样？为什么范卫卫连一个解释的机会都不给他？

"以后如果你背叛了我，哼哼，我只要拿出字据，要你欠我一辈子的情债。"

"因为如果让你照顾我，你就是主动的一方，我依赖你而不是你依赖我，你随时可以因为不需要我而放弃我。但我照顾你就不一样了，我是主动的一方，你习惯了我的照顾我的存在，当我的相伴是一种必不可少的生活方式，你就会因为很难打破习惯而不会轻易离开我。因为离开我，作为一个生活自理能力很差的人，你就丧失了自主生活的能力，所以你没有办法离开我，我就是你的视线、你的拐杖、你的全部。”

范卫卫的话犹在耳边，人却已经远走他乡，一颗心也远离了另一颗心，昔日的誓言真的可以转眼烟消云散？

“商深，回北京后，你住在哪里？”徐一莫远没有崔涵薇细心，她沉默了一段时间之后，按捺不住说话的欲望，向商深发问了。

“还没想好。”商深现在全无心思去想范卫卫之外的事情。

“别想了，商哥，治疗失恋最好的办法就是再开始一场恋爱，你现在身边有两个美女陪伴，说吧，想和哪一个谈？”徐一莫半是玩笑半是认真。

“别闹了。”崔涵薇却没有心情取闹，她脸色沉静，“有时我想，人生也许就是一次又一次的错过。范卫卫对商深的误会，应该不会只有这一次，可能还有别的误会，累积在一起才让她对商深彻底失望了。”

“也许是吧。”崔涵薇的话不无道理，商深认可她的说法，范卫卫不是一个听风便是雨的女孩，她有主见又聪明，但到底还有哪些事情引起了她的误会，他想不明白。

“如果你不嫌弃，回北京后，我给你安排住宿。”崔涵薇不想再提范卫卫的话题，虽说范卫卫和商深分手，从某种意义上讲，她是最大的受益者，但她现在却高兴不起来，因为她不想让范卫卫觉得是她抢走了商深。

她希望是商深和范卫卫和平分手然后再喜欢她。

不过许多事情总是不会和期待中一样美好。

“好。”商深没再拒绝崔涵薇，他眼下也没有其他更好的办法。

飞机降落首都机场时，是正午时分，阳光明亮。站在北京的阳光下，商深忽然有了一种重获新生的感觉。

没错，商深一直坚信一个道理，善待你遇到的每个人，因为你不知道你遇到的哪一个人会改变你一生的命运。不管他以后和范卫卫有没有结果，范卫卫的出现，已经改变了他一生的命运。

崔涵柏前来接机。

事先并不知道商深会和崔涵薇同机，见到商深，崔涵柏微微一愣：“怎么是你？你怎么会和涵薇她们在一起？”

“你还好意思问？”崔涵薇对崔涵柏没好脸色，打开车门，“商深，请。”

商深也没客气，很配合崔涵薇的动作，爽快地上了车，惊得崔涵柏目瞪口呆。

“什么情况这是，真当我是司机了？”发动了汽车，崔涵柏对商深刚才的举动极为不满，他一打方向，汽车驶上了机场高速，“商深，我可告诉你，在我面前，你得客气点儿。”

“商深是我的合伙人，又是我的救命恩人，他为什么要对你客气？哥，你应该对他客气才对，还要感谢他。”崔涵薇坐在副驾驶上，朝崔涵柏冷笑。

崔涵柏回头看了坐在后座的商深和徐一莫一眼：“出什么事情了？涵薇，你和商深是怎么遇到的？”

“当然有情况了，在深圳他们都住在一起了。恭喜你，崔涵柏，你多了一个妹夫。”徐一莫唯恐天下不乱，随口就把商深和崔涵薇的关系拉到了亲密无间的程度。

“你说什么？”崔涵柏这一惊可是非同小可，一脚刹车停在了路边，惹得周围汽车一阵喇叭的抗议，他回头直盯着商深的眼睛，“商深，你怎么涵薇了？”

“行了，别听一莫瞎说。”崔涵薇脸微微一红，想起在酒店她的身体被看得清清楚楚的一出意外，顿时心跳加快，忙岔开了话题，“哥，我劝你以后不要再和一些不三不四的人来往，万一出了什么事情，到时后悔都来不及。”

“你是说祖纵？”崔涵柏将信将疑地从商深身上收回目光，如果商深真对妹妹做了什么，他才不会轻饶了他，“祖纵有的时候是无耻了一些，但他也不是不办正事，这不，刚刚他的300万投资已经到账了，在他的引荐下，公司又做成了一笔生意，所以说，看人不要只看缺点，而是要客观全面。”

“客观全面？”徐一莫讥笑一声，一撇嘴，“照你这么说，黄广宽也有可取之处了？”

“怎么了这是？什么情况？”崔涵柏挠了挠头，一脸不解。平常虽然他比较强势，但大多数时候他还是很在意妹妹的感受的。

“什么情况？崔哥哥，你的妹妹差点儿被人灌醉然后被带去开房间……”徐一莫接过了话头，她眯着眼睛，脸上的神情似笑非笑，“如果不是商深出面，你妹妹和我还能不能活着回来也得两说。”

“太夸张了吧？”崔涵柏轻轻一笑，“再说了，商深能有这么厉害？别闹了。”

“谁闹了？你听好了，我告诉你事情的全部经过。”徐一莫一五一十地说出了当时的惊险经历，她绘声绘色的描述以及恰到好处的夸张表情，让人有身临其境之感。

“真的呀？”崔涵柏不能相信徐一莫的话，“涵薇，是不是真的？”

/第/十/六/章/

欺人太甚

“你觉得一莫会拿我和她的清白开玩笑？”崔涵薇想起黄广宽的嘴脸就觉得恶心，“要不是商深和王向西陪我们去，我和一莫肯定就遭了毒手。哥，你的眼光真好，还说黄广宽人品可靠，以后你交朋友可得擦亮眼睛。再交友不慎的话，下一次就不是卖妹妹，说不定就卖崔家了。”

“我……”崔涵柏出了一身冷汗，如果崔涵薇被人欺负了，他真跟黄广宽去拼命，“对不起，妹妹，这事儿确实是我不对，我看错了人，向你认错。”

又回头对商深说道：“谢谢你商深，这一次多亏了你，我欠你一个人情。”

商深摆了摆手：“不用客气，以后都是一家人了。”

“一家人？”崔涵柏脸色一变，“你帮了涵薇是一回事儿，你要和她谈恋爱是另一回事儿，不能混为一谈。我可有言在先，我不同意你和涵薇在一起。”

“我还就想和涵薇在一起了。”商深笑了笑，一脸淡定，“不过不是你想的那样，我和涵薇在一起是要合作事业。”

“合作事业？”崔涵柏疑惑地看向了崔涵薇，“什么意思？”

“意思就是……”崔涵薇一脸坚毅，语气不容置疑，“第一，我要从公司撤股，新成立一家公司；第二，我要动用爸爸为我准备的创业资金；第三，我要收回我在北三环的房子，钥匙给我。”

“什么？你疯了？”崔涵柏大惊失色。

傍晚的一场急雨冲刷了盛夏的暑气，让积攒了一天的炎热一扫而空，带来了清新和爽快。

商深怎么也没想到，崔涵薇为他提供的房子竟然是一处非常高档的小区，位于北三环边上，位置十分优越，最主要的是小区的环境非常优美，三步一景观五步一假山。

开发商不是别人，正是崔涵薇的爸爸崔明哲。崔明哲为崔涵薇、崔涵柏每人都预留了五套房子，都在极佳的位置。崔涵柏的房子要么抵押贷款，要么租了出去，全部没有空闲，而且他还借用了崔涵薇位于京北花园的一套去抵押贷款了。

贷款还清之后，崔涵柏还没有归还，现在要安排商深的住处，崔涵薇就开口要求崔涵柏还她。

崔涵柏见崔涵薇态度坚决，只好妥协了，却怎么也不肯同意崔涵薇从公司撤股重新成立一家新公司，因为他没钱变现崔涵薇的股份。

崔涵薇也没再勉强，爸爸为她准备的创业资金也够新公司前期的启动资金了。

京北花园的房子是三室两厅，面积100多平方米，商深一个人住简直太大了。她的新公司也在附近选址，如此可以方便商深上下班。

京北花园不但位置好，附近超市、公园、医院和银行一应俱全，连菜市场也有，商深只要不是生活不能自理的笨蛋，他出门500米的范围之内，所能想到的所有生活设施应有尽有。

事事考虑得这么周全，不知道商深会不会体会到她的一片真心和深情？

吃过晚饭，崔涵薇没有急着回去，她让商深陪她在小区内散步。

“争取在一周之内初步定下公司的地址和名称，怎么样？”

漫步在花园式的小区之内，各种高大的树木营造出园林式的景观美不胜收，置身其中，让人心旷神怡，心情舒畅。

“没问题。”对崔涵薇的安排，商深十分满意，崔涵薇确实考虑得面面俱到。比起范卫卫，她似乎不只是大了一两岁，而是十几岁的差距。有理由相信，以范卫卫现在的心理年龄，再过两年，她也不会有崔涵薇一样的细心和大局观。

也许是家庭教育不同，商深感觉范卫卫和崔涵薇在性格上的差异十分明显。虽然崔涵薇比范卫卫更傲慢一些，但在大事上，她比范卫卫冷静并且考虑周全，还有和她年龄不相称的高瞻远瞩。

“公司的名字叫什么好呢？你帮我想想。”崔涵薇回到北京之后，没有回家休息，却没有丝毫疲惫之色，神采奕奕，精神饱满。

徐一莫早就累得不行，直接回去了，估计回家后倒头便睡。

看着崔涵薇背着双手踮着脚尖，天真烂漫的样子，哪里像是一个已经开始运筹帷幄的董事长，分明是一个还在上学的小女生。

商深笑了笑，见前面有一处亭子，就来到亭子里坐下，此时暮色四合，小区的路灯已经点亮，大雨过后的小区路面干净整洁，他托腮沉思。

“叫施得计算机系统有限公司，好不好？”

“施得？是什么意思？”崔涵薇不解其意。

“施不望报，得失在我，先施后得。”商深虽是电脑天才，但他也喜爱中国的传统文化，深信先付出后回报的道理，“舍得舍得，先舍才能后得。”

“好名字，就叫施得计算机系统有限公司了。”崔涵薇赞同商深的理念，微微一笑，不着痕迹地转移了话题，“施不望报，得失在我，说说容易，做到却难，尤其是在感情上。付出了感情，都想收获爱情，但往往有时事与愿违，付出了全部却得不到对方一丁点儿真心。”

商深知道崔涵薇影射的是范卫卫，他和范卫卫的事情太过复杂，说不上谁对谁错，想太多反而会束缚了自己，他摇头笑了笑：“就让时间证明一切吧，不去想了，不管以后卫卫会不会原谅我，至少我可以问心无愧地对她说，和她在一起的时候，我没有背叛她。”

“你要等她几年？”崔涵薇想知道一个答案，商深和范卫卫造成现在的局面，固然有她的因素，但也并非她故意为之。

“也许三年，也许……不知道呢。如果卫卫真的对我死心了，连解释的机会都不给我，我又何必再无望地等下去？人生没多长，要把有限的时间用在更有意义的事情上。”

“这话我听上去怎么觉得好像你是一个很容易忘情的人？事过即忘或者是无情无义，说的就是你吧？”崔涵薇嘻嘻一笑，虽是笑，眼神中却流露出一丝怀疑。

“也不能这么说，我是一个只要决定了就会认真去做的人，不管是对人还是对事，都很投入和专注。但有一个前提，就是我做的事情有意义、我针对的人对我有感觉。如果不是，我就会舍弃。”商深抬头望天，天空中繁星点点，也不知道已经远在大洋彼岸的范卫卫此时此刻会不会也在思念他。

“不早了，我该回去了。”崔涵薇起身，“明天见。”

“明天见。”商深送崔涵薇到了小区门口，招了一辆出租车，冲她摆了摆手，“谢谢你涵薇，你让我对北京第一次有了归属感。”

崔涵薇明明知道商深的话是感谢她为他提供的住宿，却莫名脸一红，想成商深是向她表白了。她忙低头掩饰了自己的脸红，没说话，只挥了挥手。

等崔涵薇走远了，商深在小区门口又站了一会儿，才转身回去。回到5号楼1单元，正要上楼，感觉似乎身后有人，他的目光不经意回头一扫，不远处的树后有一个一闪而过的人影，他忽然愣住了，人影似乎是很熟悉的感觉，好像是……

对，好像是叶十三。

仔细一想，商深又否定了自己的判断，北京那么大，叶十三怎么也会在京北花园？京北花园可是高档住宅小区，叶十三既买不起也租不起……估计他看错了。

商深并没有看错，刚才一闪而过的人影，确实是叶十三。他更不知道的是，刚才他和崔涵薇漫步在小区以及他送崔涵薇上车的一幕，被叶十三尽收眼底。

叶十三确实是买不起京北花园的房子，也住不起，但有人住得起——毕京。

没错，正是毕京。

以毕京的收入，即使在微软工作，但毕竟刚毕业，收入也不算高，也租不起京北花园的房子，何况微软还免费提供了住宿。

不过毕京新交的女朋友伊童免费提供给他一套京北花园的房子。不过只有使用权，没有所有权。

毕京被微软录用后，因为业务需要认识了一个名叫伊童的客户。在和伊童的接触中，凭着自己的花言巧语，把自己的本事吹得天花乱坠，长得还算漂亮的伊童经不住他的穷追猛打，竟然喜欢上了其貌不扬的毕京。在她看来，男人长得帅不帅不重要，重要的是能爱她。

伊童也生长在富贵之家，而且还是非常有钱有权的权贵阶层。并且和崔家是竞争对手，在争夺京北花园的地皮时，两家有过正面的激烈冲突，由此也埋下了过节。后来伊家一口气购买了京北花园三套房子，本来是想寻找质量问题然后借机向作为开发商的崔明哲发难，结果买了房子后却发现质量不但没问题，而且还远超同价位的楼盘，堪称上乘。

伊家没有由头向崔明哲叫板，本想卖掉京北花园的房子赚一个差价，因为房子从开盘到现在已经涨了10%还多，但因为喜欢上了京北花园的位置、景观和居住氛围，结果三套房子全部留下了，并且打算长住下去。

作为伊家的独生女，伊童自然也得到了其中一套房子的使用权——对她来说，使用权就是所有权，伊家偌大的家业以后全由她一人继承。

叶十三很羡慕毕京的运气，不是哪个凤凰男都可以在北京遇到一个愿意降低身份的孔雀女的。以他对伊童的观察，伊童对毕京是真心喜欢，他就告诫毕京，要珍惜伊童，不要辜负伊童的一番情意，有些人该忘就忘了吧，就和他忘了杜子清一样。

有些人自然指的是范卫卫。

毕京却一方面接受了伊童的感情，另一方面依然对范卫卫念念不忘，他的想法是，先不管他和伊童以后怎么样，现在在一起就在一起好了。如果有一天他可以俘获范卫卫的芳心，他会毫不犹豫地离开伊童。

伊童似乎察觉到了毕京对她没有投入百分之百的感情，出于想要留住毕京的想法，她把自己位于京北花园的一套80多平方米的房子无偿奉献出来，让毕京住。正好京北花园离她的公司不远，也离毕京的公司不远。

毕京当然欣然接受了她的馈赠，马上就搬进了京北花园的房子，对她也似乎比以前好了几分。不过她还是不太放心，正好毕京出差了，她就私下约了叶十三来京北花园见个面，想旁敲侧击从叶十三之处了解到毕京的真实想法。

叶十三在接到伊童的电话时，瞬间就想到了伊童的用意，他没有找个理由拒绝和伊童见面，而是赴约了。他是该和伊童好好谈一谈了，不仅仅是谈毕京的问题，还可以打听有关崔涵薇的信息。

叶十三早早就来到了京北花园，离约定时间还有半个小时，他就先在楼下转转。

这一转，叶十三更羡慕毕京了，小区景观优美，虽在闹市，却闹中取静，当真是一处高档奢华、不失身份的所在。

可惜价位之高，远超他的承受能力。不过见识到了一处好的住宅对一个人身心强有力的影响，叶十三暗暗发誓，有朝一日，他一定要在北京拥有属于自己的房子。

正当他憧憬自己美好明天的时候，却发现了让人终生难忘并且妒火中烧的一幕——商深和崔涵薇坐在了小区的一处凉亭里，谈笑风生！

怎么会？怎么可能！

商深在抱了他的前任女友杜子清之后，居然又和他心仪的梦中女孩崔涵薇在一起，商深为什么要处处和他作对？为什么？

叶十三几乎要出离愤怒了。

从小到大，商深处处比他优秀，比他学习好，比他人缘好，比他更受女生欢迎！不公平！他比商深高，比商深帅，为什么要处处低商深一等？

他众里寻她千百度的梦中情人、让他日思夜想的崔涵薇，居然和商深这么亲密，崔涵薇看他的眼神，就如恋人一般。

商深，你欺人太甚！

叶十三紧咬牙关，静静地躲在后面，一直将二人的一举一动看得清清楚楚。

商深正沉浸在和崔涵薇的对话之中，丝毫没有察觉。

叶十三就如颇有耐心的猎手，在商深送走崔涵薇上楼之时，他还紧跟不舍。他还想查到商深住在哪一个房间，不想在门口的时候，险些被商深发觉。一惊之下，急忙躲了起来。

等他再看的时候，商深已经不见了，赶紧上前，看见电梯显示停在了12楼，也不确定是不是商深住的楼层。京北花园有两梯四户的单元，也有两梯三户两梯两户的单元，商深所在的单元是两梯两户，是高端的户型。

/第/十/七/章/

不共戴天

商深怎么会住在京北花园？以他的收入——不对，他压根儿就没有收入，连固定工作都没有，穷小子一个——怎么可能住得起京北花园的房子？肯定是崔涵薇提供给商深的房子。

叶十三一拳打在一棵大树上，大树纹丝不动，他感觉拳头火辣辣地疼。一看，拳头破了一层皮，还渗出了鲜血。总有一天，他要让商深付出血的代价。

怀着对商深的痛恨，叶十三来到2号楼1单元，敲开了1501的房门，门开了，伊童的一张娃娃脸出现在了他面前。

伊童个子不算高，大约160厘米，微瘦，身材还算可以，娃娃脸。当然，她还远不如杜子清温婉可人。

据毕京说，伊童是一个很有个性的女孩。

个性一说，就是很中性的表达，个性可好可坏，好坏全在一念之间。

穿一身白色居家服的伊童，蹦蹦跳跳的样子像一只兔子，她很大方地拉着叶十三的胳膊："来，快进来，外面热。"

房间中开足了空调，十分凉爽，叶十三一进门就起了一身的鸡皮疙瘩。

地面铺着浅色的木地板，线条大方的吊顶下悬着一盏精致的水晶灯，下面围了一圈褐色的皮沙发。装修并不十分奢华，却很温馨。叶十三自顾自地坐到了沙发上，见伊童从冰箱中拿出了水果，他摆手说道：“不用忙了，伊童，我刚才吃过饭，还是谈正事吧。”

“水果总可以吃一些，餐后水果有助于消化。”伊童声音轻柔，带有几分沙哑，听上去有些独特。

叶十三不好推却，拿起一颗樱桃放到了嘴里。

伊童这才坐在了叶十三的对面，她的长发随意地扎在了脑后，显得既随意又青春。

“十三，你是毕京的好哥们儿，过去的事我还没你知道得清楚，有的秘密可能你知道我还不知道，”伊童的笑容很单纯，但语气却很有杀伤力，“我就想问你一句话，也希望你对我说实话——毕京心里面是不是还有别的女人？”

伊童的娃娃脸让她显得比真实年龄小不少，还会被许多人误以为是高中女生。但从她嘴里用略带沙哑的嗓音说出来的内容，却不像是这副容颜所正经历的。

叶十三现在也有同样的困惑，他被伊童一剑封喉式的问题问住了，愣了一愣才说：“这个问题还真不好说，虽然我和毕京是好哥们儿，可是他在感情上是怎么想的，他还真没有和我交流过。”

伊童点燃一支细长的香烟，轻吸一口：“看这儿环境怎么样，看好哥们儿住在这里，你是不是也想住在这样的地方呢？”

“……”叶十三感觉嗓子发干舌头发直，不说话的时候感觉伊童就是个比他小的妹妹，不过在伊童咄咄逼人的雄厚财力面前，他感觉自己渺小得就如一只蚂蚁，随时可以被她一脚践踏，“这个玩笑一点儿也不好笑。”

“不是玩笑，是交换条件。”伊童吐出了一个烟圈，“伊氏房产是我爸的公司，我爸只有我这么一个女儿，以后伊氏庞大的家产会由谁说了算？不仅京北花园的三套房子都在我的名下，不瞒你说，在我名下的房子，光是北京就有十几套。所以我想送谁一套，全看我愿不愿意。对我来说，我想要东西就会付出代价。”

付出如此高的代价，也只有不用为未来发愁的“富二代”才能说出这样的话。以叶十三目前的经济状况，他更愿意为了财富而拒绝真情。叶十三心乱了，一套房子对伊童来说是没有多少钱，但对他来说，却要付出十几年甚至几十年的努力。

但是叶十三也不是只顾眼前利益的人，他有更长远的打算，不能为了眼前的利益随便出卖朋友。他深吸了一口气，缓缓地说："伊童，我不要你的房子，但也告诉你毕京心里到底有谁。她叫范卫卫，人不在北京，是深圳人……"

"范卫卫？"伊童不知道范卫卫是何许人也，蓦然想起了什么，"深圳人？她的爸爸是不是叫范长天？"

"不知道。"叶十三摇头，他是真不知道范卫卫的真实来历，"我只知道范卫卫是商深的女朋友，或者说，是前女友。"

"商深又是谁？"伊童第一次听到这个名字。

"商深是我的发小，在我认识毕京之前，他曾经是我最好的哥们儿。在他和范卫卫在德泉期间，毕京认识了他们，同时也喜欢上了范卫卫。毕京还和商深打赌，一年后如果他混得比商深好，范卫卫就跟他。结果范卫卫答应了，不过范卫卫也不知道还回不回北京，估计以后都见不到她了。所以你也别在意毕京心里有范卫卫，他就是为了和商深打赌，也许在他心里，他并不是真的喜欢范卫卫。"叶十三一口气说出了之前的赌约，心里舒畅了许多，刚才伊童给他的压力太大，让他几乎喘不过气来。

"范卫卫为什么不再回北京了？"伊童信了一半。

"范卫卫喜欢的是商深，前几天商深专程去深圳看范卫卫，我以为商深会留在深圳不再回北京，没想到，商深在深圳只待了两天就回来了，而且还是一个人，范卫卫没和他在一起。我估计他和范卫卫之间有了矛盾，很可能是分手了。"想起商深和崔涵薇在一起时的情形，叶十三感觉胸口隐隐作痛，商深是不是和范卫卫在一起他并不关心，他在意的是他的梦中情人。

世间的事情，就感情最勉强不来。他喜欢崔涵薇，崔涵薇未必会喜欢他；毕京喜欢范卫卫，范卫卫却一点儿也不喜欢毕京；而伊童深爱毕京，毕京对伊童却又没有付出全部的真心。

“如果范卫卫是范长天的女儿，商深去了深圳见到了范卫卫的爸妈，他和范卫卫不分手才怪。范长天和许施可不是好说话的主儿，而且许施的眼光之高，别说商深了，就是崔家的公子崔涵柏她也未必看得上。”伊童将烟屁股扔到了烟灰缸里，笑了笑，“商深有什么本事敢和毕京打赌？一年后他能混得比毕京好？有我在，商深必输无疑。不说别的，就说我拿出一套房子让毕京住，就已经决定了胜负。商深一年时间能在北京买得起一套房子？”

商深是买不起，但毕京也买不起，叶十三不知道是该嘲笑毕京接受伊童的恩赐还是该笑话商深背靠崔涵薇好乘凉——毫无疑问，现在他已经想清楚了，商深之所以住在京北花园肯定和毕京一样，也是因为交了一个“白富美”的女友。

难道说，商深才和范卫卫分手就投入了崔涵薇的怀抱？崔涵薇好歹也是大家闺秀，至于这么没有见过男人，商深有什么好，值得她如此投入？

“商深很有女人缘，他在北京买不起一套房子，不过也许他可以和毕京一样，有女朋友送他一套。”叶十三心思电闪，决定再为商深挖一个坑，“我刚才还看到商深了，他就住在京北花园 5 号楼。”

“5 号楼是楼王的位置，他怎么可能住得起？”伊童微微一怔，“除了范卫卫，商深在北京还有一个女朋友？是谁？也许我也认识。”

“你肯定认识。”坑来了，叶十三微微一笑，你们都跳下去吧，我会在上面祝福你们在坑底幸福的，“崔涵薇。”

“崔涵薇？”伊童一脸震惊地站了起来，“真的假的？你没骗我吧？”

“我怎么会骗你，你是毕京的女朋友，我肯定不会骗你。”叶十三一脸严肃，“我刚才看得清清楚楚，商深和崔涵薇一起有说有笑地在小区里散步……对了，你可以查一下崔家的房子在京北花园是几号楼几单元。”

“你等一下。”伊童起身到房间打了一个电话，不多时回来了，“商深是不是住 5 号楼 1 单元 1201？”

“应该是，我只看到商深在 5 号楼 1 单元上楼了。”商深原来住在 1201，叶十三牢牢记住了。

“那就对了，还真是崔涵薇的房子。”伊童坐了下来，“十三，你觉得商深和崔涵薇只是一般的男女关系，还是崔涵薇想和商深有事业上的合作？”

“估计都有。”叶十三心中愤愤不平，他嘴上极不愿意承认。和崔涵薇谈情说爱并且合作事业的人应该是他才对，为什么非要是商深？

“你了解商深吗？很想让他一败涂地吗？”记得毕京说过叶十三对一个女孩一见钟情，毫不犹豫抛弃了杜子清的事迹，那个女孩应该就是崔涵薇吧？尽管叶十三努力克制了对商深的恨意，但伊童是何许人，她敏锐地发现了叶十三提及商深时的不满和对崔涵薇不经意的温情流露，她大概猜到了什么。

“什么意思？”叶十三知道伊家和崔家是生意上的竞争对手，他假装不明白伊童的话。

“明人面前不说暗话。”伊童哈哈一笑，起身从冰箱拿出两罐啤酒，递给叶十三一罐，“你对商深不满，我和崔涵薇不对付，我们又是毕京共同的朋友，所以我们就是天然的同盟。这样吧，我提议我们联合成立一家公司，我出资，你以技术入股，公司的名字我都想好了，就叫北京众合互联网信息服务有限公司，怎么样？”

“投资多少？我占多少股份？”叶十三动心了，他虽然在赵向飞的手下工作，但刚进去他的收入不高，要想在北京买房更是遥远的梦想，眼下有这么一个大好机会，他要是错过就太傻了。

何况他还有机会借伊童之手打败商深，然后从商深身边抢走崔涵薇。

“投资500万，你占1%的股份，职务最少是副总，以后再根据业绩和公司的发展情况适当调整你的待遇……你觉得怎么样？”伊童又点上了一支烟，左手拿烟右手拿啤酒，脸上一副拽拽的表情，有点儿玩世不恭的味道。

500万的1%不过5万块，但对于叶十三来说，等于是凭空而得。不过如果他一口答应下来就显得太好对付了。他沉吟片刻：“我需要考虑一下。”

“2%。”伊童加大了筹码，吐出了一个大大的烟圈，“你要是同意，我们现在就签一个意向书，一个月之内公司就可以成立。但我有一个条件，你不要告诉毕京公司的幕后投资人是我。”

“为什么？”叶十三一愣，怎么也想不明白伊童为什么要瞒毕京。

“3%。”伊童不正面回答叶十三的问题，“条件是，我说什么你做什么，必须无条件服从，在需要时，即使背叛毕京也在所不惜。”

3%的股份相当于15万元，以叶十三目前的收入，15万元不知要赚多久，说不心动绝对是自欺欺人。虽然伊童有污辱他人格之嫌，但为了打败商深赢得美人归，这些都忍了。

主意既定，叶十三点了点头：“愿意为伊姐效劳。”

伊童虽然一张娃娃脸，但比毕京和叶十三还大上两岁。见叶十三的表态很到位，伊童满意地笑了：“跟了我，十三，你会收获你想象不到的成功。”

虽然“跟了我”的说法听上去有些刺耳，但在伊童面前，叶十三低头了，人在屋檐下，不得不低头，他信奉有时适当地退步和低头是为了更好地进步和扬眉吐气。

“伊姐，你有没有考虑过公司未来的发展方向？”叶十三从事的也是互联网工作，他也认可互联网的发展前景，正是因此，他才几乎没有犹豫地就加盟了伊童的众合互联网信息服务有限公司，不过他对伊童对互联网的现状和前景是否了解心里没底。

“今年是互联网风起云涌的一年，我相信互联网的前景很光明，”伊童一仰头喝干了啤酒，又灭了手中的烟，双手抱肩站了起来，“所以我就找了个从事计算机行业的男朋友啊。”

伊童的玩世不恭让他产生了错觉，以为她不学无术只是为了打败对手才成立的公司，没想到，她不但对互联网的发展很有信心，也是真正有意加入互联网的淘金大军。

/ 第 / 十 / 八 / 章 /

志在必得

叶十三连连点头:“厉害,伊姐,你这么一说,我就完全相信在伊姐的带领下,众合公司可以从多如牛毛的互联网创业公司之中脱颖而出了。”

叶十三说的是实话,虽然目前国内有相当一部分传统的实业企业家对互联网的未来并不看好,但同时也有相当一部分资方看好互联网的前景,所以不管是在北京中关村大街还是深圳的华强北一带,还是上海的各大咖啡馆或者杭州的部分高校,到处都有创业者在高谈阔论互联网的未来,互联网已经替代改革开放,成为最热门的话题。而投资互联网公司,抢占互联网大潮的先机,也成为许多有先见之明的资方的共识。

从南到北,整个中国都笼罩在互联网的天空之下,尤其是在北京、广州、深圳等几个一线城市,空气中弥漫的全部是互联网创业的理想和话语。

但在众多一线城市都热火朝天地投身到互联网浪潮之中时,却有一个城市例外——上海。上海虽然是较早接入互联网的城市之一,但在创业浪潮之中,却沉静得像一潭死水。

“今年看似比前两年平静,但却是暗流涌动。”伊童对叶十三的表现很满意,她就喜欢别人对她臣服的感觉,谁要是小瞧了她,她一定会让谁付出巨大的代价,“先是傅开诚成立了祥麟网站,然后是纪德佑在广州创办了韵舟,据说陈安平今年也有意在天马利方论坛的基础上再上线一个全新的网站,但时机没有成熟，估计最晚明年会上线。还有，雅虎听说也要进军中国，中国互联网的大潮已经蓄势待发了。现在进军互联网，恰逢其时。”

1993 年 12 月 18 日，香港利方投资有限公司与北京天马集团公司合资创建了北京天马利方信息技术有限公司，陈安平等人是天马利方最早的核心管理人员。天马利方具有很强的技术背景，包括陈安平在内的许多核心人物都曾经是国内著名的程序设计师，再加上天马集团的背景，众多优势使得天马的融资较为顺利。1997 年 10 月，天马利方获得来自美国华登集团、美洲银行罗世公司及艾芬豪国际集团三家风险投资企业的 650 万美元风险投资，这也是国内 IT 业获得的第一笔风险投资。

之前商深更看好陈安平创办网站的背景和实力，也正是基于对陈安平本人的看好和对天马集团背景实力的分析，相比之下，傅开诚的祥麟虽然也有国外投资的前景，但却没有天马利方同时还有国内雄厚根基的前提，至于纪德佑的韵舟不论是背景还是实力都是连祥麟也比不上。

但互联网浪潮之下的精英和创业者们有一个共同点就是，不以出身论英雄，不以实力定成败，互联网作为新兴事物，有太多的神话和奇迹以常人无法想象的方式出现。因此，陈安平、傅开诚和纪德佑三人最后谁胜谁负还未可知。

“此时更应该说是风云际会。”叶十三被伊童点燃了激情，他忽然感觉到了久违的冲动。和杜子清在一起的时候，就如风和日丽的春天，虽然舒畅而惬意，却总是缺少了一种年轻人应有的豪情，他在伊童身上找到了他最想要的感觉，“大浪淘沙，现在虽然有许多人进军了互联网行业，但只能等大潮退去的时候，才会发现到底是谁在裸泳。”

“哈哈，这个说法很有趣，很形象。”伊童开心地大笑，“十三，我现在才发现，原来你不但长得比毕京帅气多了，也比他更有内涵。他在微软工作，却不愿意创办互联网公司，而是和他爸成立了一家什么仪表配件公司，太短见了。”

毕晓虽然为人不堪，但他毕竟在仪表厂多年，在部里还是有一些关系网，调到北京之后，他的心思大动，决定成立一家公司，为部里各个下属公司生产配件。

以他多年在一线工作的经验，以及对仪表生产流程和销售环节的了解，质量控制和销售都不成问题，只要前期有启动资金，工厂建成之后，就财源滚滚了。

毕京也十分支持毕晓的做法。后来认识伊童之后，毕京提出让伊童投资配件厂，伊童没有答应。虽然伊童是传统实体行业的既得利益者，但她比毕京看得长远，倒不是她不认为配件厂可以赚钱，而是她更愿意将时间、精力和资金放到更有长远前景的行业上去。

她提出和毕京联合成立互联网公司，却被毕京不假思索地拒绝了，毕京一心扑在配件厂上面，对互联网的前景虽然也看好，却不愿意以身试水投身到互联网大潮之中，只想做一个从业者而不是创业者。伊童没能说服毕京，对毕京深感失望。

不过听说毕晓已经找到了投资，配件厂上马在即，伊童除了预祝毕京子承父业大获成功之外，也不再劝毕京了。人各有志，不能强求，何况她又是一个不喜欢勉强的人。

从小到大，她想要的东西都会千方百计得到，没想到，其貌不扬的毕京竟然敢拒绝她的求爱，太丢人了，人都有一种逆反心理，越是追求不到的东西越想得到。

“不说毕京了，他想做什么就让他去做好了，都挤到一个行业里面，如果互联网浪潮最后成了泡沫，大家不就都死了？这样也好，鸡蛋不放到一个篮子里才最安全。”叶十三不想和伊童在背后谈论毕京，一来他很珍惜和毕京的友谊，再者也不想让伊童认为他是一个没有原则的人，“伊姐，什么时候我们具体商量一下合作的细节问题？”

伊童会心地笑了：“怎么了，着急了？心急吃不了热豆腐。对于成立公司、规范规章制度以及股权比例等事情，我有一个系统的规划，下次再说，不早了，今天就先这样了。”

不管和谁合作，伊童都要掌控主动权，何况在她眼中的叶十三不过是一个小得不能再小的角色，如果连他都掌控不了，她还能怎样掌控天下？是的，她的梦想是掌控天下，就和爸爸伊学良一样，成为一个举足轻重的大人物。

伊学良在北京商界是许多人仰视才见的人物，虽然名气不如崔明哲大，却比崔明哲有实力多了。崔明哲善于自我炒作，伊学良为人低调谦和。

见伊童打了一个大大的哈欠，叶十三知道该告辞了。他也听出了伊童的言外之意，伊童是不想让他知道得太多，只是让他俯首称臣。其实向伊童俯首称臣对他来说算不了什么，想要拯救自己的卑微和渺小，靠自尊是不行的，想要成长和成功，就必须借助强大的资本力量，借助一个可以让他腾空而起的支点。伊童当他是可以掌控的跟班，他何尝又不是把她当成一个助他成功的支点？

走出京北花园小区的大门，回头看了一眼林立的高楼，虽然看不见商深所在的5号楼，但叶十三嘴角闪过一丝胜利的笑容，拿出手机，打了一个电话。

商深送走崔涵薇之后回到房间，他终于有时间面对自己的心情。不是因为忽然有了一个100多平方米装修奢华的房子让他免费居住而激动，而是因为范卫卫。

房间内的设施一应俱全，各种商深没见过的电器也应有尽有，打蜡的实木地板倒映出雕花的天花板和奢华的水晶灯，配套的实木家具透出低调而沉稳的富贵气息。

朝南的主卧室有一张两米的双人床，配有印花布的床尾凳，靠墙放置了一个带有一面椭圆形大镜子的梳妆台，另一面墙则是一个配套的推拉门的实木大衣柜。商深猜到一个事实——这分明是崔明哲为崔涵薇准备的婚房。

崔涵薇居然借了婚房让他居住，对他确实用心了。

本来崔涵薇让他住在主卧室，他觉得不太好，等崔涵薇一走，他就搬到了次卧。

夜色深了，四下一片寂静，商深没有开灯，站在窗前凝望着窗外北京的万家灯火，不知不觉就回忆起了和范卫卫在一起的片段。

作为他喜欢的第一个女孩，范卫卫在他的心中留下了深深的痕迹。即使她远赴国外，他还是觉得她和他没有分开，她的笑容和声音、她的嗔怪和撒娇、她的一切，都在商深的脑海中挥之不去。

只可惜，范卫卫误会了他和崔涵薇，他连一个解释的机会都没有，难道真的就此和范卫卫天各一方，从此再不相见了？

书房里放置了一台联想电脑。商深走到书房，打开了电脑。这时候还是拨号上网。在“吱吱”的叫声中，电脑终于接入了互联网，这一刻，他和世界的距离缩短成了咫尺。

商深登录了他的ICQ——很久没有登录了，一打开界面就发现多了几个好友，其中一人是徐一莫。

徐一莫还给他留言了。

“商哥，谢谢你在深圳对我和薇薇的照顾，其实我想说的是，你是一个好人，范卫卫误会了你和薇薇，是她的损失。人生有许多事情不要勉强，错过的，未必是最好。但眼前的，才是最值得珍惜的。我是衷心希望你和薇薇有一个美好的明天，不仅仅是事业，也包括爱情。”

在后面徐一莫又补充了一句：“对了，薇薇喜欢勿忘我，不喜欢玫瑰。她喜欢清淡的食物，不喜欢辛辣，也不喜欢口味过重的山东菜和东北菜。她性格有时候淡然，有时候又固执己见，总之是一个表面高傲其实内心软弱并且随性的女孩。”

“By the way，薇薇对你是真心喜欢，不管你喜不喜欢她，请不要伤害她。如果喜欢她，就请用力爱。如果不喜欢，别玩暧昧让她陷进去。”

商深摇头笑了笑，回复了一句：“知道了。一莫，你真是一个合格的红娘。”

然后他发现他的好友里面多了一个熟悉的名字——杜子清。而且，杜子清此时在线。

商深想和杜子清说几句什么，突然发现范卫卫上线了，就顾不上理会杜子清，忙打开了范卫卫的窗口。

“卫卫，到美国了？”

范卫卫在线的头像一下暗淡了。商深心中黯然，想了一想，打出了一番话：“不管你怎么误会我和崔涵薇，我只想告诉你一个事实，我心中只有你一个人。如果你真的想和我分手，我也不会请求你留在我的身边，但我依然会恪守三年的承诺，三年之内，不会爱上别人。卫卫，你是不是还记得我常说的一句话——善待你遇到的每个人，因为你不知道你遇到的哪一个人会改变你一生的命运。现在我明白了一件事情，不管以后怎样，至少在现在，你是改变了我一生命运的那个人。

“从明天起，我会全身心地投入创业之中，希望在互联网大潮来临之时，可以尽自己微薄的力量为中国互联网的兴起推波助澜，不辜负这个最好的时代。

“还有，谢谢你对我的好，我时常想起你说的话，你说过要照顾我，让我适应你的照顾，这样才能让我习惯了你的存在而离不开你。可是现在我真的离不开你的时候，你却离开了我。生活就是这么无奈，我孤独一人在北京的夜里不可抑制地想你，想你想到不知道该怎样面对明天。卫卫，你真的认为我是一个见异思迁的人吗？你真觉得我和崔涵薇有了感情？你真的觉得你的魅力只能在我面前维持这么短的时间？”

商深不知道的是，在大洋彼岸，电脑前的范卫卫已经泪流满面。

商深，我真的不知道该不该相信你，我真的不知道该怎么办。范卫卫双手放在键盘之上，几次想要回复商深，却几次没有下定决心。商深和崔涵薇初来深圳时在机场的偶遇，商深和崔涵薇在飞机上相依相偎的亲密，商深和崔涵薇在酒店门口的相扶相携，以及商深和崔涵薇离开深圳时在机场的拥抱……一桩桩一幕幕都在眼前闪动，清晰而真实，她怎么也驱散不去。

到底是该相信她的亲眼所见，还是该相信商深的肺腑之言？范卫卫泪眼蒙眬，不能自已。

就在她蓦然下定了决心，准备回复商深时，忽然电脑屏幕一黑，关机了。

怎么回事儿？她回身一看，妈妈站在身后，手里拿着电源线，黑着脸，一脸不满：“卫卫，说好不和商深联系了，你怎么说了不算？不要再被他的甜言蜜语迷惑了，他就是对你还不死心，想脚踏两只船。”

若是平常，范卫卫肯定会和妈妈翻脸，现在她却只是淡淡地说道：“知道了，我不会再和他联系了。”

“知道就好，你不要被商深蒙骗了，他表面上老实，其实是一个奸诈的小人，欺骗了你的感情，还想拿你当跳板完成他穷小子翻身的梦想。我后来也查了，和他在一起的崔涵薇是崔明哲的女儿，崔明哲是北京有名的巨富，你还不明白他是什么人吗？他就是一个想借婚姻上位的卑鄙小人！卫卫，你如果还相信他的鬼话，你就太没有脑子了。”想起商深在机场对她不算恭敬的态度，许施就恨得咬牙切齿。除非她死了，否则她说什么也不会允许女儿和商深在一起。

/第/十/九/章/

风云变幻

没想到到了国外，换了卫卫的手机号，商深还能联系上自己的女儿。是网络，网络太不好了，远隔万里也能联系上，而且还不需要支付额外费用。

“卫卫，你卸载了这个软件，以后不许再在网上和他说话了。如果再让我发现你和他在网上联系，我就断了你的网没收了你的电脑。”许施下达了最后通牒。

范卫卫沉浸在无边的伤心之中，虽然她并不认可妈妈对商深的指责，但她却无力反驳。

范卫卫眼含泪水：“妈，你放心，我已经决定和商深分手了，就不会再回头了。我明天就卸载了 ICQ，从此和他断绝一切联系。”

“好女儿。”许施上前抱住范卫卫，流下了欣慰的泪水。

商深没有等来范卫卫的答复，怅然若失，正要关了 ICQ 时，杜子清突然冒出了一句话。

“商深，我和叶十三分手了。虽然很难受，但长痛不如短痛，既然他对我没有感情了，我又何必揪着过去不放？过去了，都过去了。不经历风雨怎么见彩虹？不经历痛苦怎么能成熟？”

不管怎样，杜子清放下叶十三，对她来说是好事，商深很为她感到欣慰，于是回复杜子清：“子清，恭喜你终于战胜了自己。在感情世界里，你一直觉得放不下对方，其实你放不下的是自己，总觉得自己付出了太多而得不到回报，但世界上的事情往往就是如此，不是所有的付出都会有应有的回报。看开一些就好了，所有没有回报的付出，其实都是亏欠。爱情其实就是一场相互成长相互亏欠的战争，战争没有真正的输赢，输的一方，固然伤痕累累，赢的一方，又何尝不是伤心满地？”

“谢谢你商深，说得真好，我的心情一下就舒畅了许多。你简直就是女生之友。”杜子清迅速回复了商深一个微笑的表情。

商深苦笑，刚才的一番话他虽是说给杜子清的，又何尝不是说给自己听的呢？只是开导别人容易，自己心结难解，他劝杜子清放下，他自己却又放不下。

“对了商深，你和卫卫怎么样了？你回北京了吗？如果你一直在北京她在深圳的话，你们总不在一起，也不太好。”

“我回北京了，卫卫出国了，我和她暂时分开了……”商深不想再提他和范卫卫的事情，就有意岔开了话题，“你在祥麟工作得怎样？”

“还不错，我对祥麟的未来充满了信心，听傅总说，明年祥麟会改名，他说现在的名字不太好记，也不朗朗上口，网站需要一个好记并且容易上口的名字，比如说韵舟就比较好记，取网韵舟易的意思。对了，你觉得如果祥麟改一个名字的话，叫什么好呢？傅总在征求所有人的意见，我也想了几个，都不太满意。”

“你们网站有一个分类搜索做得很好，叫搜乎，在中国的传统文化中，鹰象征着敏锐、灵活与迅捷，而这些特质也符合搜索引擎的特点，综合下来，搜索的老鹰这个名字不错，简称就叫索鹰，怎么样？”商深半是玩笑半是认真，他对祥麟网站有过关注，在国内有限的十几家网站中，办得还算不错，有一定特色。

作为网站的创始人傅开诚，从美国回国时，带着第一笔风险投资，投资者包括麻省理工学院教授尼葛洛庞帝、爱德华·罗伯特，在1997年成立了祥麟网站。祥麟网站成立之后，并没有引起太多的关注，页面不太清晰，分类不太明确，还处在初级的模仿阶段。

不过商深很看好祥麟的前景，不仅仅是因为傅开诚海归的背景，也因为就目前国内各大网站的定位来看，祥麟还算比较明确，起码有了一个基本清晰的发展方向，一直在改版的祥麟已经初步有了门户网站的雏形。

和赵向飞的中国黄页不同的是，祥麟不提供企业信息，提供时事新闻以及搜索引擎，初步具备了门户网站的气象，走在了其他网站的前面。

纵观目前国内的各大网站，大多都要模仿国外的同类网站，尽管说来许多成功都是先从模仿开始，但如果是全盘照搬地的模仿就太懒了。不思进取的模仿最终损害的是自己的创造力，在互联网行业，最宝贵也最有生命力的就是创新。

商深对目前国内的各大网站都不太满意，如果让他做一家网站的话，他会在模仿雅虎的基础上确立属于自己的独特风格，以符合国人阅读和审美习惯的页面来吸引网民。当然，内容也很关键，如果是要做门户网站，内容为王是根本方向。

“索鹰？听上去怪怪的，不过也挺有意思的，我回头向傅总汇报一下。”杜子清嘴上这么说，心里并不看好商深所起的名字，太新奇，肯定不会被傅开诚采用，作为一名理工博士，傅开诚应该没有这么前卫的想法。

“差点儿忘了一件事情，你还记得徐一莫吗？”杜子清觉得有必要向商深透露一下徐一莫的最新动向，因为徐一莫的动向和商深有一定的关系。

“记得。”上次他传呼杜子清，回电话的是徐一莫，而且他和徐一莫在深圳相处了几天，还发生过不足为外人道的旖旎事件，他笑着问，“怎么了？”

“一莫从深圳回来后，也不知道中了什么邪，不停地说你。刚才睡着了，说梦话的时候又提到了你，还说什么她明明记得睡的是大床，怎么醒来就睡在小床上了，会不会是你背后做了什么……笑死我了，她以前可从来没有把一个男生挂在嘴边个没完，她是不是喜欢上你了？”

商深吓了一跳，忙矢口否认：“怎么会？我有女朋友了，她又不是不知道。”

“虽然我也很喜欢卫卫，不过说实话商深，我觉得你和卫卫并不合适，不说天南地北的距离，就是你们的身份差距也太大了一些，还是一莫和你最合适。别看一莫没有卫卫家境好，但她是一个自强不息的女孩，既自尊自爱又率性随和，如果你和卫卫分手了，不防考虑一下一莫，她就算没有喜欢上你，对你也是有想法的。好了，不说了，晚安。”

打出“晚安”之后，杜子清就下线了，商深想再说几句什么，却没来得及，只好苦笑着摇了摇头，怎么了这是，徐一莫撮合他和崔涵薇，杜子清却撮合他和徐一莫，他和范卫卫还没有分手好不好？何况就算他和范卫卫分手了，也需要时间忘记，哪里这么快就另寻新欢？

他是一个这么容易忘情的人吗？何况他还亏欠了范卫卫太多，他亲手写下的欠条还在范卫卫手中，范卫卫说得对，谁亏欠了谁，谁就比谁更痛苦。

不想那么多了。商深关了电脑，刚上床，手机响了。

是叶十三来电。

想了想，商深还是接听了电话。

“商深，回北京了？深圳之行收获怎样？”

叶十三的声音很平静，似乎忘了之前和商深发生的所有不快，但他的语气再也不像以前那样亲热，仿佛遥远到了天边，和商深就是再普通不过的朋友。

商深愣住了，叶十三的消息太灵通了，他回北京的事情谁也没有告诉，就连杜子清也是刚刚知道，叶十三怎么就知道了？

“回北京了。”商深压下心中的疑问，没有正面回答叶十三的问题，而是淡漠地问道，“有事吗？”

“没事，就是问候一下，顺便提醒你一句，如果有一天我们在商场上狭路相逢，我不会手下留情的。”

“我也一样。”商深的声音透露出一丝凉意，“祝你成功。”

“谢谢，再见。”叶十三很干脆地挂断了电话。

拿着手机站在京北花园小区的门口，叶十三的脸色在夜色中深沉而阴晴不定。一阵风吹过，路边白杨树的树叶哗哗作响，叶十三回头望了望“京北花园”四个大字一眼，转身走了。身影被路灯拉得既古怪又有几分诡异。

一连一周时间，商深没有等来范卫卫只言片语的回复，打她的手机，提示已经停机，网上永远是不在线的状态，也没有回复。真的从此世事两茫茫了？他的心情跌到了谷底。

这些天，除了崔涵薇不时告诉他公司的进度之外，别人都不约而同地没有联系他。不管是赵向飞、历江还是杜子清，或是叶十三和毕京，就连说要过来北京和他面谈的王启东和王向西也暂时没有了消息，对，还有陈安平和董博瀚也没找他。他空闲下来时就研究 ICQ 和各大网站的页面，算是对目前国内所有的软件和网站有了系统而全面的认识。

商深想要从事的业务并不包括硬件。制造或是销售电脑及周边硬件，一是投资太大，二是市场风险不可控，并且远景也没有软件的可拓展性强大，而且在他看来，未来的 IT 行业还是一个互联为上、内容为王、软件为主、硬件为辅的格局。

当然，商深也不想否认的一点是，进军硬件制造者，没有雄厚的资金绝不可能成功。以目前市场上的电脑品牌来看，联想、清华同方和北大方正以及七喜、实达等国产品牌，看似群雄逐鹿，其实明眼人都可以看出未来的电脑市场就是联想的天下。别看清华同方和北大方正气势如虹，但联想后来者居上，不管是创新还是销量都已经明显超越了同方和方正，至于七喜，明显走的就是低端路线，进入第一阵营的可能性几乎没有。

电脑市场也是一个淘汰率极高的行业，就如曾经来势汹汹的上海东海电脑，才几年光景就已经日薄西山了。曾记得 1995 年，上海出品的东海电脑作为国内领先的个人电脑生产商，以“奔腾 90”为核心，开始量产家庭用个人电脑，普及进入消费者市场。当时东海电脑一位头发花白的女性首席工程师在演示东海电脑功能的同时，描述出了未来在电脑上勾绘三维图像及刚刚出现不久的网络连接世界的美妙蓝图，而当时电信提供的网速才 14.4K。

曾经多么激动人心的场景，恍如昨日，曾经的豪言壮语也犹在耳边，但现在的东海电脑在市场上节节败退，甚至连后起之秀的七喜都已经将其超越。硬件市场的风云变幻，有时别说新生企业了，就连许多百年跨国集团公司也有可能因为一个小小的判断失误而错失良机。

即将到来的互联网时代，是最好的时代，它提供了无数种可能，让许多人的思维得到解放，释放了巨大的能量，缔造了数不清的传奇。同时，这也是最坏的时代，因为它埋葬了许多人的梦想，也葬送了许多人的成功。并且提前为许多跟不上时代脚步的人敲响了丧钟。

互联网浪潮引发的巨变，是几千年来都不曾经历的迅雷不及掩耳之势的巨变，来势汹汹并且速度极快。如果没有互联网，或许有许多企业还可以苟延残喘十几年，但在互联网的冲击下，让许多传统而保守的企业被势不可当的互联网浪潮一击冲垮，连喘息的机会都争取不到就粉身碎骨了。同时，互联网浪潮也带来了一些全新的观念和生活方式，让许多适应不了时代巨变的人，都被时代迅速地淘汰了。

此为后话。

在平静中度过了一周之后，商深渐渐适应了一个人在北京的生活。

这天下午两点左右，阳光正强，正是一天之中最热的时候，崔涵薇来了。

一周未见的崔涵薇，明显瘦削了几分，脸色略显疲惫。她来之前没有电话通知商深，而是直接登门了。

商深穿着背心和大裤衩，踩着拖鞋，正在家里琢磨互联网。浑然没有电脑高手的风范，相反却如一个民工一样颓废。

“怎么不收拾一下自己？”崔涵薇进来就坐在了沙发上，“你现在像一个民工。”

“没错，我就是一个 IT 民工。”商深挠头笑了笑，见穿了一身宽松裙装的崔涵薇清瘦了几分，愈发像一个高中女生了，“你又逆生长了，再过几天不见的话，你估计就变成十八岁了。”

“嘴怎么这么甜？今年二十明年十八？”崔涵薇白了商深一眼，嗔怪的眼神之中有几分欢喜，不过很快眼神又暗淡了，“不好意思商深，有一个坏消息，公司的推动不太顺利，可能暂时会搁置了。”

“嗯？怎么回事儿？”商深以为是出了什么大事，他其实没太在意。

“爸爸不同意我开办计算机公司，他不签字我就拿不到启动资金。本来我想背着他先注册了公司再说，结果注册公司时又遇到了阻力。”崔涵薇面有落寞之意，“对不起，让你失望了。”

“好事多磨，理解，可以理解。”商深笑了笑，一脸平静，既没有失望又没有埋怨，“如果公司一直成立不了，我就得想办法出去工作了，不能总待着不是？再待下去，就坐吃山空了。”

“工作问题我来想办法……”崔涵薇深感过意不去，想了想，“如果你愿意，可以暂时来我和哥哥的公司工作，月薪 2000 元起。我估计公司的成立还需要一段时间，少则两个月，多则半年，我正在想办法。”

“先不用了，工作问题我会自己想办法。”商深想了想，“如果仅仅是资金问题的话，可以考虑和天马或是王启东、王向西他们合作，互联网市场很大，可以容纳许多人的梦想，合作才能共赢。”

/第/二/十/章/

好事多磨

“不仅仅是因为资金问题，其实资金问题倒还好解决……”崔涵薇拢了拢头发，脸上蓦然闪过一丝红晕，神情多了几分不自然，“主要是爸爸以为我和你合作公司是有私人感情的因素在内，所以他才坚持反对。”

商深大汗：“我真有这么大的魅力？有了一个范卫卫还不行，难道还要再有一个崔涵薇？感谢崔伯伯对我的高抬，我还真不是一个万人迷。不对，你不是有男朋友吗？”

“谁有男朋友了？”崔涵薇想起了商深对她的误会，一直没有机会解释，“你觉得我会喜欢上祖纵那样的人？连和他相提并论我都觉得是对我的污辱！以后如果你再误会我是祖纵的女朋友，我和你绝交！”

“不是吧，怎么这么大反应？”商深欣慰地笑了，不知为何听到崔涵薇不是祖纵的女朋友的真相之后，他心中舒畅了许多。或许在他的潜意识里一直觉得如崔涵薇一样的女孩不应该和祖纵这样的浑蛋在一起，和祖纵在一起，不但有辱崔涵薇的身份，也让他对女性美好的感觉深受打击。

“必须的。谁让你一直误会我是祖纵的女朋友，这件事情我会一直记在心上，早晚让你还回来。”崔涵薇的心情也好了许多，解决了一个误会，如同卸下了心头的一块石头，“除了爸爸反对之外，哥哥也一直从中作梗，要不是不想让爸爸多想，我早就成立公司了。”

"崔涵柏为什么要反对？"商深不理解崔涵柏是出于什么原因。

"很简单，我要另起炉灶成立一家新公司的话，就要从他的公司撤股，他公司现在资金周转暂时出现了问题，不想让我撤股。但最重要的是，他也觉得你对我图谋不轨，所以坚决不同意我和你联合开办公司。"崔涵薇咬着嘴唇"扑哧"一笑，"商深，你说实话，你对我到底有没有想法？"

"天地良心，真没有。"商深挠了挠头，不明白崔涵薇明明在谈正事，怎么一转眼就跳到私事上了，女人的思维总是这么有跳跃性吗？"不对，有想法，想法就是想和你共同开创事业，打下一片蓝天。"

崔涵薇含蓄地笑了，笑了一会儿，她又叹息一声："我一直相信一个道理，机遇到了的时候，该来的总会来。我不反对合作，其实我也很愿意和王启东、王向西合作，这样好了，如果他们再联系你商量合作的事情，你就让他们来北京面谈，我要和他们坐下来好好谈谈合作方式和细节。"

"崔涵柏对于你在深圳被黄广宽欺负的事情，没什么想法？"商深一直觉得崔涵柏在黄广宽的事情上应该负主要责任，虽然崔涵薇有惊无险地过关，但万一再有下次呢？好运不会总有，而有些事情一旦发生就永远无法弥补了。

"他被爸爸狠狠地骂了一顿，爸爸告诫他，以后再和人谈生意，要么不谈，要么他亲自出面，不许再让我抛头露面了。他让手下打电话臭骂了黄广宽一顿。不过黄广宽太狡猾了，什么都不承认，反正什么事情也没有发生，而且他们又被你喝倒了。到底哥哥是怎么想的，我也不知道，不过我觉得他应该和黄广宽断绝了联系，不会再有来往了。"崔涵薇坐直了身子，穿一身宽松裙子的她显得飘逸率性，高傲的气质在商深面前消失不见，如邻家小妹一般亲切。

每个女孩都是天生的演员，人前高傲人后低调是常态。就如崔涵薇自己所说的一样，人前的高傲并非她真的觉得自己高人一等，而只是她的保护色罢了。

"我倒觉得你哥和黄广宽不会断绝了联系……"商深笑了笑，心中却隐隐有了一丝担忧。

崔明哲的发家在很大程度上有运气的成分，是得益于改革开放之后放开房价的房地产业的兴盛，也可以说，他也是时代造就的英雄。当然，就如将Hotmail卖出4亿美元的杰克·史密斯一样，也是抓住了时代的脉搏才一步登天，拥有了常人无法企及的成功，这里面也有运气的成分。但互联网时代的成功和借助改革开放东风的成功有所不同的是，互联网时代的英雄都是高学历、高素质并且有创新有想法的人才，而借助改革开放的东风成功的一批人，大多数文化水平不高，只是凭借胆大、敢干、敢拼以及掌控了资源优势等粗暴而简单的方式获得了成功。

他们的成功，往往带有不光彩的一面，甚至采取了许多不见光的手段，也正是因此，伴随着改革开放春风富裕起来的第一代富人，有钱却缺少应有的素质和教养而被人称为暴发户。等到后来国门大开出国游兴起之时，他们又成为了第一批走出国门到国外旅游的游客，随地吐痰、大声喧哗、不排队以及乱写乱画等陋习也被他们带到了世界各地，为各国人民留下了中国人素质低的深刻印象。几乎是在一夜之间，中国游客素质低下的新闻传遍了世界。

也可以理解，一个穷惯了、穷怕了的人突然就暴富了，心态难免会有所失衡，在以前对他来说遥不可及的贵重物品，现在触手可及，自然会表现出过分流露在外的占有欲。通常情况下，人们缺什么才会炫耀什么，穷久了，一富就会炫富。如果一个人三代全是富人，从来不知道缺钱是什么概念，也就不会有炫耀有钱的想法了。

想远了……商深自嘲地摇头一笑，思绪又落到了崔涵柏身上。虽然他和崔涵柏不是很熟，但从崔涵柏和祖纵合作，又非要让崔涵薇一人以身试险，远赴深圳去和黄广宽谈判的做法就可以得出结论，他和崔明哲的性格有相同之处，就是喜欢弄险，喜欢火中取栗。

或者说，喜欢投机取巧。

崔明哲的发家既有明显的运气成分，当然，也有他眼光独到坚信房价会涨的因素，但一个借助房屋差价买进卖出赚取了第一桶金的人，在他的成功理念中，必然带有强烈的投机色彩。相对来说，崔涵薇受崔明哲个人风格的影响不大，而崔涵柏几乎就是崔明哲的翻版。

既然崔涵柏最终接受了祖纵的投资，就说明他压根儿就是一个利益大于一切的人，那么毫无疑问，不管黄广宽对崔涵薇试图做过什么，只要没有对崔涵薇造成实质性的伤害，他肯定还会和黄广宽保持着密切的联系，因为在他看来，黄广宽对崔涵薇试图不轨之举，正好是他用来和黄广宽做生意的筹码。

不过商深也知道，推测毕竟是推测，他不会对崔涵薇说出他的担忧。但愿他的担忧只是杞人忧天罢了。

商深确实猜对了，崔涵柏表面上答应崔明哲和崔涵薇不会再和黄广宽来往，但接到黄广宽一个电话后，又按捺不住要和黄广宽合作一次大赚一笔的强烈想法，暗中一直和黄广宽保持着频繁的联系。

因为黄广宽告诉崔涵柏他有一批走私汽车需要处理，如果崔涵柏需要的话，可以低价提供。崔涵柏大为心动，他身边有不少朋友想要好车却又想便宜，如果他能拿到货源，再转手卖出去的话，肯定可以赚到飞起。

“算了，不管他了，没空操心他的事情。”崔涵薇现在的心思大部分转移到了商深身上，如果一直拖下来公司成立不了，她没法向商深交代，再万一商深等不及和别人合作了，她岂不是空欢喜一场，所以她决定铤而走险了，“我决定了，不等了，明天和爸爸最后摊牌，如果他还不支持我的事业，我就去向别人拆借启动资金。哼，反正我也有渠道，不愁借不到钱。”

“借钱？不要意气用事。”商深起身为崔涵薇倒水，“不如再等等，好好劝劝崔伯伯。崔伯伯不是也看好 IT 行业的前景，他现在也有一家从事 IT 行业的公司吗？”

“有是有，不过不瞒你说，爸爸名下的 IT 公司只是一个摆设，外界都以为他拿出一半精力投资 IT 行业是因为他眼光独到并且看好 IT 行业的前景，其实真相没那么简单。一开始爸爸确实是看好 IT 行业的前景才投资了一家 IT 公司，但后来看一直没有带来收益，他又对 IT 行业的前景失去了信心，现在爸爸的 IT 公司已经名存实亡了。”崔涵薇一脸无奈地摇了摇头，“之所以还保留着 IT 公司，是爸爸觉得如果现在关闭了 IT 公司会让人笑话，也会影响公司的整体形象，况且爸爸还想着以后上市的话，可以以集团的形式上市，或许可以提高市值。”

原来如此，商深也无奈地笑了，知道崔明哲反对崔涵薇和他联合开办公司的背后，不仅仅是担心他和崔涵薇会因此走近，也有不是真的看好 IT 行业前景的考量。为什么老一辈的创业者都对即将到来的互联网浪潮持悲观态度呢？是担心互联网浪潮冲击了他们的行业优势，还是真的只是因为思路保守想法落后而觉得互联网没有未来？

随便他们怎么想吧，商深坚信，时代的号角已经吹响，互联网时代的到来，已经势不可当了。

“借钱？向谁借钱？”商深想起了王启东和王向西也因为启动资金问题向范长天求助，结果被范长天毫不犹豫地拒绝了，怪不得傅开诚创办祥麟和陈安平准备上线新网站，都是从国外融资，国内没有资金愿意资助是根本原因，并不是互联网的创业者不爱国，“不如向赵向飞借，他应该愿意投资，也有资本投资。”

“不向他借，不合适。”崔涵薇摇头拒绝了商深的提议，“赵向飞人是不错，也有眼光，但他的发展方向和我们不一致，如果拿他的资金，必须要接受他的理念，你愿意和他走同样的道路吗？”

也是，崔涵薇在资本运营上果然比他经验丰富，商深沉默了，沉默是因为他一时想了很多。

同样是 IT 行业，同样置身于互联网浪潮之中，同样看好互联网的前景，但在大方向相同的前提下，还是有许多具体而微的分歧。赵向飞更倾向于电子商务，要建立一个连接企业和客户作为桥梁的网站，傅开诚的祥麟和纪德佑的韵舟，是要走门户网站的路子，而他的想法和王启东、王向西更接近，怀揣软件改变世界、梦想点亮生活、创意创造价值的理念。

而即将上线新网站的陈安平，估计也是要走门户网站的路子。或许，他在内心深处一直没能和陈安平、董博瀚过于走近，还是理念上的微小差异所致。

换句话说，赵向飞和傅开诚、纪德佑不是一路人，和王启东、王向西也不是一路人，和他虽然脾气相投，但做朋友可以，如果合作事业的话，也许也不会有好的结果。

理念分歧是最大的分歧，理念不合是无法调和的矛盾。

想通其中的关键，商深点了点头，笑了："涵薇，我发现你看待问题时，比我更有眼光，想得也比我长远。"

崔涵薇第一次被商深夸奖，她无比开心："哼，早就说过不让你小瞧我，你以为我真的只是一个娇生惯养傲慢无礼什么都不懂的富家小姐？你错了，我懂的不比你少，对互联网前景的认知不比你浅薄。"

"是，是，崔总英明。"商深嘻嘻一笑，"现在的情形是，我们没钱，王启东和王向西也没钱，但偏偏我们和王启东、王向西的理念又完全一致，那么怎么样才能实现我们共同的理想呢？实在不行，我去中关村摆摊算了，也许可以捞到第一桶金。"

"还沦落不到让你摆摊的地步，有我在，还怕没路走？你也太小瞧我了。我可不是贾小北，才不会让你这么落魄。"崔涵薇刚才还神情微有黯淡，现在又焕发了光彩，她仰着小脸一脸得意的样子，还颇有几分向最在意的人炫耀自己本事的撒娇意味，"我绝不会让你像文盛西一样去中关村摆摊。"

"贾小北？文盛西？"商深不知道为什么崔涵薇嘴中突然就冒出两个陌生人的名字，"是谁？"

"贾小北是我一个姐妹，文盛西是她的男朋友，人大的高才生。他的经历才叫坎坷呢，你和他相比，一帆风顺多了。"崔涵薇忽然谈兴大起，主要也是她很欣赏文盛西的为人，想用他的经历来激励商深。

其实她还是不太了解商深，商深是一个看似随和、随遇而安的人，其实他很固执，意志也很坚定，认准的事情轻易不会改变，也不会退步，表面上商深在等她的资金到位，其实暗中商深已经做了大量的工作。

她不知道的是，她对商深讲述的关于文盛西的经历，让商深打开了另一扇大门，同时也让商深的眼界再次提升到了一个更高的层次。

“我给你讲讲文盛西和贾小北的故事吧……”崔涵薇习惯性一拢头发，端庄地一笑，“文盛西的不幸在于他找了一个坚持反对他任何创业行动的女朋友，但他的幸运之处也在于他有一个处处和他作对的女朋友。正所谓逆境锻炼人，也会成就人，你说对不对？”

商深没回答崔涵薇的问题，而是催促道：“赶紧说说文盛西的经历，别卖弄。”

“着什么急？”崔涵薇嗔怪地白了商深一眼，又笑了，详细地说起了文盛西和贾小北的爱情故事。

说是爱情故事，其实也是文盛西的个人奋斗史。

出身江苏宿迁农村的文盛西，从农村一步登天考上了人大。上大学后，为了自食其力，不花贫穷家庭的一分钱，他卖东西，当家教，还帮学校老师打扫办公室和电脑室。打扫办公室和电脑室，不给钱，而文盛西就是为了能在空闲时候使用学校的电脑，免费也干。也就是从那时候开始，文盛西自学了编程。

本来初入大学之时，学社会学的文盛西的志向是大学毕业以后从政，人大毕业的学生有许多活跃在政坛，还有一些是举足轻重的人物，所以人大的学生向来有从政的传统观念。但有一件事情让文盛西改变了志向，他原以为十拿九稳的入党名额被另外一个同学挤掉了，伤心失望之余，他发誓放弃仕途，一定要通过自己的努力去创业、去经商，自己掌控自己的人生。

好在学会了编程的文盛西很快就利用商机赚到了人生的第一笔资金。

/ 第 / 二 / 十 / 一 / 章 /

含沙射影

90年代中期，北京的电脑编程人才十分匮乏——当然现在也是一样供不应求——强大的社会需求使文盛西如鱼得水。大三时，文盛西就靠编程得到了人生的第一桶金，在校园里算得上是学生创业大款了。

有钱之后，文盛西和贾小北发生了观念上的第一次强烈冲突。

贾小北是北京女孩，家境还算不错，虽不是大富大贵之家，也比一般人家强了不少，更比出身江苏农村的文盛西强了太多。本来一开始贾小北和文盛西谈恋爱，家里就一致反对，她好不容易冲破家庭阻力和文盛西在一起，就非常珍惜文盛西的这一次成功，因为文盛西足足赚了近百万，让家里人都对文盛西高看了一眼。

在她的想法中，赚钱之后的文盛西，应该继续编程去赚钱，因为编程不需要投入资金，只需要投入智慧。文盛西却不这么想，在他看来，编程赚钱太慢了，他想加快致富的步伐。经过一番考察，他决定开一家饭店。

他的决定遭到了贾小北的坚决反对，贾小北认为文盛西没有开饭店的经验，贸然进军餐饮业，折戟沉沙的可能性极大，不如老老实实地走编程之路，虽然赚钱慢一些，但胜在稳妥。只不过性格中冒险成分太多并且不喜欢被人左右的文盛西才不会听从贾小北的建议，他毅然决然地按照自己的想法迈出了快速致富的第一步。

文盛西用近30万元的价格盘下人大东门的一家餐馆，准备大干一番。然而理想是丰满的，现实是骨感的，没有餐饮从业经验的他，只凭一腔热血和赚大钱的欲望以为一切都和想象中一般顺利，但由于他经验不足，又不能全身心投入经营，餐厅经营亏损严重，不但不赚钱，每月还要倒贴数万元。后来尽管提升了员工的待遇，也更换了餐厅设备，但还是难以为继。

不到一年的时间，文盛西不但亏完了靠编程赚来的全部资金，还被迫向父母及亲戚借了10万元钱。在最后补清了供货商的货款和员工工资后，文盛西决定和餐饮业永别。初出茅庐的文盛西，在创业路上跌了一大跤！

但是在创业道路上摔的一大跤还不是让贾小北和文盛西父母最伤心、头疼和恼火的事情，而是大学毕业后，在一家日企工作了两年之后，文盛西不知道为什么心血来潮，放弃了在日企的优裕工作，辞职下海，到中关村摆起了地摊，卖起了电子产品！

一个人大毕业的高才生，放弃在日企的工作，当起了个体户，在国企大于外企、外企大于私企、私企大于个体户的年代，文盛西此举绝对是惊世骇俗之举，不但文盛西的父母坚决反对，贾小北更是以分手相威胁，要求文盛西必须回日企上班。

在和贾小北吵了一架之后，文盛西还是不顾所有人的反对，在中关村租了一个3.2平方米的柜台，为了租金便宜，他租在了二楼，用仅有的两万元资金进了一批光盘等电脑硬件，开始了他的练摊生涯。

作为人大的毕业生，自然有着与众不同的经商头脑，由于在二楼，二楼不如一楼人流多，文盛西就在楼下做了个红布条，通过发传单实现导流。

“文盛西很有互联网思维，用红布条打广告实现导流，就和在论坛发广告导入流量是一样的道理。”商深哈哈大笑，他对文盛西十分佩服，一个敢于不断挑战自己的人，必定是一个具备了成功潜力的人，他很看好文盛西的未来，“文盛西这么有个性，这么有叛逆精神，却找了一个乖乖女当女朋友，他和贾小北还走得长远吗？”

“你和范卫卫能走得长远吗？虽然你不如文盛西有叛逆精神，但你骨子里也渴望成功，也有不甘平庸的一面，再说你和范卫卫在许多事情上看法也不尽相同，就算没有来自家庭的阻力，你觉得你们能走多远？”崔涵薇说着说着就又想到了范卫卫身上，她就是觉得商深和范卫卫在一起本身就是一个错误，“你们不过是在正确的时间遇到了错误的人，由错误开始再由误会结束。”

“说我干什么？”商深摇头，“说说文盛西和贾小北怎么样了。”

“据说要分手了，具体我也没问小北。小北也要出国了，小北爸妈觉得文盛西不会有什么出息了，虽然文盛西在中关村的摊位叫北西多媒体，是各取了小北和他名字的一个字，说明他很爱小北。他不想分手，小北想分了，一是小北必须出国，二是小北实在忍受不了文盛西的所作所为，太个性太拧了。”

“有时间我去一趟中关村，和文盛西认识一下。”商深哈哈一笑，“我最欣赏有个性的男人，男人没个性还叫男人吗？如果我认识了文盛西，我会劝他和贾小北分手。”

“为什么？”崔涵薇一脸好奇，“是不是因为小北是我的朋友，你就觉得文盛西必须和她分手，这样才能显出男人气概？”

“此言差矣。”商深转了一句词，“男人选择妻子，不一定要选择一个出身高贵家境富裕的女人，但一定要选择一个和自己有相同的人生观、世界观和价值观的女人。三观不一致，理念就会有冲突，生活在一起会很痛苦，要么天天吵架，要么最终分手，所以说娶妻娶贤……”

“你是在说文盛西和贾小北，还是说你和范卫卫？”崔涵薇之所以说起文盛西和贾小北的爱情故事，其实还是想告诉商深一个道理，不一定最早认识的人就是正确的人，有时候后来出现的人，才是最合适的人。

“你想借谁的钱？”商深嘿嘿一笑，跳跃到了另外的话题上，“别人会不会笑话你，堂堂的崔大小姐居然沦落到了借钱的地步，万一别人想多了怎么办？再万一你借钱的人是一个暗恋你的人，乘机向你提出别的要求，你又该怎么办？”

“听你的口气，好像是在关心我了？”崔涵薇开心地笑了，笑靥如花，“真是难得，居然知道关心我了。”

“你是我的合作伙伴，我必须要关心你。是纯粹的同事加革命情谊式的关心，没有任何超出友谊界限的关心，你别想多了。”商深故意强调了一句。

“小气，气人，就不能说句假话让人开心一下？”崔涵薇在商深面前越来越爱撒娇了，连她自己都没察觉，她在眉眼之中流露的粲然笑意，就如一个渴望得到商深夸奖的小女孩一般温存小意，“你从来都这么傻乎乎的吗？跟郭靖一样。”

“郭靖的成功其实就是因为他的傻，傻人有傻福，如果他不傻，和欧阳克一样聪明，他怎么会遇到黄蓉？如果他不傻，遇到黄蓉不对黄蓉真心相待全心付出，黄蓉怎么会喜欢上他？郭靖所有的好运都是因为傻而来，洪七公见他傻，才教他高深武功。黄药师见他傻，才认可了他和黄蓉的婚事，因为在精明的黄药师看来，傻乎乎的郭靖永远不会欺负和辜负黄蓉。还正是因为他的傻，他不管做什么事情都自认比别人慢比别人差，所以才努力做好，打下了坚实的基础，以至于在后来学好大开大合的降龙十八掌后，一举跻身到了当世几大高手的行列。为什么一个又笨又呆的傻瓜最终会成为绝世高手？”商深故意停顿了一下，目光直视崔涵薇一双漂亮且充满好奇的眼睛。

“为什么呀？”

“因为他从来不问为什么，只管埋头去做。”

“你！”崔涵薇才知道上当了，被商深绕了进去，又气又恼，上前一拳打在了商深的胸口，“郭靖所有的好运都是从遇到黄蓉之后开始的，黄蓉是他的幸运星。如果没有黄蓉，哪里有郭靖后来的成功？”

“话也不能这么说……”商深笑着跳开，躲到了一边，他不能任由崔涵薇的粉拳继续落在他的身上，虽然崔涵薇打得并不疼，“假如没有郭靖，黄蓉也不可能有她的风光。郭靖敦厚朴实，黄蓉聪明伶俐，二人相辅相成，才谱写了一曲射雕英雄之歌。黄蓉的幸福，也是因为郭靖的傻和可爱，如果她遇到的是一个和她一样聪明绝顶的人，他们在一起，只会互相算计而两败俱伤。大巧若拙，黄蓉太聪明了，必须用郭靖的拙朴来弥补她的锋芒毕露，否则她就会因为过于光芒四射而成为众矢之的。月满则亏，水满则溢，做人做事不可太过，过了就不好了。”

“哎呀……”

商深跑得慢了点儿，被崔涵薇打中了后背，他脚下一歪，就摔倒在了沙发上。崔涵薇也因为追得过急，商深一倒，她也顺势倒在了商深身上。

“不是吧？黄蓉也没你这么主动，上次就欺负我一次了，还没欺负够？”商深感觉到后背上崔涵薇身体的热力，由于穿得单薄，虽然隔了衣服，却和没隔没多少区别，不由得心中怦怦直跳。

“讨厌，不许再说上次的事情了。”崔涵薇起身，整理了一下衣服，伸手拉起了商深，“你说得也有道理，郭靖虽然傻了一些，但却知道勤能补拙的道理，后天很努力，就和你一样，你现在也很用功。”

“你的意思是我和郭靖一样傻了？”商深见崔涵薇娇美如玉，脸色红润如花，不由得心中大动，“虽然我是一个不世出的高手，一出手就名震天下了，但如果你愿意当我和郭靖一样傻，我就傻下去也没什么，反正我有黄蓉就行了。每个成功的男人背后，都有一个黄蓉。”

“那谁又是你的黄蓉呢？”崔涵薇美目盼兮，一脸狡黠的笑意。

“范卫卫。”商深不假思索地说出了他的答案。

崔涵薇眼中闪过一丝失望之色，不过一闪即逝，又会心地笑了：“你就这么坚定地认为范卫卫还会回到你的身边？”

“是的，我坚信。”商深毫不犹豫地点头。

“不好意思，不是我打击你的自信，你和范卫卫基本上没有可能了。”崔涵薇忽然神色黯然了几分，抬手看了看手表，“好了，不和你闲扯了，走，去跟我办正事。”

“什么正事？”商深不知道为什么崔涵薇忽然又情绪低落了，记得和范卫卫在一起的时候，范卫卫每天都是充满了阳光。或许女孩和女孩的差距确实巨大，范卫卫是一个藏不住心事的女孩，而崔涵薇明显要比范卫卫成熟许多。

藏不住心事？商深忽然想到了什么，藏不住心事的范卫卫也许真的会在新的环境和新的生活状态之下，慢慢地忘掉他。再一想范卫卫自从给他发了分手短信之后，就再也没有和他有过任何联系，忽然之间，他的自信就没有那么强烈了。

“去借钱。”崔涵薇头也不回地往前走了，她的背影果断而坚毅，仿佛就是夏天晴空一片随风而去的白云。

不知为何，商深脑中下意识冒出了一个念头，和范卫卫相比，成熟大方、事事考虑周全的崔涵薇还真有几分黄蓉的风采。

“等等我，别走那么快。”商深追了出去，冲崔涵薇喊了一声，“去向谁借钱？”

“去了你就知道了。”崔涵薇头也不回地加快了脚步。

楼下停着一辆蓝色的宝马，是一辆5系，崔涵薇上了车，招呼商深：“喂，你会开车吗？”

商深笑着摇了摇头，自觉坐在了副驾驶位：“没时间也没有资本学开车。”

“从明天起，你去学开车，争取一个月后拿到驾照。放心，学车费用我给你报销。”崔涵薇发动了汽车，她熟练地开车驶出小区，“男人不会开车就和女人不会做饭一样，相当于是低能儿。”

“太绝对了吧？”商深想要反驳几句，忽然眼睛的余光一扫，发现了一个熟悉的人影，急忙回头去看，人影一闪就不见了，没有看清。

“熟人？”

“像是毕京。”商深歪头想了想，“也许看错了，北京那么大，怎么可能遇到他？”

“毕京是谁？”

“在德泉仪表厂认识的一个人。”提到毕京，商深感慨万千，下午时分的阳光依然强烈，穿过车窗玻璃，少了几分威力多了几分柔情。路边高大的白杨树挺直而修长，在夏日阳光下站立成一个又一个真实的梦境。

车速飞快，一闪而过的树荫以及地上斑驳的影子，让商深思绪一时飞远了。想起了在德泉和范卫卫一起漫步麦田的时光，曾经那么真实那么温馨地流淌，只是现在，一切都变了。

“有什么故事？”崔涵薇注意到了商深的异常，好奇地问出了心中的疑问。

“有一个很复杂很好玩的故事……”商深也没隐瞒，简单地说了他和毕京结怨的经过，“他现在在微软工作。”

“哎哟，高级白领，气派。”崔涵薇轻笑一声，惊讶的语气之中其实包含了嘲讽，“我认识好多从小在北京胡同长大的哥们儿姐们儿，小时候挺好老纯朴的一孩子，到了外企后就都变了，不管小名叫狗剩、铁蛋、二小、鼻涕虫什么的，仿佛拿了外国人的工资后，立马摇身一变成了洋人了，人人都有一个洋名，什么卡尔、史密斯、谢利、斯图尔特、泰丝，等等，觉得有一个洋名就高人一等了，却不知道一些洋名的原始含义其实很老土。”

“比如说……”商深英文水平很高，知道一些外国名字的来历，他是故意有此一问。崔涵薇在他面前露出了真实的一面，北京姑娘的大气和朴实一览无余，让他很是欣慰。

“比如说卡尔的原意是指农民，谢利有愚蠢、又矮又胖又多话的女孩之意，斯图尔特是指看管家畜或看管物业的人，泰丝虽然有娇小、害羞、美丽的长发女孩的意思，也有肥胖简朴的农村祖母的含义……”话未说完，崔涵薇自己就咯咯地笑了，“我有太多同学、朋友在微软、IBM、惠普等跨国集团工作，上班前都是好孩子，上班没多久就变质了，说话中英文一半对一半还是好的，大多时候满嘴英文，让我这个从美国留学的海归都觉得脸上发烧，无言以对。再想到他们回家之后坐在板凳上喝粥就咸菜还不时蹦出一句‘Are you ok’，然后再被老爸老妈叫着小名骂他不说人话的情形，我就忍不住要笑死。”

“笑归笑，咱得好好开车，对吧？”崔涵薇一笑，方向就有点儿跑偏，一辆汽车从旁边飞驶而过，吓了商深一跳，商深就赶紧提醒崔涵薇小心驾驶。

“你怎么这么胆小？”崔涵薇白了商深一眼，忽然一脚油门踩下，汽车发出了一声沉闷而压抑的咆哮，六缸发动机特有的沉闷嘶吼刺激了肾上腺素，瞬间提速到了时速 100 公里。

商深吓了一跳：“你要干吗？”

/ 第 / 二 / 十 / 二 / 章 /

意见相左

“不干什么，飙车。”崔涵薇伸手解开辫绳，摇了摇头，散开了头发，飘逸的头发就如飞扬的青春一样纷飞如花，“让你见识见识我疯狂的一面。想当年，我可是有名的北京一枝花……”

“听上去好像不是褒义，是不是夜店公主一类的？”商深一脸懵懂，似乎真的很天真无邪一般。

“去你的。”崔涵薇瞪了商深一眼，车速再次加快，经过一个急转弯，车胎发出了刺耳的响声。

“饶命！”商深大叫，抓住了扶手，张大了嘴巴，“崔涵薇，我恨你。”

“胆小鬼！吓死你算了。”崔涵薇很满意商深胆战心惊的样子，笑得更加开心了，“等下让你好好体会一下什么叫刺激。”

“不要！”商深惊恐地闭上了眼睛。

“刚才我看到商深和崔涵薇了。”就在商深被崔涵薇捉弄的时候，在京北花园的门口，一辆奔驰驶出大门，和商深、崔涵薇的方向背道而驰，朝四环的方向进发。

开车的人正是毕京。

毕京稍胖了几分，精神焕发，一副人逢喜事精神爽的自得之色：“怪事，商深难道和范卫卫分手了？他怎么和崔涵薇在一起了？”

副驾驶座上的一个女孩，超短裙，黄发，大耳环，眼影，前卫而新潮，正是伊童。

对于商深和谁在一起的问题，伊童毫不关心，她关心的是毕京和商深的打赌。

“你为什么要和商深争范卫卫？你真的那么喜欢范卫卫？”伊童漫不经心地白了毕京一眼，她懒洋洋的样子似乎没睡醒一样，双脚光着放在仪表盘上，酷酷的样子嚣张而轻狂。

“我觉得商深配不上范卫卫，以范卫卫的优秀，她需要一个更好的男人来衬托她的美丽。”毕京最不喜欢的就是伊童成天一副无所谓的样子，太做作、太矫情了，他还是更喜欢范卫卫的自然纯真，有清水出芙蓉、天然去雕饰的清新，只看一眼就让人过目不忘。

虽然伊童很喜欢他，也很迁就他，但他就是对伊童只有利用，却怎么也喜欢不起来。

“你的意思是，你比商深更优秀了？”伊童会意地笑了，笑容意味深长。

毕京摸了摸脸，嘿嘿一笑：“我是长得不如商深，好吧，学历的含金量也比他稍差一些，但我比他更有上进心也更有能力。首先，我在微软工作，他现在是无业游民；其次，我和我爸联合开办了一家配件厂，现在配件厂的前期工作已经准备就绪，很快就可以上马了，一旦上马，我就会成为名副其实的‘富二代’了；最后也是最重要的一点，范卫卫跟了他，只会受屈只会受苦而不会有好日子，跟了我就不一样了……”

正说得兴起，忽然觉得哪里不对，毕京扭头一看，见伊童一脸似笑非笑中蕴含了压抑的愤怒，他知道说过了，果然是言多必失，忙赔着笑脸：“我就是那么一说，伊童，你别往心里去，我的意思是在范卫卫的事情上，我自认如果范卫卫跟了我，会比跟了商深幸福多了。”

“哼。”伊童冷哼一声，“合适的才是最好的，别自以为是想当然地认为范卫卫跟了你会幸福，也许范卫卫一辈子也不会喜欢上你。换个角度想想，根据你的思路，也许我和商深在一起才更合适、更幸福。”

原以为毕京会吃醋，不料让伊童又气又失望的是，毕京还认真地思索了一下：“也别说，你的这个想法很有创意，也很有可操作性，不如你去追求商深，十三说，他现在一个人在北京，正是感情的空窗期，以你的魅力只要一出马，肯定手到擒来。你和商深成了好事，我去追求范卫卫，十三去追求崔涵薇，两全其美，不，皆大欢喜的结局。”

“滚蛋。”伊童踢了毕京一脚，“你这么喜欢拉皮条，怎么不去开一个类似的网站，名字我都替你想好了，就是匹跳网，肯定赚钱。拉成一单收费100，一天拉成100单，就是日收入上万元。”

“哈哈哈哈，好创意，伊童，你不投身到互联网的大潮里去创业，就太屈才了。”毕京也不恼，只是大笑。

汽车驶上了北四环，下午的阳光明媚而微带忧伤，仿佛是粉红色的伤感往事，淡而悠长。

此时的四环路还没有完全建成，在1990年北京举行第十一届亚运会之前，四环路的部分路段，主要是北四环学院路到四元桥路段，就已经建成并通车。但整个四环路的建设却持续了十多年，1999年时，东四环路才建成并通车。又一年以后，北四环的其余路段以及西四环，建成通车。直到2001年6月，整个四环路才全部连成一体。

“你在微软工作，怎么就不热衷于互联网事业呢？还要去开什么配件厂，太老土太落后了。”伊童坐正了身子，目光望向了窗外，心情莫名烦躁了几分。有些话想说出来，忍了一忍，又咽回去了。

“我只看好硬件产品的未来，不看好互联网的未来。比尔·盖茨曾说过未来在互联网上只会存在两种人，一种是通过互联网消费的人，一种是通过互联网赚钱的人。你看看身边的人，谁在通过互联网消费，谁又在通过互联网赚钱？很少，太少了。所以我觉得比尔·盖茨说得对，未来的互联网，不会有多大的作为。”毕京轻笑一声，“在我眼中，没有老土落后的事业，只有赚钱不赚钱的事业。只要赚钱，别说是配件厂了，就是面粉厂、养猪场又有什么不好？”

“比尔·盖茨对互联网的看法也未必正确，他不是万能的。”伊童从窗外收回了目光，上下打量了毕京一眼，心中微有触动，“1996 年，一家成立将近 20 年的公司，亏损 10 亿美元左右，濒临倒闭的边缘。据说现在微软正在和乔布斯谈判，准备入股苹果，我觉得比尔·盖茨拯救苹果，是养虎为患。”

“没错，前期谈判已经完成了，估计再有几天就正式对外宣布了。也不能说比尔·盖茨这么做是养虎为患，微软不入股苹果，别家也会入，比如 IBM、惠普等，与其让别人吃下苹果，还不如自己来吃。”毕京不赞同伊童的判断，“而且我还认为，微软入股苹果只是第一步，早晚微软会吞下整个苹果。”

“微软是软件起家，会进军硬件行业？我看不一定，微软投资苹果，只是想让苹果电脑装上微软的操作系统罢了。”伊童哈哈一笑，“依我看，比尔·盖茨不是乔布斯的对手。”

乔布斯在 1977 年与沃兹创立了苹果电脑公司，公司发展到 1984 年时推出了革命性的 Macintosh（麦金塔），但是乔布斯却在一年之后被当时的 CEO 斯库利扫地出门。丢掉了自己创建的苹果公司的他，只好另起炉灶成立了 NeXT 公司。离开了乔布斯的苹果经营每况愈下，到 1996 年时，已经濒临倒闭。在不得已的情况下，苹果电脑公司以 4 亿美元的价格收购乔布斯另起炉灶的 NeXT，连同 NeXT 公司一起，乔布斯重新回到了他与沃兹 20 年前在车库里创建的苹果。

苹果当时想要购买的是新的台式电脑操作系统，以替代自身已经老掉牙的 Mac OS。他们放弃了 Copland 系统项目，并且与 Be 等软件公司进行了收购洽谈，不过苹果最终还是选择了乔布斯的 NeXT。正是选择了乔布斯的 NeXT 的正确决定，不但让乔布斯重回苹果，为苹果打开了一扇奇迹大门，也为苹果未来的发展奠定了基础。

Mac OS X 的核心技术正是来自当年苹果收购的 NeXT。买下 NeXT 之后，苹果还获得了 WebObjects，一款功能非常强大的网页应用开发工具。还有编程软件 OpenStep，它是 NeXTSTEP 操作系统的核心技术。

“一个是硬件制造商，一个是软件服务提供商，合作才能双赢，IT 行业的共赢思维，和传统商业的你死我活的竞争完全不同，不是有你没我的零和游戏。”毕京含蓄地批评了伊童落后于时代的思想，笑道，“据内部消息，微软会投资1.5亿美元并且开发Mac版Office，苹果会回报部分不具有投票权的股份，双方都达到了满意。想想看，如果以后苹果电脑都安装了Mac版Office，等于是微软打开了苹果操作系统的一个大门。”

“我知道为什么微软要拯救苹果，而且开出的条件还十分优厚……”伊童自信地笑了笑，是想告诉毕京，她虽然不是计算机专业出身，也没有从事IT行业的相关工作，但她也时刻关注业内动态，而且思想紧跟时代，“微软对苹果表现出了前所未有的宽容态度，并非微软是慈善家，而是微软这样做也是迫不得已。由于微软IE浏览器正同竞争对手Netscape展开激烈的市场争夺战，美国监管部门已决定对此展开反垄断调查。出于改变公司形象需要，微软被迫向苹果示好并在合作条款中做出了让步，也是出于维护自身利益而有意表现出来的高姿态。”

毕京的眼睛亮了：“不简单，伊童，你对IT行业的了解很独到且很有见解。”

“所以说……如果我投资一家IT公司，你说会不会有前景？准确地说，是互联网公司。”伊童抛出了她最想说的部分，想试探毕京的反应。

毕京没什么反应，只是淡淡地“哦”了一声：“可以呀。”

“你不和我合作？”

“不了，我和我爸的配件厂都忙不过来，实在分心不了。”

“我和别人合伙了，你没意见吧？”伊童心里却在说，我要和你最好的哥们儿合作，你难道也没有什么意见？

“没意见，怎么会有意见？”毕京笑了笑，“哪怕你和叶十三合作，我也没有意见。”

伊童见毕京如此无动于衷，就彻底熄灭了要拉毕京入伙的心思，心中不知道是失落还是庆幸：“那好，我们就各干各的，都要好好的。”

毕京没说话，只是点了点头，打开了收音机，收音机里传来一首轻轻哼唱的歌，是任贤齐的《心太软》——你总是心太软，心太软，独自一个人流泪到天亮。你无怨无悔地爱着那个人，我知道你根本没那么坚强。你总是心太软，

心太软，把所有问题都自己扛……

真是笨，为什么要心太软，心太软的后果只能是自己受伤，伊童忽然想明白了许多，她眼睛的余光扫了毕京一眼，见正在专注开车的毕京从侧面望去竟然有了几分英俊之气，专注的男人最帅也最可爱，此话一点不假。

“如果范卫卫再来北京呢？你还会追求她吗？”伊童再次抛出了范卫卫的话题。

“我和商深有一年之约。一年之后，如果我混得比他好，而范卫卫到时也在北京，我就会履行诺言追求范卫卫，两个条件缺一不可。”毕京驶出了北四环，下到了辅路。

“我呢？”伊童尽管心里很不舒服，脸上却依然挂着一副无所谓的表情，仿佛她和毕京在一起不求天长地久只求曾经拥有一样洒脱。

“你不是一个拿得起放不下的人，何况我们之间说是爱情，似乎少了许多激情，说是感情，似乎又没有什么温情。我觉得我们就是比好朋友好一点儿比恋人远一点儿的那种关系。”毕京停了车，抬头看了看展合大厦，“到了，下车。”

“是不是觉得我老实好欺负？”伊童继续追问。

“子曰：人之生也直，罔之生也幸而免……”毕京又开始卖弄他的古文功底了，“孔子说，人的天性，原本是直道而行。从心理学的角度分析，一个人尽管很坏，但也喜欢交老实巴交的朋友。这说明什么问题呢？说明就连坏人也喜欢老实人。是因为老实人好欺负吗？不完全是，是因为和老实人在一起，没那么累。由此也可见人性都喜欢直，哪怕他自己不直也喜欢别人直。”

“明白了。”伊童点了点头，“说了半天，你还是觉得我老实巴交好欺负，所以在范卫卫出现之前，我暂时就是一个替代品，对不对？”

“在你的真命天子出现之前，我也只是一个备胎而已，不过是备胎前置了。”毕京没有正面回答伊童的问题，他用手一指展合大厦，“打算租这里当办公地点了？位置不错嘛。”

伊童不以为然地笑了笑：“位置是不错，价格也不错，不过你肯定不知道我为什么非要租这里。”

“还真不知道。”毕京对于伊童非要拉他来看她的众合互联网信息服务有限公司的办公地址既不理解又懒得多想，现在他的心思全部扑在了配件厂上，对于本职工作也少了几分当初的激情。原以为他在微软的工作可以力压商深一头，但在听说商深帮天马解决了中文处理软件的故障之后，一次性从天马得到了5000元报酬的消息，让他大受刺激，几乎接受不了商深一次性拿到的报酬相当于他一年收入总和的残酷事实。

如此下去，一年之后他别说可以比商深混得好了，不被商深太阳的光芒比得如萤火虫一般渺小就不错了。

感觉到了巨大压力的毕京就力促爸爸的配件厂早日上马，根据他的保守估计，配件厂的年利润在200万以上，也就是说，一年后，他就是百万富翁了；两年后，他在北京就会有房有车；三年后，他就是人人羡慕开豪车住豪宅的成功人士了。

相信商深再有本事，一年后也不会赚到100万！

“因为崔涵薇看中了对面的诚铸大厦，她的新公司会在诚铸大厦办公。”伊童不动声色地笑了笑，“我要和崔涵薇隔着一条路相望，就要看看，谁会笑到最后。对了，崔涵薇的合作伙伴是商深。”

“我是想打败商深，你是想战胜崔涵薇，我们是志同道合者。”毕京眺望对面的诚铸大厦，心中忽然闪过一个念头，“你的公司到底是想经营什么？”

“互联网拥有无限可能，想经营什么就经营什么。”伊童其实心中已经有了发展方向，却不愿意告诉毕京。

毕京听了出来伊童是有意对他隐瞒，摇头一笑，也不再多问：“我建议你们走纪德佑的创业之路，我比较欣赏他的眼光和思路。”

1995年，24岁的纪德佑决意丢掉自己在宁波电信局的铁饭碗，前往通信技术爱好者的乐园和自己的梦想之地广州寻梦。尽管前方是志同道合满怀理想的朋友们的热情召唤，但所谓的创业之梦混沌一片看不清轮廓，辨不清方向，他连去广州到底做什么也没有想明白就踏上了征程。

/ 第 / 二 / 十 / 三 / 章 /

人生飞跃

纪德佑只有一个想法就是向前走，不管背后亲朋好友的不理解和家人对他丢掉电信局铁饭碗的惋惜，他相信只要不停地向前走就能抵达成功的彼岸。他就如一匹莽撞的小马，一头扎进了辽阔的草原，不管在草原深处是有一处梦想之地还是深藏着危险。

或许每个创业者都有一个共同的特质——勇气和无与伦比的决心。

来到广州后，纪德佑很快得到了历练，任职全球软件服务公司 Sybase 做软件工程师。一年之后，他来到广州最早的一批互联网 ISP 公司之一的飞捷。终于，他初步找到自己创业的方向，认清了自己并遇到了自己的创业伙伴。

其时，纪德佑在飞捷搭建的 BBS 系统成了广州最活跃的网上技术社区，人们喜欢在社区交流编软件和程序的心得。就是通过这个 BBS，纪德佑交到了两位好友兼编程高手，一起开互联网公司的想法应运而生。1997 年 6 月，注册资金 50 万的韵舟公司正式成立了。

尽管现在的韵舟公司才刚刚起步，还没有起色，也没有迹象表明韵舟有多么光明的前景，但一直关注业内动态的毕京非常看好韵舟的未来。

“纪德佑？韵舟？”伊童不置可否地笑了笑，不但没有回答毕京的提议，反而直接转移了话题，“真的不加盟我的公司了？试想一下，如果你和我联合打败了商深和崔涵薇，该有多么激动人心。”

“打败商深的方法有很多，不一定非要正面打败他，也不一定非要是同行业的竞争。”毕京还是不为所动，不过他也看了出来，他的提议没有在伊童心中激起波澜，不由得心中喟叹一声，他和伊童终究不是一路人，在许多事情的看法上分歧太大。

可是为什么他就和伊童走到一起了呢？或许真如伊童所说，他和她在一起，就是因为她老实可欺？

也不是，伊童如果是一个老实可欺的人，全世界的女孩就都老实可欺了。毕京心里清楚得很，伊童不是一个善茬儿，她表面上玩世不恭，内心却坚硬如铁，事事要强，事事较真。

当然，除了和他的感情之外。女孩再要强再坚硬，毕竟也是女孩，在感情上往往会缺少应有的理智。一个再成熟再事业有成再高高在上的女人，在感情问题上，还是不如男人冷静。

“算了，不和你说了，道不同不相为谋。”伊童不耐烦地摆了摆手，又上了车，坐在了驾驶位，“走，我送你回去，晚上我还有应酬。”

“不用了，我自己回去就成，你先走。”毕京扬了扬手中的手机，“回头电话联系。”

“好，电话联系。”伊童也没多说，忽然后悔带毕京来看办公地点了，早先直接带叶十三来看不就得了，何苦非要带毕京来，让她心里堵得慌。

毕京向她提议走纪德佑的路子，却不知道，她并不喜欢纪德佑，IT 圈子内，她最欣赏的人是仇仲子。

仇仲子的经历和商深有几分相似之处，不过他比商深早了几年，而且他和商深有一个非常重要的共同点，二人都是借助天马作为支点而成名。

仇仲子当年大学毕业后留在了北京，为天马写了几个市场反应相当不错的程序，天马就留下了他。但之后他的提议被天马否决了，他就想辞职。天马的总裁为了挽留他，特意安排他到深圳分部来工作。

结果到了深圳之后，仇仲子遇到了一个改变了他一生命运的人——香港双茂公司老板王风马的弟弟王小马。

遇到王小马之后，在王小马的鼓动下，仇仲子决定大干了，他目标很明确，做一张汉卡装字库，写一个文字处理系统，能够取代当时的文字处理软件 WordStar，这个文字处理系统就是后来大名鼎鼎的 WPS。

仇仲子是一个想到就要做到的人，从 1988 年 5 月到 1989 年 9 月，整整一年半的时间内，仇仲子把自己关在王小马为他在深圳包的一个房间里，除了睡觉，只要眼睛睁开，就不停地写。困了，就睡一会儿，饿了，就啃方便面。

在此期间，仇仲子生了三次病，第一次肝炎，第二次肝炎复发，第三次又复发，每次住院一个月到两个月时间。第二次肝炎复发正是软件开发最紧要的关头，着魔的仇仲子就把电脑搬到病房里继续写个不停，让同病房的病友都惊得目瞪口呆。

也许在外人眼中，写软件写得病倒住院，该是多痛苦的一件事情。但对仇仲子来说，他的痛苦不是病魔缠身，也不是心力交瘁，而是无人分享的孤独感。有了难题，不知道问谁，解决了难题，也无人分享喜悦。和一个作家一样的是，在作品问世之前，必须一个人走过一段漫长而又寂寞的路。

仇仲子在孤独中写下了十几万行的 WPS，在写完最后一行程序的时候，仇仲子已经没有任何感觉，不管轻松喜悦还是成就感，他只想好好地休息一场，好好地大睡一觉。

香港双茂公司与北京大学合作把装有 WPS1.0 的汉卡推向市场，售出了 1000 套。

从此，WPS 走向了一段孤独求败的辉煌期。

1993 年，鉴于仇仲子为公司做出的贡献，香港双茂公司为他在珠海买了一套价值 200 万元的别墅作为奖励。同年，香港双茂公司被北大方正公司合并，仇仲子在珠海成立了珠海双茂软件公司。

1994 年，成立北京双茂软件公司。

随着 WPS 的普及和知名度的提升，WPS 的销量越来越大，利润也越来越惊人，每年销量有 3 万多套，每套批发价还 2200 多元，一年的销售额为 6600 多万元。

然而一路高唱凯歌的 WPS，在 1993 年遇到了来自微软 Word 的严峻挑战。

面对挑战，仇仲子不但没有畏缩，反而迎难而上，主动迎接挑战，脱离了方正之后，他成立了珠海双茂公司，然后做了一个类似于 Office 套件的产品，叫作盘古组件，里面有 WPS、电子表和字典。

但是后来盘古组件失败了，仇仲子总结了盘古组件市场失利的四点原因：一、盘古力量分散，没有发挥 WPS 当时在文字处理领域的绝对领先优势；二、没有沿用 WPS 这个很有号召力的名称，等于是自废武功；三、盘古自身还不够完善，为了迎战而迎战，仓促上市，没有做到"所见即所得"的便捷优势，完全是 DOS 版的照搬；四、刚刚独立的珠海双茂公司没有销售经验。

盘古是香港双茂被方正合并后，仇仲子脱离方正，自己独立自主开发的第一个软件。很不幸，盘古的失败不但让仇仲子大受打击，还赔掉了王小马给他的全部奖金。

痛定思痛之余，仇仲子开始计划开发 WPS97。让仇仲子没想到的是，WPS97 的开发时间会拖得很长，当时既没有资金又信心不足，此时此刻，还是仇仲子对 WPS 的一往情深起了关键作用，他觉得 WPS 是他的孩子，他有义务也有必要让孩子继续健康地成长下去。

正是在这种感情的驱使下，仇仲子觉得处于创业之时的他再住别墅是一种浪费，为了维持 WPS97 的开发，他卖掉了别墅。正是这种感情驱使仇仲子带领开发组数年如一日，每天工作 12 个小时，每年工作 365 天，从来都没有节假日，没有休息过一天。因为微软的 Word 可以由 200 多人做，而他的开发组只有不到 10 个人，没有办法，人少资金少，只有通过比别人多付出劳动和汗水来弥补不足了。

可以说，从 1988 年到 1996 年，IT 业内的共识是"WPS 就是电脑的代名词"，WPS 在国内办公软件的市场份额曾有 90% 以上。但从 1996 年之后，情况发生了致命性改变。

1996 年，初到中国的微软主动找到双茂，双方签署了一份后来被刘凌认为是"我们上了微软的当"的"一纸协议"，结果是，WPS 的用户"潜移默化"

地转到了微软门下。

1996年是一个特殊的年份，对于双茂，是悲伤的一年，WPS告别了阳光灿烂的日子，在与微软的竞争之中输得一塌糊涂。当时的大背景是，在20世纪90年代初，随着中国改革开放步伐的不断加快以及中国经济的飞速发展，再加上电脑普及速度的加快，中国软件市场也急剧扩大。庞大的市场潜力吸引了众多跨国软件企业纷至沓来，其中就包括巨头微软。

微软作为最早布局中国的跨国集团，为了推广旗下的Office软件，必然要压制本土的WPS。曾凭借WPS书写中国软件业最辉煌一页的双茂，在面对微软咄咄逼人的进攻以及笑里藏刀的协议双重逼迫之下，必须做出新的转型。

收回对仇仲子的心思，伊童默默祝愿仇仲子即将在今年推出的WPS97能够旗开得胜，在和微软的较量中立于不败之地。她之所以没有告诉毕京她想走一条和仇仲子相同的道路，是因为毕京所在的微软正是仇仲子的死对头。

她拿起电话打给了叶十三："十三，你在京夜茶馆等我，对，就是育慧南路的京夜，我20分钟后到。还有，别忘了带上你的策划书。公司的地址已经选定，很快就可以扬帆起航了。另外，你好好研究一下仇仲子的经历，我们要走一条和他相似的成功之路，也许和他还有合作的可能。"

"看到刚才的奔驰了吗？对，白色的奔驰E320，是伊氏集团的千金伊童的车。"在路过诚铸大厦的时候，崔涵薇放慢了车速，本想让商深看看未来公司的办公地点，却无意中发现了伊童的车，不由得兴致大起，为商深介绍起了伊童。

伊氏集团的创始人伊重也是一个传奇人物，出身贫寒的伊重本来是一个一无所有的穷小子，一个偶然的机会，他救了一位位高权重的大人物的女儿。大人物的女儿出于感激爱上了他，非要嫁他，大人物却说什么也不同意，就找到了伊重，让他提出条件。

伊重痛苦了三天三夜，最终决定为了事业而放弃爱情，他向大人物要了一块地皮。地皮到手后，他捂在手中不放，足足捂了三年，既不卖也不开发，就和当年崔明哲捂紧手中的四合院有异曲同工之妙。短短三年时间，房价上涨数倍，伊重才开始利用手中的地皮招商，利用建筑公司的垫资，上马了伊氏集团的第一个住宅小区。

结果一炮打响，从此伊氏集团势不可当，迅速成为北京最早的一批房地产巨头之一。

然而让许多人都意想不到的是，功成名就之后的伊重再次向大人物的女儿求婚，结果征得了大人物的同意，他在事业有成之后终于抱得了美人归。此事一时在业内传为美谈，许多人在谈论伊重时，都会设身处地地想，如果换了是他，当时会不会和大人物据理力争，非要带着大人物的女儿去私奔以证明爱情的力量不可抵挡？

但如果当时伊重选择了和大人物女儿一起去私奔，也许就不会有今天的成就和美满。人生是单行道，也是单选题，谁也不会想到伊重在功成名就之后会转身再去求婚。

成功之后的他，坐拥亿万财富，远非当年的吴下阿蒙，已经失势并且退下的大人物如果再不答应他的求婚，就是不识时务了。

伊重的成功一时成为许多人向往的人生目标，当上CEO，迎娶白富美，是每一个男人梦寐以求的成功。但如伊重一样完美的逆袭手法，不是谁都可以完成的高难度人生飞跃。

正是伊重和崔明哲在性格上有相似之处，二人又都从事房地产生意，不可避免地在地皮争夺战中狭路相逢了。二人的交手各有胜负，但总体来说，伊重负多胜少，从而让他对崔明哲很不满意。虽然在明面上二人依然称兄道弟谈笑风生，但暗中互相拆台互相出手的事情屡见不鲜。

而最近有两次争夺，一次是京北花园地皮的归属，崔明哲大获全胜。一次是位于同一个地段只隔了一条马路的两个小区同时动工同时推向市场，路北的盛世小区是崔明哲的楼盘，路南的天骄小区是伊重的楼盘，两家楼盘由于距离过近路段相同，再加上同时销售，再一次不可避免地短兵相接。

在京北花园地皮上的失利，让伊重憋了一口气，誓要扳回一局，不想在盛世小区和天骄小区短兵相接的对抗赛中，天骄小区的销售情况明显不如盛世。许多来天骄看房子的购房者在参观了天骄小区的小区布局和户型之后，都说不论是景观、小区环境还是户型，天骄都不如盛世。

如果拿天骄和别的小区对比还好说，偏偏几乎每个购房者必提盛世，就让伊重大为恼火，一心认定是崔明哲故意处处和他作对。

也不怪购房者非要拿天骄和盛世对比，两个小区位置相近，价格差不多，比近不比远是人之共性。

后来伊重特意低调亲自去了盛世一趟，实地考察了一番，最终得出了结论，不服不行，盛世小区在方方面面的考虑都比天骄周到，群众的眼睛是雪亮的，天骄确实比盛世还差了几分火候。

那么岂不是说，他比崔明哲差了几分火候？伊重才不会承认他不如崔明哲，于是他暗暗发誓，有朝一日他一定要把崔明哲踩在脚下，让崔明哲在他面前俯首称臣。

和伊重脾气十分相似的伊童，因为伊崔两家的矛盾连带也对崔涵薇有了敌意，也可以理解，家庭之间的恩怨必然会影响到下一代。但崔涵薇虽然人前高傲，本质上却是一个率性的人，并没有因为爸爸和伊重的不和而对伊童有什么看法；却没想到，伊童对她却是大有成见，不但多次在不同场合公开宣称她以后一定可以打败她，而且只要是正面相遇的场合，她总是对崔涵薇公开挑衅，或是冷嘲热讽。总之，她对崔涵薇大有意见并且不遗余力打击崔涵薇的傲气已经是圈内人所共知的秘密。

虽然多次遇到过伊童明里暗里的挑战，并且也听到了她所下的战书，崔涵薇却只是置之一笑，不予理会，以为她只是说说而已，因为到目前为止，伊童一直在伊重的公司担任副总，并没有出来单干，而她不在爸爸的公司任职，和伊童没有正面冲突的可能性。

简单一说伊重的发家史和背后的恩恩怨怨，崔涵薇摇头笑了笑：“本来爸爸有几次想和伊重联合开发一个高档别墅区，因为投入太大，一家投资的话，压力太大而且风险太大，结果伊重想也未想就拒绝了。后来爸爸就再也不找他了，经商不是置气，做人也不能意气用事……伊重如此，伊童也是如此。”

/ 第 / 二 / 十 / 四 / 章 /

天各一方

“听你这么一说，我倒对伊童很感兴趣，有机会认识一下，看看敢挑战你的女孩是不是长了三头六臂。”商深知道伊氏集团，却不知道伊重的发家史和他的女儿伊童，更不知道伊童和崔涵薇的一争高低，不由得笑了。

“伊童没长三头六臂，倒是长得挺漂亮，很有太妹的风采，有时黄头发有时红头发，有时黑眼圈大耳环，很符合你的审美观。”崔涵薇调侃商深。

“你怎么这么了解我？其实我就喜欢外表狂野内心奔放的女孩，过于矜持的女孩太没情趣，不好玩。”商深接过崔涵薇的话，有意延伸。

“范卫卫似乎也不是外表狂野内心奔放的女孩，你怎么就喜欢上她了？”崔涵薇斜着眼睛，笑眯眯的样子，很想套出商深的真话。

“每个人每个阶段的审美不尽相同，也许当时的审美就是范卫卫的类型，以后的审美，就是伊童的类型了。”商深继续顺着崔涵薇的话往下说，也是一脸笑眯眯的样子，而且还有几分坏坏的味道。

崔涵薇正在开车，她斜着眼睛白了商深一眼：“你的审美一直在水准线以下，真替你感到悲哀，不，替范卫卫感到悲哀，原来范卫卫只是你审美不成熟时的梦中情人，等你审美成熟之后就会毫不留情地抛弃了范卫卫，对不对？还有我就不明白了，其实真正外表狂野内心奔放类型的女孩是徐一莫，你怎么就不喜欢徐一莫呢？”

“徐一莫是外表文静内心奔放类型的女孩，她外表才不狂野。”商深纠正了崔涵薇的错误，崔涵薇刚才一瞥之间风情万种，让他怦然心动，必须要说，崔涵薇确实不管是为人处世还是一颦一笑，都比范卫卫成熟几分，“其实说白了，不是我审美成熟之后毫不留情地抛弃了范卫卫，而是在生活的残酷面前，范卫卫因为误会毫不留情地抛弃了我。唉，好多天了，一点儿她的消息也没有，我想她是真的决心和我分开了。”

第一次听到商深谈及他和范卫卫的冷战，崔涵薇心中不是庆幸而是无奈，不得不想起一个必须面对的现实：就算商深和范卫卫分手了，就算商深也喜欢上了她，她和商深之间依然隔着一条巨大的鸿沟，甚至她和商深之间的鸿沟比商深和范卫卫的还要宽广。

因为不仅仅是爸爸妈妈不会同意她和商深在一起，哥哥也会竭力反对。至少范卫卫没有一个从中作梗的哥哥，她却有。

哥哥的话虽然不如爸爸的话有分量有决定性，但哥哥如果一直在爸爸妈妈面前说商深的坏话，也会让商深的形象大大失分。

正要再说几句什么，商深的手机突然响了，是嘀嘀的短信声。

商深打开手一看，顿时屏住了呼吸，是范卫卫发来的短信！

上次在深圳机场一别，范卫卫发来一条短信：“商深，我们分手吧！你自由了，从此以后不管你再爱上谁，都与我无关了，我也不会再信守等你三年的承诺，从此你是你我是我……”之后，就和他彻底失去了联系，不管他再发短信再打电话或是 ICQ 联系，都没有回应。

后来再打电话，却提示停机了，商深就以为范卫卫彻底从他的世界中消失了。

没想到，范卫卫竟然在他最不经意的时刻突然出现了。

“商深，我在美国了，一切安好，不用挂念。你自己要好好照顾自己，不要太忙于工作而疏于了生活，听到没有？人生是一条永远奔流不息并且从不回头的河流，我们没有办法同时回到从前相遇的起点。想了想，一个国内一个国外，隔了千山万水的距离，其实这样也挺好，你还是原来的你，我还是以前的我，就当我们从来没有相遇过，就让时间和空间隔开我们错误的开始，就此画上一个虽然遗憾但却也是圆满的句号。再见，商深，你也不要再用任何方式联系我了，手机我会换号，ICQ 会删掉你，就让我们彼此消失在无限的时空中，从此永不相见！另外，三年的誓言也不必了，就让一切随风飘散吧……”

“从此永不相见”就像一道闪电击中了商深的内心，灼伤了商深的双眼，手机从他手中无力地滑落，掉在了大腿上。

“怎么了？”注意到了商深的异常，崔涵薇关切地问道，“谁的短信让你失魂落魄的？啊，范卫卫的？”

商深无助地点了点头：“上次在机场收到了卫卫的分手短信，我以为她只是一时气愤。现在又发来一条郑重其事的分手短信，我想她可能真的是铁了心。”

商深当然不知道，上次的分手短信并非范卫卫所发，是许施所为。直到现在，范卫卫并不知道上一条短信之事。

见商深黯然神伤，崔涵薇心里没有半分由商深和范卫卫分手的消息而带来的喜悦，相反，却很怜惜商深的苦痛，她伸出右手一摸商深的肩膀：“虽然不管怎么安慰你都带不来实质性的帮助，失恋这种事情，只能靠时间治愈，但我还是想对你说，商深，在正确的时间遇到错误的人，还是错误。只有在正确的时间遇到正确的人，才是你的缘分。”

商深没说话，目光望向了窗外。夕阳西下，余晖洒满大街小巷，不管是高楼大厦还是低矮的平房，都沐浴在阳光的恩泽之中。不过相比之下，还是高楼和大树承接了更多的阳光，平房和小草笼罩在高楼和大树的阴影之中，卑微而可怜。

阳光从来都是公平的，普照大地，从来无私，不会偏向高楼大树或是平房小草，但平房和小草却因所处位置的背阴或是自身的矮小而享受不到阳光的恩泽，如果因此就埋怨阳光偏心，是不对的。阳光从无私心，自己享受不到阳光的照耀，不能埋怨命运的不公，而要从自身寻找原因。

一个知道内省的人，才是一个具备了初步成功素质的人。不管什么时候都不能怨天尤人，人生的起点或许不同，有人天生“高富帅”，有人生来“矮穷丑”，有人天生“白富美”，有人生来“土肥圆”，如果天天抱着命运不公的想法自怨自艾，一辈子也就只能原地踏步了。

有多少“矮穷丑”最终逆袭成功，登上了人生的高峰和历史舞台。又有多少“高富帅”最后一事无成，只能抱着祖宗留下的基业得过且过。有首诗写得好：“学林探路贵涉远，无人迹处偶奇观。自古雄才多磨难，从来纨绔少伟男。书山妙景勤为径，知渊阳春苦作弦。风流肯落他人后，气岸遥凌毫士前。”

商深从窗外收回目光，见崔涵薇正一脸关切地看着他，他心中一暖，正要说几句自嘲的话，忽然意识到了不对：“涵薇，你看我，谁看路？”

“啊？”崔涵薇才想到她正在开车，心思却全在商深身上了，连路都忘了看，顿时吓得花容失色，急忙扭头朝车前一看，“呼”地长出了一口气，还好前方道路宽阔，没有情况。

“我想起一个笑话，说是有一个教练教一个女学员练车，只教了一次教练就对她说，你去把钱退了吧，对不起，我不教你了。女学员十分不满，说要找别的教练教。结果一连试了三个教练，都是只教了她一次就非要退钱给她，说什么也不教她了……”商深见崔涵薇吓得不轻，就有意缓和气氛，讲一个笑话。

“为什么呢？”崔涵薇十分不解，“就算她再笨，也不至于只教一次就再也不教了，总要给她成长的机会和时间吧？”

“是呀，说得轻松，换了你是教练，你也不会教了，因为所有的教练都被她一遇到前方有情况的时候不踩刹车却双手捂眼的举动吓得差点儿心脏病发作，就再也不敢教了。”

“哈哈，你太坏了，有这么损人的吗？哪里有傻到一遇到情况就捂眼的人？肯定是胡编乱造有意埋汰女司机的段子。”崔涵薇开心地笑了，才笑一半，电话响了。

“我们要找的人不在家里，去中关村了，我们得去中关村找她。”打完电话，崔涵薇在前面路口右转，驶上了中关村大街。

“到底找谁去借钱？”商深的心情平静了几分，暂时放下了范卫卫的事情，虽然心情很不美丽，但眼下也是一件必须重视的大事，他就想问个明白，“直到现在你都没有给我交底，不要忘了，我是你的合伙人，不是跟班。”

“等见到了你就知道了，现在嘛……先保密。”崔涵薇俏皮地一笑，夕阳尽情地洒落在她的脸上，就如跳跃的火焰衬托得她肌肤胜雪，美不胜收，“既然你知道你是我的合伙人，你就应该开车，而不是让我开车你坐在一边，不公平。”

是不公平，商深承认他多少有点大男子主义，不愿意让女人为他开车，不过他没有驾照，只好勉为其难地说道：“我以前倒是也开过车，要说上手的话，应该也没什么难度，就是我现在没有驾照，不敢无证驾驶。”

“不要紧，这一片我都熟，交警都认识，要是被抓了，我托人保你出来。”崔涵薇忽然心血来潮，靠边停车，和商深换了位置，“来，你开，你开。”

“我以前开过的车是……”商深一脸为难。

“别婆婆妈妈了，赶紧走呀，和人家约好的是五点，你看现在都四点五十了。”崔涵薇也没听出商深话里的不自信，催促商深赶紧上路。

“好吧。”商深赶鸭子上架，只好硬着头皮上了，他坐在了驾驶位，调整了一下座椅坐姿，然后挂上了前进挡，小心翼翼地松开了刹车。

“自动挡的车，很好开的，只要开过碰碰车的人都会开。”崔涵薇鼓励商深几句，然后舒服地靠了座椅上，享受有人照顾的惬意，一脸的满足，就差满满的幸福了。

不过崔涵薇舒服的状态没持续多久，因为她发现，商深开车的水平比她想象中差了太多！

“哎呀，你不要来回晃动方向盘，这是什么毛病？干吗呢这是？这不是碰碰车！”

“不要走S路线，你不是模特，走什么猫步？哎呀商深，减速，减速呀，前面有行人，不行，刹车，快刹车！”

“你吓死我算了，你到底会不会开车？你说实话，以前真的开过车？怎么看你手生的水平，好像是第一次摸车？服了你了，汽车能让你开出轮船的感觉，你简直就是神人。”

商深经过晃动方向盘找路感的上手阶段后，总算找到了一点儿感觉，进入了平稳驾驶期，不再走S路线了，他咧嘴笑了笑：“没骗你，以前确实开过车，不过你刚才没等我把话说完就硬把我推上来了，我以前开过车不假，不过不是好车，是拖拉机。”

“啊？好你个商深，你想害死人是吧？拖拉机能叫车吗？”崔涵薇被商深气得哭笑不得，举拳就砸在了商深的肩膀上，“打死你算了，刚才吓死我了，你太坏了。”

商深才刚熟练一点点，被崔涵薇一打，一紧张，方向就又跑偏了，差点儿撞到前面一辆车的屁股上。

“好吧，你赢了。”崔涵薇吓得一捂眼，然后想起了商深刚才的笑话，又忙松开了双手，瞪了商深一眼，“从现在起，我不碰你不笑你不打扰你，你好好开车就行了，能不能做到？”

商深紧张得出了一头汗：“你最好连话都别说，我现在说话都分心。”

崔涵薇吓得忙闭了嘴，有点儿后悔让商深开车了，现在车流比刚才多多了，想靠边停车换人都没有机会，算了，既然已经这样了，就索性一条路走到黑好了。

如果是崔涵薇开车，顶多十分钟的路程，但换了商深，却足足开了半个多小时才到。到了后，商深索性下车交给了崔涵薇停车，尽管车内空调很足，他浑身上下已经被汗水湿透了。

崔涵薇一边停车，一边不无得意地想，看样子肯定是商深的第一次了，商深的狼狈在她眼中不是无能而是可爱，尽管说来她喜欢沉稳的男孩，但更喜欢沉稳之中有可爱有笨拙正在成长中的男孩。陪一个男孩一同成长，慢慢地看着他一步步走向成熟走向成功，最后成为一个风度翩翩的男人，对一个女孩来说，也是一件很幸福并且很有成就感的事情。

一进门，就发现了一个红红的条幅挂在显眼处，商深笑了："文盛西真有创意，直接在一楼人流最密集的地方导流，他的生意要是不好就没天理了。"

"你很欣赏他？"崔涵薇现在却没什么心情见文盛西，办正事要紧，她准备绕道而行，"现在没时间见他。"

商深多半能猜到崔涵薇的心思，因为贾小北是她的朋友，所以她对文盛西多少有点儿心存芥蒂，虽然他很想见文盛西一面，但还是办正事要紧，也就没再多说什么。

二人上楼，穿过川流不息的人群，来到三楼一个卖电脑耗材的小店。小店不大，只有几平方米，摆了一圈柜台后，中间就只剩下很窄的一个过道，两个人并排同行都稍显困难。

不是吧，经营这么小的一个地方的人，会有什么钱？商深不明白崔涵薇葫芦里卖的是什么药，是真来谈一件事关几百万投资的大事，还是来中关村一日游，逗他玩？

柜台里面没人，崔涵薇直接走了进去，自顾自坐下。商深口渴了，也没当自己是外人，先给崔涵薇倒了一杯水，又给自己倒了一杯水，然后坐在崔涵薇旁边，耐心等待。

等了一会儿，来了一个人。年纪和商深相仿，个子不低，将近一米八，瘦脸，浓眉，大耳，长得倒是颇有几分英俊之气，只不过稍显瘦弱，他径直来到柜台前面，一笑就露出了一口洁白的牙齿："怎么店主不在？你是新来的？来五包纸，要惠普的。"

商深见被当成了店小二，嘿嘿一笑："不好意思，我来找人，不负责卖货。"

"这样呀……"来人也笑了笑，自己动手从柜台里面拿了五包纸，"等店主回来你告诉她一声，让她记我账上。"

"等一下。"商深伸手抓住了来人的胳膊，"我都不知道你叫什么，怎么和店主说？"

中关村各个摊点之间，经常会在缺货的时候串货，商深也知道这是业内常态。

“她知道我是谁，不用说姓名就知道。”话一说完，来人挣脱了商深的手，转身就走。

“你不能走。”商深越过柜台，拦住了对方的去路，“不行，你必须说出姓名，还得打个欠条，否则我不让你拿走纸。”

对方也是倔强，就是一个简单的说出名字的小事，他偏偏就和商深顶上了：“你还真是一个多管闲事的人，又不是你的店，你操的哪门子闲心？我和店主熟得很，别说几包纸了，就是搬走她店里的全部东西，她也不会收我一分钱。你谁呀你，吃饱撑的是吧？”

/第/二/十/五/章/

舌 战

“别管我是谁，现在我坐在店里，就有责任看管好店里的东西。”商深寸步不让，虽然他不知道店主是谁，但既然崔涵薇认识，就是朋友。

瘦脸男一把推开商深：“你别无理取闹好不好？不是你的店，你敢再狗拿耗子多管闲事，我就对你不客气了。客人还等着我呢，我没时间跟你磨叽。”

商深被推到了一边，却再次冲了过来，伸手拉住了对方的胳膊：“你不许走！”

“我……”瘦脸男真被商深逼急了，他转身放下手中的五包纸，朝商深当胸一拳，“不收拾你，你不知道天高地厚了是吧？”

商深挨了一拳，依然没有退让半步，双手紧紧抓住瘦脸男的胳膊不放：“不管天有多高地有多厚，你拿东西要么交钱要么打个欠条，这才是天经地义。”

“放手！”

“不放。”

“我命令你马上放手，再不放手，别怪我收拾你。”

“刚才我让你一拳，不代表我打不过你。你别得寸进尺，如果你再动我一下，我就还手了。”商深毫无惧意，对他来说，原则问题没有讨价还价的余地。

忽然又想起了什么，不对，他和瘦脸男争斗了半天，怎么不见崔涵薇上前劝架？回头一看，崔涵薇正端坐在柜台中间的凳子上，一副置身事外的样子，脸上还挂着似笑非笑的表情，似乎他和对方打得头破血流甚至人头打出狗脑子，也和她无关一般。

怎么了这是？崔涵薇不帮他也就算了，怎么还一副幸灾乐祸的样子？商深一时倒想不明白崔涵薇是什么个意思。

“这么说，你还真要跟我耗到底了？行，我倒要看看你怎么还手。”瘦脸男说话间，分开双手抓住了商深的肩膀，一用力，想摔跤一样将商深摔一个大大的跟斗。

商深脚下用力，双腿下沉，也用力抱住了瘦脸男的肩膀。小时候没少和别人摔跤，知道摔跤的要点在于牢牢控制对方的上身再想法动摇对方的下身。

瘦脸男没晃动商深，愣了一愣，心想商深看上去瘦瘦弱弱，力气却不小，而且最让他惊讶的是，居然还挺有打架经验。

一愣神的工夫，稳住了下身的商深反击了，他用力晃动瘦脸男的肩膀，然后伸出右腿一绊，“嗨”了一声，就将对方翻转了过来。

瘦脸男没防住，被商深转动，差点儿摔倒在地。

都以为瘦脸男恼羞成怒之余肯定会和商深大打出手，不料瘦脸男用力一推商深，跳到了一边，连摆右手：“停，停战。既然我们都打不倒对方，那就不要武斗，要文斗。”

商深也乐了，还是第一次见到打架打到一半叫停然后由武斗转成文斗的妙人，对，他觉得瘦脸男是一个少见的妙人，性格很好，就忍不住笑了：“怎么个文斗法？”

“就刚才的事情，我们讲讲理，谁能说服谁，谁就赢了。”瘦脸男拉着商深来到柜台里面，下意识地看了崔涵薇一眼，愣了一下，似乎想起了什么，随后又转移了目光，他先是搬了一个凳子让商深坐下，自己坐在了商深的对面，摆出了摆事实讲道理的架势，“我问你，认识店主吗？”

“不认识。”商深摇头。

“你不认识店主，也不认识我，对吧？更不知道店主和我是什么关系，万一我和店主是恋爱关系，我别说拿她的货了，就是要她的人她都会给，你一个不相干的外人，为什么非要横插一脚进来呢？没听过一句话说，多管闲事多吃屁吗？”瘦脸男一副很讲道理的样子，语气平和语调平稳，和刚才打架时判若两人，如果说刚才的动手是急赤白脸，那么现在的讲理就是心平气和。

“我是不认识店主，但我的朋友认识店主。我们来找店主办事，店主不在，我们先坐在了柜台里面，作为店主的朋友，就有责任有义务为店主看好店面。何况刚才你拿货的时候，你让我转告店主你拿走了五包纸，等于默认了我们暂时行使店主权利的事实。不管你是有心还是无意默认了我们暂时行使店主权利的事实，你就得按照我的要求写下欠条。”商深也心平气和地和对方理论，既然对方想和他辩论，他就奉陪到底。

“你是店主吗？”瘦脸男反问了一句。

“不是。”

“从法律上讲，你不是店主，就算你是店主的朋友，没有店主的授权书，你也没有代替店主行使店主权利的资格。更何况你本人都不认识店主，只是你女朋友认识。退一步讲，就算店主委托一人暂时行使店主权利，也应该是你的朋友才对，而不是你。所以不管是以法律还是人情为出发点，你都师出无名。”瘦脸男自认他接近了胜利，加大了力度，“由此可见，你刚才的行为不但不符合法律程序，也不符合人情礼法，你完全就是无理取闹，甚至进一步讲，店主可以控告你有诈骗之嫌。”

商深险些被对方逼得无路可退，心想中关村还真是卧虎藏龙之地，一个卖电脑耗材的小店主居然口才一流，最主要的是他思路清晰，步步推进，几乎封死了他所有的退路，让人没有反驳的理由。

如果瘦脸男是一家大型公司的CEO的话，那么他肯定具有全面的控局能力，会牢牢掌控公司的决定权而不容别人插手。也就是说，他是一个控制欲极强的人。而且，他还是一个手法多变机智多端的角色，从他刚才用武力无法取胜当机立断改变交战方式变成智取就可以得出结论，此人绝非池中物，早晚会从中关村出去然后一飞冲天。

不过，瘦脸男虽然说话看似滴水不漏，为商深布下了一张密不透风的大网，让商深逃无可逃，只能乖乖认输，但百密一疏，他过于强调店主的作用，却依然忽视了一个关键点。

“是，我承认我既不认识店主也没有店主的授权书……”商深诚恳地认错，他低头一脸憨笑的样子，任谁看了都会觉得他准备弃械投降了，就连瘦脸男也微微露出了笑意，等着商深开口认输的一刻。

不料商深憨厚的笑容只是闪了一闪就迅速不见了，取代的是从容的笑容：“问题是，你说你认识店主和店主关系如何密切，也只是空口无凭，除非店主亲自承认她认识你并且和你关系很好也愿意让你拿走纸，否则不管你说得再天花乱坠，你都别想拿走这几包纸。”

“你这是无赖！”瘦脸男一下子站了起来，就要怒气冲冲，忽然又想通了什么，笑了一笑，又坐回了原位，“有意思，真有意思，还真没见过几个能说得过我的人，好，我交你这个朋友，请问尊姓大名？”

商深见识过侠肝义胆、为人执着的赵向飞，也和中正平和、淡定从容的陈安平打过交道，还认识头脑灵活、思维活跃的王启东和王向西，相比之下，以上几个人虽然比眼前的瘦脸男更成熟、事业更成功，但和瘦脸男相比，似乎都缺少了一些什么东西。

缺少了什么呢？商深仔细想了一想，终于想明白了，赵向飞虽然口才比瘦脸男更好，演讲也是更有煽动性，但他不如瘦脸男灵活多变。执着和认定目标不放松是赵向飞的优点，而随机应变则是瘦脸男的长处。

而和中正平和、淡定从容的陈安平相比，瘦脸男又多了几分咄咄逼人之气。和头脑灵活、思维活跃的王启东和王向西比较的话，他的灵活多变之中又多了一些执着。

商深自己也奇怪，为什么他非要拿瘦脸男和赵向飞、陈安平以及王启东、王向西等人相比，瘦脸男不过是中关村一个卖电子产品的小摊主，而赵向飞从事的是互联网事业，陈安平则是硬件和互联网通吃，王启东和王向西也是IT 行业的从业者。好吧，瘦脸男卖电子产品，也算是IT 行业的从业者，但和前面几人相比，不管是身份还是眼界和格局，还是差了太多。

当然，差了太多只是眼前，谁也不知道以后不是？何况就长相来说，瘦脸男还颇有几分英俊之气，还有一点让人很惊奇的是，他的额头之上有一小簇白发，估计不是故意染的，而是天生。

读过不少史书的商深深信一点，能人异相，瘦脸男是不是能人暂且不说，只说他的天生异相，就说明了他天生就有与众不同的基因。

想远了，商深收回了思路，微微一笑，伸手接住了对方伸来的友谊之手："我叫商深……请问你是？"

"盛西，你拿几包纸就拿了这么久，还做不做生意了？"

瘦脸男还没有回答商深，他的身后就有一个女孩脆生生的声音响起，很清脆很爽直的声音，随后人影一闪，一个短发短裙圆脸的女孩出现在了商深眼前。

女孩肤色很好，白净且健康，是一种让人看了很舒服的健康色，既不是病态的白皙，也不是和小麦黄一样的深色，而是介于两者之间。她留了齐眉的刘海，一张巴掌大的小脸素净而雅致，在一身白裙子的衬托下，亭亭玉立，如水仙一般高贵又美丽。

瘦脸男回头一看，呵呵一笑："小北，你不帮我看摊，怎么也上来了？我遇到点儿小麻烦，正在解决。"

被称为小北的女孩目光只在商深身上打了一个转，随即就移开了，她的视线停留在了崔涵薇身上，顿时点亮了："薇薇，是你呀。"

"薇薇？崔涵薇？"瘦脸男转身看向崔涵薇，露出了惊喜的表情，"我说刚才看你有点儿面熟，却怎么也想不起来在哪里见过了，原来你就是小北常常提起的崔涵薇。这么说，他是你的男朋友了？误会，误会，哈哈，不打不相识，你也真是的，涵薇，看我们文治武功闹腾了半天，你就坐在一边看热闹，也不说破，是故意看我们笑话不是？"

商深惊呆了，崔涵薇原来认识瘦脸男，怪不得她刚才摆出袖手旁观的姿态，而且还一脸似笑非笑的神情，原来是故意为之。不对，等等，他脑子有点儿乱了，小北称呼瘦脸男叫盛西，文盛西和贾小北……不就是刚才路上崔涵薇讲过的两个恋人吗？

对了，之前他还想认识一下文盛西，崔涵薇还不太乐意，却没想到，居然和文盛西狭路相逢，还打了一架。虽然打得不太激烈，毕竟动手了。

“小北，你不是要出国了，怎么还没走？”崔涵薇站了起来，和贾小北打了招呼，又笑着对文盛西说道，“盛西，你知道刚才和你打架的人是谁吗？”

“我管他是谁……”文盛西哈哈一笑，“反正很对我脾气就是了，涵薇，你很有眼光，找了这样一个男朋友。告诉你，你男朋友以后肯定会是一个了不起的人物，他能文能武，而且还很有策略，我交定他这个朋友了。告诉我，他叫什么名字？”

“商深。”崔涵薇本想纠正文盛西一个错误——商深不是她的男朋友，话到嘴边却又咽了回去。

“商深？”文盛西大惊失色，刚才商深也自我介绍了，正好被贾小北的出现打断了，他就没有走心，猛然间想起了商深是何许人也，回身一把抓住了商深的胳膊，“你就是解决了天马打印机启动故障，改写了天马中文处理软件的商深？”

商深被文盛西抓住，有些不好意思地抓了抓头：“是我。”

“不是吧？太好了，没想到我还有机会认识我心目中的偶像！商深，你肯定不知道，你是我目前最崇拜的偶像，我对你佩服得五体投地。”文盛西喜出望外，抓住商深的胳膊摇个不停。

商深一脸腼腆：“我小时候也崇拜铁臂阿童木，长大后才知道，原来偶像的存在就是为了以后的破灭。”

“哈哈！”文盛西哈哈大笑，“不过要我说，偶像是人生前进的动力。知道我为什么崇拜你吗？因为我卖的电子产品里面既有打印机又有中文处理软件，一直卖得特别好，后来出现问题了，就断货了，结果我的日子就难过了，销售额大降，几乎连租金都付不起了。当时我就想靠我自己有限的编程知识动手修复一下，看是不是可行。结果不但没有成功，还弄坏了一台打印机。

“后来我就想，谁要是能尽快解决启动故障和修复中文处理软件，要是女的，我就去追她；要是男的，我就当他是我的人生偶像。后来天马解决了打印机的故障重新推向市场后，我千方百计打听是谁解决了问题，还没有打听出来，中文处理软件也修复成功重新上市了，我当时激动地想，解决打印机故障和修复中文软件的两个人，我到底该崇拜哪一个？正愁的时候，就得到了确切消息，不是两个人解决了两个难题，而是一个人，他的名字叫商深。

“从此，商深的名字就在我的脑海中生了根发了芽，我就想如果有一天能认识商深该有多好，不承想，我和你还真的认识了，却是因为五包纸并且还打了一架，哈哈，太有意思了。”

文盛西很是健谈，一口气说完，又郑重其事地向商深伸出了右手：“自我介绍一下，文盛西，出生于江苏苏北来龙镇，镇上人都说来龙镇的名字预示着以后镇上肯定会出大人物，我觉得这个说法有道理，也许那个大人物就是我，哈哈，开个玩笑。人大毕业后，上了一段时间班，觉得没有意思就辞职下海了，现在是中关村北西多媒体店主。”

商深被文盛西的热情和开朗感染了，也哈哈一笑：“商深，出生于河北中部平原的马头镇，镇上的人说马头镇是一马当先的意思，我觉得不对，应该是万马奔腾我为头马的意思。人大毕业后，上了三天班，觉得虽然有意思但没有前景就辞职了，虽然辞职却没下海，现在还是无业游民。”

“你也是人大的？这么说我们是校友了，哈哈。”文盛西给了商深一个有力的拥抱，“有缘，太有缘了，晚上一起吃饭，我请客。”

“你请客？想得美。你请客了，我这个店主的脸面往哪儿放？”文盛西话音刚落，身后就响起了一个女孩的说话声。

不知何时，又多了一个女孩，她一身蓝裙，圆脸大眼短发，齐耳短发配对开的短袖上衣，再配上蓝底白花的长裙，很有民国范儿，有知性、娴静之美。

商深顿时愣住了，蓝袜！

/第/二/十/六/章/

经验之谈

没错，正是上次在重庆火锅店遇到的知性女孩蓝袜，也是被崔涵薇一杯水浇坏的笔记本电脑的主人。

“涵薇，商深，等着急了吧？我刚才下楼去办点儿事情，路上耽误了一点时间。”蓝袜冲贾小北点头一笑，来到了柜台里面，抬脚踢了文盛西一脚，“没你的地方了，出去。”

文盛西嘿嘿一笑，转身来到了外面。

“你是店主？”商深摸了摸后脑，“你也在中关村开店？”

“怎么了，不行吗？”蓝袜嫣然一笑，伸手一拉崔涵薇，“走了，去吃饭了。”

崔涵薇打趣蓝袜：“你不知道，上次见了一面，商深就对你念念不忘，他说几个人当中，他对你印象最深刻。卫辛、徐一莫，包括我在内，他转身就忘了，却忘不了你一抹的蓝色……”

商深大汗，崔涵薇太会编派人了，他什么时候说过对蓝袜念念不忘了，真有她的，总不忘拿他开涮。

蓝袜却没有商深想象中的羞涩加不好意思，反倒大方地一笑，回头看了商深一眼：“涵薇，你放心，我不会和你抢商深，你喜欢他就明说，不必用这种方式来掩饰你对他的好感。我可警告你，万一你弄巧成拙，真的撮合了他和别人，你到时后悔都来不及。”

崔涵薇掩嘴一笑，挑衅地看了商深一眼："我喜欢他怎么了？他又不敢喜欢我。"

"谁喜欢谁的问题，以后再讨论好不好？现在收摊去吃饭，我还有许多话要和商深说道说道。"文盛西看不下去了，打断了崔涵薇和蓝袜。

"你这人怎么这么不解风情？你以为别人都和你一样脑子里只有事业没有生活呀？"贾小北踢了文盛西一脚。

"也该吃饭了，走，既然遇上了，就一起吧。"虽然崔涵薇刻意保持了低调，但崔家大小姐的身份还是让她无形中成了核心人物。

"我知道有一个地方的东西很好吃，很有特色，走，我带你们去。"蓝袜直接锁了柜台，前头带路，领众人下楼。

"小北，你什么时候出国？"下楼的时候，崔涵薇和贾小北走在一起，商深就和文盛西落后一步，走在了二人的身后。

"不出去了，已经定好在部委上班了。"贾小北说话的声音柔柔的，清脆如叮咚泉水，"爸妈还是希望我留在身边。我想了想觉得出去也没什么好，一个人在异国他乡，未必过得比国内好，只是说出去好听罢了。"

出国潮从改革开放初期一直延续了几十年，直到许多人蓦然回首的时候才发现祖国不但已经远远超过了大部分所谓发达国家的经济水平，而且祖国的经济充满了活力，机会比欧美国家多了许多，许多人开始回归了。随着第一、第二代出国者的回归，出国潮才慢慢减弱。同时笼罩在海归身上的光环不但逐渐缩小，而且海归的含金量也江河日下，一代不如一代。

只有自己的国家强大了，才会有源自内心的幸福感。

蓝袜和崔涵薇走在最前面，她不时回头看商深几眼，眼中满是疑问和好奇。

"涵薇，你和商深到底是什么关系？别告诉我只是普通朋友，我还从来没有见过你和任何一个异性的普通朋友走得这么近，老实说，你和他是不是在谈恋爱？"蓝袜正值妙龄时期，自然会对恋爱一类的事情大感兴趣，况且她本身对商深也是好奇之中微有几分崇拜之意。

“没有谈恋爱，不过说是普通朋友，也比普通朋友关系密切一些……”崔涵薇拢头一笑，“我是想和他合作事业，至于以后能不能在感情上有进展，就看缘分了。”

“商深人还不错，虽然现在还看不出来以后会怎么样，但凭他的本事，应该不会差。就算成不了千万富翁，身家百万也不在话下。配你是勉强了一些，但只要你喜欢就好。两个人在一起，图的不是钱多钱少，是两个人心有默契，是两个人有共同话题，是两个人的幸福甜蜜。”蓝袜再次回头看了商深一眼，见商深正和文盛西聊得投机，眼中闪过一丝复杂的目光，“如果是我喜欢一个人，我会给他我的一切，包括全世界。只要他想要，我会千方百计地给予。”

“我不会，我会让他通过努力和实力得到他想要的一切，而不是平白无故地给予。给予只会让他更懒惰、更贪婪，有一句话不是说，一碗米养恩人，一斗米养仇人，所以不要以施舍的心态来经营爱情。”崔涵薇坚持她对爱情的看法，其实不只是对爱情，对任何人和事都是一样。

“如果你真的爱一个人爱到骨子里，你就会不顾一切了。”蓝袜幽幽地说了一句，叹息一声，忽然又振奋了，“你真的要向我借钱？想好了？不后悔？”

崔涵薇笑着点了点头。

“商深，你可能还不太了解我，我来简单介绍一下我的经历，虽然我的经历也没有什么好介绍的，但肯定有助于你对我的了解。”走在最后的文盛西兴致勃勃地向商深介绍起了自己，他很喜欢商深的性格，和商深一见如故，简单交谈之后他就决定要结交商深了。

“好。”商深也很欣赏文盛西的为人，觉得他在直爽之中，又有一股说不出来的感染力。

走出中关村大厦，外面已经华灯初上了，夏天的黄昏别有一番情调，西方的天空飘浮着几朵浮云，倦鸟归巢，就如一幅优美的画卷。一架飞机飞过天边，拖着长长的白色尾巴，机翼被夕阳镀上了一层金黄的光辉。

“我出生在江苏一个贫穷的小镇，小镇名字很大气——来龙镇。来龙镇距离京杭运河很近，小时候我经常在运河里钓鱼，可以一手拿着衣服一手拿着书包不用手就能游过运河，到了对岸，衣服和书包一点儿都不会湿。到现在我还保持着游泳的习惯，每次游泳最少也要50个来回……”

1992年，文盛西考入人大。当时他除了背着行李之外，还背了76个煮熟的鸡蛋。入学后第一个星期他从没进过食堂，每天吃的都是鸡蛋，以至于后来一看到白水煮鸡蛋就大倒胃口。

文盛西是文科生，上的是人大社会学系。大一时，为了掌握一门能唬住女生的技能，他自学了当时很时髦的计算机编程。结果很有编程天赋却身为文科生的他，居然利用编程学来的知识加入了一些信息化项目，从中赚到了十多万元。

利用这些钱，他在人大附近盘下了一个盈利的餐馆。

在接手之前，餐馆的老板亲自负责买菜和收银，服务员月工资200元，大厨800元，吃的是剩菜剩饭，住的是地下室。文盛西接手后，先是给每个员工都涨了一倍工资，然后又给他们租了更好的房子住。因为他还在上学，没时间经常来餐馆，只能一周来一次，他就大权下放，允许他们自己炒菜吃、自己买菜和收银。

半年后文盛西一对账，发现餐馆亏损了二十多万元。原来他信任员工，以为他真心对待他们，员工们就会这样对待他，没想到员工们顿顿大鱼大肉，喝好酒，抽好烟，这还不算，采购和收银还争相贪污。

赔了十几万块之后，文盛西关闭了餐馆，第一次生意失败给他留下了惨痛的教训，也为他以后的成长埋下了伏笔。

1996年大年初一，文盛西独自一人在北京过年，穷得身上只剩一块钱，别说吃饭了，连公交车都坐不起。但饭又不能不吃，没办法，他只好冒雪步行八公里去朋友家里蹭饭。

毕业后进入日企，不到两年的时间他几乎把所有的岗位都轮流干了一遍，积累了丰富的管理经验。在面临着升迁之时，他又跳出了日企，还完了所有的亏损之后，用剩余的两万块钱租了一个摊位，开始了摆摊生涯。

一路上说个不停，直到一行几人坐在了酒店的包间里，文盛西的自我介绍还没有结束。

“许多人不理解我为什么放着好好的工作不干，非要来中关村摆摊。其实我的想法很简单，如果我一直在日企干下去，明天和今天没有什么区别，顶多就是职务稍高一点儿奖金稍多一些，还能有什么改变？我不知道为什么有那么多白领在外企工作就觉得高人一等了，有什么了不起？顶多就是替外国人打工的打工仔而已，干到天，也到不了最高管理层，永远被外国人呼来喝去。”

包间不小，足以容纳十几人，商深一行两男三女坐下之后，十分宽敞。本来崔涵薇想和商深坐在一起，见文盛西拉住商深不放，她就和蓝袜坐到了对面。

贾小北也和崔涵薇坐在了一起，三人和商深、文盛西二人形成了相对而坐的局面。

文盛西浑然不觉，他说得很投入、很忘我：“从开餐馆赔钱这件事情上我总结出来一个道理，对员工绝对不能心慈手软，当然，也不是说要克扣员工，而是要有一个严格的规章制度，必须人人遵守，一旦犯错，就绝不轻饶。以后我要再开公司的话，一定会采用采购和销售分离的模式来监督采购环节。采购和销售分别有单独的考核指标，采购价格高了，销售就有意见，这样就可以做到互相监督和平衡。

“而且我还会严格禁止回扣和行贿，这是不容触犯的天条，谁触犯了，根据情节轻重，最低开除，如果金额可以立案了，就送进牢房，绝不手软。采购如果被供应商拉去吃饭，需要得到直接领导和上级领导起码两级领导的批准才能赴宴，而且还必须向公司报备，否则也会以贪污为名开除。”

商深也赞成一家公司必须要有严格的规章制度来约束员工行为，正好他和崔涵薇正准备上马自己的公司，既然文盛西谈到了管理问题，他也就顺势说出了自己的想法：“我觉得也不该鼓励员工自己花钱请供应商吃饭。如果为了拿到更低的采购价格，偷偷用自己的钱请供应商吃饭，哪怕这些行为既没有贪污也没有损害公司利益，但不符合公平竞争的价值观，也要开除处理。”

“说得好。”见和商深谈得来，文盛西更高兴了，伸手打开了一瓶啤酒，先为商深倒了满满一杯，“来，我们兄弟一见如故，先干一杯。”

“好，干杯。”商深和文盛西举杯畅饮。

“接着说下去，说不定以后我真的成了大公司的CEO，需要学习所有先进的管理模式。”文盛西一抹嘴上的啤酒，喜笑颜开。

“重视公司的管理和文化才能更好地凝聚公司的向心力和战斗力，我有一个想法，也许不太成熟，但应该切实可行。”商深结合自身的经历和历史上成功的管理监督经验，说出他早就想到的一个办法，“每年从应届大学生中招聘一部分管理培训生，可以称之为管培生。要求他们都是工人和农民家庭出身，而且不能有工作经验，这样，他们就都是一张白纸，没有太复杂的社会关系，也没有被其他工作经历污染……”

起先崔涵薇、蓝袜和贾小北三人在一旁窃窃私语，听到商深说起管理想法时，新颖的创意顿时吸引了三人的注意力。

三人的目光同时投向了商深，崔涵薇的目光里有某些意味深长的内容，贾小北只是单纯的好奇，蓝袜除了浓浓的兴趣之外，眼神里竟也有一丝复杂的情绪。

“说下去，说下去。”文盛西眼睛大亮，自己喝了一大杯啤酒。

“管培生要自己领导和调教，调教后，成为各个部门的管理者。为了留住他们，必须要让他们的工资比普通员工高，而且还要有期权或是股份，可以直接向CEO写信汇报他们的所见所闻所感。管培生可以说是近卫军或说是锦衣卫，绝对忠诚于CEO，绝对忠诚于公司。”商深微微一笑，“虽说手法似乎不太光明正大，但从管理学的角度来说，为了公司有一个良性的发展模式，必须要有一套行之有效的管理方法。”

“锦衣卫？不错，真不错。”文盛西拍桌子叫好，商深的想法如一道闪电，引爆了他内心一直期待的暴风雨，“我一直苦思怎样才能培养一支完全忠诚于公司和CEO的队伍，怎么也没有想到一个好办法，你的创意太好了，商深，我拿走了，以后如果用在了未来的公司的管理之中，你可不要向我索要版权费用，哈哈。”

“无偿赠送，免费使用。”商深也哈哈大笑，一拍文盛西的肩膀，“文哥，你有什么管理上面的想法，也拿出来分享一下，互联网时代就是一个分享共赢的时代。”

“没问题。”文盛西兴致所至，索性挽起了袖子，“对我来说，员工可以分成五大类；第一类是废铁，能力不行，价值观也有问题，这类人不能要，要了是祸害；第二类是铁，价值观正确，但能力一般，这类人可以进行轮岗和培训，如果还炼不成钢就辞退；第三类是钢，能力很强，价值观没问题，这些人必须占到公司总数的80%，公司的地基才牢固；第四类是金子，能力出众，价值观高人一等，两项得分都非常高，这类人要占到公司总数的20%，是公司的核心和支柱；第五类是铁锈，能力很强，但价值观不正确，人品有问题。一旦发现必须坚决清除，否则铁锈员工多了，公司必然会被锈垮。”

“啪啪啪……”

文盛西的话引来了鼓掌声，是崔涵薇和蓝袜。

“为谁鼓掌？”文盛西摸着鼻子笑了笑，“是为我还是为商深？”

“都有。”崔涵薇抿嘴一笑，虽是笑，却是真心佩服刚才商深和文盛西的一番对话，仿佛是两大管理高手在交流管理心得一般，问题是，商深现在是无业游民，没有任何管理经验，而文盛西只是中关村一个小店主，总经理、采购、销售、出纳兼会计，全是他一个人。

但就是两个几乎什么都没有的人，谈论起管理方法来却头头是道。更让人惊讶的是，一点儿也不觉得二人是在吹牛皮说大话，反而觉得二人的话言之凿凿，大有道理。

/ 第 / 二 / 十 / 七 / 章 /

傲立潮头

平心而论，崔涵薇因为贾小北，之前对文盛西多少有几分成见，觉得文盛西太折腾了，而且做事情过于冲动，缺少沉稳，但今天她改变了对文盛西的看法。在表面上的不安分之下，文盛西其实隐藏了一颗奋发向上、不甘平庸的上进心。

世界上从来不缺少有才能的男人，缺少的正是如商深和文盛西一样敢于打破铁饭碗愿意置身到时代的洪流之中，以敢为天下先的勇气傲立在潮头，哪怕摔得粉身碎骨也九死不悔的创业者。

国外有比尔·盖茨、乔布斯，国内有赵向飞、陈安平、仇仲子、纪德佑、傅开诚等人，就和以前历史巨变来临之前一样，总有一些有先见之明的人会走到时代的前列。

商深和文盛西与赵向飞等人相比，虽然没有走在最前列，但也算是恰逢其时赶上了最好的时机，崔涵薇相信，商深再进一步的话，就可以和赵向飞等人站在一起，不，甚至会超越他们，成为激荡时代之中的头号人物。

风云际会时，正是商深一遇风云便化龙之际。

“吃饭吧，饭菜都凉了。”几人都很兴奋，除了贾小北之外。她虽然和崔涵薇、蓝袜坐在一起，却心不在焉，明显心思在别处，她漫不经心地看了几人一眼，最后目光落在了意气风发的文盛西身上，“盛西，赶紧吃饭，吃完饭，我还有事情要和你谈。”

“好，吃饭，都吃饭。”蓝袜知道崔涵薇也有事情要和她谈，但意外多了文盛西和贾小北，就不适合谈论正事了。

几人不再高谈阔论，开始埋头吃饭。

“盛西，来，我们碰一杯。”文盛西才吃了几口饭，贾小北就举起了酒杯，向他示意，“干了。”

贾小北酒量很小，文盛西自然清楚，他想要阻止贾小北，不料贾小北不等他有所反应，已经一口喝干了。

“小北……”文盛西想说什么。

“不喝是吧？”贾小北不给文盛西说话的机会，又倒了一杯酒，一饮而尽，“盛西，第二杯了。”

“你这是干什么，小北！”崔涵薇要抢贾小北的酒瓶。

“你别管我，薇薇，你就让我任性一次。”贾小北推开了崔涵薇，又倒上了第三杯，“盛西，第三杯了，以前你总怪我不陪你喝酒，好，现在我就好好地陪你喝一次。”

喝完了第三杯啤酒，贾小北已经醉眼迷离了，她重重地放下酒杯，声音悲怆而无奈：“盛西，我们家三代从政，爸妈本来就反对我们在一起，你毕业后进了日企，他们觉得你还算有出息，才对你印象改观了一些，你却跑到中关村摆摊了，他们受不了你每天在中关村发促销单和在电线杆上贴小广告的生活状态。我想问你，你真想一辈子就这样下去？一辈子在中关村摆一个小摊卖这些乱七八糟的东西？你一辈子就这么点儿出息？”

文盛西闷着头不说话，拿起一个酒瓶，对着酒瓶一口气喝干。

“小北，你爸妈一直看不起我，我知道，你也对我有意见，我也知道。我不希望你能多支持我，我只希望你能理解我并且给我时间，总有一天，我会让你看到一个成功的我，一个与众不同的我。”文盛西一脸坚毅。

“总有一天？总有一天是多久？你不要再自欺欺人了，在中关村摆摊的多了去了，有几个可以走出中关村干出一番大事业的？不要再不切实际了，我今天来就是要和你说个明白，你是不是真的不回头了？”贾小北站了起来，俯视文盛西。

文盛西沉默了一会儿，他慢慢地端起了一杯酒，和商深碰了碰杯：“兄弟，陪我喝一杯。”

商深沉重地点了点头，二话不说一口喝干了杯中酒。

“你说一句话？”文盛西将难题抛给了商深。

“我刚从深圳回来，去深圳的目的，一是到改革开放的窗口走一走看一看，二是见见女朋友的爸妈。本来我以为可以在深圳待一段时间，但只待了两天就回来了。”商深低下了头，“因为女朋友的爸妈嫌弃我一没出身二没前景，觉得我没有什么成功的希望。”

“明白了。”文盛西点了点头了，抬头看向了贾小北，“小北，我不回头了。”

“好。”贾小北一咬牙，眼中有泪花闪动，“我们就到此为止！”

“我同意。”文盛西也没挽留。

贾小北没再说什么，眼泪夺眶而出，怔怔地看了文盛西片刻，推门出去。

蓝袜起身去追，追到门口却又站住了，贾小北的身影已经消失在了转弯处，不见了踪影。

没想到今天和文盛西不期而遇，还目睹了文盛西和贾小北的分手，商深一时感慨万千，不知道该说些什么。

“不好意思，我的个人私事影响了你们吃饭的心情，哈哈，我赔罪，自罚三杯。”文盛西不由分说地端起酒杯，一口气喝完了三杯，然后一拍商深的肩膀，“兄弟，我先走了，后会有期。相信总有一天，我们兄弟会是叱咤风云的人物！”

“别管他们，来，边吃边聊。”蓝袜笑盈盈地招呼崔涵薇和商深，丝毫没有被文盛西和贾小北的分手影响了心情，“其实他们分了也好，强行在一起，反而害了彼此。一个男人想要成就一番事业，要么背后有一个支持他的女人，要么背后索性没有女人。如果有一个总拖后腿的女人，还不如不要。”

“你到底站在哪一边儿？”商深笑了。

“我中立。”蓝袜举起双手，灿然一笑，咬着筷子，“说吧涵薇，现在没外人了，你想借多少？”

崔涵薇要向蓝袜借钱？商深惊呆了，记得上次见面的时候，蓝袜说她是设计师，现在好像还是中关村一个小店的店主，好吧，不管是哪一种身份，都不应该是可以借钱给崔涵薇开办公司的身份。

“本来想借500万，想了想，公司刚开始的前期，估计300万就够了。”崔涵薇轻描淡写的口气，好像是要借300元一样。

“好，300万就300万，什么时候要？”蓝袜大方的样子，似乎可以马上从口袋里掏出300万一样。

“越快越好。”

“一周之内。”蓝袜放下了筷子，“不过我有一个条件。”

“说。”崔涵薇胸有成竹地笑了。

“我要求入股。”

“我同意。”崔涵薇不假思索就答应了，“你呢商深？”

商深自然是没有意见了，现在是资本为王的时代。

“庆祝我们的合作成功，干杯！”崔涵薇提议，商深和蓝袜一起举起了酒杯。

若干年后回忆起当时借给崔涵薇300万的决定，蓝袜无比庆幸自己的英明。也不知道是因为看好崔涵薇的经济实力还是更看好商深的个人能力，反正当她听崔涵薇要和商深一起开办公司时，她几乎没有犹豫就答应了。

或许是商深当时抢救她的电脑时就为她奠定了一个靠谱的印象，以至于在她眼中，只要商深加入，只要公司从事IT行业，就一定会大有前景。

“蓝袜到底是什么来头？”

回到京北花园的家中，商深还是没能按捺住好奇心。

“不告诉你。”崔涵薇渴了，一口气喝了一大杯水，一抹嘴巴，甜甜地笑了，“接下来你就开始准备前期工作吧，选址、注册以及开办公司的其他事宜，都由我来处理。”

“好吧，不说就不说。”商深嘿嘿笑了笑，也没再多问，“前期工作其实已经准备就绪了，你以为我一直闲着？我改写的 ICQ 差不多要完成了。”

“真的呀？”崔涵薇一脸惊喜，抓住了商深的胳膊，“快打开让我看看。”

“不让你看。”商深有样学样，拒绝了崔涵薇。

“小气。”崔涵薇白了商深一眼，又想起了什么，开心地笑了，“接下来一段时间，我就要忙了，就不过来看你了，你自己照顾好自己，别弄得自己跟难民一样。”

一切都步入了正轨，商深因为范卫卫正式提出分手而带来的坏心情，多少也舒展了几分。

原以为公司会在一个月内成立，不料一些环节费了些周折，事情比想象中要难办一些，直到 1997 年底，足足拖了四个月才完成了公司的注册。

如果站在历史的角度来看，崔涵薇和商深的施得计算信息系统有限公司的成立总算赶上了中国互联网元年的尾巴。当然，许多在以后纵横天下的互联网巨头公司还没有出现，中国的互联网格局才刚刚进入群雄四起的初级阶段，距离硝烟四起奠定今后格局的三大帝王七大诸侯的版图之时，还有相当长的一段距离要走。

四个月期间，IT 业内发生了许多足以载进史册的大事。

先是 1997 年 9 月，天马的陈安平用天马利方 40% 的股权换来了来自美国的 650 万美元的投资。许多年后，人们将这种股权交换投资的方式叫风险投资，并且人们还发现了风投在高新技术产业化中的强大驱动作用。10 月，天马利方论坛的体育沙龙上出现了一篇著名的帖子《大连金州不相信眼泪》。这是一篇博文，被尊称为中国第一足球博文。

在 1998 年世界杯预选赛上，被誉为史上最强的国家队被球迷寄予了厚望，杀入十强赛后，中国队遭遇西亚群狼的包围，但球迷们依然信心十足。1997 年 10 月 31 日，中国队坐镇大连金州迎战卡塔尔队，结果中国队以 2:3 输掉了比赛。11 月 2 日凌晨，老榕一口气将自己与儿子看球的经历写成 2000 多字的文章，命名为《大连金州不相信眼泪》，发表在了天马利方的体育沙龙论坛上。

谁也没有想到的是，贴出短短 48 小时后，点击量就达到数万。无数网民留言说：老榕让他们热泪盈眶，而此时中国网民总数才 62 万。老榕的一夜成名震惊了互联网界，此事使人们第一次深刻地感受到论坛的力量和影响。老榕也因此成为第一个因为互联网走红的网络红人！

11 月 7 日，新华通讯社网站正式上线，是为新华网的前身。

至此，如果再算上 1997 年 1 月 1 日成立的人民网，以及 1 月傅开诚在北京成立的祥麟网站，6 月纪德佑在广州成立的韵舟网站，陈安平正在酝酿中的兴潮网，三大门户网站几乎同时出现。作为中国的互联网元年，1997 年虽然是迷雾笼罩的一年，但一批极具影响力的互联网公司令人兴奋地集体出现，让迷茫的年代也成了可以激动人心的年代。

互联网或许会是人类历史上最伟大的发明，正被一批热血的中国青年在摸索中应用实践。

只不过此时的商深还不知道他正在经历怎样一个风云际会的历史时期！

1998 年新年的钟声敲响之时，商深和赵向飞、崔涵薇、蓝袜、徐一莫、卫辛、历江以及王启东、王向西、文盛西、董博瀚、刘凌在位于京北花园的房子里，共同举杯庆祝新一年的到来。

基本上可以说，商深目前认识的互联网圈子的同行以及北京的朋友都到齐了，难得的是居然凑得如此之齐，就连王启东和王向西也专程从深圳赶来，就是为了赴一场这样的盛会。

在中国互联网格局刚刚进入群雄四起的战国阶段，位于北京北三环的一个居民小区中，一群热血青年一边品尝着花生米、薯条、汉堡以及水饺等中西结合的食物，喝着啤酒，一边高谈阔论着怎样让发源于西方的互联网在中国落地生根，成为促使中国在互联网革命之中第一次和世界最先进的技术同步，第一次站在世界时代的前沿。

从清朝之后开始没落的中国，始终没有跟上世界工业化的进程，然而谁都想不到的是，电脑的普及和互联网的兴起，让中国意外拥有了一个可以和世界上最先进的发达国家站在同一个起跑线上的机会，如此大好时机如果中国再错过的话，也许就永远落后于别人了。

落后就要挨打，落后就要被人看不起！

几个月来，商深在北京度过了一段难忘的时光，虽然范卫卫从此再无音讯，彻底从他的世界消失了，虽然叶十三也没有和他有过任何形式的联系。他有太多的事情要忙，除了在网上和王向西保持联系，交流改写 ICQ 的心得，他还和刘凌一起进一步完善了刘凌在他的 365 清理软件基础上改写的 724 软件。

724 的意思是一周 7 天每天 24 小时，全天候地保护你的电脑。

商深忙得不可开交，也忙得充实而知足，畅游在 IT 的海洋之中，并且能时刻接触和了解到互联网最前沿的信息，这让他感觉和整个世界都拉近了距离。想起在德泉仪表厂仿佛与世隔绝的日子，他不由得感慨，很多时候不是时代淘汰了一些人，而是一些人将自己封闭起来，自己隔绝了时代。

以一己之力和整个时代对抗，不是悲壮，是绝望，是自绝。

除此之外，商深还在陈安平和董博瀚的邀请下，再次为天马解决了一些技术上的难题，同时还介入到了天马新网站的建设之中。虽然他还没有明确同意加盟陈安平的兴潮网——已经确定天马的新网站命名为兴潮，是取新兴的浪潮之意，表明了陈安平想要兴潮成为中国乃至中华区最大门户网站的雄心——但由于商深在兴潮网站的建设中起到的不可或缺的重要作用，陈安平已经明确地告诉商深，他会给他兴潮网的原始股。

商深还忙里偷闲地到中关村的北西多媒体柜台和文盛西畅谈未来。

商深很喜欢中关村的氛围，热火朝天的卖场，空气中飘浮的全是未来和梦想，有多少人身在三尺柜台之内，心怀的却是广阔的天空。文盛西也一样，他不止一次对商深说过，有朝一日他希望他的店面遍布国内各大城市，成为全国最大的电子产品连锁卖场。

/第/二/十/八/章/

胸有大志

虽然现在文盛西的柜台只有三平方米，他每天也就在这三平方米的柜台内走来走去。但空间的狭小阻挡不了他内心的无限向往，商深坚信总有一天文盛西会从小小的柜台之中脱困而出，拥有属于自己的广阔天地。

还记得在去深圳之前，商深答应历江要为他找一个电脑高手，替历江的姐姐解决电脑问题。从深圳回来之后不久，历江又找到了他，商深当仁不让地亲自出马了，三下五除二就替历江的姐姐历海解决了电脑的所有故障。

当时历江就惊掉了下巴，才知道原来传闻中的电脑高手就是商深，他喜出望外，在姐姐面前大大吹嘘了商深一番，庆幸和商深交了朋友。

历江长得精神，他的姐姐历海长得也是风情万种。今年30岁的历海离异，独自带着一个5岁的男孩生活，男孩叫历洋，是个中英混血儿，皮肤很白，深眼窝，非常英俊帅气。

也不知是商深看上去憨厚老实，还是他还算顺眼的缘故，历洋很喜欢商深，只要商深一出现就追着商深喊哥哥。每次他一喊哥哥，历海就都纠正他要喊叔叔。

历海对商深也是青睐有加，她总是有意无意地向商深暗示要常来家里玩。

离异单身的历海具备了范卫卫、崔涵薇所不具有的风情，身材微显丰腴的她，举手投足之间流露的韵味，就如强大的磁铁，深深地吸引着每个深知女人风情的男人。可惜的是，商深虽然也懂风情，心思却不在这种事上面，他还没有从和范卫卫的恋情创伤中走出来，现在的他一心扑在了事业上，全然无心于此事。

得知商深一个人在北京时，历海对商深就更关心了，嘘寒问暖不说，还为商深买了许多东西，包括衣服、剃须刀以及各种男士生活用品，商深哭笑不得，有心拒绝，却又被历海坚决的态度顶了回来，只好无奈又心怀忐忑地收下了。

历江也察觉到了姐姐的态度，他对商深说道："其实我姐挺不容易的，年轻的时候什么都不懂，爱上了一个老外，不顾全家人的反对非要和老外结婚。你也知道，北京胡同大妞在面对改革开放之后涌进国内的各种货色的老外没有免疫力，觉得他们长得跟奇异果一样，比司空见惯的中国男人更有味道、更有魅力，却不知道山珍海味吃多了都会恶心，何况奇形怪状味道很酸的奇异果？当然了，山珍海味吃多了可以不吃，但嫁错了人，不是想离就随时可以离了。

"我姐的故事和大多数嫁给老外的故事一样，结婚后，文化的冲突、生活习惯的分歧甚至是政治理念的不合，统统都来了，结果才结婚一年就离了。我那老外姐夫还忒不是玩意儿，在财产分割上斤斤计较，小气得跟孙子似的。后来惹急了我，我找了几个哥们调查了他的背景，你猜怎么着？这孙子在英国因为猥亵儿童混不下去了才来中国，把我给气的，你说我姐从小到大多挑剔的一个人，国内那么多青年才俊她都看不上，偏偏就选了一个垃圾老外，外国的月亮就比中国的圆？外国的男人就比中国的好？我呸，狗屁！

"我警告那老外，如果不乖乖离婚，我保证把他驱逐出境。他怕了，赶紧签字离了。离了后我也没饶过他，还是举报了他。这样的垃圾杂种怎么能留在中国？离了后，我姐心灰意冷了，一直一个人单着，我也给她介绍了几个，她都不满意。我问她到底想怎么着，她说如果遇不到合适的，她宁愿一个人过。

"兄弟，虽然是我姐，有些话我说了挺没脸的，但我姐好像真的看上你了，她是比你大了几岁，也不如崔涵薇崔大小姐漂亮有气质，但她成熟，会疼人，长得也不差，你如果有意，我不介意你当我姐夫……”

商深被历江的口无遮拦惊呆了，他还是委婉地拒绝了历江的好意，“瞎说什么呢？你姐就是我姐，我从小就没有姐姐，现在在北京有了一个比亲姐姐还亲的姐姐，就有了家的感觉。你别破坏我对姐姐的美好向往。”

历江听出了商深的意思，无可奈何地摇了摇头。

近几个月来，商深的交际圈子在不断扩大，却和最早认识的赵向飞很少见面，因为赵向飞最近一直忙得无暇分身。

赵向飞在忙什么，商深大概能猜出一二。中国黄页是自己的网站，可以完全按照自己的思路去运作推广，但和外经贸部的合作就不一样了。外经贸部毕竟是国家政府机关，办事方式有着浓郁的政府行事风格，不管什么事情，都会考虑到政策层面的影响以及外界的解读，不可能步子迈得很大，而向来喜欢天马行空的赵向飞在条条框框的约束下，肯定不会那么舒心。

在北京生活的几个月，商深感觉比他的四年大学生活还要热血和真实。这段时间以来，他不但接触到了最前沿的科技，了解到业内最新的动态，还结交了许多志同道合的朋友。赵向飞天马行空的想法，王启东的跟随并且伺机超越对方的发展思路，王向西在 ICQ 架构上的创意和在编程上的天赋，陈安平以技术出身的程序员却成功地领导了一家大型公司的全方位才能，文盛西认定目标不放松的执着以及他喜欢牢牢掌握主动权的个性，刘凌的睿智以及思维敏捷，再有崔涵薇对互联网的未来坚定不移的信心，都让他见识到了一群热血青年是怎样在时代的大潮之中坚持自己的信念并且追逐自己的理想，同时又踏踏实实去认真做好手头的每一件事情。

正是他们的存在和努力，让商深坚信，中国的互联网发展充满了勃勃生机。

元旦聚会的提议由徐一莫发起，商深和崔涵薇都表示了同意，二人呼朋唤友，结果谁也没有想到，本来计划的一个小范围的聚会，却来了一大群人。

在所有人中，商深的年纪最小，然而他却是聚会的核心人物，大部分人都是冲他而来。

以前还觉得100多平方米的房子过于宽敞了，如今人一多，房子就显得狭小了。商深想，以前没有电脑的时候，许多工作需要耗费无数的心血和时间，现在在电脑上工作，可以节省大量的时间。人心小的时候，觉得世界很大；人心大了，世界就小了。

同样，网络的发明，让世界缩小成了一个村落。

“来，1998年的开始，让我们共同举杯，庆祝一个全新时代的到来。”商深举杯提议。

大家举起了杯子，每个杯子里盛着不同颜色的液体，有的是茶，有的是红酒，有的是可乐，有的是果汁，互联网的创业者都是思维活跃、不太注重形式的新人类，爱喝酒、爱喝茶和爱喝果汁的都可以聚在一起，这是一个非常包容的群体，不会非要强迫谁喝什么。

众人围坐在客厅里，有人窝在沙发里，有人坐在小凳上，有人靠墙坐在地上，并不拘泥于姿势，在水晶灯发出的柔和的灯光中，每个人脸上都充满了对未来的憧憬和向往。

“来，举杯。”王启东第一个响应商深的提议，他举起一杯红酒，“我和向西的公司今年也会正式成立，名字叫深圳企鹅计算机系统有限公司，我相信，如果说1997年是中国互联网元年的话，那么1998年就会是中国互联网的腾飞之年。”

“祝贺启东。”赵向飞也举起一瓶啤酒，“我希望启东坚持自己的道路，不要受制于别人，就算有投资，也一定要坚持控股或是投票权。只有你想做什么就做什么，才能达到你想要的最大成功。也许不用多久，我就会离开北京回到杭州，重新创业了。”

果然，商深猜得没错，习惯了自由自在的他还是更愿意掌控自己的事业，不过从另一个方面来说，和政府打交道，会提高赵向飞对政策层面影响公司发展的适应能力，任何一家公司做大之后，都避免不了和政府的接触和受相关政策的影响。相信北京的经历，会成为赵向飞职业生涯中一段难忘并且弥足珍贵的经历。

文盛西第三个举起了酒杯，酒杯中盛满了白酒："明天怎么样，我不知道，也不愿意去描述未来。不过我知道，明天一定会比今天美好。付出了，未必会有等量的回报。但想要回报，就必须要先付出。来，祝愿大家在新的一年里，人人都过上想要过的生活，也希望我的小店在今年可以开第一家分店。"

虽然文盛西也是IT行业从业者，但严格意义上讲，他和商深、王启东、赵向飞并非同路人，他认为未来的互联网可能会是不温不火的局面。只卖电子产品的他倒是和赵向飞有几分相似之处，二人很谈得来。赵向飞的中国黄页一开始就是一家替各大企业宣传的网站，而不是类似于陈安平、傅开诚和纪德佑的门户网的思路。

刘凌没有喝酒，他的酒杯中是茶水："有人说软件改变世界，有人说互联网改变世界，要我说，不管是软件还是互联网改变世界，归根结底还是硬件改变世界。如果没有硬件的桥梁作用，软件无法运行、互联网无法沟通，所以未来必将是电脑和手机改变世界的趋势。但话又说回来了，如果没有应用软件的推动，我们每天打开电脑也没什么意思。如果没有互联网的连通，电脑也只是一个封闭的终端。所以说，最终改变世界的将会是硬件或说是终端加软件加互联网。"

长相普通的刘凌，如果扔到人群中，很难会引起别人的注意，但也许正是他的普通，才让他显得低调沉稳。留着分头，一个大鼻子很显眼，一笑就露出一口白牙的他，长得比商深还要朴实几分，如果他到工地上和建筑工人混在一起，没人会认为他是当年武汉大学赫赫有名的电脑高手。

现在他身为北京双茂软件公司总经理，比商深大了5岁，依然是一副纯朴的模样，丝毫没有一个公司经理踌躇满志的派头。

"目前99%的产品都需要重做。"刘凌再次发表了他的高见，一口喝干了杯中的茶水，"我是一个精益求精的人，不管做什么事情都要做到最好。不做到最好，我过不了自己的心理这一关。"

刘凌的话引起了商深的共鸣："硬件、软件和互联网，三者缺一不可，是一个系统。苹果电脑生产硬件的同时，也有自己的操作系统，苹果只差一个环节就构筑成自己的生态系统了，就是互联网。微软只是软件提供商，却不生产硬件。雅虎网是互联网服务提供商，不生产硬件也不提供软件。以后如果有一家公司既生产硬件，拥有自己的操作系统，又提供互联网服务，那么就会成为拥有独立生态系统的庞然大物，说不定会一统 IT 世界。”

生态系统的说法让在座的都眼前一亮，虽然商深描述的前景太过遥远，但还是让所有人都欢欣鼓舞，热血沸腾。

王启东站了起来，环视了众人，最后目光落到了商深身上：“商深提出生态系统的说法很有创意，也很激动人心，但在互联网刚刚起步的现在，实现这个目标太遥远了。毕竟现在可以提供操作系统的厂家只有微软和苹果，而苹果此时正处于刚刚接受了微软 1.5 亿美元投资的恢复期，才迎回了乔布斯的苹果，以后是不是可以重塑辉煌还是未知。国内虽然表面上风起云涌，对互联网浪潮的来临一片欢呼之声，但我们也要冷静地看到瀛海威的没落……”

王启东的话就如一阵冷风，吹进了暖融融的房间，让人躁动的身心为之冷静。

瀛海威的崛起和迅速衰落，确实为中国互联网的发展上了生动而残酷的一课。1997 年 2 月，瀛海威全国大网开通，3 个月内 8 个城市分站开设，前景一片大好。同年 4 月，形势继续看好，相传有国际风险投资基金愿意参股瀛海威，但最后因政策限制而作罢。6 月，邮电投资 70 个亿的 169 全国多媒体通信网启动，瀛海威受到明显的冲击。在新形势下，8 月，瀛海威主动提出转型，以迎接挑战，从“百姓网”转向金融服务的方向。

时间到了 1997 年底，韵舟、天马利方论坛以及祥麟的崛起对瀛海威形成直接而强有力的挑战。瀛海威的访问量继续下降，阵线也进一步收缩。1997 年瀛海威的全年收入为 963 万元，而仅广告宣传费即 3000 万元。

12 月，由于香港金融危机，中策公司终止了参股瀛海威的想法，陷入资金紧缺的瀛海威开始收缩战线，前途一片黯淡。

王启东的话一说完，房间内一片沉默，都陷入了思索之中。

“商深，你怎么看待这种情况？”赵向飞打破沉默，将问题抛给了商深。

/ 第 / 二 / 十 / 九 / 章 /

雪中送炭

“一个瀛海威的失败不能说明问题，因为瀛海威的失败是建立在盲目扩张的战略性失误之上，一个瀛海威倒下了，却又有无数个网站站了起来，所以，中国互联网的前景，不但是一片大好，而且还会是花团锦簇。”商深也知道王启东并非有意打击众人的积极性，而是想让众人冷静而理智地思索未来，如果说王启东扮演的是让人放慢脚步的角色，那么他要出演的就是鼓舞人心的吹鼓手，一个团队——尽管严格来说他们还不算是一个正式团队，只是一个朋友圈——既需要敲警钟的人也需要敲锣打鼓的人。

“现在已经确认的收购是，1996 年 7 月开始商业运作的 Hotmail，于 1997 年末被微软以 4 亿美元的巨资收购，4 亿美元收购的 Hotmail 是一家成立不足两年、员工仅有 26 人、主导业务仅为提供免费邮件业务的小公司。”商深继续侃侃而谈，“另外，综合各方消息基本上可以确认一点，美国在线公司已经向 ICQ 报出了 2.87 亿美元拟收购 ICQ 公司，如果不出意外的话，美国在线对 ICQ 的收购将是继微软对 Hotmail 的收购之后业内又一个惊人的收购案例，说明互联网浪潮还在一步步渗透到我们生活的方方面面。”

“商深说得对，时代还在前进，潮流还在汹涌，前景十分光明。”刘凌抢先回应了商深的激励，从电子产品的销售越来越好就足以说明电脑和电子产品普及的速度在加快。盛西，你在中关村，直接接触终端的消费者，你最有发言权。”

文盛西接过话头：“确实比以前出货量更大了，电子产品的价格也呈现下降的趋势，但有一点，利润不如以前了。如果只判断电子产品的普及，确实普及速度加快了。如果说以前一百人里面才有一台电脑，那么现在我估计一百个人里面有两三台了。”

“不止吧？”蓝袜脱了外套后，里面穿了一件紧身毛衣，衬托得她身材玲珑起伏，她坐在旁边半晌没有说话，只静静聆听商深几人的高谈阔论，现在忍不住插嘴了，“我身边的人中，差不多每个人都有电脑、手机了。”

“你的朋友不具备代表性。”徐一莫忍不住笑了，“普及是说大众消费者，不是和你一样的富家小姐。”

“谁是富家小姐了？我就是一个在中关村开店的普通设计师。”蓝袜不满地瞪了徐一莫一眼，又意味深长地笑了，“一莫，要不要跟着我混？我保你荣华富贵。”

“不要，不要。”徐一莫连连摆手，一脸惊恐的样子，“求求你蓝姐姐，饶了我吧，我就算跟着商深混，也坚决不跟着你。”

“我难道比商深还危险？”蓝袜媚眼如丝，朝徐一莫悄然一飞，“你别是看上商深了吧？”

“饭不能乱吃，话不能乱说。”徐一莫斜了商深和崔涵薇一眼，见二人无动于衷，才稍微放下心来，“蓝姐姐，你难道没有看出来商深已经从了薇薇？你再乱点鸳鸯谱，小心薇薇和你绝交。”

近几个月来，商深几乎没见过徐一莫，自从上次在深圳的旖旎事件之后，他总是担心徐一莫回想起什么，再和他面对时会尴尬。还好徐一莫忙于学业，没有再出现在他的视线之中。

其实徐一莫也已经大四，基本上不用每天上课了。至于徐一莫到底在忙些什么，商深没有多问，崔涵薇也没有说，和他一样，都在竭力避免提及在深圳时的小小意外。

不过该相遇的人总会相遇，元旦聚会徐一莫还是出现了。几个月不见，她稍微丰腴了几分，穿了套头毛衫加牛仔裤的她，依然可见傲人的健美身材，圆臀长腿细腰，当前一站，秒杀T台上许多模特。

“你们斗嘴，别扯我。”崔涵薇不经意地瞄了商深一眼，见商深平静如水，丝毫不为蓝袜和徐一莫的玩笑话所动，心中喟叹一声，都半年过去了，商深还是没有忘了范卫卫，对她依然是只谈事业不谈感情，难道她对商深真的没有吸引力？

不过，商深越是专情她对商深越是敬重，如果商深转眼就忘了范卫卫而和她热恋，就算她满心欢喜，也终究意难平。一个可以转眼忘了前任的男人，也会在另一个路口，转身丢了你。

加油崔涵薇，你一定可以拿下商深，让他在你面前俯首称臣，从此永远跟随在你的身边，陪你天涯海角。崔涵薇默默地为自己打气。

“商深，等以后你成了大人物，别忘了兄弟我。”历江在众人之中有些孤独，因为没从事这个行业，和众人没有什么共同语言，不过众人的创业激情和对明天的憧憬感染了他，他也有一种置身于时代洪流之中的感觉，满满干了一大杯酒后，他站了起来，朝崔涵薇敬了一个礼，“弟妹，上次的事情不好意思，我不是有意调戏你，主要是你长得太漂亮了。其实我不是什么坏人，顶多就是嘴上坏一点儿。我下一步可当副所长了，官不大，权力不小，但在自己的一亩三分地上，如果真有什么难事，我还真能办了。话不多说，我自罚三杯。”

“一边去，谁是你弟妹，满嘴胡说。”崔涵薇脸红了，心里却甘之如饴。

“你不是弟妹，难道徐一莫是？”历江是什么人，见多了形形色色的人，一眼就看了出来崔涵薇对商深的情意，“其实要我说，徐一莫才最配我兄弟。徐一莫身材最好，最健美，肯定好生养，一生准生儿子。还有徐一莫不是大户人家的女儿，没有大小姐常见的臭毛病，性格又开朗，知书达理，嫁给商深，郎才女貌，天作之合。”

崔涵薇脸色微微一变，又强作镇定，恢复如故，露出一脸浅笑。

赵向飞、王启东、文盛西、刘凌以及王向西几人相视一笑，都摆出了隔岸观火的姿态，谁也不肯出面拯救商深于水火之中。

“为什么是徐一莫最配商深而不是我？”

谁也没有想到的是，拯救商深的不是蓝袜，也不是商深自己，而是一个一直躲在角落里的女孩，她微微沙哑的声音让她柔弱的长相更显楚楚动人。

是卫辛。

卫辛自从来了之后，只和商深打了一个招呼，就一个人坐在角落，谁也不理，仿佛和热火朝天的聚会氛围格格不入。谁也没有注意到她的存在，尽管她长得不属于明艳动人的类型，却也颇有几分清丽，尤其是她比一般人都要白皙细嫩的肌肤，使她本来并不算惊艳的容貌也显得有些出众了。

一白遮百丑，更何况她还不丑。

正是因为谁也没有注意到卫辛的存在，几乎遗忘了她，她的突然发声才语惊四座，顿时震惊了所有人。

历江本来一直盯着徐一莫，想观察一下徐一莫的反应，他的本意并不是要撮合徐一莫和商深，而是想撮合崔涵薇和商深，崔涵薇家世好，人也不错，如果商深能娶了她可以少奋斗好多年。商深是他的兄弟，他自然要为兄弟着想了，何况商深和崔涵薇关系本来密切，如此大好良机要是错过了就太可惜了。

虽然姐姐也喜欢商深，但之前见商深无意，感情的事情勉强不来，他当然还是希望商深可以找一个更适合他的女孩当媳妇。

历江在基层派出所多年，别的本事没有，识人的本事比常人强了许多倍。他不但看出来崔涵薇对商深情深意重，还发现蓝袜对商深也有点儿意思，只有徐一莫对商深从来不多看一眼，所以他有意拿徐一莫当靶子来逗逗崔涵薇。

却没想到，他想借徐一莫测试崔涵薇的反应的计策还没奏效，却意外杀出了另外一个人。历江眯起眼睛打量了卫辛一眼，顿时怦然心动，怎么来了半天了没注意到身边还有这样一个安静的小美女，真是失误，天大的失误。

“因为……”历江见猎心喜，凑到了卫辛面前，嘻嘻哈哈一笑，“因为你最配的人是我。”

“我才不喜欢你，我喜欢的是商深。”卫辛回敬了历江一个大大的白眼，毫不客气地打击了他的自信，“一看就知道你一没钱二没权三没明天，你这样一个‘三无’人员，还想谈恋爱，不如去做梦。”

如果换了徐一莫，她的话也干脆直接，会让人目瞪口呆。但卫辛却是带有沙哑的嗓音，语速又慢，讽刺效果就大打了折扣。卫辛的一番嘲讽听上去不但没有丝毫威力可言，却如同撒娇一般。

历江以前也谈过一个女朋友，后来因为性格不合吹了，直到今天还单身的他认为自己再也遇不到让他心动的女孩了，不想今天突如其来，他的心一下就被卫辛的话洞穿了。

他捂着胸口一脸痛苦地倒了下来，倒在了卫辛的面前。

历江的举动吓得卫辛花容失色，她鼓足勇气说出的话，本希望引起商深的注意，看到崔涵薇和徐一莫对她的敌意，却怎么也没有想到，她精心准备的出击却被历江打乱了步伐。

眼见历江痛苦的表情如此逼真，她也慌了，赶忙上前：“你怎么了？”

“我被你的美丽灼痛了双眼，我被你的声音洞穿了心脏，我想我对你一见钟情，我爱上你了……”历江见他的计谋得逞，心中暗喜，也不顾众人在场，当即向卫辛表白了。

众人一齐大笑。

卫辛却没有如众人猜测的那样红了脸，而是一脸漠然，摇了摇头：“你爱上我也没有用，因为我不喜欢你。”

“我不用你现在就喜欢我，我相信，总有一天你会喜欢上我，我有信心也有耐心。”历江不演了，从地上跳了起来，他在社会上混久了，脸皮厚如墙，在众目睽睽之下，别说脸红了，连一点儿不好意思也没有。

卫辛忽然掩嘴笑了：“你可真有意思，好吧，如果你真有本事，三年之内能赚到500万，我也许就会喜欢上你。”

“三年，500万，好，一言为定。”历江也知道卫辛并不是真的爱财，只不过是想找一个高难度的任务吓跑他，让他知难而退，可他偏偏是一个不信邪的人，跳了起来，“大家都听到了，三年，500 万，你们都为我做证，三年后如果我有了 500 万，卫辛，你一定要嫁给我。”

卫辛别看外表柔弱，文静如淑女，其实内心很有主见，她本来是想引起商深的注意，没想到却引来了历江的追求，三年 500 万对大多数人来说是不可能的任务，除非有奇迹出现，她就把心一横：“好吧，如果你三年后真能赚到 500 万，我就嫁给你。”

“好。”文盛西带头鼓掌叫好，在爱情上受过伤害的他很愿意看到别人在爱情上的收获。

众人多对这出插曲笑着摇头，并不当真。

崔涵薇、徐一莫和蓝袜三人面面相觑，不明白卫辛怎么突然和历江打起了擂台，婚姻大事可不是儿戏，怎么能以打赌的形式决定？不过想到这三年 500 万的赌注，就知道卫辛肯定是在刁难历江。

历江没想那么多，他是一个简单的人，他求助商深：“兄弟，好兄弟，快帮我想个赚钱的办法，怎样在三年之内赚到 500 万。”

众人哗然，还有这样不靠谱的人，这边答应了要三年赚到 500 年，那边就问三年怎么赚到 500 万。不过，众人也好奇商深会给他出个什么主意。

没想到商深没有嘲讽历江想在三年赚到 500 万的赌约，很认真地问道：“你现在有多少钱？”

历江凝神一想：“大概不到 5 万块。”

商深点了点头，转身问王启东：“启东，你的公司还有资金缺口吧？如果历江投资 5 万块进去，你能算他多少股份？”

王启东没想到商深将球踢到了他的脚下，不过此举对他来说还真是好事，创业初期，他太缺资金了，想了一想：“5%。”

“好。”商深转身对历江说道，“把你的 5 万块交给王哥，呵呵，保你三年后升值到 500 万。”

“三年升值 100 倍？兄弟，你可别唬我。5 万块打了水漂没什么，大不了再赚就是了。可是如果没有了 500 万就等于没有了卫辛，她可是比 500 万值钱多了。”历江挠头，目光一直盯着卫辛。

“信我你就投，不信就算了。”商深也不多说，笑了一笑，“我也会入股公司。”

“信，不信是王八蛋！”历江一听商深也要入股，当即下了决心，“你是我兄弟，我不信你信谁？就这么定了，我跟定你了。你吃肉我喝汤，你赔本我赔光。”

众人又是一阵大笑。

卫辛目不转睛地盯着商深，愣了半晌才说：“商深，你到底是真心想帮历江娶我，还是别的？”

“我想帮所有人。”商深很认真地回应了卫辛，他的眼神清澈，“也只有我帮了所有人，对所有人都有用，都充满善意，所有人才会对我充满善意。”

/ 第 / 三 / 十 / 章 /

处世之道

“这句话说得好。”赵向飞兴奋地拍了拍商深的肩膀，“就和做网站一样，你的网站让别人喜欢了，对别人有用了，别人才会上你的网站。喜欢的人多了，你的网站才会成功。不管是网站还是软件，都是同样的道理，只有做到了设身处地地替别人着想，别人才会喜欢你的产品。ICQ为什么能成功？原因很简单，电子邮件不能满足人们在网上交流的迫切愿望，于是几个年轻的大学生设计出一个软件，可以非常方便地随时在线呼叫好友，一推出就大受欢迎。”

“所以说，一定要明确自己想要做的是什么，能为别人做些什么，只要你真正考虑到了别人的需求，你的网站也好软件也好，才能更好地适应市场。”赵向飞又一次充分地展现出了他天才演讲家的一面，分享着他创业的心得，“永远不要跟别人比幸运，我从来没想过我比别人幸运，我也许比他们更有毅力，在最困难的时候，他们熬不住了，我可以多熬一秒钟、两秒钟。对所有创业者来说，永远告诉自己一句话：从创业的第一天起，你每天要面对的是困难和失败，而不是成功。我最困难的时候还没有到，但那一天一定会到。困难是不能躲避的，也不能让别人替你去扛，任何困难都必须你自己去面对……”

赵向飞的话激起了众人热烈的掌声。

在掌声中，董博瀚感慨万千。商深从初出茅庐成长到今天初见气象运筹帷幄，只用了短短半年的时间。半年来，商深经历了恋爱和失恋，认识了赵向飞、王启东、王向西、文盛西和刘凌等一群志同道合者，虽然事业还没有完全步入正轨，但在他看来，商深距离成功已经不过是咫尺之遥了。

尤其是他刚才从容地为王启东拉了几万元投资之举，虽然钱不多，但对于急需资金的王启东来说是雪中送炭。历来锦上添花易，雪中送炭难，商深此举，不但深得王启东的感激，同时，还让历江也正式加入到了他的阵营之中。

没错，商深是憨厚，他的聪明之处在于不遗余力地帮助别人，且相应地，他会收获别人的情谊和真心的回报，比起“精明人”的算计和斤斤计较，他不但收获更多，而且还能同时得到友情和感激。

和有限的金钱相比，友情和感激才是无价之宝。

如果以前董博瀚认为商深能够成功是因为商深在编程上面的天赋，现在他改变了看法，仅仅依靠编程的天赋，商深充其量只是一个技术高手，只是一个器皿，器皿的容量从来有限。他发现了商深更值得信赖的一面——人品。不管是哪个行业，也不管是何时何地，人品永远是做人的最高学历、最高水准。

“商深，陈总最近一直忙着融资和新网站上线的事情，没有时间和你坐在一起深入谈谈，不过他的想法不变，希望你能正式加盟即将上线的兴潮网。”董博瀚感慨之余，再次向商深发出了正式邀请。

“不好意思董总，我和商深联合创建的施得计算机有限公司已经正式成立了，办公地点就在诚铸大厦，欢迎董总随时参观指导。”崔涵薇及时出面了，她优雅一笑，洁白的高领毛衣衬托得她愈加端庄高贵，由于房间暖气太热，她的鼻尖上渗出了一层微细的汗水。

“哦？真的呀？”董博瀚还不知道商深已经和崔涵薇正式成立了公司，心中大为遗憾，一想又释然了，“既然如此，我也就不勉强了，不过你和商深成立了公司也不影响商深和兴潮网的合作。陈总也说了，希望商深在兴潮网成立之初给予力所能及的支持，他会回报兴潮网的原始股。”

其实近来，商深一边在等候公司注册成立，一边还帮天马组建成立兴潮网。天马按月支付了工资。虽然商深不是全职，陈安平仍然每月支付了他2000元的薪水。

以商深的水平，2000元的薪水也不算高，陈安平为了让商深的聪明才智发挥到最大化，又向商深许诺了兴潮网的原始股。

在创业初期，会有许多原始股的激励措施。话又说回来，许多公司以后别说上市了，生死都未卜，原始股或许只是一张废纸。

除了兴潮网每月支付的2000元工资之外，崔涵薇也想付工资，商深没要。他花钱的地方不多，一个月2000元对他来说足够了，何况他住宿、吃饭都不用花钱。

之前商深从天马赚了7000块，去深圳又花掉一部分，他把范长天施舍的一万元做好事送给了孤寡老人，在回到北京后打开行李才发现，不知何时范卫卫在他的包里又放了一万元。

这让他唏嘘不已。

在文盛西为难地让他提出借钱时，商深没动用范卫卫给他留下的一万元，他手中还有几千元，加上他每月从天马领取的2000元工资，算下来将近有两万元的巨款了。他毫不犹豫地全拿出来支持了文盛西的扩张。

虽然不多，但对文盛西来说也不算少了，毕竟最早租中关村柜台时，起始资金才一万多块。现在他资金周转出现了问题，需要进货却没钱了，现在和贾小北分手了，让他更没有人可以求助，商深雪中送炭，把全部积蓄拿出来借给了他。

得了商深支持的文盛西，决定扩大经营地盘和经营范围。用他的话说，一个企业想要成功，必须走扩张之路。尽管说的是豪言壮语，实际情况却是从3平方米的柜台扩充到5平方米，不管怎样，也是迈出了扩张的第一步。

第一步不管有多小多艰难，总要迈出，总要突破。

文盛西对商深义无反顾的支持铭记在心，他是一个很重感情和朋友的人，听董博瀚向商深许诺了原始股，他忽然就迸发了万丈豪情，一拍桌子说道："我现在就是几尺柜台和一堆电子产品，连公司还没有成立，许诺什么原始股是空中楼阁，今年我打算成立北西公司，兄弟，你想占多少股份，尽管开口。”

文盛西的豪放让赵向飞、王启东和王向西几人都为之一笑，感叹商深的确有及时雨之妙，也为文盛西的真性情叫好。

商深笑了：“我要你什么原始股？别闹了，我只要你当一辈子的朋友就够了。”

“这话我爱听。”文盛西哈哈大笑，高兴地打开一罐啤酒一饮而尽，一抹嘴巴，“就这么说定了，兄弟，从现在起，我是你永远的朋友，你不在我的公司拥有股份，但你永远在我的友情里拥有股份，永不过期。”

“啪啪！”赵向飞带头鼓掌，“交友交心，真正的友情无法用金钱衡量，但是在兄弟需要帮助需要支持的时候，会拿出全部的力量，不管是金钱还是时间。”

“说得好，赵哥，如果有一天我们成了竞争对手，你要记得今天我是你的朋友。”文盛西和赵向飞碰了碰杯，“你是第一代互联网创业者，是前辈，我虽然比你晚了几年，但已经算第二代了。在我的身上充分体现了中国互联网第二代创业者的缩影——焦灼、痛苦、不安和疲惫，我们除了终日迅速奔跑以避免九死一生之外，没有休息的时候，除非有一天我们最终跑赢了时代。”

文盛西的话引起了商深、王启东、王向西和刘凌的共鸣，应该说，赵向飞、陈安平以及傅开诚、纪德佑等人，都算是互联网第一代创业者，而像商深这样的，算是第二代了。

100 多平方米的房子，说小，却足以容纳包括商深在内的国内最顶尖的技术高手华山论剑；说大，却无法承载这些人热血的青春和对未来的梦想。暖气很足，热情高涨，每个人都感受到了刚刚到来的 1998 年充满了希望，充满了变数，充满了可能。

青春还在，明天不老，未来不远，有多少影响历史的重大事件在发生时，对当事人来讲，或许只是一次聚会，一次稀松平常的讨论。但就是在交流之中，碰撞出了灵感的火花，创造出了不世的业绩，缔造出了惊人的神话。

崔涵薇、徐一莫、蓝袜和卫辛四人坐在一起，如四朵金花，点缀在一帮来自天南地北、性格各异、长相或英俊或普通却有着共同理想的男人中间，如夜空之中升腾而起的烟火，点亮了冬天最寒冷的夜晚，她们也是时代的见证人。

“互联网浪潮到来的时候，就像下雨一样，这个地方下雨，而你恰好在这个地方，你肯定会被淋湿，并不是我们造雨，也不是我们追雨，而是我们在合适的时间站在了合适的地点。”王启东虽不是一个悲观论者，但他对互联网的创业激情总是伴随着一些消极论点，“严格意义上说，我们只是恰逢其时，算不上什么开创或是开拓者。不过我不认可盛西的说法，不管是赵向飞也好，还是在座的我们，都应该算是第一代互联网创业者，而不是第二代。要我说，第二代互联网创业者，最少还要四五年后才会出现。”

商深赞成王启东的划分：“对，我们也算是互联网第一代创业者，现在国内的互联网公司虽然有很多，但真正形成气候的却很少，现在国内的互联网版图虽然烽火四起，但还没有出现真正可以割据一方的‘诸侯’，估计要三五年时间才会初步形成一个‘诸侯争霸’的格局。商业上的竞争和政治上的较量有相似之处，历史上从春秋五霸到战国七雄，中间经历了一段战火纷飞的混战，未来的互联网版图，也许也会如此。”

“这个说法让人耳目一新，先不管是春秋五霸还是战国七雄了，先说说互联网浪潮到底是下雨还是浪潮。”赵向飞赞成商深的说法，却对王启东将互联网浪潮形容为下雨的说法有不同看法，“我不认为互联网浪潮只是一场雨，它是历史潮流，是不可抵挡的历史浪潮。下雨和潮流不一样，潮流谁也逃脱不了，必然要置身其中，以后互联网浪潮席卷之时，不止是我们，所有人都无法躲开潮流的冲击。下雨就不一样了，有的地方下雨有的地方不下雨，可以避开。我也承认，潮流不是由我们创造，但并不是我们恰好在合适的时间来到了合适的地点，而是我们只是赶对了时间，是不是跳进潮流之中搏击风浪，就全在于我们自己的积极主动性了。”

如果说王启东强调的是时代的脉搏和个人在时代之中的被动性，那么赵向飞则更看重个人在时代大背景之下的积极主动性。或者说，王启东的意思是说时势造英雄，而赵向飞想要表达的则是英雄领先于时代。究竟谁对谁错，商深不予评价，以他的观点来看，二人的思想结合起来才是最完美的处世之道。

“时代只是背景，只是画布，所不同的是，不同的时代提供的画布材质、大小不同，但我们只是想当和时代平行的观赏者，还是愿意加入到时代的潮流之中，拿起画笔在时代的画布上描绘自己的明天呢？决定权全在你自己的手中。”赵向飞继续侃侃而谈，他的演讲欲一旦发作，就势不可当，“不管是哪个时代，总有埋怨自己生不逢时的，没有遇到可以造就英雄的乱世，没有赶上可以功成名就的盛世，其实时代没错，错的是自己的心境。乱世可以造就英雄，盛世可以成就豪杰，把我们放到三国，我们就可以成为曹操、刘备和孙权了？未必。但把我们放在现在的互联网时代，我们就可以尽情挥洒才情和豪情，成就一番只属于我们自己的事业和未来！”

“好！说得太好了，我都热血沸腾了！”历江被赵向飞的演讲感染了，跳了起来拍手叫好，“赵哥，你什么时候创业记得一定叫上我，我跟在你身后当一个小跟班或是投资者，反正我以后跟定你了，你走到哪里我跟到哪里。我不会看错人，你以后一定是一个了不起的人物，比曹操还厉害。”

必须承认，赵向飞是一个演讲天才，他的话可以让人热血沸腾，而且他有很强的现实扭曲力场，一举一动都非常有煽动性。

“欢迎，热烈欢迎。”赵向飞对历江的印象也很好，历江是一个有一说一不做作的人，可以一交，“等我再创业的时候，我肯定拉上商深，到时他也肯定会叫上你。你就认准一点就行了，跟着商深准没错。”

“没问题，我就跟定商深了。”历江开心地大笑。

/ 第 / 三 / 十 / 一 / 章 /

臭味相投

在京北花园的一套不大的公寓内，有一些青年人的梦想在燃烧，未来在当下的一刻开始出发，谁也不知道会驶向怎样的明天。但不管明天怎样，至少在此时此刻，商深他们都为理想释放了青春和激情。

到最后，大家几乎都喝醉了。王启东和赵向飞拿着酒瓶假装麦克风，商深和历江敲着杯子伴奏，文盛西和刘凌二人并肩站在一起，跟着赵向飞和王启东的拍子轻声附和，几个女生也跳起舞来，他们一起唱郑智化的《水手》——他说风雨中这点痛算什么，擦干泪不要怕，至少我们还有梦。他说风雨中这点痛算什么，擦干泪不要问，为什么……

有许多时候我们无法预测明天，只能把握现在。商深忽然觉得王启东和赵向飞的合唱居然如此和谐，尽管他已经敏感地察觉到了二人性格上的不同和对互联网前景看法的分歧，但这些都不重要，以后二人是不是还有机会同台演讲或是合唱也不重要，重要的是，现在他们的合唱会成为永远的回忆。

不管未来能走多远，也不管人生有多漫长，铭记当下的一刻，是我们所能掌控的幸福。

互联网世界是一个无边无际的世界，梦想也是。梦想无边，未来就无限。谁也没有想到的是，这一次聚会的影响之深远，坚定了一些人的梦想，一直延续了十几年，贯穿了整个中国互联网浪潮的战火硝烟。

聚会一直持续到天亮，谁也没有走，东倒西歪地醉倒在了房间的每一个角落。

商深在半醉半醒之间，又和刘凌讨论了一下下一步的合作，就724软件的继续开发达成了共识，同时，也就分成问题达成了一致。

至此，商深初步和兴潮网建立了战略合作，和王启东、王向西联合改写ICQ，注资文盛西的北西多媒体，和刘凌联合开发724软件，作为可以连接每一个人的中心，现在的他虽然依然是名不见经传的无房无车的穷小子，但他已经聪明地种下了许多种子，期待有一天可以生根发芽，长成参天大树。

只有和他认识最早、关系最好的赵向飞还没有任何形式的合作，不过不要紧，商深更看重他和赵向飞的友情，没有合作也不影响他和赵向飞深厚的交情。

天快亮的时候，商深迷迷糊糊地醒来，忽然脑中闪过一个念头，新的一年就这样到来了。不知道叶十三怎么样了？

叶十三其实离商深不远，就在京北花园的另一栋楼上。

这里也有一个聚会。

聚会的人也不少，除他之外，还有毕京、伊童、黄汉、朱石、黄广宽、杜子清。

没错，杜子清也在。

黄汉在深圳跟了黄广宽之后，跑了几次船，摇身一变成了百万富翁。现在的他再回北京，也算得上衣锦还乡了。一身的行头上千元，戴着根大粗金项链，手上一枚闪闪发光的金戒指，拿着最新款的手机，说话也和以前大不相同了，口气大得惊人，还假模假样学了一口半生不熟的广东话。

朱石也因为介绍了黄汉而在黄广宽面前得到了重任，虽然不如黄汉更得黄广宽器重，却也算是黄广宽跟前的红人。话又说回来，也正是因为黄汉是经他介绍的，黄广宽让他跟在黄汉身边负责最重要的生意。虽然表面上看他成了黄汉的跟班，但管他呢，只要能赚钱，谁当谁的跟班并不重要。

黄汉发达了之后，自然最想回北京炫耀一番，他完全没有锦衣夜行的觉悟，富贵了就得还乡，就得在熟人面前张牙舞爪才有面子。正好元旦叶十三想要聚一聚，黄汉一听当即决定回北京一趟，要好好在毕京和叶十三面前扬眉吐气。

虽然黄汉在德泉是毕京的跟班，但现在他发达了，身份不同了，自然不能再以毕京的跟班自居，太有失身份了。他想在毕京和叶十三面前好好显摆一番，让两个大学生见识见识除了知识改变命运之外，“能力”也能改变命运。

听说要去北京，黄广宽也想来一趟，一是寻找一下商机，二是和崔涵柏见个面。

还有一个原因也是让黄广宽想来北京的动力之一——商深。如果来北京可以再见到商深，他一定要让商深好看。商深太可恶了，不但破坏了他的好事，还把他骗得团团转。历来只有他骗别人，哪里有别人骗他的时候？

叶十三听毕京说黄汉等人要来参加聚会，开始他是拒绝的，但伊童却很欢迎，她的想法是，和黄广宽见面，或许还可以发现商机，因为她听说过黄广宽此人，知道黄广宽有一些门道。

叶十三就没再坚持。

和黄广宽一见面，叶十三就对他没有好感。在和伊童见面时，黄广宽虽然眼中闪过了一丝贪婪，却一闪即逝，还努力保持了表面上的克制。这种衣冠禽兽，叶十三很快就把黄广宽列入不可交的名单之中。

对于朱石，叶十三虽然也不喜欢，但还不至于厌恶。朱石看上去比黄广宽还色。朱石一见伊童，几乎双眼放光，如同没有见过女人一样，色眯眯的一脸贱笑，只差一点儿就拉住伊童的手不放，摸东摸西了。

尽管自己做事不那么光明磊落，但叶十三也宁肯交真小人也不愿意结交伪君子，伪君子比真小人的破坏力和杀伤力更大，更有隐蔽性，让人防不胜防。

毕京也看出了这二人是什么货色，却假装不知，还热情地和黄广宽、朱石寒暄，在介绍伊童时，也没有特意强调伊童是他的女朋友，却含糊说是合作伙伴。

伊童对这两位访客的本性一眼看穿，却只是暗自一笑，毫不在意。但在听到毕京说她是合作伙伴时，眼神中微微闪过不快。

聚会并没有太多准备，伊童叫了肯德基，家里也没有酒。大家聊了一会儿，感觉彼此都熟悉了，气氛热烈了，黄汉就嚷嚷着要上酒。

伊童不愿意让外人在家里喝酒，不但弄得酒气熏天，万一喝醉了，说不定还会出什么事。但黄汉不干，他晃动着手碗上黄澄澄的劳力士金表，拿出了最新款的摩托罗拉手机，当着伊童和叶十三的面拨通了电话。

“喂，杨老板，我是黄汉。在哪里发财？青山处处埋忠骨，人生何处不发财？你给京北花园2号楼送一箱茅台过来，什么？赊账？怎么可能，现金。一手交货一手交钱，我是欠账的人吗？你一箱茅台才多少钱？是不是觉得我喝不起？哈哈，你才知道我发达了？没发达，身家没几千万，反正买下你的店面不成问题。”

黄汉咧着大嘴咬着舌头拿腔拿调说话的样子，似乎是身家上亿多有本事的成功人士一般，叶十三撇了撇嘴，对黄汉的炫富很是鄙夷。

毕京在介绍伊童的时候，没有说出伊童的真实身份，别说黄汉不知道伊童是何许人也，就连黄广宽也没有看出伊童的真正来历。同样是出身大户人家的伊童，浑然不如崔涵薇和范卫卫那样浑身上下散发出优雅从容，她由于过于叛逆，经常流连夜店加上稍显另类的打扮，让她就如风月场合常见的新潮女孩。

对于黄汉炫富的行为，伊童视若无睹，甚至连鄙视或嘲笑的表情都没有。倒是毕京微微皱眉，不自觉地拿出腰间的汽车钥匙放到了桌上。

毕京和爸爸合开的配件厂已经上马三个月了，虽然现在他还不能算是身家百万的“富二代”，但和以前已经不可同日而语了，至少他已经鸟枪换炮开上了汽车，就算只是一辆普桑，也比自行车强了太多。

配件厂刚上马，虽然已经生产了大量配件并且销量不错，但至少需要半年之后才能完全还清前期投入时所借贷的款项。所以毕京只能买一辆桑塔纳，没买他最喜欢的宝马。

但是，黄汉的暴富还是让毕京受到了刺激，虽然黄汉是他从小一起长大的发小，但当年他可是轰动一时的大学生，黄汉算什么？不过是一个考试经常倒数第一的混混，他只配当他的跟班，只配被他摆布得团团转，只配听从他的指挥，却没想到，黄汉因祸得福，在北京待不下去才跑到了深圳，居然摇身一变成了有钱人，不由得让他顿感失落。

尽管知道黄汉的话里有吹嘘的成分，但从黄汉的穿衣打扮以及说话做派判断，他确实是有钱了。毕京对黄汉的感觉复杂了，除非他尽快压黄汉一头，否则黄汉再也不会回到在他面前点头哈腰的从前了。

拿出车钥匙的举动被黄广宽看得一清二楚，黄广宽会心一笑，朝毕京摆了摆手："毕京，你的桑塔纳买的时候得十八九万吧？"

毕京点了点头："手续都办下来，快二十万了。"

"你要是给我二十万，我给你一辆宝马。"黄广宽嘿嘿一笑，伸手拿出一把宝马钥匙，"二十万买一辆桑塔纳，真是亏大了。"

毕京顿时眼睛睁大了："真的假的？"

/第/三/十/二/章/

一代枭雄

“当然是真的了，走私宝马二十万弄一辆入门款，不足为奇。三四十万就可以买到市面上七八十万的款式了，当然前提是你得有门路上牌。上不了牌，也得有关系不被警察查车扣车才行。”伊童见毕京完全一副没有见过世面的样子，就出面替毕京解释。

见伊童一语道破真相，让黄广宽暗暗吃了一惊，走私宝马便宜，低于市场价很多，在业内不是秘密，但对于普通的百姓来说，还是很遥远，因为走私宝马再便宜，普通百姓也买不起。难道伊童不是普通人，否则她怎么会知道走私宝马的价格和流程？

他又暗中多打量了伊童几眼。虽然第一眼看上去伊童既不如崔涵薇惊艳又不如徐一莫健美，在她怪异的发型和浓浓的眼影之下，隐藏了一张有异域风情的面孔。这让黄广宽的心中蓦然点燃了征服的火焰。

不多时，茅台果真送到了，黄汉豪爽地拿出一沓现金付账，他还叫了外卖，要了一些菜，他实在吃不惯肯德基。有了酒和下酒菜，黄汉反客为主，开始招呼伊童、叶十三、毕京和黄广宽、朱石等人，边吃喝边聊。

黄汉在毕京和叶十三面前露了脸，心里高兴，就多喝了几杯；黄广宽酒量不错，还保持了足够的清醒；朱石酒量也可以，他也没有喝多；毕京和叶十三为了显示热情好客，就多劝了黄广宽和朱石几杯。

“就伊童一个女孩，毕京，你在北京就不认识别的女性朋友了？”黄广宽话多了起来，他还是希望多几个美女陪伴喝酒才有意思。

“还真不认识了。”毕京笑了笑，他还有几个女同事也在北京，却不想叫来。

“你呢十三？不会也没有吧？这么老实？别说女朋友了，难道连几个异性朋友也没有，太纯情了吧？哈哈哈哈。”黄广宽放声大笑，笑声中有调侃也有轻视。

笑声未落，叶十三的手机突然响了。

叶十三一看是杜子清来电。

“子清……有事？”叶十三尽量让自己的语气平静如水。

“十三，你在哪里？在北京吗？我想见你。”杜子清一个人在北京过节，感觉到了无边的孤单，就又想起了叶十三。虽然叶十三已经明确和她分手了，但她还是忘不了他。

“我在北京，在京北花园。”若是平常，叶十三肯定不会对杜子清多说什么，也许是受到了黄汉的刺激和黄广宽的嘲讽，他忽然冒出一句，“要不你过来吧？”

“好，听你的。”杜子清心中竟闪过一丝甜蜜。

“有花姑娘？”朱石跃跃欲试的神情，就像进村的太君一样下贱。

“我女朋友。”叶十三淡淡地回应，鬼使神差地又强调了一句，“准确地说，是前女友。”

“前女友怎么还有联系？”朱石挤眉弄眼地笑了，“藕断丝连？”

“分手了就不能做朋友了？”叶十三不以为然地笑了。

“如果分手的恋人还能做朋友，要么从未爱过，要么还在爱着。”朱石搓了搓手，“你们是哪一种？”

“都不是。”叶十三讶然，色鬼朱石居然对爱情还挺有研究，话说得还挺在理。

“那就好，那就好。”朱石乐开了花，“如果等下我看上了她，你不会反对吧？”

“……”叶十三简直无语了。

“朱石，不要胡闹。”黄汉知道叶十三和杜子清的爱恨情仇，他一推朱石的肩膀，“十三和杜子清有许多故事，他们之间的事情一时半会儿说不清楚，你最好不要插一腿。”

“不插就不插，说说也不行？”朱石白了黄汉一眼，对黄汉一来到北京就耀武扬威的做派十分不满，黄汉能有今天，还不是拜他所赐？如果没有他的介绍，黄汉现在说不定就流落街头了。

等杜子清赶到的时候，几人已经喝完了三瓶白酒，都有了七八分醉意。

酒一多，话就多了。

之前几人谁也没有提及商深，因为不管是叶十三、毕京还是黄汉、朱石和黄广宽，都在和商深的对战中落败过，谁也不愿意主动说到自己的糗事不是？等喝多了，再想起被商深捉弄和摆布的经历，几人就都来气了。

“十三，最近见过商深没有？”黄汉想起宁二还在监狱受苦，眼泪掉了下来，“妈的，商深真操蛋，害得宁二进去了，大好的青春年华就这么浪费了，要是宁二跟我在一起，现在至少也有几十万了。下次见到商深，我非弄死他不可。”

不等叶十三说话，黄广宽也气愤不平地哼道：“哼哼，商深这小子跟狐狸一样狡猾，下次遇到我，我非让他出丑不可。”

“黄总，你也认识商深？”叶十三这一惊可是非同小可，怎么会连黄广宽也认识商深，商深本是一个无名小卒，怎么名气这么大了？

“认识，何止认识，还相当熟，哈哈，哈哈！”黄广宽打了个哈哈，想起了和商深交手的经过，心中除了对商深的仇恨之外，还多了想要更深一步认识商深的想法，他总觉得商深如果和他同行的话，会是一个枭雄式的人物。

虽然黄汉一直想当一名枭雄，虽然他也有头脑，但他却缺少商深的沉稳和大局观，太轻浮了一些。商深……黄广宽心中起伏不定，真是一个若是朋友必是至交若是对手必是劲敌的角色。

“商深就是一个杂碎！”提起商深，朱石心中就隐隐作痛，偏商深多管闲事害得他在众目睽睽之下丢丑，此仇不报非君子。

当然，在深圳机场被范卫卫保镖痛打一顿的经历，也是他平生的奇耻大辱，虽然是范卫卫出手，但他还是记在了商深身上，也和他惹不起范卫卫有关。

“你们都认识商深？到底怎么一回事儿？”毕京也惊呆了，没想到商深名气如此之大，都传到了黄广宽和朱石的耳中，不过又一想，从二人咬牙切齿的表情判断，他们和商深肯定也有过不小的过节。

“说说都发生了什么。”伊童也来了兴趣，她拿出一盒烟，依次分给了几人。刚将烟放到嘴里，黄广宽的火就到了，她笑了笑，坦然地接受了黄广宽的殷勤，任由黄广宽替她点上了烟。

深吸一口，她朝黄广宽轻轻喷出了一口烟雾，眼睛一眯，笑得既单纯又暧昧：“黄总，商深抢你女朋友还是生意了？”

“都没有。”黄广宽被伊童既新潮另类又纯真无邪的矛盾综合体诱惑得不能自拔，他嘿嘿一阵奸笑，“我和商深其实只有一面之缘，不过只见了一面，就被他耍了，丢人，太丢人了，经常打鹰，居然被鹰啄了眼，也算是让他给我上了一课。”

“商深主要是太阴险、太狡诈，如果是正面交手的话，他才不是黄哥的对手，他没什么本事，就会耍滑头。”黄汉见黄广宽喝多了，也不怕说出以前的糗事，就忙出面圆场，试图找回一些面子，“就像在德泉和北京，我和商深几次正面交手，都打得他屁滚尿流，是吧毕哥？”

毕京附和一笑，没说话。

黄广宽一边慢条斯理地抽烟，一边说起了他和商深狭路相逢的经过，最后说到商深把他们几个喝倒之后赶紧溜之大吉的狼狈，他哈哈大笑：“不得不说商深这小子表面上一脸憨厚，其实很有心计，一开始假装不会喝酒，然后等我们都喝得差不多的时候再悍然出手，三下五除二把我们喝倒。最妙的是这小子居然能猜到我还留了后手，赶紧逃了，黄汉和朱石就晚了一步，如果他再晚十分钟的话，就和黄汉、朱石正面相遇了，那他就无论如何也跑不掉了。”

叶十三双手紧握，拳头上青筋暴起，他强忍胸中的怒火，如果不是伊童早就注意到了他的异常，暗中使了几下眼色，他早就一拳打在黄广宽的脸上了。

黄广宽居然想灌醉崔涵薇然后伺机下手，无耻！下流！根本就是一头披着人皮的狼。叶十三怒火中烧，对黄广宽恨到了极点！

毕京听到后来也听出了不对，他太知道叶十三对崔涵薇的迷恋了，唯恐叶十三做出什么出格的事，从而误了大事。他现在很想和黄广宽合作，知道黄广宽有路子，可以帮助他快速致富。鉴于此，他悄悄踢了叶十三几下，示意叶十三少安毋躁，不要因小失大，意气用事。

“崔涵薇端庄是端庄，不过太高贵太正经了，缺少一些野性，有点儿让人提不起兴趣；徐一莫就不一样了，外表文静内心狂野，绝对也是一个极品，哈哈。”想起徐一莫的妙处，黄广宽的五分醉意上升到了七分，他一脸惋惜地摇了摇头，“我见过不少女人，还没有一个能达到徐一莫的身材，啧啧，小身段小腰身，绝了。”

“黄总，说点儿合作意向吧，光谈女人有什么意思？”伊童怕叶十三受不了刺激最终会发作出来，也是不愿意听黄广宽没完没了地谈论女人，就及时引开了话题，“你除了汽车生意之外，还有什么想法？”

“别的想法暂时没有，目前光是汽车生意就足够我忙了。”黄广宽朝后一仰，踌躇满志地笑道，“也许以后我会开一个制造厂，生产电子产品和配件，反正不管从事什么，肯定不会从事 IT 行业，尤其是互联网。互联网算什么？不就是扯一根电话线连接你和我吗，有手机直接通话不就得了，还用上网联系？我觉得互联网代表了未来，改变世界什么的说法，都是胡扯，都是概念。社会的进步、人类的发展，最终还是要靠物质，物质从哪里来？制造出来。只有实业才能救国呀。”

从洋务运动到五四运动，再到今天，实业救国的提法一直大有市场，诚然，实业可以创造出大量的财富，不管是房地产、制造业还是加工厂，都属于实业的范畴。联想到新中国成立之前连火柴、自行车都需要进口称为洋火、洋车的悲惨处境，大力发展制造业等实业，确实是当务之急。

经过改革开放十几年的发展，中国的制造业确实提升到了一定的高度，但平心而论，还停留在低附加值低效益、依靠廉价劳动力赚取微薄差价的初级阶段，一年生产几亿个打火机和一年生产几亿件衬衣，总产值甚至还不如一个 ICQ 创造的价值。

如果一直还停留在靠数量取胜的低级阶段，就会一直在食物链的底端，成为被食物链高端的掌控者奴役和剥削的廉价劳动力。

对黄广宽的观点，伊童和叶十三都不敢苟同，毕京听了却引为知己，当即和黄广宽碰杯："黄总说得太对了，实业才能创造财富，才是正途，IT 行业只能是附加在制造业上面的第三产业，第三产业虽然附加值高，但如果没有第一产业的基础，也是无源之水、无本之木。"

"好，说得好呀。"黄广宽满心欢喜，和毕京碰了碰杯，"这么说我们以后大有合作的机会了？"

"肯定会。"毕京喜笑颜开。

"这样，毕京，你帮我一个忙，我送你一辆宝马，怎么样？"黄广宽是聪明人，看出了毕京和叶十三关系密切，但在密切之中又有理念上的分歧，他就嘿嘿一笑。

"什么忙？"毕京顿时惊呆了，张口就送一辆宝马，黄总太大气了，他喜出望外。

"你帮我找到崔涵薇，邀她和我见面，我就送你一辆宝马，怎么样？"黄广宽对没得手的女人念念不忘，"如果实在邀不到崔涵薇，徐一莫也行。不过崔涵薇是一辆宝马 5 系，徐一莫就是一辆宝马 3 系了，哈哈。"

/第/三/十/三/章/

酒后纷争

叶十三再也按捺不住心中的怒火了，“砰”的一拳砸在了桌子上，震得酒瓶倒了几个，他站起来，冷冷一笑：“黄广宽，北京不是天高皇帝远的小渔村，你想胡来的话，小心有来无回。”

“怎么了这是？怎么了？我哪里又碍着你的事儿了，你是喝着河水长大的，还是喝醉了？叶十三，我可警告你，你没有资格在我面前呼来喝去。”黄广宽不干了，掉下的酒瓶有一个砸在了他的脚上，虽然不是很痛，但让他觉得大失颜面，他也站了起来，和叶十三正面对峙，“崔涵薇又不是你什么人，徐一莫也不是，你吃的哪门子干醋？多管闲事多吃屁。”

“我还就管了。”叶十三和黄广宽对上了，“毕京，如果你真帮黄广宽算计崔涵薇和徐一莫，我告诉你，我会提前告诉她们你和黄广宽的龌龊心思。”

黄广宽怒了，一扬手砸碎了一个酒瓶，在叶十三面前晃了晃，“叶十三，你敢坏我好事，老子不管是在北京还是深圳，废了你就跟废了一个蚂蚁没有区别。”

毕京见状，忙出面打圆场。黄汉和叶十三、黄广宽都有交情，也不好坐视不理，也忙出面劝黄广宽息怒。

只有朱石冷眼旁观，在一旁嘿嘿冷笑。伊童也是，甚至站都没有站起来，跷着二郎腿抽烟，脸上露出漫不经心的笑。

毕京和黄汉劝了半天，好不容易分别劝得叶十三和黄广宽收起了獠牙，正当大家都不说话时，杜子清赶到了。

外面天气寒冷，杜子清穿着羽绒服、围了围巾、戴了帽子，全身包裹得像一个玩具熊。她的小脸冻得红扑扑的，显得格外红润，一进门被屋里的暖气一熏，更是如雨润红枝娇，美不胜收。

她还不知道发生了什么，进门后冲众人甜甜一笑："这么多人呀，好热闹。"

余怒未消的黄广宽一抬头，顿时被杜子清的清丽脱俗惊呆了。在南方见多了浓妆艳抹的风尘女子的黄广宽，很少见到如杜子清一般不施脂粉却如红苹果一般的面容，他刚才和叶十三的不快顿时化成了体内熊熊燃烧的欲火，急忙站了起来，主动朝杜子清伸手："你好美女，我叫黄广宽，来自深圳，做一点儿小生意，名下有四五家公司和几条大船……"

杜子清吓了一跳，下意识地看了叶十三一眼，见叶十三一脸愤怒没有理她，她一时惊慌失措，不知道该怎么回应黄广宽的热情。

"怎么啦美女？不要害怕，我不是坏人。"黄广宽递上了自己的名片——美女专属名片，不但印刷精美，挂了十几个可以彰显身份和财力的头衔，而且还是镀金打造，"很高兴认识你，如果以后有机会，我们也许可以一起发财。"

杜子清出于礼貌接过了黄广宽的名片，拿在手中感觉分量很沉："哎呀！金名片？"

"小意思啦，没几克啦。"黄广宽一脸得意，"没请教美女芳名？"

"杜子清。"杜子清吓得一吐舌头，她接触 IT 业界的大人物也不少了，其中也有不少财力雄厚者，但还没有一人有见人就发纯金名片的豪气，不由得惊呆了，想了一想，又将名片还给了黄广宽，"不好意思，我可不敢要你的名片，太贵重了。"

"杜子清，好名字，人美，名字也美。"黄广宽摆了摆手，"一张小小的名片而已，小意思啦，赶紧收下，再不收下就是不给我面子了……"

"镀金而已。"叶十三伸手从杜子清手中抢过名片，扬手扔到了地上，"不是纯金的，一张也就值几十块。有些人就是虚伪，非要装有钱，不要脸。"

“你说什么？”黄广宽勃然大怒，“叶十三，马上捡起我的名片，否则我要你好看。”

“我已经很好看了，不需要你再要我好看。”叶十三将杜子清拉到了身后，“还有黄总，请你不要跟一个荷尔蒙分泌过于旺盛的发情的公狗一样，见到女人就上，她是我女朋友，请你收回你龌龊的心思。”

“你女朋友？”黄广宽一愣，随即又不屑地笑了，“就凭你这副窝囊样，能有这么漂亮的女朋友？好吧，就算她是你女朋友又怎样，我照样抢过来。”

“不要吵了！”伊童终于受不了了，一脚踢飞了一个酒瓶，酒瓶飞出几米开外，砸在了电视机的屏幕上，“砰”的一声，电视机的屏幕被砸裂了，“谁要再吵，就立刻滚出去！”

也别说，伊童的怒吼威力不小，立刻让黄广宽和叶十三都收起了爪子，二人恶狠狠地对视一眼，谁也没再多一句话，老老实实地坐了下去。

坐下之后黄广宽还心里纳闷，他居然会听伊童的话？刚才伊童发作的时候，还真有几分威势，分明不是一般人，难道说，伊童还真有什么来头不成？以他的见识和经历，一个人如果不是生长在权势之家，从小见惯了大场面，不会有让他也畏惧三分的威风。

环境对人的成长影响很大，就如杜子清，黄广宽一眼就可以看出杜子清是小家碧玉而不是大家闺秀。虽然开始他没有看出伊童是大家闺秀，那是因为伊童的打扮太另类让他看不清伊童隐藏在保护色之下的真实面目。

“既然是聚会，大家就好好玩好好乐，别瞎闹。当我是朋友，在我的地盘上，就得按照我的规矩来。不服从我的规矩，就请出去。”伊童大马金刀地坐在了首位，对于损坏的电视看也不多看一眼，“私事以后私下解决，今天只喝酒只欢乐，不管别的。”

“好。”毕京也被伊童的气势震住了，愣了片刻，“不谈私事，谈正事行不行？”

“正事可以。”伊童又欣慰地笑了，不管什么场合她都喜欢掌控一切的感觉，“但仅限于生意。”

“正好我有生意要和黄总谈。”毕京暗中瞪了叶十三一眼，责怪叶十三不该因小失大，比起生意，一时的意气之争要不得，个性和傲骨有什么用？穷横的下场早晚是无法收场的。

叶十三回敬了毕京一个严厉的眼神，拉起杜子清到一边坐下，不愿意和黄广宽同流合污。伊童暗暗一笑，叶十三如此有个性也是好事，越有个性的人反而越有软肋，她以后只要拿住了叶十三的软肋，就可以牢牢地掌控住叶十三了。

伊童也跟随叶十三一起坐了过来，离黄广宽等人远了一些。她搬了一个凳子，很没形象地张开双腿坐在了叶十三的对面，她斜着眼睛打量了杜子清一番，见杜子清还没有从刚才的惶恐中恢复平静，不由得暗笑杜子清的怯弱，肯定不是叶十三的菜。

“子清是吧，我是伊童。”伊童主动和杜子清握了握手，“你在祥麟网站工作？”

“嗯。”杜子清点了点头，虽然她不太喜欢伊童过于另类的打扮，但却对伊童很有好感，因为直觉告诉她，伊童会站在她和叶十三一方。

“最近你们网站有没有什么新的动向？似乎有一段时间没有改版了，我记得你们网站成立以来，一直在不断地改进。”伊童大概也能猜到叶十三让杜子清加入聚会的目的，她和叶十三联合创办的公司已经于 1997 年 11 月悄无声息地成立了，成立之后，除了招兵买马招聘人才之外，正在悄悄地布局，前期已经做了大量的工作，万事俱备，只欠东风了。

让杜子清过来，可以向她打听一些业内的最新动向，尤其是祥麟。据伊童观察，祥麟网站很有前景，在目前国内的几家还算活跃的网站中，有自己的特色。

“最新动向就是傅总已经决定正式改名为索鹰了……”说起互联网的事情，杜子清就又恢复了几分精神，她坐直了身子，侃侃而谈，“记得有一次傅总和我们讨论，他说 1997 年是非常关键的一年，因为 1996 年的时候，他拿到了一笔十几万美元的风险投资。当时的感觉却是有钱了却不知道该怎么花，在摸索了两个月后，傅总就想不管做什么，先做一个网站再说。就这样，在连目标还没有完全明确的时候，网站就建成了。”

伊童认真地听，杜子清透露的消息是在外界打听不到的内幕，祥麟真实的成长内幕，对她和叶十三的未来方向，可以起到宝贵的借鉴作用。

“其实当时傅总决定办网站就是一个很了不起的决定，别看1996年才过去不到两年的时间，但在当时都还没有网站的概念，不知道网站是一个什么东西。网站建起来后，傅总一开始也不知道往哪个方向发展。摸索了很长一段时间后，1996年底的最后一天，傅总用他们买的一万块钱的服务器，建立了祥麟网站。”

这些背后的故事伊童和叶十三还真没有听过，两人都听得入了迷。以前叶十三很不愿意听杜子清说起祥麟网站和创始人傅开诚背后的故事，因为他和赵向飞在一起，听多了关于赵向飞的创业传奇，对傅开诚的经历便没什么兴趣了。现在他心境不同了，想要创业的话，忽然觉得需要更多地了解一些前辈创业的心路历程，可以让他的创业途中少走弯路。前辈们的经验是宝贵的财富，是经历了无数失败和头破血流换来的血的教训。

见就连叶十三也饶有兴趣地认真在听，杜子清就更有说的欲望了。

“建网站到底要干什么？没有人可以回答傅总，因为当时别说中国了，就连美国的网站也在摸索方向。本来傅总想学习美国在线的WordGarden模式，但是美国跟中国的通信如此不通畅，想学习也学习不成，所以不知道到底如何做。一直到1997年11月的时候，傅总最终确定还是要做搜索，他写了一个非常丰富的商业计划，基本上把未来门户网站的格局描述得非常清楚，也就是靠这个商业计划获取了今年的第一次风险投资。”

伊童听了连连点头，必须要说，第一代互联网人确实付出了许多有益的探索，等于是在一片荒芜的土地上构建未来，没有蓝图，没有参照物，只有一腔热情和摸着石头过河的勇气。他们是真正的开拓者，是先驱，是值得尊敬的领路人。

“傅总后来发现在中国互联网上除了导航以外，还需要一些内容，因为网络的带宽也不好，点击也经常死链接，而且中国跟美国不一样，美国的传统媒体有几十年的时间，媒体基本已经能够满足人们的需求了，而在中国大多数人都有对信息的饥渴，所以人们上了一个网站，只喜欢看首页，没有耐心点击网上的其他链接或是二级页面。所以，后来傅总还是决定在网络上做一些内容，但是是以跟传统媒体合作的方式。经过无数次的探索，索鹰逐渐形成了现在资讯、搜索、导航的门户。”

杜子清脸上洋溢着光彩，流露出对傅开诚的崇拜。

“傅总曾经说过，在当时，他有幸成为中国为数不多的在黑暗中摸索的几个人，在黎明前最黑暗的一段时光，他们所做的事情不但没有人关注，也无人理解。但非常幸运的是，他们当时做的任何事情都将成为前沿，成为探索，成为传奇。1997年，包括傅总在内的几个人，比如陈安平、纪德佑等，都是在为中国的整个互联网做奠基工作。”

“我坚信一件事情——互联网正在以静悄悄、不经意的方式彻底地改变着中国。”伊童听完了杜子清的讲述，心中的目标就更清晰了，她扔掉了手中的啤酒罐和香烟，坐正了姿势，“我相信中国的互联网会越来越好，因为国家政策层面上对待互联网的态度很明朗、很清晰，是一种开明、开放、鼓励发展的态度，同时又有积极的管理政策，但在管理中又不僵化，不断根据互联网的新模式来尾随地确立政策。这样就使市场经济、民营经济能够充分发展。欧洲由于过于保守，对互联网的开放态度就不够，早晚会被中国超过。”

“伊姐姐你好厉害，居然知道国家政策层面的事情。”杜子清瞬间对伊童又多了几分敬佩。

伊童得意地笑了笑，没有正面回答杜子清。叶十三却闻弦歌而知雅意，知道伊童是故意有此一说，也好显示她既有资本实力又有政界势力。一想也是，伊童的爸爸在工商界拥有举足轻重的位置，必然在政界也有庞大的关系网，接触到主管政策层面的高官也不足为奇。

叶十三就回应了伊童，朝伊童悄然一笑，点头说道：“这么一来，我对我们的未来就更有信心了。”

伊童最喜欢叶十三的一点就是叶十三既懂事又有分寸，在她面前向来保持着礼貌并且不会僭越，同时还总是能及时领悟她的意图并且配合她的要求，她点头一笑：“怎么样十三，我们的未来应该怎么走，心里有底了没有？”

“你们的未来？”杜子清惊讶地捂住了嘴巴，睁大了眼睛，“你们在一起了？”

“在一起了。”伊童会心地笑了，“不过不是你想象中的在一起，是我和十三联合成立了一家互联网公司。”

“这样啊……”杜子清稍微放宽了心，又问，“想做哪方面的业务？”

“说实话，真的还没有想好。”伊童面带春风，斜了一旁的毕京、黄广宽等人一眼，见几人正聊得投机，也在憧憬明天，她就摇头笑了，为毕京的选择大感惋惜，“子清，你在祥麟——好吧，索鹰的收入是多少？”

杜子清微微一愣，不好意思地笑了：“收入不高，不好意思说。哎呀，忘了说了，傅总说让我联系一下商深，他要当面感谢商深。”

“感谢商深？”伊童吃了一惊，才把商深从话题中赶出去，怎么商深又从杜子清的嘴里冒出来了，一愣之后又觉得哪里不对，“傅开诚怎么也认识商深？”

/ 第 / 三 / 十 / 四 / 章 /

孤胆英雄

“傅总不认识商深，不过他听说过商深的事迹，对商深很感兴趣。后来在一次我和商深的聊天中，我说到傅总想要为祥麟起一个新名字，商深随口说出了索鹰的名字，我听了还不以为然，以为这个奇怪的名字傅总才不会采用。谁知道后来傅总征求大家的意见时，我说出了索鹰，傅总竟然对我大加赞赏，然后采用了索鹰，还说要奖励我。我不能把别人的功劳据为己有，就说出了实情，傅总一听名字的创意来自商深，就动了要和商深谈谈的想法。”杜子清一五一十地说出了真相，她对叶十三和伊童丝毫没有提防之心。

“原来是这样……”伊童沉思片刻，看向了叶十三，“十三，商深的上升势不可当了，你有什么想法没有？”

不是故意气人吗？叶十三好不容易才压下火，听到商深居然得到了傅开诚的青睐，火气又上来了。主要是伊童的话有故意煽风点火之嫌，他正要说几句什么，转念一想有杜子清在，许多话不方便出口，就又改口了：“互联网的世界广阔无边，可以容下许多人的梦想，商深走他的路，我们走我们的路，大道朝天各走一边，互不相干。”

“好吧，你有这样的肚量，我就放心了。”伊童淡淡一笑，不再试探叶十三了，而是向杜子清问计，“子清，如果我一个月开 1000 元的工资让你加盟我的公司，你愿意吗？”

叶十三瞪大了眼睛，想说什么，一抬头正好迎上了伊童严厉的眼神，他的气势为之一泄，想说什么居然没有说出口，被伊童硬生生逼了回去。

怎么回事？叶十三心中猛然闪过强烈的不安，想他虽然不是天不怕地不怕的性格，但生性要强，从来不肯服人，就连商深这个发小也压了他十多年，到现在他还是想翻身将商深踩在脚下。

和伊童的合作，虽然早就明确了伊童为主他为辅，但也不是说他是伊童的跟班，他和伊童是合伙人，因为他也是公司的股东而不是打工者。但为什么在伊童面前，他总是直不起腰呢？感觉上他矮了伊童一截似的。

是，他是没有实力，但没实力不等于没有骨气，他必须在伊童面前挺直腰板，不能奴颜婢膝。

实话实说，叶十三不想让杜子清加入到公司之中，他和杜子清的关系到现在还说不清道不明，要分也没有分得彻底。如果再和杜子清一起工作了，天天在一起低头不见抬头见，多别扭。伊童又不是不知道他和杜子清的关系，她这么做，到底是意欲何为？

杜子清被伊童开出的条件吓倒了，她现在一个月收入 200 多元，就是比她多工作了十几年的姐姐杜子静，月收入才 300 多元，伊童开口就是 1000 元的月薪，是她想都不敢想的高薪。可是……伊童为人靠谱吗？

她向叶十三投去了求助的目光。

叶十三就知道杜子清动心了，想说什么，却听到伊童轻轻咳嗽了一声，就又不敢再说了。

此时已经到了 0 点，窗外的烟花此起彼伏，格外绚丽和灿烂。烟火虽短，不过一瞬，却留下了生命中最美丽的时刻。一个人如果像烟花一样，在生命中最美丽的时刻绽放，哪怕只有一瞬，也许比平淡无奇地过完一生要有意义。

杜子清见叶十三不帮她拿主意，想了一想："我考虑一下好不好？谢谢伊姐姐的好意。"

"好，你考虑考虑。"伊童也不再多说此事，笑眯眯地转移了话题，"子清，假设你加盟了公司，你觉得公司怎样发展才更有前景？”

“要我说，公司也要上线一家网站，只要成了气候，就不愁没有风险资金投资，到时不管是转手卖出还是推进上市，都会大有前景。”杜子清微微一想，说出了自己的认知。

“你觉得是做门户网站好，还是专业性的网站好？”做网站的思路已经在伊童的脑中成形，但具体是哪一种模式的网站，她还没有下定最后决心。门户网站需要投入大量的人力、物力，但根据目前的形势来看，门户网站却又是最合适的发展模式，只不过和傅开诚的索鹰、纪德佑的韵舟以及陈安平即将推出的兴潮相比，她暂时还没有想到差异性，太同质化的话，在实力、创意以及各方面都不如对方的前提下，很难获胜。

伊童也知道以目前国内互联网的发展形势，虽然可以容纳数家门户网站，但如果不能打败对手，不比对手快上一步，互联网的空间无限，但市场容量有限，落后对手的话，不是被对手逼死，就是被市场困死。

但专业性的网站到底专业在什么方面，她也是没有方向。电子商务？已经有中国黄页专美在前了，她自认就算比赵向飞实力雄厚多了，也不会是赵向飞的对手。除了电子商务之外，专业性的网站还能做什么？

别说伊童眼前一团迷雾了，此时就连商深他们也是摸索着前进。所有互联网的先驱都是在一点点向前推进，不知道哪一步对哪一步错。相信即使赵向飞也想象不到在未来有一天中国的互联网会蓬勃发展到什么程度，各类的专业网站，比如大众点评、泡泡网、汽车之家，再比如起点中文网和创世中文网，等等，如雨后春笋应运而生，在众多门户网站之外，顽强而茁壮地生存，并且创造了不亚于门户网站的影响力和经济效益。

此时进入互联网的创业者，都是第一代创业者，他们充满了激情和对未来的向往，以孜孜以求的努力拿青春赌明天。紧跟时代脚步的第一代互联网创业者，前仆后继地跃入互联网的大潮之中，以义无反顾的勇气搏击风浪，为后人留下了毅然决然的背影。

就如汪国真的一首诗所说的一样：“既然选择了远方，便只顾风雨兼程。

我不去想身后会不会袭来寒风冷雨，既然目标是地平线，留给世界的只能是背影……”

尽管许多年后，中国互联网的第一代创业者中，许多人被浪潮冲击得体无完肤，要么承受了灭顶之灾，要么呛了一口就上岸而去，再也不敢置身于浪潮之中，但也有一些人最终学会了搏击风浪并且傲立潮头，成为笑傲人生的弄潮儿。

但以后的事情怎样，现在谁也不敢妄下结论，都是在摸索中寻找方向和切入点。

杜子清愣了愣神，似乎在思索伊童的话，过了许久她才不是十分肯定地说道：“应该还是门户网站比较好。”

此时的网速不但慢得惊人，而且电脑和网络普及率还很低，网民顶多有100万。大部分网民上网，主要就是浏览网站，对新闻和业界动态最感兴趣，至于其他可以在网络上呈现的娱乐，比如MP3、电影、网络小说、汽车和数码产品等，都还没有出现。再者，限于网速和高昂的上网费用，即使出现了，也无人用得起。就算用得起，过慢的网速也会让人抓狂。

现阶段上网的网民，无非浏览新闻，或者交流。正是因此，门户网站和论坛才在一开始大行其道。

“商深的思路是软件改变世界，据说他想做即时通信软件，类似于ICQ一类的可以在网上随时交流的软件。”叶十三沉吟片刻，说出了自己的想法，“我支持子清的意见，也是走门户网站之路，学习雅虎的模式。当然，再根据中国的实际情况慢慢调整。”

之前伊童曾经想走仇仲子之路，她最崇拜的偶像就是仇仲子，所以她也想开发一款可以如WPS一样在市场上大受欢迎的软件。她很清楚WPS创造的价值，虽只是一个软件，是几个人花费几个月时间写出来的一个程序，却可以卖出十几万套，创造了相当于一个楼盘的经济效益，这样以小博大的成功才是令人向往令人激动的成功。比起投入巨大、耗费时间过长的房地产开发，用软件创造利润的生意要高明高超一百倍。

可惜的是，叶十三和商深虽然同为 IT 从业者，但叶十三却没有商深的编程天赋，不是天才高手，人和人的差距有时真的挺大，在让叶十三尝试编写了数个程序均告失败之后，伊童彻底打消了让叶十三单枪匹马写出一个震惊行业的软件的想法。因为叶十三根本就不是一个电脑高手，他只是一个计算机系毕业的 IT 行业的从业人员而已。

同样是计算机专业出身，有天赋和没天赋的差距可以用天渊之别来形容。在叶十三历经数次失败之后，伊童才深刻地体会到了商深的了不起。同时，她多少也理解了毕京为什么不和她一起联合创办公司了，因为毕京和叶十三一样，压根儿就没有电脑天赋，就算从事 IT 行业，也只能是一个随波逐流的跟随者，而不是开拓者和开创者。

想想也是，每年计算系毕业的大学生何其多，别说其中有几个仇仲子了，连几个商深都没有。伊童就暗暗感叹，为什么她就没有遇上仇仲子呢？

WPS97 推出后，凭借比微软的 Word 体积小巧并且实用的优势，仅两个多月就销出了一万三千套，势头之好连仇仲子也始料未及，刚成立的珠海双茂公司也因此站稳了脚跟。得知 WPS97 大获成功，伊童也替仇仲子感到高兴。

仇仲子比伊童大了十余岁，而且二人也没有什么交集，伊童不认识仇仲子也在情理之中。不过伊童对仇仲子的关注度超过了对同时代的任何一个闪烁的名字，不是因为仇仲子比这几个人名气都大，而是因为她最佩服仇仲子为人的执着和天赋。不管业界认为谁是中国第一程序员，她都固执地认为可以称得上第一程序员的只有仇仲子。

因为仇仲子可以凭借一己之力，单枪匹马写出一个天才般的软件。好吧，在业内一个人写出一个软件的大有人在，但却没有一人可以如仇仲子一般一个人写出了一个震惊行业的伟大的产品。在中国的软件发展史上，WPS 绝对是里程碑式的软件，并且会永久地载入史册。因为单枪匹马的仇仲子写出的 WPS 作为民族软件对抗了微软的 Word，他身上被打上了民族英雄的烙印。

伊童也总结了仇仲子成功的几大原因，总结前辈们的成功经验是为了更好地取长补短。

第一，仇仲子选择的计算机相关产业正是朝阳产业，如果他当时去做传统仪器设备的工作，肯定不会有现在的成就，所以大方向必须要走对，大方向错了，就会和时代背道而驰。

第二，是源于对技术的热爱以及执着和忘我的精神。就如仇仲子自己所说的，如果从开始就想着怎样赚钱，他也不会有今天。事业和金钱无关。当你全身心地投入开发的时候，不给你钱你也要干。开发时，根本没有心思考虑报酬。只有先成就了事业，才有资格谈报酬。

不知何故，仇仲子的成功总是会让伊童想起商深，商深也是及时从仪表厂跳了出来，难道说，商深以后也会有仇仲子一样的成功，还会超越仇仲子的高度？据说商深在帮天马修复软件故障时，也是没提报酬，天马给多少是多少。商深身上也具备成功者的基本素质，是不是可以说，商深真的比叶十三和毕京都优秀？

有时伊童也不知道为什么她总是会拿叶十三、毕京和商深对比，或许在她的潜意识里，她认为商深也会和第一代程序员一样创造出不朽的传奇？不过现在虽然才过去三五年的时间，但已经不再是一个程序员单枪匹马打天下的时代了。

伊童对中国 IT 行业的发展了解之深，别说商深了，就连毕京和叶十三也全然不知，如果让他们知道了伊童有多了解中国 IT 行业的发展历程，他们除了会自叹不如之外，还会羞愧。

1994 年以前，在中国 IT 行业最出名的不是联想、方正的总裁，也不是 IBM、HP、Compaq 的 CEO，而是每次打开程序时在启动页面上闪现的每一个程序员的大名——例如说仇仲子和陈安平。成千上万的用户每天启动使用这些程序的时候，大大的程序员的名字就如电影屏幕上大大的导演的名字一样醒目，让无数人记住了程序员的大名并且对他们充满了仰慕之情。

那是一个英雄的时代，一个个人英雄主义盛行的孤胆英雄年代，一个程序员凭着自己武林秘籍一样的源程序，就可以创办一家公司，然后一举成名天下知，从而成就自己的事业与未来。

但在今天，单个程序员单枪匹马闯天下的英雄时代已经一去不复返了，中国也许不可能再产生第二个仇仲子了，因为现在已经不存在产生个人英雄的客观条件了。

今天的软件体积已经变得越来越庞大，以至于庞大到需要大批程序员通力合作方可完成的地步。比如Office，如果要署名的话，几百个名字，一个页面都不够，密密麻麻的一片，谁还会看？就算看了也记不住。再比如Windows，天知道会是多少个程序员联手编写的。在集体主义盛行的时代，个人的才华再横溢也会被组织精良的软件工厂淹没。

“商深的想法很好，很正确，软件改变世界的思路肯定可以实现。”杜子清向来支持商深，尽管她心中对叶十三还抱着幻想，但商深却是她永远不用担心会让她一脚踩空的精神支柱，“我觉得他一定可以成功。”

“软件改变世界？”叶十三冷冷一笑，因杜子清对商深的盲目支持和乐观而不满加嫉妒，“说得轻松，怎么改变？商深想开发一款什么软件？不要再提什么ICQ了，ICQ不适合中国，国内没多少人使用，否则ICQ早就出中文版本了。那么他是想当王永民还是王江民？”

王永民是五笔字型的发明者，1978到1983年，他以5年之功研究并发明了被国内外专家评价为“其意义不亚于活字印刷术”的“五笔字型”（王码），1983年后，又以15年之力推广普及，使五笔字型覆盖国内90%以上的用户。

王永民发明的五笔字型，开创了电脑汉字输入的新纪元，他是“把中国带入信息时代的人”。自称是“一介书生、半个农民”的名人，被称为“当代毕昇”。

1980年前后，在五笔字型被发明之前，因为电脑的键盘全是英文字母，无法输入中文，就曾经有诸多人论断，计算机是汉字文化的掘墓机。正是为了让中文能够适应电脑时代的发展，王永民发明了五笔字型。五笔字型影响之广，不但几乎每一台电脑都会安装，覆盖率接近百分之百，而且还有许多机构开办了五笔字型培训班，大发其财。

/第/三/十/五/章/

准备就绪

五笔字型作为中国软件史上一个里程碑式的软件，对中国电脑的普及和文字输入的推广，起到了不可或缺的推动作用。

尽管随着时代的发展，在以后的十几年里，许多拼音输入法的崛起淹没了五笔字型一统天下的辉煌，但作为时代的产物和在特定历史时期起到的巨大作用，五笔字型和其发明者王永民必将永载史册。

和王永民一字之差的王江民，是国内最早的计算机反病毒专家、江民杀毒软件创始人、北京江民新科技术有限公司董事长。

王江民的经历也颇有传奇色彩，出生于上海的他，从小因患小儿麻痹留下了后遗症而腿部残疾，后来回到山东烟台老家一家仪器厂担任技术员。初中毕业的他刻苦自学，成了工厂的高级工程师。1989 年，38 岁并且英文水平很差的王江民开始学习电脑。

学会电脑之后的王江民发现市场上没有一款成熟的杀毒软件，却有不少防病毒卡。防病毒卡能将病毒拒之门外，但病毒进不去这台电脑，却可以通过软盘带到别的电脑上。由于装防毒卡的机器毕竟是少数，所以，防病毒卡越防病毒却越多。因此，他认为必须要走杀病毒之路，将病毒杀死以防止继续传播。

王江民就开始了自己编写杀毒软件的历程，他写了一个杀毒软件名叫

KV100。KV100 问世后，王江民自己在中关村推销，让经销商代卖，一开始卖得并不太好。

后来他经朋友介绍，和当时非常有实力的华星公司接触，华星公司一开始也没有意识到 KV100 的巨大价值，然而后来一起意外事件的发生，成就了王江民和 KV100 的盛名。

国外某大公司在中国的分公司二十多台电脑感染病毒全部瘫痪，硬盘启动不了，几个亿的合同在机器里面打印不出来。该公司急得不行，四处找人杀毒，甚至还找来国外反病毒软件清除病毒，都没有解决问题。最后万般无奈之下，该公司召集外围技术支持的计算机公司召开了一个会议，承诺谁帮助解决了这次问题，以后的硬件就从谁那儿买。

作为该公司硬件供应商之一的华星公司就收到了邀请，然后想到了王江民，华星就打长途电话找到了王江民。

王江民从烟台来到北京的外国大公司时，正好碰上了该公司花 3 万美元高薪请来的美国专家查解病毒。本着外国的月亮更圆的优先原则，要先让美国专家出面，王江民也不急，就在休息厅等了一个多小时。

他还以为美国专家可以解决问题，不料等了半天之后却听到美国专家大声说道：“NO！ NO！ Format！ Format！”

Format 是格式化的意思，美国专家是让重新格式化硬盘。一格式化硬盘，硬盘里面的资料全部丢失，合同也会化为乌有。

格式化硬盘当然可以解决病毒问题，但却是同归于尽的做法，公司是想抢救里面有价值的文件，如果仅仅是格式化，还需要花费 3 万美元请哪门子专家？谁都可以轻松地格式化硬盘。

美国专家是没招了，就轮到了王江民。王江民坐在电脑前，他对电脑进行的每一个操作都被身旁站着的记录员记录在案，当时的气氛非常紧张，因为连美国专家都解决不了的问题，公司不相信王江民可以解决，生怕王江民会弄坏电脑破坏硬盘数据，从而造成无可挽回的损失。

王江民很快判定机器感染的病毒是火炬病毒，以他的经验判断，这个病毒发作只会抹去硬盘分区表，不会破坏数据。只用了10分钟时间，他就让病毒发作的电脑重新启动了起来。20多分钟后，他指导该公司的人把20多台电脑上的病毒全部清除得一干二净。

此举震惊了公司上下的所有人和美国专家。

该公司当场留下了20套KV100。

华星公司开始意识到了王江民在杀毒方面的能力和威力，接受转让并且销售KV100。

KV100打出名气之后，等升级到了KV300时，王江民采用了一次性授权的方式,KV300一次性出售版权120万元，前80万一次付清，后40万卖了再付。在1996年的中关村，没有哪个软件一年的版权能卖到100万，所以，王江民开出的120万，无人愿意接受。但王江民觉得自己的软件值这么多钱，坚持他的要价，结果第一周就挣到了150万。

从KV300之后，王江民成立了公司，并且公司也走向了良性发展的道路，现在的江民科技是国内领先的杀毒软件厂家之一。

仇仲子、王永民以及王江民，都是个人英雄主义时代的代表人物，凭借自己横溢的才华，单枪匹马只凭借一个软件就闯出了一方天地。

在相当长一段时期内，在一些人的眼中，电脑就是由WPS和五笔字型组成的，每天打开电脑之后必用的软件就是WPS和五笔字型。实际上许多人都忽视了另一个默默地保护着电脑安全的软件——KV300，因为随机启动的杀毒软件启动之后就在右下角沉默而坚定地保护电脑的运行，除非中毒，否则不会跳出来打扰你的正常工作。

曾几何起，有太多人的电脑离不开以上三人天才般的智慧结晶，毫不夸张地说，在电脑刚刚兴起的初期阶段，谁的电脑也离不开WPS、五笔字型和KV300。从另一个角度来说，谁能编写一个可以让所有人都必须使用的软件，谁就掌握了天下，拥有了未来。

“我估计他是想当仇仲子……”伊童听了出来叶十三话里话外对商深的嘲讽，她也不以为然地笑了，“可惜的是，他既没有仇仲子天才般的编程水平，又没有王永民深厚的文字功底，也没有王江民刻苦的钻研精神，好吧，退一万步讲，就算商深具备了以上三人的全部优点，问题是，他晚了一步。现在 WPS 已经统治了文字处理市场，五笔字型已经占领了输入法市场，KV300 已经一统了杀毒软件的天下，商深还能开发什么软件可以让我每天打开电脑都必须点开使用？必需的软件才有生命力，有生命力的软件才有市场。”

“ICQ 呀……”杜子清比较单纯，没有察觉到叶十三和伊童对商深的轻视，她还想替商深辩解，“即时通信软件以后会大有市场，打开电脑，除了要工作之外，还需要和人交流和人聊天，这才是工作生活两不误。”

“哧……”伊童讥笑一声，“交流的话，有手机，有 BP 机，还有固定电话，再不济见面也可以，何必非要用什么 ICQ 在网上聊天？打字多累，而且还要联上网才行，现在网费多高，一般人可承受不起。你觉得要联系一个人，要打开电脑再联上网之后打开 ICQ 不会很麻烦吗？有这个时间，我电话都打完了。”

“……”杜子清被反驳得哑口无言，虽然很想替商深说几句什么，却又觉得伊童的话好有道理，竟让她无言以对，因为她也确实想不出来为什么要打开电脑联上网之后打开 ICQ 和一个想要联系的人交流。

也是，在现阶段，电脑不但昂贵，而且上网费用很高，许多人工作不需要电脑，也不用每天都打开电脑，即使打开，上网的也很少。在一系列的前提条件下，一款只有上网才可以使用的交流软件，确实在一般人眼里还看不到前景。

天不知不觉亮了，伴随着天亮一起到来的是 1998 年的第一天。

北京已经是隆冬的季节，天寒地冰，万物凋零，1998 年的第一天看上去和普普通通的每一天没有什么区别，但对商深来说，却有着非同寻常的意义。

睡的时间不长，天刚亮他就醒了，早就养成了早起习惯的他起来一看，见房间里东倒西歪倒了一片，不由得哑然。

再推开主卧室一看，好嘛，四个美女横七竖八地挤在一张大床之上，画面要有多香艳就有多香艳——崔涵薇睡在中间，身子蜷缩成一团，就如一只可爱的小猫咪，她双手枕在头上，正睡得香甜。

徐一莫就很没形象了，她左边是崔涵薇右边是蓝袜，让人啼笑皆非的是，她差不多是横在床上睡觉，头枕着崔涵薇的肚子，双腿搭在蓝袜的屁股上，还高举着双手，双手抱着的是卫辛的胳膊。

蓝袜和卫辛各睡在床的两边，被中间的崔涵薇和徐一莫快要挤到床下了，二人很委屈地只占了巴掌大小的一块地方，倒也睡得很香。

四美犹如四朵金花，崔涵薇端庄如莲花，徐一莫奔放如兰花，蓝袜安详如月季，卫辛淡然如菊。

商深深深地叹息一声，不知道该怎么说徐一莫了，只在心中默念一声：徐一莫，放开崔涵薇和蓝袜，冲我来。

不对，应该是让我来。

自己调笑了自己一番，商深来到床前，轻轻一推徐一莫——倒不是他偏爱徐一莫，而是徐一莫几乎压在所有人身上，不先推她推谁？

手刚落在徐一莫的胳膊上，徐一莫忽然就醒了，她睁大一双好奇而明亮的眼睛，直直地盯着商深不放。

商深吓了一跳，被她大胆而热烈的目光逼得后退了一步："你没睡着？"

"我睡觉很轻，你刚才一进门我就醒了。"徐一莫狡黠地一笑，做了个鬼脸，"所以你别想对我有什么企图，你还没动手我就知道你想对我动手动脚……"

虽然徐一莫的话听上去有点儿语病，商深却顾不上追究她表达不清的问题，而是急急辩解："乱说，我哪里想对你动手动脚了，不要污人清白。"

二人说话的声音很轻，但再轻也架不住其余三人近在咫尺，商深忙伸出手指放在嘴边"嘘"了一声："好了，不和你闹了，你赶紧叫她们起床，天亮了。"

"我没闹。"徐一莫一翻身从床上跳了下来，经常锻炼的她身轻如燕，不但没有惊动其他人，落在地上时也一点儿声音也没有，她伸手拉过商深，"过来，我有话要和你说。"

近几个月来商深和徐一莫见面很少，准确地讲，顶多见了一两面而已。如果不是偶尔想起在深圳时的旖旎事件，以及崔涵薇不时提起徐一莫的最新动向，他差不多就要忘了徐一莫了。

也不是他忘情，而是他主要精力都投入到手中正在编写的软件上。除了正在改写的 ICQ 之外，他自己还潜心编写了一款软件，准备在合适的时候正式推向市场。虽然商深也清楚，现在已经不再是仇仲子、王永民、王江民单枪匹马闯天下的孤胆英雄时代了，但先期拿出一个体积不大的功能型的实用软件推向市场，也算是投石问路之举。

至于改写的 ICQ 是他和王向西联合开发的，经过他和王向西、王启东三人的协商，确定正式推向市场时名字为 OICQ，是在 ICQ 的 I seek you（我寻找你）的前面多加了一个字母 O，是为 opening I seek you 之意，意思是“开放的 ICQ”。

OICQ 前期工作已经基本上准备就绪，就等王启东和王向西的公司成立之后正式推向市场。本来崔涵薇想在自己的公司推出，商深却认为 OICQ 虽然是他和王向西共同改写，但架构和前期工作都由王向西独立完成，严格意义上讲，王向西付出了更多的劳动，拥有 OICQ 更多的权利，所以让王启东和王向西的公司推出更符合市场规则。

当然，王启东和王向西也向他承诺会让他以技术入股，不会亏待他。

崔涵薇听从了商深的话，对于商深正在埋头苦干编写的小软件大感好奇，几次想问清商深软件到底是何用处，商深却要么顾左右而言他，要么让她再等等，等他写好了再请她过目，让她又好气又好笑，却又拿他没办法。

好在她忙着公司的装修和招聘员工等各项事宜，也顾不上和商深计较太多。不过话又说回来，其实不管是她还是商深，都不过是二十岁出头的年轻人，尽管她有过经商经历，但互联网毕竟还是新兴事物，她只是看好互联网的未来就一头扎了进来，但到底公司要驶向何方，她也是心里没底。

她相信商深和她一样，也是只凭激情和热血，对明天到底怎样，没有十分的把握。

“什么事情这么神神秘秘的？”商深被徐一莫拉着出了主卧室，跟着她来到了次卧，次卧没人，王启东、王向西、文盛西和刘凌几人都醉倒在了客厅，赵向飞、历江和董博瀚已经不知道什么时候走了。

徐一莫关上了房门，推开了窗户，窗户一开，窗外清冽的冷风就吹了进来，让人精神为之一振。

窗外天气晴好，早晨的阳光正铺满大地，预示着今天会是阳光明媚的一天。商深才醒来，没有洗脸，就揉了揉脸，见同样没有洗脸的徐一莫依然清丽出众，心想健美的女孩即使不梳妆打扮也一样漂亮。

等了一会儿，见徐一莫只顾站在窗前吹冷风，似乎还很享受的样子，商深乐了，一拉徐一莫："大早上别吹冷风，小心感冒。你到底有什么事情，快说，一会儿涵薇她们就醒了。"

"商深，商哥哥……"徐一莫回过头来，一脸嬉笑，"你和范卫卫分手都这么久了，怎么还不考虑再找一个女朋友，你到底在等什么？愿无岁月可回首，且以深情度余生。为有春秋能相逢，不将往事寻旧梦？你真这么痴情？"

商深愣了愣，印象中他从未对徐一莫明确说过他和范卫卫分手了："谁说我和卫卫分手了？我们只是暂时分开了而已。才过去半年多，她今年就要回国了，我和她除了一个一年之约外，还有一个三年之约。"

"行了，别骗我了，也别骗你自己了。"徐一莫摆了摆手，一副我读书不少你少哄我的得意表情，"我早知道你和卫卫分手了，是她亲口告诉我的。"

"什么？"商深大吃一惊，他都和范卫卫失去联系很久了，怎么听徐一莫的意思，她和范卫卫还有联系，"你和卫卫有联系？"

徐一莫不好意思地眨了眨眼睛，又捂住嘴巴笑了："一直都有联系。"

"怎么不早告诉我！"商深一把抓住了徐一莫的胳膊，"她，她，她现在好不好？"

由于过于激动，商深朝前一扑的时候，没留意到脚下被椅子一绊，身子收势不住，就撞在了徐一莫怀中。徐一莫惊呼一声，身子朝后一靠，就被商深逼到了墙根。

商深就如霸道总裁一样，两只手撑在徐一莫身后的墙上，将徐一莫笼罩在了他的阴影之下，如果用以后的一个流行词语形容就是他"壁咚"了徐一莫。

"你要干吗？"徐一莫吓了一跳，双手护在胸前，如受惊的小白兔，"告诉你，我会跆拳道，一个打你两个不成问题。"

/ 第 / 三 / 十 / 六 / 章 /

有缘无分

商深只是撇嘴笑了笑，身子朝后一仰就远离了徐一莫，他嘴角闪过一丝玩味的坏笑，随后又恢复了正常："卫卫她现在怎么样？"

"她很好，在美国正在学习管理学课程，今年大学毕业后，就正式申请美国的研究生。如果一切顺利的话，她还要在美国待上几年，三五年至少。"徐一莫斜着眼睛看着商深，目光中有挑衅，有蔑视，似乎对刚才商深的举动十分不满，"她对我说，她决定和你分手了，不管她以后是在美国还是回国，自此永不相见。"

若无相欠，怎会遇见？若不相爱，不必责难。商深心情倏忽间落到了谷底，不相爱了，也不一定非要成为仇人，更不用自此永不相见，范卫卫说出永不相见的话，伤了他的心，难道说，她真的这么恨他？

"卫卫说，如果分手的恋人还能做朋友，要么还在爱着，要么从未爱过……所以，她选择不和你联系，不和你再做朋友。"徐一莫见商深情绪瞬间低落，知道商深对范卫卫用情很深，也就不忍心再打击他，"我想，你肯定明白她的意思。"

商深当然明白，范卫卫正是由于太爱他了，所以因爱生恨，选择不再见他。如果她可以坦然地面对他了，就说明她对他没有恨了。

没有恨，也就没有爱了。

“她还说，你给她的留言她都看到了，还让你以后不要再发了，如果再发，她会删除了你。”徐一莫摸了摸商深的胳膊，安慰商深，“为了留一个念想，不让别人拉你进黑名单，你以后就别再给她留言了。”

商深沉痛地点了点头，其实近几个月来，他已经很少再在ICQ上给范卫卫留言了，每次看到范卫卫隐身的头像，他就知道她还没有拉他进黑名单是为了保留最后的一丝怀念。

“你没有告诉她事情的真相？她见到的一切，其实都是误会！”既然徐一莫和范卫卫有沟通渠道，何不让徐一莫替他解释清楚一切？

徐一莫摇了摇头：“我也提过，卫卫不听，她说她相信她见到的一切，事实就是事实，再解释也是没用。”

商深一拳打在了墙壁上，心在滴血。

徐一莫悄悄地一吐舌头，不好意思了商深，我说了假话，其实我没有怎么跟范卫卫解释你和薇薇之间的误会，不过天地良心，我没有解释但也没有继续夸大误会，也算对得起你了，是不？

“就机场的一幕，卫卫不至于误会我这么深，难道还有什么让她误会的地方？”商深总觉得哪里不对。

“估计是了，我也不清楚还有什么地方让卫卫误会了……”这一点徐一莫倒是没说假话，她和范卫卫虽然聊得不少，但提到商深和范卫卫感情的时候倒不多，都是一些天南地北的话题。

想了一想不得要领，商深索性不再多想了：“也许有一天卫卫想通了，会再和我联系，到时我要向她好好解释清楚，不管她对我有什么误会，我都可以问心无愧地说，我没有辜负她！”

“真的吗？”徐一莫俏皮地一笑，“你敢对天发誓没有辜负范卫卫？”

“怎么不敢？”商深举起两根手指就要发誓。

“不要发誓，小心被雷劈。”徐一莫拉住了商深的手，“别的我不知道，我只知道你在深圳威尼斯酒店偷看了薇薇洗澡，还好意思说没有辜负范卫卫，要是我是范卫卫，我也会和你分手。”

“我哪里有偷看崔涵薇洗澡？”商深急了，徐一莫诬赖好人，又一想，不对，徐一莫怎么知道崔涵薇和他在浴室的事情，“你怎么知道的？”

徐一莫一昂头，一脸得意：“不告诉你。”

“快说。”商深情急之下抓住了徐一莫的肩膀。

“好了，别这么激动，告诉你就是了，是薇薇告诉我的。”徐一莫眨了眨眼睛，悄悄地问道，“她说她浑身上下都被你看遍了，是不是真的？”

女孩之间真的什么话都说，没有秘密可言？商深无语了，也不知道崔涵薇是出于什么心理，怎么这种事情也要告诉徐一莫，是不是关系非常好的女孩之间真的无话不谈？

“脸红了，哎哟喂，大男人还会脸红，看来是真事了。”徐一莫取笑商深，“是不是看遍了薇薇？怎么样，薇薇的身材还不错吧？”

是不错，你的身材也不错，商深恨恨地想，我还看遍了你，要不要也告诉你一声？还有，我没有看遍崔涵薇全身好不好，只看了她的A面没看B面，倒是你，两面都看到了。

不过商深也就是腹诽几句而已，没有说出口，他到底还是一个三好青年，也怕徐一莫不好意思。再万一徐一莫知道后又说给崔涵薇听，他还要不要保持光辉的形象了？

“卫卫现在在美国哪里？”商深只知道范卫卫在美国。

“美国硅谷。”徐一莫白了商深一眼，对商深避重就轻的做法十分鄙视，“硅谷知道在哪里吧？”

当然知道，商深点了点头：“她还好吧？”

硅谷是高科技事业云集的美国加州圣塔克拉拉谷的别称，位于加利福尼亚州北部以及旧金山湾区南部，包括圣塔克拉拉县和东旧金山湾区的费利蒙市。最早是研究和生产以硅为基础的半导体芯片的地方，因此得名。

尽管美国和世界其他高新技术区都在不断发展壮大，但硅谷仍然是高科技创新和发展的领导者，该地区的风险投资占全美风险投资总额的三分之一。

“感觉还行吧，反正有时思维挺跳跃的，情绪也挺高涨。说实话，商哥哥，范妹妹真是一个好女孩，但你和她就是有缘无分，别强求了，放下吧。曾经幸福的痛苦的该你的该我的到此一笔勾销，然后一人天涯一人海角，多好。”徐一莫加大了攻势，“你和薇薇才更般配，她比范妹妹更成熟更大方，上得了厅堂下得了厨房腌得了咸菜熬得了米汤，肯定会是一个贤妻良母。”

“别闹了，就算我和卫卫分手了，我也不会和崔涵薇在一起。我就奇了怪了，徐一莫，你为什么总是这么热衷于撮合我和崔涵薇，你真有当媒婆的潜质。”

“你不和薇薇在一起，和谁在一起？难道你又有新的目标了？”徐一莫对商深媒婆的形容毫不在意。

“是的，我有新目标了。”

“谁呀？快说来听听，让我批评批评你的审美。居然放着薇薇不要去喜欢别人，真是太没眼光太没水平了。快说是谁，让我好好挑挑她的不足。”

“她呀，远在天边近在眼前，就是你。”商深见徐一莫上当了，就抛出了他的答案。

“嗯，不是吧？”徐一莫开心地笑了，咬着手指歪着头，“如果你另外喜欢的人是我的话，我就不挑自己的不足了。实话告诉你，如果你见过我的身体的话，你会发现，我的身材比薇薇还好。”

不是吧？商深还以为徐一莫会不好意思或是发怒，不想她居然若无其事，还很受用，就用手一摸徐一莫的额头：“你没喝多吧？没发烧吧？”

“去你的。”徐一莫推开了商深，怒气冲冲，“商深，我郑重其事地告诉你，你上次答应过我，如果你和范卫卫分手了，你就和薇薇好。你现在已经和范卫卫分手了，你必须履行承诺，必须和薇薇在一起。”

商深忽然想起还真和徐一莫说过这句话，当时只是随口一说，没想到一语成谶，而且徐一莫到现在还记得这么清楚，他无话可说了，“这个，这个，涵薇不喜欢我。”

“你睡也睡了，看也看了，如果薇薇不喜欢你，她会和你联合创办公司？你知道她为了这个公司付出了多少辛苦？你知道她和爸妈、哥哥吵了多少次架？她和范卫卫不一样，范卫卫心思浅，藏不住心事，薇薇有什么苦什么难都自己受着，不会告诉你。如果仅仅是为了创办一家公司，她完全可以和别人合伙，然后聘用你当总经理也行，为什么非要拉你入股？不但因为她看重你的才华敬重你的人品在意你的骄傲，更因为她喜欢你！”徐一莫把憋在心里的话如机关枪一样全部释放了出来，她太了解崔涵薇对商深的感情了，满怀对崔涵薇的同情和怜惜。

商深惊呆了，崔涵薇对他真的如此用情？他愣了半天才说：“她怎么不自己对我说？”

“切，男人，你的名字叫虚伪。”徐一莫干脆不和商深理论了，她转身就走，“你觉得一个女孩为你付出了那么多，还要再端正地坐在你的面前，一板一眼地对你说，商深你好，我很喜欢你，真的很喜欢你，你也喜欢我好不好？别说薇薇了，就是我，我也没法这么下贱地去求你喜欢我！商深，你够了。”

好吧，商深摸了摸鼻子，无奈地一笑：“我……”

“你什么你？”徐一莫走到门口又站住了，“你自己说过的话，自己要记得兑现，拿出男人样儿来，别让我看不起你。我就不计较你偷看我身体的事情了，不过你给我记住了，如果有一天薇薇和你掰了，而到时候我还没有男朋友的话，你就从了我。否则，哼哼，我跟你没完。”

话一说完，徐一莫摔门而去。

商深愣在当场，半天没有挪动一步，不是吧，原以为当时徐一莫醉得一塌糊涂，不知道发生了什么事情，却原来她什么都知道，糗大了，真是糗大了。

可是……商深一时头疼，以后要如何和崔涵薇共事、和徐一莫相处呢？

正想得头大时，门一响，崔涵薇推门进来。

“发什么愣呢？走，今天是新年第一天，去公司看看。说好了，蓝袜、一莫和卫辛都一起去。”崔涵薇还如往常一样一拉商深的胳膊，“走呀，别傻站着了。”

商深如梦方醒，躲开了崔涵薇的胳膊，不认识一样打量了崔涵薇几眼：“你们女孩子之间，是不是无话不谈？”

“女孩子秘密多，没人说的话，就只能和闺蜜说了……怎么了？”

“不怎么，我就想问，徐一莫、蓝袜还有卫辛，到底谁是你关系最近的闺蜜？”商深继续追问。

“想什么呢你，突然这么奇怪了？”崔涵薇笑了，不过还是回答了商深，“当然和一莫关系最好了，我和她从小一起长大，算是发小。其次是蓝袜，然后是卫辛。蓝袜和我算不上闺蜜，但关系也比一般的朋友要好上许多。我家和她家是世家之好。”

崔涵薇向蓝袜拆借了300万，利用蓝袜的资金总算成功地成立了公司。公司的股权比例是，崔涵薇持股60%，拥有绝对控股权，蓝袜持股20%，是第二大股东，商深持股10%，是第三大股东，剩下的10%用来和王启东和王向西的新公司交叉持股。

蓝袜拆借了崔涵薇300万，确实就如拿出300元一样，甚至连一个借条都没让崔涵薇打，这让商深严重怀疑蓝袜的家底到底有多厚。不过崔涵薇没说，蓝袜没提，他也没有多问。

当然，蓝袜既然入股了公司，也要出资，她出资100万，也就是说，到时崔涵薇只需要还她200万就够了。至于她是怎么和崔涵薇达成一致的以及崔涵薇怎样瞒过了爸妈和崔涵柏，商深就不得而知了。

不过虽然崔涵薇在他面前总是表现出淡定从容的姿态，但他隐约也能猜到，在背后，因为和他开公司的事情，崔涵薇承受了巨大的压力。好在有蓝袜的加入，他在公司之中虽然退到了第三大股东的位置，没有成为第二大股东，但正是因此，相信崔涵薇可以减少一些来自家族的压力。

毕竟，她可以对家里声称公司是她和蓝袜的联合公司。

其实对于崔涵薇和徐一莫、蓝袜以及卫辛的关系，商深一直没有多问，崔涵薇也没有多说，现在他忽然有了想弄清四个女孩之间关系的强烈欲望。都说三个女人一台戏，好吧，崔涵薇她们几个还不算女人，算是女孩，但四个女孩肯定也可以上演一台戏了。

听说要去新公司，王启东、王向西、文盛西和刘凌都有兴趣，商深也就以公司股东的身份盛情邀请几人一起去参观。

在楼下简单吃过早饭，一行九人分别上了崔涵薇的宝马和蓝袜的奔驰，一前一后驶出了小区。

商深坐在崔涵薇的车上，他虽然没车也刚会开车，却养成了一上车就系安全带的好习惯。在系安全带的时候，不经意朝外面望了一眼，发现了一个熟悉的身影——和前一次只是晃了一眼看不分明不同的是，这一次他看得清清楚楚，不是别人，正是叶十三。

而且还不是叶十三一个人，还有毕京和两个女孩一共四个人，其中一个女孩他也认识，杜子清！

杜子清不是和叶十三分手了，怎么又在一起了？一个疑问在商深脑中一闪而过，想再看得清楚时，叶十三一行已经消失在了汽车的后视镜中。

还好，商深并没有看到在叶十三一行的前面还有几个人，如果让他看到了，他肯定会震惊得无以复加。

因为他们正是黄广宽、朱石和黄汉等人。

“看到谁了？”崔涵薇从后视镜张望了一眼，没有看到任何异常，她刚才只顾观察路况了，没留意后面。

崔涵薇的车上坐了五个人，除了她和商深之外，还有徐一莫、卫辛和王启东。王启东坐在后座两个美女的中间，很淡定很从容，目不斜视，颇有君子风范。

“叶十三、毕京和杜子清，还有一个女孩，黄头发大耳环，不认识。”

“伊童。”崔涵薇立刻想到了是谁，伊童在京北花园有几套房子，大部分时间伊童也住在京北花园，只是她不明白伊童怎么会认识叶十三、毕京和杜子清几人，“怪事了，伊童怎么会和叶十三他们在一起？以前她不认识他们，应该是最近的事情，最多不超过半年。”

叶十三和商深的关系，她已经听商深说过了，至于商深和叶十三的恩怨，商深只是简单一提，并未深说，但她也猜到了八九。有时候关系越好的人伤你却最深，男女之间如此，男人和男人、女人和女人之间的友情也是如此。

我们都很容易犯同一个错误——对陌生人太客气，而对亲密的人太苛刻；对无关的人太礼貌，而对最爱的人太挑剔。

商深也从崔涵薇口中听到了叶十三和她认识的经过以及叶十三被祖纵、崔涵柏暴打的过程，不知道该怎么评价叶十三的为人了，说他见异思迁也好，说他傻也罢，他毫不掩饰自己的热爱并且敢于表露自己的情感，也不能说他多下贱、多丢人。

/ 第 / 三 / 十 / 七 / 章 /

开拓者

但让商深所不齿的是叶十三对杜子清的态度，既然不爱杜子清，何必还要和她在一起。不爱就不要伤害。爱的伤害，可以说是情非得已；不爱的伤害，就是无耻和下作了。

杜子清也是，明知道叶十三对她没什么感情，却还要和他在一起。明明已经说过要分手了，怎么又回到了他的身边？难道她还想和叶十三做朋友不成？

如果分手的恋人还能做朋友，要么从未爱过，要么还在爱着……很可悲的是，杜子清还在爱着而叶十三却从未爱过。人生有许多悲剧的原因就在于生活习惯和感情上的不同步，商深暗暗叹气，不知道该怎么评价杜子清的所作所为了。

不过……先不管杜子清了，商深想到了其中的利害关系，摇头笑了："没想到叶十三、毕京和伊童走到一起了，这下真有好戏看了。"

"啊，不是吧？叶十三和伊童混到一起了？这下还真的两军对垒了。"徐一莫夸张地笑了笑，"薇薇，好戏真的要上场了。"

"什么好戏？"王启东冷不防问了一句。

伊童成立了众合互联网信息服务有限公司的事情，崔涵薇也有所耳闻，但伊童和谁联手，她并不清楚，现在忽然就想明白了什么："打擂台的好戏……小王哥，我家和伊家是商业上的竞争关系，伊童因此也对我有些敌视。本来我和商深、蓝袜成立了一家施得计算机系统有限公司，想要进军互联网行业，谁知伊童也成立了一家众合互联网信息服务有限公司，也要投身到互联网的浪潮之中。好吧，其实我也没有多想她成立众合和我有什么关系，但刚才商深看到了叶十三和她在一起，就不得不让人多想了。”

“叶十三又是谁？”王启东饶有兴趣地笑了，“做生意不是斗气，是为了创造财富。一斗气，人的气量就小了。气量一小，视野就狭窄了，做事就落了下乘。”

“说得也是，可是没办法，有些人就喜欢处处和人作对，似乎只有打败了别人才能显示出自己的本事一样。”崔涵薇一拢头发，嫣然一笑，“叶十三是商深的发小，他和商深的恩怨，还是让商深来说吧。”

“我说，我说。”徐一莫抢先了，她一摇王启东的胳膊，“不瞒你说，叶十三人长得倒是不错，人高马大，比你高，比你帅，要是去演戏，没准还能成为比刘德华还火的明星，可惜的是，他演戏的天赋用在了生活中，就成了虚伪。他和商深的故事，说来话长了……”

“说来话长就不要说了。”商深打断了徐一莫的话，回头冲王启东一笑，“小王哥，其实我和叶十三也没有什么不可调和的矛盾，只不过可能是太熟了，他总是对我太挑剔，所以很想和我一比高下。”

“为什么不让我说？我偏要说。”徐一莫又抢过了商深的话，“叶十三不是对商深挑剔，他是对自己太挑剔。本来他有一个女朋友叫杜子清，但他却并不喜欢她，不喜欢还和她在一起，说明叶十三人品有问题。后来叶十三遇到了薇薇，只见了薇薇一面就说对薇薇一见钟情，死缠烂打非要薇薇的联系方式，薇薇没有给他。现在薇薇和商深在一起了，如果让叶十三知道了，叶十三就更会恨死商深了，肯定会认为是商深抢了他的梦中情人……”

“原来如此。”王启东笑了笑，云淡风轻地说道，“商深，如果你的公司成立后，叶十三处处针对你，你怎么回击？”

“互联网很大，广阔无边，足以容纳无数公司共存双赢。”商深哈哈一笑。

“互联网的大海里，小鱼很多，但大鱼毕竟还是少数，我觉得，早晚会形成几家巨头垄断的局面，就如美国的微软和IBM一样。只有小公司才会说共存双赢，真正的巨头眼中只有并购、吞并。”王启东意气风发，就如君临天下的帝王。

商深承认王启东的话很正确也很有气势，问题是，在没有成为大公司之前，只能先追求共存和双赢，志当存高远没错，但再高远的志向也要先从眼下的脚踏实地开始。

“如果叶十三针对的是我，我采取的方法是避其锋芒，紧随其后，积蓄实力，伺机反击。”王启东向商深提出问题，其实不是想听到商深的答案，而是想说出他的想法，“就和我们学习ICQ一样，在别人成功的基础上复制出属于我们的成功，方法既简单又便捷，而且还会少走许多弯路。”

“复制？不就是抄袭吗？小王哥，我怎么觉得抄袭别人总不是那么光明正大，为什么不独创呢？”徐一莫毫不客气地回击王启东，说出了自己的看法，“退一万步讲，抄袭ICQ还说得过去，好歹人家也成功了，跟在叶十三的后面抄袭叶十三就太丢份了吧？为什么不一马当先冲锋在前，让别人跟在后面追我们呢？”

“当领跑者太累，不如当跟随者。谁成功就复制谁，当然，复制不是抄袭，是在复制的基础上进行再创新再拓展。牛顿说过，如果说我比别人看得更远些，那是我站在了巨人的肩膀上的缘故。”王启东并不和徐一莫辩论谁对谁错，他只是陈述自己的想法，“商深，你觉得我们的OICQ推出后，会成功吗？”

“会。”商深先不予评论王启东的复制想法是对是错，互联网时代是一个前所未有的时代，有许多新的观念、新的理念伴随着互联网的出现而诞生；同时，互联网也打破了许多行业的界限，突破了以前传统的约束，相信要经过相当长的一段探索、摸索和适应期后，才会有相关的规范出台。

“这么肯定？”王启东开心地笑了。

“因为ICQ成功了，所以OICQ一定也会成功。”商深也笑了，“跟随、学习、模仿、复制然后再超越，是目前国内互联网的现状。OICQ 弥补了 ICQ 的所有不足，不但是中文界面，而且功能也多，更适合国人的习惯。”

“OICQ 有正式测试版本了？快给我，我要抢先试用，免费替你们测试。”徐一莫最热衷于网络聊天了，所以对 OICQ 兴趣最大，“我上次正和卫卫聊天，忽然就死机了，后来发现还是 ICQ 的兼容问题导致的死机。唉，ICQ 不管是登录界面还是操作菜单，都太难用了，有些设计简直就是反人类。我觉得如果一直不改进的话，ICQ 早晚会玩完。”

“好，没问题，回头发你测试版，不过不许外传。”商深正想从现在开始正式进入内部测试阶段，徐一莫作为资深的 ICQ 爱好者，让她来尝鲜最合适不过了，又一想，“你也发给卫卫，让她在美国也帮忙测试一下。”

到了诚铸大厦，停好车，一行人上了 18 楼，来到了 1809 房间。

这是一个 50 多平方米的房间，已经做好了隔断，除了公共办公区之外，还有两间经理室，其中商深一间，蓝袜一间，尽管蓝袜说了她不会常来公司，但崔涵薇还是为她预留了办公室。

商深的办公室中还预留了崔涵薇的位置，崔涵薇本来可以自己单独一间办公室，后来不知道出于什么考虑，还是决定和商深同屋办公。

蓝袜虽然家世显赫，却不知道出于什么原因，既不在自家的公司任职，也不去大型公司工作，而是非要在中关村租一个柜台卖一些电脑耗材。个中原因耐人寻味，商深也没多问，只当是富家小姐的特殊喜好。

“不错，不错，很有气象。也许不用多久，施得就可以租下一层楼了。公司的理念很好，一切以用户价值为依归，正是互联网未来发展的方向。”刘凌转了一转，对公司赞不绝口，公司的装修简洁实用倒不是让他赞赏的主要原因，而是公司的理念深得他心。

文盛西东看看西摸摸，摇了摇头：“摆上几台电脑聘用几名员工，就是一家公司了？我总觉得不太靠谱，没有可以销售的东西，怎么赚钱？”

“哈哈……”王启东大笑，“盛西，你的思维还停留在传统零售业上面，不是互联网思维。互联网企业也出售东西，不过出售的不是实物，而是提供精神享受。就如你看一场电影，你得到什么了？既不是一个光盘也不是一包打印纸，只是一场视觉盛宴，但你却愿意付费观看，为什么？因为电影会带给你精神上的愉快和美感。互联网的发展方向，也是一样。”

“理解不了，理解不了。”文盛西摇了摇头，无奈地一笑，“算了，我还是卖我的电子产品好了，不和你们一起跳进互联网的大海了。”

“你早晚会跳海。”王向西在徐一莫面前似乎不太放得开，一直话不多，文盛西的话引起了他的表达欲，“盛西，我敢打赌，5 年之内如果你还不进入互联网的话，你会后悔一辈子。”

“5 年？现在是 1998 年，5 年之后是 2003 年，好，我就和你打赌了。如果 5 年之内我还没有触网，你赔我什么？”文盛西和王向西击掌。

“你想要什么？”王向西眯着眼睛憨厚地笑。

“我女朋友和我分手了，现在还是一个人。这样吧，5 年之内如果我还没有触网，而且还没有女朋友的话，你负责为我介绍一个女朋友，必须是年轻漂亮、温柔贤惠类型，爱家顾家持家，怎么样？”

“哎呀，这个难度就太高了，这么好的女孩要是我遇到了，我也会喜欢，估计等不到介绍给你认识，就成我的夫人了。”王向西乐了。

“哈哈。”文盛西也是大笑，很喜欢王向西的真实，“好，如果你遇到了，你先娶。等你娶完了，再遇到了，记得介绍给我。”

“这个没问题。”王向西搓了搓手，嘿嘿地笑了，下意识地看了徐一莫一眼。

徐一莫眼尖，立刻就察觉到了王向西的举动，她连忙摆手：“你们聊天不要扯上我，我可有言在先。第一，我不温柔贤惠；第二，我爱家顾家但不会持家；第三，好吧，没有第三了，反正意思你们也明白了，对吧？”

“明白什么了？”文盛西没能跟上徐一莫的思路，“我们刚才没扯你呀。”

“算了，不和你说了，怪不得小北不要你了，你就是太笨，不解风情。”徐一莫白了文盛西一眼，又冲王向西甜甜一笑，“王哥，你明白我的意思吧？”

王向西嘿嘿一笑，挠了挠头：“其实盛西的条件你全占，别小看自己。”

“停，停。”徐一莫甩手做了一个暂停的手势，然后一指商深的办公室，“下面是开会时间，要商量可以影响世界和人类进程的大事，不说情呀爱呀的个人小事。”

文盛西还是没明白徐一莫的意思，他一头雾水：“政治和经济是决定人类的大事，但情呀爱呀也是影响世界的大事，如果都不结婚生子了，人类不延续了，世界也就不用运转了。所有的努力和付出，不就是为了人类的生存和延续吗？”

“懒得理你。”徐一莫气呼呼地笑了，“以前我以为商深是榆木疙瘩，现在才知道，和你相比，他机智多了。你不是榆木疙瘩，你是石头疙瘩。”

王向西、蓝袜、卫辛和王启东都哈哈大笑，商深和崔涵薇相视微微一笑。

一行人来到了商深的办公室。

商深的办公室格局比较简单，但有一张宽大的办公桌，一台台式电脑，还配了一台笔记本电脑，一个舒适的办公转椅，还有一组沙发、一台饮水机，除此之外，就是办公桌后面还没放进书的空空荡荡的书柜了。

几人依次在沙发上坐下，崔涵薇当仁不让地坐在了办公桌后面的主位上，商深就坐在了桌子上，徐一莫就不客气地坐在了商深的旁边。

王启东注意到了一个小细节，不由得暗暗一笑，商深坐在桌子上的时候，蓝袜本想坐在商深旁边，不料她才一有所动作，却被徐一莫抢了先。

徐一莫是嘴快、眼快、动作快，一般人比不了她的敏捷。

由于晚了一步，蓝袜眼中闪过一丝不甘和失落。

“施得计算机系统有限公司虽然注册有几天了，但还没有正式成立，员工也已经招聘到位，几天后就可以正式开张了。”崔涵薇环顾众人，从小的养尊处优以及习惯了成为中心人物的她，面对商深等人时，也俨然以主事者自居，“在公司正式开张之前，请大家来为公司的发展出谋献策，共同规划我们的互联网蓝图。”

“我和向西的公司应该今年也会成立，我之前也和商深达成了共识，我们的深圳企鹅计算系统有限公司和施得计算系统有限公司交叉参股，同时，商深也介入到OICQ的开发之中。”王启东第一个回应了崔涵薇，“如果以后两家公司再发展壮大了，交叉参股的比例可以再根据实际情况进行调整。”

“好，这个问题以后再讨论也不迟，反正你们的企鹅计算机有限公司一时半会儿也成立不了，先说说施得计算机有限公司下一步的发展。”崔涵薇端坐在正位，端庄优雅的姿态，还真有几分董事长的做派。

“我的想法是……”王启东也坐正了身子，此时的他低调而谦和，浑然没有多年以后的强大气场，他现在在崔涵薇面前，就像一个初出大学校门的学生，没有丝毫气势，“以OICQ为主，以其他软件为辅，把主要精力都放到OICQ之上。”

“我的想法是……”商深环顾众人，王启东低调，王向西认真，蓝袜好奇，文盛西心不在焉，刘凌凝神，卫辛一脸淡然，“首先我赞成王哥的提议，目前主要精力放到OICQ上，但OICQ推广期会很长，估计短期内不会见到效益，所以公司还要考虑收支平衡的问题，必须有一项可以维持公司日常运转的经营项目才行。”

“卖电子产品怎么样？”文盛西插了一句，嘿嘿一笑。

“说过了，不卖任何硬件。”崔涵薇瞪了文盛西一眼，“你卖你的电子产品就行了。”

“我倒认为OICQ推向市场后，应该很快就可以见到收益。”王启东比商深乐观，“当然，我也支持你们开发别的软件推向市场。我有一个不成熟的想法，现在市场上最火的软件是五笔字型和KV300，你们可以模仿这两款软件，在他们的基础上发挥创意并且进行拓展，也许会有意外的收获。”

“五笔输入法是免费软件，没有收费市场，KV300有独特的技术，王江民是杀毒方面的天才，天才的思维不可复制，况且KV300有加密技术，很难破解源代码。”商深摇了摇头，否定了王启东的想法，“跟在别人后面只能是追随者，我想做一个开拓者，哪怕只是某一个方面的开拓者。”

/第/三/十/八/章/

新年伊始

“对，我支持商深的想法，虽然开拓者有时会走弯路甚至会摔跤，但至少有自己的风格，有自己的创新。不走寻常路是我的座右铭，商深，我建议你继续和我合作，推动724软件的全面优化。”刘凌对商深表示了支持。

“商深，你想开发什么软件？”王向西对商深的想法不置可否，却问起了商深的创意。

“嗯，我的初步想法是继续和刘凌开发724软件，同时我自己也编写了一个管理电脑的软件，可以方便地让用户在Windows界面上查看启动项并且选择禁止启动、查杀病毒并且清理电脑系统的垃圾，名字我也想好了，叫管理大师。”

“这个创意好。”文盛西一拍大腿站了起来，哈哈一笑，“不瞒你说，我就对电脑启动慢、经常产生垃圾十分不满，但没有一定的电脑水平，又不会进入BIOS管理启动项，更不会清理垃圾，如果真有一个在Windows界面很方便地管理电脑的软件，我一定第一个装上。商弟，你的软件写好没有？写好的话先给我测试测试。”

商深笑道：“写好了，回头给你。”

“主意是不错。”王向西点头，心想商深不但是一个编程天才，也是一个市场天才，居然想出了这样好的主意，他怎么就没有想到呢？一个心中始终以用户为第一位的公司，必定是一家可以走得长远的公司。

一切以用户价值为依归，也是他以后的指导思想，王向西继续说道：“商深，以前出现过不少天才的程序员，但大多数除了编写软件之外，并没有市场头脑，所以单机时代是他们的天下，因为单机时代不需要考虑更广泛的需求，个人英雄主义就可以成功。但在互联网时代，思维就不一样了。互联网时代是联机的时代，联机，就要考虑到整个市场，考虑到所有用户的需求。”

“没错，互联网时代和单机时代最不同的一点是，互联网时代用户的诉求会最直接地从软件的下载量上反映出来，而且用户的习惯、对软件使用上的不便，都会有直接的反馈。”商深对王向西的说法深以为然，“所以我编写的管理大师软件，一开始会走免费的模式，等用户养成了习惯离不开这个软件之后，再考虑收费。”

“这个想法好，先免费品尝，先尝后买，知道好歹，哈哈，商弟，你还挺有经商天赋嘛，要不干脆跟我一起来中关村摆摊吧。”文盛西又鼓动商深了。

“商深卖的是智慧，他是生产商兼销售商，你卖的是产品，你只是销售商，你和商深不能相提并论。”崔涵薇对文盛西很是不满，“你不要捣乱好不好？我们现在讨论的是互联网思维，不是传统的零售模式。”

“好，好，我不说话了还不行吗？”文盛西举起双手向崔涵薇告饶。

崔涵薇“扑哧”笑了，扭头看了蓝袜一眼：“你觉得呢，蓝袜？”

蓝袜想了想：“除了开发软件之外，同时再上线一家网站不是更好？”

“上线一家网站哪里有这么容易，先不说开发网站的程序，就说网站需要大量的人力物力，就让人承受不起。”徐一莫不请自答，她眨了眨眼睛，“我有一个主意，商深可以再编写一个适用于全互联网的搜索引擎。”

此话一出，举座皆惊！

因为在座众人之中，除了商深之外，王启东、王向西和刘凌都是编程高手，就连文盛西也有过编程经历，知道编程的难度和不易，更知道编写一个搜索引擎的难度有多高。

更主要的是，徐一莫明显不懂编程，怎么会说出搜索引擎的专业术语？

要知道，到目前为止，搜索引擎的说法还只是一个概念，国内还没有高手可以编写一个能适用于全互联网的搜索引擎。

“你怎么知道搜索引擎的说法？”王向西不认识一样看着徐一莫，他知道徐一莫既不是互联网高手，也不是 IT 专业出身，更算不上计算机人才，在现在搜索引擎还是行业内专业术语和最高难题之时，徐一莫脱口而出搜索引擎就和一个三岁小孩说出编程和代码一样惊人。

“为什么要告诉你？小瞧人是吧？我就不能知道业内的最高课题了？”徐一莫嘻嘻一笑，没理王向西，转身对商深说道，“商哥哥，这事儿说来还得感谢你的前女友……”

商深一愣：“卫卫？”

“是范卫卫，不要叫得这么亲热，已经是前女友了好不好？是谁说过的遍看北京花，还是一莫好？不用天涯何处无芳草，现在眼前就是花开正艳，你又何必单恋远在美帝国主义的一枝花？”徐一莫对商深意见大了，似乎商深称呼范卫卫为卫卫多伤她的心一样，她也不顾众人在场，“记住了，商哥哥，以后要改口了。不改口，我不告诉你事情真相。”

这都哪儿跟哪儿呀，商深迷糊了，不过见徐一莫一脸认真的样子，而且又在众目睽睽之下，他不好驳她面子，只好勉强一笑：“真矫情，好吧，范卫卫。”

“快说，到底是个什么情况？”王向西很着急，因为搜索引擎的技术一直是美国领先，国内还没有突破，如果能间接通过在美国的范卫卫了解到一些情况，也算是内部消息了。

“范卫卫住在硅谷，正好认识了一个在美国留学定居的中国人，他叫薛奇。薛奇北大毕业后，在美国布法罗纽约州立大学取得计算机科学硕士学位，和他的夫人一起留在了美国。巧的是，薛奇正好是卫卫邻居。更巧的是，卫卫和薛奇的夫人马西捷原本就认识……故事，就这样发生了。”徐一莫还挺有讲故事的天赋，抑扬顿挫不说，还很有停顿的技巧。说到这里的时候，就故意停了下来。

“后来呢？”等了片刻，王向西按捺不住了，也主要是他太想了解搜索引擎技术了，搜索引擎是IT业内的高端难题，目前国内无人能解决，他曾经试图挑战过搜索引擎的难题，结果功败垂成。虽然他在改写ICQ之时不觉得困难，但他很清楚，在编程的世界里，每个人都有不可逾越的高峰。

王向西承认，在搜索引擎技术的领域，他没有天赋，搜索引擎是他无法攻克的难关，是他的人生瓶颈。

“着什么急，又不是说给你听，你凑什么热闹？”徐一莫对王向西不假颜色，在深圳的时候，她还一口一个王哥叫得亲切，半年没见，再和王向西相遇，她不但不叫王哥了，还态度大变，谁也不知道她怎么就对王向西有意见了。

王向西尴尬地一笑：“徐妹妹，我没得罪你吧？你干吗对我这么凶？”

“你不但没有得罪我，你还帮过我，我其实一直挺感谢你。”徐一莫忽然又笑了，笑得很含蓄，“但刚才的事情你不该问，应该是商哥哥来问，你问了，就是不懂事。”

商深无语了，徐一莫太气人了，一方面鼓动他和范卫卫分手，另一方面涉及了范卫卫的问题偏偏让他发问，她就是故意刁难他……不过又一想，算了，好男不和女斗，何况她如此对他，估计是对他看她的身体一事耿耿于怀。

商深猜对了，近几个月来，徐一莫其实有很多机会可以和商深见面，不过她都特意避开了，因为后来她想起了事情背后的真相，是她半夜去洗澡，结果走错了卫生间，回来后睡在了商深的床上。睡就睡吧，反正商深也没怎么她，问题是，她不但只穿了内裤，还没戴胸罩！

更关键的是，商深还和崔涵薇联合起来蒙骗她，让她误以为她一开始就是睡在了小房间的床上，此事让她不想还好，一想就气愤难平。商深看了她也就罢了，商深还看了崔涵薇。崔涵薇联合商深蒙骗她也就算了，还告诉了她商深和她在卫生间的旖旎事件……

徐一莫都不知道当时该怎么形容自己的心情了，是该大骂崔涵薇重色轻友，还是该痛恨自己当时太傻太笨，居然主动送到别人床上了。问题是，她自认身材健美无人可比，比送货上门更服务到位地送人上床了，商深居然无动于衷，还偷偷跑掉了，难道说她真的没有魅力？

长这么大，徐一莫虽然自认不如崔涵薇惊艳，但她也是一等一的美女，而且她的健美身材无人可及！想她当时只穿了一件内衣，健美身材一览无余地呈现在商深面前，商深还能视若无睹地转身离去，他还是一个生理正常、心理健康的男人吗？

徐一莫对商深的怨念就如夏天的野草一般疯长，一连长了几个月，几乎长成了一棵参天大树。

这股怨气让她憋得难受，偏偏女孩的矜持和羞涩又不能对商深当面问个清楚，就让她对商深怨恨交织，恨不得约商深一起游泳，然后她就让商深教她游泳，测试一下商深到底是不是一个正常的男人，或者是一个正常的男人却只是对她的健美不懂欣赏？

虽然她早会游泳了，一口气能游 3000 米都不用停歇。

如果让徐一莫知道，其实当时商深一个正常男人该有的反应他都有，他还伸手触摸了她的腰窝，只不过商深最终还是克制了自己的欲望，没有采取进一步的动作而已，她肯定会欣慰而满足地大笑，然后不再对商深抱有怨念。

“好吧，我来问……”商深咳嗽一声，见众人都一脸促狭的笑意盯着他，他摸了摸鼻子，“后来呢？”

“后来嘛……”徐一莫瞥了商深一眼，虽然她年纪不大，一瞥之间却风情无限，她又笑了，“后来卫卫和薛奇、马西捷夫妇就熟悉了，之后慢慢就了解到了他们的一些故事。”

薛奇出生在山西阳泉，童年时他曾经学过戏曲，后来被山西阳泉晋剧团录取。但中学时，他受考入北京大学化学系的三姐的激励，才开始放弃戏曲，发奋学习，并于 1987 年考入北京大学信息管理专业。1991 年，薛奇来到美国布法罗纽约州立大学计算机系攻读硕士学位，毕业后来到华尔街道·琼斯子公司工作，成为金融信息系统的设计人员。

如果没有三姐的激励，也许华尔街会少一个天才的一流程序员，而晋剧团会多一个三流的戏曲演员。

1995 年，薛奇在纽约的一次中国留学生聚会上见到了马西捷。马西捷比薛奇小两岁，当时她正在美国新泽西州大学生物系攻读博士学位。谈吐睿智、有魅力、有知识、大方得体的马西捷一下子吸引了薛奇，因为他发现这个毕业于中国科技大学少年班的女孩不但漂亮而且还极其聪明。漂亮的女孩常有，聪明的女孩也常见，但既漂亮又聪明的女孩就少之又少了。

薛奇对马西捷一见倾心，向来秉承三不原则——不徘徊、不动摇、不跟风的他没有半分迟疑，就对马西捷展开了猛烈的攻势。谦和，说话很到位，不造作虚伪，真诚而朴实，不会给人以被冒犯感……是马西捷对薛奇的评价。

半年后，薛奇和马西捷就踏上了婚姻的红地毯。不久，他们有了一个可爱的女儿。

“不对，不对，我是想听搜索引擎的技术问题，不是薛奇的个人私事，对他的爱情故事和婚姻更不感兴趣。”王向西听来听去觉得不对味儿，忙跳出来发表了抗议，“一莫，别扯远了，拣重点说。”

“你懂什么？任何一个成功者的背后，都会有一个对他起到至关重要作用的女人。商深失恋了，文盛西也失恋了，失恋让他们成长，也会促进他们的成功，你信不信，在以后他们会感谢今天的失恋。”

“怎么又扯上我了？”文盛西不满地瞪了徐一莫一眼，又嘻嘻一笑，“说商深就行了，别说我，我脸皮薄，害羞。”

对于文盛西毫不犹豫地出卖朋友的行为，商深本想坚决予以谴责，不过还没等他开口，崔涵薇却先说话了。

“马西捷我也认识，她是合肥人，是纽约留学生圈里的‘公主’，出身中科大少年班，智商很高，学习很好，人长得漂亮，家世也很好。我当年留学美国的时候，和她有过交往，印象中，应该也和薛奇有过接触，不过记不太清楚了。”崔涵薇歪头想了一想，“如果我没记错的话，薛奇应该是长得很北方的那种人，方脸，浓眉，大眼，个子似乎不低，第一眼看上去就是一个帅哥。”

“比我还帅？”商深摸了摸了下巴，笑了。

“你和他是不同的类型，他属于很方正很技术的那种，你是既有技术气质又有灵活多变的性格，相对来说，你和王启东的相似之处更多。”崔涵薇摆了摆手，“不说了，不说了，听一莫继续说下去。目前还没有真正意义上的搜索引擎，搜索结果冗杂，如何识别网站质量、防止作弊成了一个难以突破的技术瓶颈。如果薛奇真能突破搜索引擎的技术瓶颈，他就是一个了不起的天才。”

“你还真猜对了，薛奇就是一个了不起的天才。不过他的天才之路总是伴随着马西捷的影子，知道我为什么特意强调马西捷的存在了吧？因为如果没有马西捷，或许就没有薛奇的成就。”徐一莫扬扬自得，她仰起小脸，迸发出迷人的光芒，仿佛是向王向西示威一样。

王向西嘿嘿笑了笑，挺直了身子，又收了收腿，似乎是被徐一莫咄咄逼人的气势吓退了。

薛奇是一个慢性子的人，而且容易受环境影响，当年他出国留学也是认为国内的氛围太沉闷了，如果待下去的话，或许会成为一个喝茶看报没上进心没追求的上班族。他为自己制订了出国留学的目标，拼搏了一年多时间，吃了许多苦，终于考上了美国布法罗纽约州立大学计算机系。

和马西捷在美国结婚后，薛奇在道·琼斯子公司工作了三年多，慢慢又惯性成自然，他有了惰性。此时他已经拥有了公司的70余万股期权，并且年薪很高，在硅谷有了豪华别墅和名车，同时马西捷也在硅谷的一家高科技公司找了一份收入丰厚的工作，此时的他可谓事业有成，顺水顺风。

薛奇很为自己的成就感到扬扬得意，想起当年小时候的贫穷，现在的他拥有了不敢想象的成功，娇妻在怀，别墅豪车在手，年薪折合人民币有数百万元之多，他终于可以一圆自己在门前庭下的种菜梦了——他在自家别墅门前的草坪上清理出来一块空地，全部种上了蔬菜，每天下班后亲手侍弄一番，既当锻炼身体，又当陶冶情操，还可以吃菜，一举数得。

原以为他要奋斗许多年才会拥有现在的梦想生活，没想到，年纪轻轻就达到了他人生的最高境界。他失去了奋斗的动力，也没有了前进的目标，准备安心地过一个富足小康的中产阶级人生了。

/第/三/十/九/章/

长风破浪

然而，马西捷却对丈夫有着更高的期望，她从小到大都是尖子生，处处比别人快上一步，并且事事比别人做得更好，她认为薛奇不能满足于现状，应该用他所学的知识在互联网时代迎风破浪，成为傲立潮头的人物，而不是一个每天回家摆弄菜地的田舍翁。

“你在信息技术领域是顶尖专家，应该独立创业，而不是一直屈居人下。薛奇，我希望你是身材挺拔才智出众的鸿鹄，而不是小富即安目光短浅的燕雀。”马西捷苦口婆心地对薛奇展开了攻势，希望薛奇可以重新扬起风帆。

薛奇却不为所动，对马西捷的话不以为然，没有入心。

几天后，薛奇下班回家，才一进门就发现菜地里的菜全被拔掉了，乱七八糟地堆放在门前，两名工人正在为已经平整为平地的菜地里铺草坪。

薛奇勃然大怒，他对菜地倾注了心血和感情，怒气冲冲地对马西捷说道：“我的芥菜马上就要收获了，你干吗都毁了？你太过分了！”

马西捷针锋相对：“我不毁掉菜地，菜地就会毁掉我的丈夫。我毁掉的不是菜地，是你的懒散你的懈怠你的满足于现状！你是世界顶尖的IT专家，现在互联网浪潮即将来临，你不投身到互联网浪潮之中搏击风浪，却要当一个没有出息的加利福尼亚农夫！我不希望我的丈夫远渡重洋来到美国，就为了在美国种一块地养几样菜当一个加利福尼亚农夫！”

如一记惊雷在耳边炸响，马西捷的话深深刺痛了薛奇的心，他的天空有闪电闪过，照亮了他的安逸。现在就连国内也热火朝天地奏响了互联网时代的号角，有许多人纷纷创业，他却在美国为美国人打工，并且沾沾自喜地认为自己取得了成功。哪里成功了？说到底，他就是美国老板的一个随时可以替换的小人物而已。

当年他考北大、考 GRE 时的奋斗精神和拼搏劲头哪里去了？想通之后的薛奇走到默然流泪的马西捷面前，轻轻地挽住她，诚恳地承认了自己的错误："你说得对，我是应该干点事业了。"

马西捷才破涕为笑："对，不要辜负你超群的才华，不要浪费你的青春。现在正是互联网创业的最佳时机，你还想等到别人都成了亿万富翁成了影响许多人的大人物时，还拿着自己微不足道的成功来证明自己的才华？"

其实薛奇此时已经是搜索领域的专家了。

1996 年，28 岁的薛奇在道·琼斯公司担任高级技术顾问时，他就已经牵头开发了《华尔街日报》网络版的实时金融信息系统，这也是全球第一个网络实时金融信息系统。每天有多达 15 万条的资讯，如此海量的信息，用户很难快速找到自己想要的信息，在这样的前提下，就迫切需要一种快速并且准确的检索技术来破解这样的难题。

薛奇苦思如何解决搜索准确性技术，一直没有想到太好的解决方法，这难住了他。

1996 年 4 月，一场关于信息检索方面的学术会议在躁动不安的赌城拉斯韦加斯召开，会议枯燥乏味，让人昏昏欲睡，但对薛奇来说，却是一个难得的能让人静心思考的机会。他坐在台下，伴随着台上冗长的发言，思索搜索引擎怎样才能突破眼下的瓶颈，忽然，台上发言者以他的论文被引用的次数来验证自己的观点，薛奇脑中灵光蓦然闪现！

人们往往根据一篇论文被引用次数的多少来评价这篇论文是否权威，同理，如果应用到网页检索上，哪个网页被链接的次数最多，是否就可以认定哪个网页质量最高，人气最旺？如果再加上相应的链接文字分析，就可以应用到搜索结果的排序上了。

突如其来的思路让薛奇兴奋异常，他立即就这一理论进行论证并且整理成稿，于当年正式提出“超链分析”的概念并发表了相关文章。

1997年2月，他申请了专利——超链分析技术（Hypertext document retrieval system and method，专利号5920859）。超链分析技术的发明，一改互联网搜索杂乱无章、信息冗余的局面，使搜索效果大幅提升。薛奇给这个原理取了一个很人文的名字，叫人气质量定律，也叫搜索引擎的第二定律。此前利用检索词在一篇文章中出现的频率多少进行网页排序，被称为第一定律。

然而薛奇的专利技术在《华尔街日报》并没有得到充分的重视，作为一家媒体，他们的资源更倾向于编辑和记者。超链分析技术受到了冷落，没有展现应有的巨大价值。

后来在一次学术会议上，薛奇请时任Infoseek CTO的威廉·张观看超链分析的实践。薛奇输入chinatimes，排在第一位的就是中国时报的网站，再搜IBM，IBM官方网站排在第一，这在以后看来是非常正常的搜索排序在当时是想象不到的了不起的成就！

威廉·张惊呼：“太厉害了，任何一个流行的搜索引擎都不如你的搜索引擎智能！”

1997年，在《华尔街日报》看不到更大的发展空间的薛奇受到Infoseek CTO威廉·张的邀请，加盟硅谷Infoseek网络公司，Infoseek给薛奇的待遇是巨额的年薪和比年薪多几倍乃至十几倍的公司股票以及广阔的前景，并且让薛奇继续其在搜索引擎方面的研究。

现在的薛奇虽然在Infoseek网络公司不管是收入待遇还是受重视程度，比以前更进了一步，他现在已经算是步入美国富裕阶层的上流社会了，但和互联网大潮之中涌现的财富神话相比，还是相差甚远。他的超链分析技术和Hotmail、ICQ一样，都是互联网时代具有开创性的独家技术，但Hotmail和ICQ的发明者现在都已经是亿万富翁了，而他和他们相比，完全不在一个层次。

虽然受到了妻子马西捷的激励，并且拥有搜索引擎的技术和专利，但现在的薛奇还在犹豫，到底是留在美国创业还是回国创业。国内朝气蓬勃的发展形势让他怦然心动，但国内缺少资金和氛围优势，网速以及硬件普及都不如美国。

只是留在美国，也许不如回国更有长远前景，而且他相信中国才有更适合他创业的土壤。

“薛奇是一个天才，不世天才。”商深感叹一声，目光中充满向往之意，“如果他回国的话，我一定要认识他，向他致敬。他的搜索引擎思路，就如神来之笔，点亮了整个互联网的天空，让人有一种众里寻他千百度，蓦然回首，那人却在灯火阑珊处的豁然开朗的感觉。”

“没错，我也想认识薛奇。”王启东听完薛奇的故事，站了起来，来到窗前，凝望窗外凋零的树木，虽然此时还是严冬，但春天的脚步已经逼近，他心中涌动着激情和温暖，“落后了世界科技 100 多年，终于在互联网浪潮来临之时，我们再一次站在了时代的前沿。”

王向西也是满怀激情，从去年开始，到现在还不到一年的时间，他认识和听说了太多同行者，有技术天才加商业头脑并且人品坚挺的商深，有执着认真热衷于传统零售的文盛西，也有天才般的程序员加低调沉稳做事极有条理的刘凌，还有天马行空思维活跃的超级演讲家赵向飞，还有软件天才陈安平、第一程序员仇仲子以及众多业内如雷贯耳的名字，闪烁在中国互联网的天空，他相信，总有一天会更加星光灿烂，编织成中国互联网璀璨的明天。

“我完全相信，经过 1997 年的积累和沉淀，1998 年，必定会是中国互联网爆发的一年，希望我们都在今年大步前进，奠定未来十几年中国互联网的格局。”商深意气风发，心潮澎湃，时代潮流不可抵挡，只有勇往直前，以壮志凌云的士气搏击风浪，才能长风破浪会有时，直挂云帆济沧海，最终收获山外青山的成功，“时不我待，自信人生二百年，会当击水三千里。我们不是高瞻远瞩的政治家，但我们也有为国为民的雄心壮志，也有天下兴亡匹夫有责的觉悟，更希望我们以后拥有达则兼济天下的能力，以自己的微薄之力，推动中国互联网的蓬勃发展。如果在许多年后，中国的互联网成为世界互联网的领先者，而其中有我们的一份力量，我想，我们会无比自豪我们今天的努力，并且无悔！”

商深的话，就如由远及近的春雷，惊动了大地，也惊醒了每个人心中的激情和梦想。就像一粒种子，种下了希望，埋下了未来，总有一天，会长成一片气象万千的森林。

“我也相信，也许不用多久，我们再回想起今天的聚会，会有一种历史的回顾感，才知道我们在一个风云激荡的年代风云际会，是创造了历史和奇迹的一群人。”刘凌沉寂了半天，他一直聆听别人说话，从不插嘴，商深的话激起了他心中的豪情。

“说到风云际会的话，应该还少了一些人，远的就不说了，也许我们还不认识，不知道他们的存在，不过眼下知道的就还有两个……”商深想起了两个关键人物，他坚定地认为，他们二人在中国互联网的浪潮中，是必不可少的两个重要角色。

“谁？”崔涵薇笑了，“让我先猜猜，你想说的两个人，一个是赵向飞，另一个是……”

“薛奇。”商深说出他的判断，“不管是现实生活中还是互联网上，检索永远是最需要的一项工作，在浩如烟海的图书馆查找藏书是怎样地费力，我们许多人都有过切身体会。互联网既然要改变我们的生活状态，让我们的生活和工作更方便、更快捷，那么如何解决检索问题就是头等大事。互联网比图书馆的信息更庞大、更浩瀚，怎样快速地查找到我们想要查找的知识或是信息，就是一个天才的程序员所要解决的搜索问题。搜索引擎的算法和超链接技术，随着互联网的兴起会越来越重要。现在网站还少，我们还不感受到搜索的重要性，等以后网站多如牛毛了，搜索的重要性有可能会上升到比门户网站还要重要的地位。”

“搜索高于门户网站？不可能，怎么可能！”蓝袜连连摇头，她虽然不算是资深的 IT 从业者，也不是相关专业毕业，但对互联网的了解自认不比在座各位差上多少，除了专业知识不如商深等人，“我认为未来是门户网站的天下。”

“目前是门户网站的天下，但并不一定就说明门户网站会一直独占鳌头。”王启东并不认同蓝袜的说法，“每一代人的追求和想法都不一样，我们70年代生的人，喜欢新闻和时事，80年代生的人，也许更喜欢放松和娱乐，90年代生人的人喜欢什么，现在还不清楚。互联网时代是飞速发展的时代，变化很快。”

“好，现在我们不争论未来，我们只做好现在。”崔涵薇不想让蓝袜和王启东无意义地争论以后的趋势，谁也不是预言家，不好设想未来，还不如做好眼前的实事，“先这么定了，施得计算机公司未来的发展方向已经确定了，企鹅计算机公司由于还没有成立，暂时先不讨论发展方向问题了，小王哥，你还有没有资金缺口？”

王启东笑着摆了摆手：“现在暂时还不需要，因为一切还没有准备就绪，我估计最快也要到年底才能正式成立公司。到时如果需要的话，我再向你寻求帮助。”

“好，散会。”崔涵薇看了看手上的欧米茄手表，已经临近中午时分，“一起吃个午饭，继续加深友谊，怎么样？”

王启东和王向西此来北京，是专程为商深而来，今天晚上要乘飞机回去，中午饭吃过正好去机场，也不误点，就点头同意了。

一行人下楼，也没开车，就去了公司附近一家名叫蜀道难的火锅店。

正是冬天，火锅店人满为患，商深几人才一进门就被服务员礼貌地挡住了。

“对不起，没有位子了，需要排号。”

商深一愣，不是吧，吃个饭还要排号，也太夸张了吧？他转身就走：“算了，还要排号，我最不喜欢的事情就是把时间浪费在吃饭上。吃饭排号，这得多无聊多贪吃才能做出的事情。宁肯不吃，也不会排队等吃。”

“不走，为什么要走？”崔涵薇笑了笑，冲服务员亮了亮手中的卡，“我是你们店的白金会员，有优先权。”

服务员恭敬地接过了崔涵薇的白金卡，点头笑道："好的，请您稍等。"

几分钟后，服务员回到柜台："不好意思崔小姐，真不巧，为白金贵宾预留的房间，今天全部订出去了。"

"不是吧，怎么这么巧？"崔涵薇的白金会员卡是蜀道难最高级别的贵宾卡，每家店的白金会员不会超过十人，不管任何时候，店家都会预留两个白金贵宾房间以备不时之需，通常情况下，两个预留的白金贵宾房不会同时订出。

毕竟拥有蜀道难白金会员卡的客人都是有身份、有地位的人物，不会只有蜀道难一家的白金会员卡，所以在正常情况下，预留两个贵宾房间足够了。

但偏偏今天事有凑巧，都预订出去了。

"真不好意思，为了表达我们的歉意，我们决定免费赠送您 200 元的代金券。"服务员一脸歉意地递上了代金券。

按说 200 元的代金券以目前的人均收入来说，是一笔不小的数目，不过对崔涵薇来说，却不会放在眼里。她没有接代金券，端庄的表情微露不满之色："补偿就算了，既然没有位子了，就不勉强了，我们去别家。"

"如果您愿意的话，也可以排号等候。"服务员见多了形形色色持白金会员卡的贵宾，通常情况一听到没有位子之后都会要么趾高气扬地呵斥，要么就是叫嚣着要退卡让经理出来解释，还是第一次见到如崔涵薇一样从容优雅好说话的客人，她暗中为崔涵薇打了高分。真正的贵宾不仅有钱有身份，而且还会有涵养有胸襟。

"排号就算了，只有没有时间概念或是时间不值钱的人才会排号吃饭。"徐一莫伸手从服务员手中夺过代金券，"既然人家一番真心，代金券必须收下，走，我知道有一个地方不错，而且肯定不用排号，也不远，走路过去顶多十分钟。"

"好吧。"崔涵薇同意了，又征求商深的意见，"你说呢？"

/ 第 / 四 / 十 / 章 /

混　战

聪明的女孩总会在人前给足自己在意的男人面子，商深岂能不知崔涵薇的心思，虽说大多数人是冲他而来，但吃饭的事情，还是要以崔涵薇为主，他点头说道：“除了我之外，小王哥、刘凌，都是可以影响中国互联网格局的大人物，分分钟都要处理许多大事，时间宝贵到要用秒来计算，哪里有时间排队吃饭？就和比尔·盖茨一样，他去路边捡钱所浪费的时间如果用来工作，会赚得更多。”

王启东哈哈大笑：“我们现在还很弱小，别说和比尔·盖茨比了，就是和陈安平、傅开诚比，也差很远，更不用说薛奇了。薛奇在美国的年薪，我估计最少有 200 万人民币，相当于一家小型公司的年产值了。我和向西，现在想融资 200 万都办不到。”

几人大笑，笑声中，几人以商深为中心，转身就走。

商深走在中间，前面是崔涵薇、徐一莫、蓝袜和卫辛，后面是王启东、王向西、刘凌、文盛西，一行九人才一迈步，迎面走来一群人。

对方一行六人，虽然人数上不如商深一方多，但走路时的气势和霸道之气，却比商深一方威风多了。崔涵薇和徐一莫走在最前面，二人正埋头说话，丝毫没有留意迎面走来了一队人。

和对方擦肩而过的时候，对方走在最前面的两个人目光落在了崔涵薇、徐一莫、蓝袜和卫辛身上，都被四个女孩春兰秋菊各具风韵的美貌吸引了，眼睛如电光一样在几个人的身上扫来扫去。

才看了几眼，走在最前面的一人愣住了，一双小眼放出精光，在崔涵薇和徐一莫的身上停留了几秒之后，流露出一丝耐人寻味的惊喜。

崔涵薇在外面被人欣赏惯了，通常情况下不会对别人的目光有所回应，而是视而不见，不过今天有些例外，因为她眼睛的余光一扫，发现对方有几分面熟。

说是有几分面熟，是因为虽然她只见过对方一次，却深深地记住了对方的长相，是对方给她留下了无法抹灭的印象——坏印象。

不是别人，正是朱石！

其实如果说到崔涵薇最讨厌的人，不是对外宣称她是自己女朋友的祖纵，祖纵虽然坏，却坏到了明处，不会背后下绊子；也不是纠缠她的叶十三，叶十三虽然纠缠她，却是光明正大地示爱。她最讨厌的人是只见过一面的黄广宽和朱石。

黄广宽和朱石之所以让她无比厌恶，是因为黄广宽做事阴险而无耻，而朱石为人猥琐而龌龊，两个人是她生平所见过的最下流下贱的男人，她一辈子都不想再见到二人。

没想到，居然在北京的街头不期而遇，遇上也就算了，如果是擦肩而过也没什么，但偏偏朱石在认出她后，忽然就站住了。

站住之后如果再假装没看见，然后继续前行，也许后面的事情就不会发生了。谁知朱石色胆包天，竟然朝崔涵薇吹了一声口哨，然后以无比挑衅加轻蔑的口气笑道：“哟，原来是崔大小姐，还真是人生无处不相逢，相逢犹如在梦中。我还以为我们很难再见面了，没想到，还真是有缘，这么快就又见面了，简直太神奇了。”

商深大多数时候是一个沉稳的人，沉稳而有度，轻易不会失态，即使是在深圳的时候，被范长天和许施欺凌，被黄广宽几人设局要对崔涵薇不利，他都保持了足够的冷静和理智，没有动手，而是采取了智取的手法。

但今天不同了，本来今天商深心情很好，事情进行得很顺利，和王启东、文盛西、刘凌几人谈得也很开心，虽然刚才吃饭时遇到了一点儿小插曲，不过并没有影响到他心情的舒畅。万万没想到的是，冷不防跳出一个不长眼的人。

就和吃饭时吃到一个苍蝇没什么区别，商深顿时勃然大怒，如果说在深圳的时候，朱石对崔涵薇的调戏就已经让商深对朱石的为人极度不齿了，那么现在在北京不期而遇，他上来就对崔涵薇进行言语挑衅，就让他再也克制不住心中冲天的怒火。

不等别人有所反应，商深一个箭步冲了过去，一扬手，一个耳光就打在了朱石的脸上。这还不算，随后一提膝盖，双手用力一拉朱石的肩膀，朱石受力之下，被商深带动，朝下一扑，脸就和商深的膝盖来了一次亲密接触。

“哎呀！”

“妈呀！”

第一声是朱石被商深打脸的惊叫，第二声是他被商深的膝盖撞击脸部的痛呼。商深由于过于痛恨朱石，下手没有留情，使出了全身的力气，直撞得朱石满脸开花，鼻血横飞。

“敢打我，我弄死你！”朱石直觉得痛不可忍，眼冒金星，自从上次在深圳机场被范卫卫的保镖痛打一顿之后，他还没有吃过这么大的亏。不对，应该说长这么大，他还没有吃过这么大的亏，心中的怒火就如汹涌的大海一样惊涛骇浪了，他一下跳了起来，飞起一脚就朝商深当胸踢来。

商深早有防备，才不会让朱石踢中，他闪到一边，也飞起一脚朝朱石踢去。

论打架，商深从小虽然不是坏孩子，但也打架无数，积累了无比丰富的打架经验，而且自古以来，燕赵多慷慨悲歌之士，其意为燕赵大地多豪杰。后来有好事者罗列了一个各省打架指数的对比，河北人的打架指数在 90 以上。

而朱石长得瘦弱不说，打架指数也只有可怜的 50。当然，所谓的打架指数只是笑谈。但不管是身高优势、体力优势还是打架经验，和商深相比，他都差了不止一个等级。

朱石一脚没有踢中商深，身子一侧，力道用尽，想要转身躲开已经来不及了，商深一脚飞来，正中他的大腿，他只感觉一股大力传来，随后一阵剧痛，身子朝右侧一晃，就如风中落叶一样，“扑通”一声摔出了三米开外。

商深一出手，只两下就打倒了朱石，黄广宽勃然大怒，血往上涌，也不管人是在深圳还是北京了，而且他也看清了朝朱石出手的人正是让他恨之入骨的商深，哪里还按捺得住，当即暴起，趁商深力道用尽，无力回身之时，一拳朝商深的后背打去。

崔涵薇和徐一莫被突如其来的变故惊呆了，二人目瞪口呆，掩嘴惊呼：“商深小心！”

蓝袜和卫辛也是异口同声地惊叫出声：“商深，小心背后。”

虽然有四位美女的关心，商深却还是没有办法及时回身，就算知道身后有人偷袭，也只能用力朝前迈出一步，尽量避免被打得过惨，却无法完全避开黄广宽来势汹汹的一拳。

崔涵薇几人尽管无比关心商深，但离得过远，鞭长莫及，也只能眼睁睁看着商深马上被黄广宽一拳打中后心，她们甚至可以猜到商深被打中后，向前扑倒在地的情形。

崔涵薇不忍再看，闭上了眼睛……

突然，一人从斜刺里杀出，就如一头下山猛虎一般，直接撞在了黄广宽的身上。对，是撞而不是推，硬生生用身体硬碰硬地将黄广宽撞到了一边。

由于用力过猛，黄广宽被撞得闷哼了一声，别说来不及站稳了，直接就横飞出去，摔了一个仰面朝天。

“呸！有我在，敢欺负商深，没门儿！”文盛西脸色铁青，向前一步，又飞起一脚，踢在了倒在地上的黄广宽身上，“你哪里的混球，想打架，老子不怕你。”

朱石和黄广宽被同时打倒在地，黄汉不干了，何况对他来说，商深是他的死对头。正所谓冤家路窄，又和商深遇上了，遇上也就算了，还打了起来，而且还打倒了他最敬重的黄广宽，该他表现的时候来了。他纵身一跃，来到商深的面前，二话不说，朝商深当胸一拳打来。

商深此时已经站稳了身形，岂能轻易让黄汉得手，他冷冷一笑，一闪身躲过了黄汉来势汹汹的一拳，然后一脚踢出，直奔黄汉的大腿而去。

作为好学生好少年的商深，轻易不会和人打架，一旦动手了，就不会手下留情。他一脚踢出，黄汉也不甘示弱，跳到了一边，然后也飞起一脚还击。

商深一方一共九人，五男四女，黄汉一方一共六人，四男二女，除了黄汉、黄广宽和朱石之外，还有毕京、伊童和杜子清。

伊童在一愣神的工夫，还没有惊醒过来是怎么一回事儿时，双方就已经混战成一团了。她惊在了当场，回身一看，身后的杜子清也是双手捂住了嘴巴，震惊得说不出话来。

“不要打了！”伊童虽然骨子里不安分，也是唯恐天下不乱的主儿，却也知道现在商深一方人多势众，自己一方势单力薄，如果硬打的话，肯定会吃亏，她是一个不会吃眼前亏的人，就想让双方住手。

却没人听她的话。

毕京愣在当场，半天才缓过神儿来，见双方已经进入了混战模式，他犹豫了一下，不知道该不该出头，不过见到黄汉和商深纠缠在一起，他就知道他必须加入战争了。

不过毕京不同于朱石的鲁莽、黄广宽的冲动以及黄汉的激情，他是一个极其理性的人，做事情之前会先权衡得失，计算利益，稍一思索就明白双方力量对比悬殊。商深一方还有两个男人没有加入战团，他们加入的话，会是一比二的战局，他肯定没有胜算。

既然力拼不行，只能智取了。毕京眼睛一扫，发现旁边有一个清洁工的扫帚，伸手拿起，挥舞起来，呼呼生风，大叫一声，冲向了商深。

不料才一迈步，没留神脚下被人一绊，一个踉跄差点儿摔倒。谁背后下黑手？毕京正要开口骂人，扭头一看，不敢相信自己的眼睛，竟是杜子清。

“子清，你干什么？”毕京恼羞成怒。

“不许你碰商深一根手指！”杜子清横眉冷对。

“你！”毕京非常后悔让叶十三叫来杜子清了，不但杜子清的出现让叶十三和黄广宽等人起了冲突，让本来很团结的一个团队出现了裂痕，而且杜子清还和他理念不合，却和伊童谈得十分投机，这让他颇有一种失落感，觉得杜子清和他以及叶十三不是一路人。之前还觉得叶十三抛弃了杜子清是对杜子清的不公平，现在他才发现叶十三是对的，杜子清确实很讨人嫌。

现在杜子清站在商深一方，阻止他向商深出手，就更让他对杜子清厌恶到了极点："你让开。"

"不让！"杜子清挡在了毕京面前，伸开双臂拦住了毕京的去路。

"再不让开我就不客气了。"毕京怒极，举起了扫帚。

杜子清目光坚定地盯着毕京："有本事你就打我。"

在坚定的目光之下，杜子清的内心却是一片凄凉。原以为叶十三约她前来共度元旦，是想和她和好，不料叶十三对她还是和以前一样冷淡，不但丝毫没有流露出要和她重新牵手的意思，而且让她伤心的是，叶十三和伊童关系似乎密切到了无话不谈的地步。她是多聪明的一个女孩，明显看了出来，叶十三和伊童互相对对方有好感。

既有好感，又总在一起，早晚会发展成爱情。

还让她想不到的是，叶十三和伊童居然要联合创办公司了。更让她不知道该怎么回应的是，伊童还邀请她加盟她和叶十三的公司，虽然开出了不菲的高薪，虽然她也有几分心动，却不知道该如何面对叶十三和伊童的亲密。

杜子清柔肠百结，左右为难。

天一亮，叶十三接了个电话，说是有事先出去一下，然后人就消失了，也不知道去了哪里。杜子清和众人一起下楼吃早饭。

叶十三走了不久，就发生了朱石和商深大起冲突的一幕。

毕京没动手之前，杜子清只是惊呆，还没有反应过来到底是怎么一回事儿。等毕京拿起扫帚要攻击商深时，她清醒了，心中压抑已久的怒火不可抑制地熊熊燃烧了。

毕京愣了一愣，也是无法压制心中的怒火，上前一步，用力推开杜子清："滚一边儿去，碍事！"

由于用力过猛，杜子清被他推得身子一歪，直接就摔倒在地。他看也不多看一眼，举起扫帚就朝商深的后背扫下。

就在毕京和杜子清对峙之时，王启东和王向西也一前一后加入了战团，二人一个帮商深，一个帮刘凌，都不约而同地没有选择帮文盛西，是因为和商深对黄汉、刘凌对朱石相比，文盛西打架的水平显然要高出几分。他和黄广宽对打，明显占了上风，逼得黄广宽步步后退。

而商深和黄汉对战，虽然没有明显落败，不过也没有占据太多上风。刘凌和朱石相比，也是半斤八两，虽然没有取胜的迹象，但也算打了个平手。王启东和王向西只交流了一下眼神就知道要帮谁了，先帮商深和刘凌干掉黄汉和朱石，然后再帮文盛西也不迟。

许多年后，在成为了风云人物之后，商深一帮人坐在一起忆往昔峥嵘岁月稠之时，回想起这一次激情打架事件，所有人都笑了起来。曾经在闪光灯下照亮了整个中国的一张张英俊和成功的面孔，此时流露出来的笑容是那么地真诚，甚至还有几分腼腆和羞涩，仿佛时光重现，仿佛青春再来，激情和热血重回到了每个人被功成名就耗尽了热情的胸膛。

此为后话。

王启东帮商深，他一加入，商深就感觉压力大减。黄汉还以为他可以借机扳回一局，打商深一个落花流水，眼见就要取胜之时，王启东的意外杀出，让他顿感压力倍增。

“两个打一个，不算好汉。”黄汉又气又恼，对王启东恨之入骨，“我和商深的私人恩怨，关你什么事？赶紧一边去。”

王启东嘿嘿一笑，没说话，回应黄汉的是当胸一拳。

黄汉气得哇哇直叫，盛怒之下，一头朝王启东撞来，试图一招之内解决了王启东，好集中精力对付商深。不料他才一有所动作，刚一迈步，商深就从斜刺里杀出，一拳打在了他的肩膀上。

敢偷袭他？黄汉怒极，正要回身还回来之时，胸口又传来一阵疼痛，原来王启东的拳也到了。好嘛，商深和王启东配合得天衣无缝，才一出手就打得他没有了还手之力。

/第/四/十/一/章/

一触即发

黄汉气急败坏之余，眼睛的余光一扫，见毕京挥舞着扫帚已经悄悄逼近了商深的背后，他心中大喜，后退一步，转身就跑。

“有本事来追我。”黄汉故意吸引商深和王启东的注意力。

王启东没有多想，以为黄汉真的败退了，起身就追，商深意识到了哪里不对，回头一看，毕京的扫帚已经当头落下了。

好一个阴险狡诈的毕京，居然偷偷地进村打枪，太坏了，幸好他发现得及时，商深脚下一滑，似乎要摔倒的样子，其实是身子一侧，躲过了毕京使出全力的一记偷袭。

毕京一击落空，心中一惊，心想商深太狡猾了，竟然躲了过去，他不甘心，再次抡圆了胳膊挥舞着扫帚朝商深当头落下。

商深也被毕京穷追不舍的打法激怒了，不退反进，猛然朝前一冲，忽然身子一倒，就和足球运动员铲球的姿势一样，矫健的身姿如一道闪电，瞬间击中了毕京的双腿。

毕京没想到商深还有踢球的功底，被商深铲中了双腿，哪里还站得住，身子朝前一扑，手中的扫帚也脱手飞出。

“扑通”一声，毕京摔了一个狗啃泥。

商深才不会善罢甘休，他最恨背后下手的小人，飞起一脚踢在了毕京的头上，毕京刚要爬起，被商深一脚踢中，闷哼一声又倒了下来。

飞出的扫帚在空中划了一个弧度之后，不偏不倚正好落在了王启东的手中。王启东抓过扫帚，挥舞起来呼呼生风，然后大喝一声："都住手！"

一声震惊了众人！

所有人都停了下来，呆呆地望着王启东，只见王启东高高地举起扫帚，就如举着一面军旗，威风凛凛，又如指挥千军万马的将军。

"再打下去也没有什么意义了，你们已经输了。是有风度地认输还是非要被打得一败涂地再认输，你们自己决定。反正不管是数量还是实力，我们已经占据了上风。如果你们继续反抗，我们会恶意吞并你们。如果你们现在认输，我们会和平收购你们，是安乐死还是受尽折磨再死，是单选题。"

王启东声音不大，但感染力很强，而且说出了现在的实际情况，再加上他高举扫帚的威武形象，还真有一股一往无前的气势。

众人都停了下来，面面相觑，尤其是黄广宽、朱石、黄汉和毕京，几人对视一眼，都有了退意。也是，硬碰硬地打，确实也打不过对方，难道还非要再打下去自取其辱不成？

正当毕京要开口说几句场面话找个台阶下时，人影一闪，一个人出现在了两方对峙的场中。

不是别人，正是叶十三。

叶十三去办了点儿事情，回来后才发现情况突变，他愣在当场，见一人高举扫帚站在场中，商深和他并肩而立，就如两位指挥千军万马的将军，成了所有人的中心。

发生什么事情了？愣了片刻之后，叶十三朝毕京投去了疑问的目光，尽管他也看出来是和商深一方起了冲突，却不敢肯定。

毕京冲叶十三微一点头，权衡了一下双方力量对比，心中有了主意："十三，你一来，我们的力量就壮大了。"

黄汉不想认输，叶十三的出现就如救命稻草，他哈哈一笑："十三，商深就交给我了，其他的人，你随便挑一个，今天不和他们分一个高低胜负出来，我就不姓黄。”

黄汉话一说完，就要动手，他以为叶十三必定会加入自己一方，因为叶十三本来就是自己人，不料他才一迈步，叶十三却突然笑了。

“黄汉，你这是要干什么？打架？这里是北京，不是深圳。”叶十三的笑声中充满了嘲讽，“别闹了，赶紧吃饭要紧。你别忘了宁二还在监狱里面蹲着呢。”

“叶十三，你什么意思？”黄汉一脸惊愕，现在的力量对比发生了根本性的变化，以他推测，只要叶十三加入，正好和商深一方达到一比一的平衡，而且很明显商深一方在战斗力上落了下风，如果没有人数上的优势，商深一方将不是他们的对手。

这么好的反击机会叶十三却不愿意出手，他是脑子短路了还是进水了？刚才吃了那么大的亏，不还回来就太不男人了。黄汉怒了：“叶十三，你还是不是男人？关键时候不要当㞞包！”

叶十三也不恼，只是淡淡地一笑：“本来就是我们理亏，这跟是不是男人没关系。我只站在正义的一方，不拉帮结派。”

“你！”黄广宽冷笑连连，“叶十三，你不就是因为打不过商深才㞞包的吗？别找什么高尚的理由，都是俗人，高尚个屁！如果你不动手的话，从此以后，我永远也看不起你！㞞包，软蛋！”

都以为黄广宽可以激怒叶十三，不料叶十三依然只是淡淡一笑，轻描淡写地说道：“你永远也看不起我？我不需要你看得起，而且我还永远看不起你呢！一个管不住自己下半身的男人，能有什么作为？你才是一个㞞包、软蛋。”

“想打架是吧？”黄广宽脸色一沉，向前一步，伸手就要去抓叶十三的衣领，“别以为在北京我就不敢收拾你，一样打得你屁滚尿流。”

叶十三退后一步，没让黄广宽抓着衣领，他双手抱肩：“要论单打独斗，你也未必是我的对手。不过我不和你打，君子动口不动手。”一边说，一边朝崔涵薇投去了意味深长的一眼。

叶十三早就注意到了崔涵薇的存在，穿一身白色羽绒服的崔涵薇当前一站，宛如玉人，让他仰慕不已，可惜的是，崔涵薇不但是和商深站在一起，还紧紧抓住了商深的胳膊。

崔涵薇如果抓住的是他的胳膊该有多好。叶十三一阵心酸，他好不容易遇到一个让他怦然心动的女孩，她喜欢的却是商深，偏偏商深又是他的发小，是他从小到大关系最好且处处压他一头的哥们儿，人生怎么能如此让人无语，如此捉弄人？

刚才虽然他没有亲眼看到朱石想要挑衅崔涵薇的一幕，却也猜到了大概，刚才他和杜子清短暂的眼神交流之后，就明白了事情的始末。平心而论，就算朱石调戏的不是崔涵薇，他也不会站在朱石一方和商深一方大打出手。

他是一个有原则的人，原则问题不能动摇。

更何况虽然他和商深现在已经形同陌路，但还没有到撕破脸皮大打出手的程度。

杜子清注意到了叶十三投向崔涵薇的目光中充满了爱意和深情，她心中一阵揪心地疼，却强忍着不让自己流露出悲伤，悲伤已经太多，再多只能让自己更加不值。

黄广宽是何许人也，注意到了叶十三的异常，愣了一愣，没再继续有所动作，而是戏谑地笑了："我明白了，我明白了，你喜欢崔涵薇是吧？巧了，我也喜欢。这样吧，如果我们今天联手打败了商深，崔涵薇我不要了，让给你，怎么样，够朋友吧？"

叶十三突然就暴怒了，一拳打在了黄广宽的脸上："你再跟我说一句脏话，我废了你！"

谁也没有料到叶十三会动手打人，之前毫无征兆，而且他出手又狠，一拳下去，黄广宽半张脸都被打歪了，立刻肿了起来。

不等黄广宽还手，毕京一个箭步跳了过来，先下手为强，将黄广宽拉到了一边："不要内讧，让外人看了笑话。"

商深还没有什么表示，保持了克制，文盛西和刘凌都忍不住哈哈大笑了，尤其是文盛西，笑得既开心又大声："哎呀，自己都打起来了，好呀，继续，继续，我搬个板凳看戏。”

黄广宽还想发作，被文盛西一笑，反而冷静了，他恶狠狠地瞪了叶十三一眼，然后退到了一边。他也知道毕京在处理混乱场面时有经验，既然是在北京，就让毕京出面好了。

毕京回头朝叶十三意味深长地瞪了一眼，然后背着双手，缓步来到商深面前，上下打量了商深几眼，冷冷一笑：“商深，我们又见面了。”

商深也向前一步，将崔涵薇等人挡在了身后，他双手抱肩，嘿嘿一笑：“是呀，好久不见。怎么了，还在想念卫卫？”

毕京罕见地脸红了一下，下意识地看了伊童一眼，见伊童还是一副玩世不恭的拽样，似乎对他毫不在乎，他稍微心安了几分，深吸了一口气：“是呀，我就是想念卫卫了，你配不上她不代表我配不上她，怎么样，才多久你就被她甩了吧？”

商深也不生气，淡然地一笑：“我和卫卫的事情，用不着你多管闲事，好吧，退一万步讲，就算我和卫卫分手了，她也不会喜欢你。”

“她喜不喜欢我是她的事情，你也管不着。”毕京一脸自得，“卫卫也说过，一年后如果我混得比你好，她会当我的女朋友。我相信范卫卫是一个说话算话的人，到时她一定会兑现承诺的。”

“这么说，你一定觉得到时你会混得比我好了？”商深被毕京的自信逗乐了，虽然毕京似乎底气十足，他却还是摇头笑了笑，“距离我们约定的时候还有半年多，你就这么肯定时间站在你的一边？”

“百分之百肯定。”毕京强大的自信来源于配件厂的上马，现在配件厂已经一切步入了正轨，生产出来的配件正在源源不断地销售出去，顶多再过一个月就有回款了，虽说他现在还不能算是百万富翁，但距离百万富翁只有一步之遥了。

一步之遥是多远？不远，顶多两三个月，用不了半年时间。正是因此，他有理由相信商深再有本事，也不可能在半年之内凭空变出一百万超过他。

“半年的时间，会有许多事情发生。”商深淡淡地笑了笑，“在一切尚未尘埃落定之前，先不要下一个结论，省得到时打了自己的脸。”

“打脸？从范卫卫和你分手的一刻起，你就已经被打脸了，还好意思说我？”毕京哈哈大笑，“不用我抢，范卫卫就主动离开了你，你连守都守不住她，还有什么资格和我一比高下？应该说从范卫卫离开你的那一刻起，你就已经输了。”

商深轻轻摇了摇头：“你错了，卫卫离开我，不是因为我们不相爱了，而是因为外界的环境，而且也和你没有任何关系，所以怎么算是我输了呢？毕京，你也别自我安慰了，卫卫永远不会喜欢上你，因为你根本就不是她喜欢的类型！”

“谁说的？才不是。”毕京急了，大声说道，“范卫卫喜欢有本事的男人，所以她才会答应我们的赌约，她是一个说话算话的女孩，只要我超过了你，她一定会当我的女朋友。”

崔涵薇向前一步，挽住了商深的胳膊，傲然而自得地说道：“先不管范卫卫以后到底怎么选择，也不管你和商深的打赌，我只想告诉你两个事实，一是商深的优秀让他从来不缺女孩喜欢，我现在就是他的女朋友。二是不管你怎么努力，你都不是商深的对手，你会永远被他踩在脚下。”

崔涵薇自然而然挽住商深胳膊的举动，毕京还没有什么表示，叶十三立刻一脸灰色，眼露失落之意。

杜子清注意到了叶十三的异常，紧咬嘴唇。

伊童目光淡然，在商深、毕京、叶十三和杜子清几人身边扫来扫去，一副置身事外的淡漠，似乎毕京并不是她的男朋友一样。过了片刻她才意识到了什么，回味过来，想了一想，上前一步也挽住了毕京的胳膊。

商深和崔涵薇，毕京和伊童，四人两两相对。商深目光淡然，毕京目光冷峻，崔涵薇神情高傲，伊童玩世不恭。

其余人等，分别在四人的背后，以四人为支点，形成了一个包围圈，形势一触即发。

“话不要说得太早了，谁说毕京就一定会被商深踩在脚下了？崔涵薇，只要有我在，毕京就不会败。”伊童摆出不可一世的神态，和崔涵薇针锋相对，“你可以挺商深，我也可以顶毕京，谁怕谁？”

虽说商深和毕京的背后一个站着崔涵薇，一个站着伊童，二人似乎都有小白脸之嫌，都是靠女人撑腰，但崔涵薇和伊童二人的态度却有着本质上的不同，崔涵薇说话时的语气是以商深为主，将商深推到了台前，她在台后，而伊童则不同，明显是她掌控全局让毕京被她摆弄于股掌之间的口气。

毕京面露不耐之色，却碍于伊童的面子，不敢过于流露出来，但眼神中还是有压制不住的不满。他是一个很自大并且自尊心很强的人，从来不想当一个借女人上位的小白脸。

更何况以他的长相而言他还没有充当小白脸的资格，所以向来讨厌小白脸三个字。

商深却坦然而立，丝毫没有压力，也是崔涵薇的话很到位，给予了他足够的尊重和抬高，他不由得心中暗暗赞叹，虽然初见之时觉得崔涵薇过于傲然，但接触之后才发现，相比之下，还是崔涵薇更懂事更有分寸，比范卫卫成熟了不少，也比伊童识大体。

崔涵薇云淡风轻地笑了：“伊童，我们就算吵上几个小时也分不出胜负，不如都转身回去，然后等做出了成绩再摆到桌面上一分胜负，成绩才是可以对比的量化的东西，说大话吹牛皮都不算……你说呢？”

伊童本来还有许多话要说，想当众羞辱崔涵薇一番，还想借机灭灭商深的威风，刚才商深淡定从容的样子让她看了很不舒心，总觉得商深确实比毕京强了不少，不只是长相，还有气质和格局，当前一站，毕京不管是哪个方面都明显矮了一头。

凭什么她总是处处被崔涵薇压上一头而毕京又被商深比了下去？爸爸的生意被崔明哲抢了过去也就罢了，崔涵薇的男朋友还要比她的男朋友强？不行，她一定要战胜崔涵薇，不能让崔涵薇事事比她强。

如果……伊童的目光一扫，见一旁站立的叶十三虽然神态不如商深自然从容，但挺拔而立，身材高大，相貌英俊，是一个十足的美男子，不管气质只论长相的话，叶十三不但不输给商深，还要超出几分。

如果叶十三是她的男朋友，至少拿得出手，身高和相貌都压商深一头，也算是在和崔涵薇的交手中，小胜一局了。

/第/四/十/二/章/

激将法

可是她为什么就看上了毕京？也不知道哪根筋不对，非想拿下毕京，现在才知道，有时感情问题不能意气用事，要冷静思索用心对比，不要犯征服主义的错误，毕京对她冷漠就冷漠好了，她又何必非要犯拧想要让毕京喜欢上自己，想要征服毕京？

见实在讨不了好，而且刚才的对战又明显落了下风，伊童心想算了，今天就先认输好了，以后有的是机会讨回来，何必计较一时得失？

“好呀，既然商深和毕京有一个一年之约，我们也定一个一年之约，怎么样？从现在开始，一年后，如果你的施得公司比我的众合公司更有成绩，算我输。反过来，就是你输，敢不敢打赌？”

“赌什么？”崔涵薇淡然而笑，落落大方地一拢头发，“交换男朋友的赌注就不要说了，我对别人的男人没兴趣，尤其是长相一般的男人，我只喜欢商深一个，至于其他的赌注，你随便押。”

崔涵薇的话如两把飞刀，一刀击中了毕京的肩膀，一刀命中了叶十三的心脏。

毕京身子一晃，差点儿失态，虽然他早就知道自己其貌不扬，但被崔涵薇当众以如此轻描淡写的口气羞辱，还是觉得自尊心受到了巨大的冲击，再加上刚才伊童说话时将他当成掌中玩物的口气，两相结合之下，备感受辱的他差点儿控制不住情绪。

不过目光一扫，见商深一脸淡然之色，他瞬间又冷静了下来，不能当众失态。失态是心浮气躁的表现，一失态，就输给商深的从容了，这么一想，他又努力保持了镇静，甚至还微微露出了一丝笑意。

“就算你想交换男朋友，我还不乐意呢，毕京多好，比商深强了不止一百倍。俗话说，丑妻家中宝，丑夫万事好，毕京长得这么安全，跟了我，不会被人当成小白脸，我也放心他不会被别的女人勾走。这样吧，我们就赌商深好了……”伊童露出了狡黠的笑容，目光在商深的身上转了几转。

“赌我？”商深就知道伊童不怀好意，也笑了，“我是一个大活人，怎么个赌法？”

“很简单，如果施得公司比众合公司一年之后更有成绩，就算崔涵薇赢了，我输了。我输了的话，就和毕京分手。但如果反了过来，众合公司比施得公司更有成绩，就是我赢了，崔涵薇输了。如果崔涵薇输了，她就要和你分手……怎么样，这个赌注还算公平吧？”伊童笑得很坏很邪性，眼睛转来转去，不停地在商深和毕京的身上扫描。

商深还没什么表示，毕京再也忍受不了了，他一转身挣脱了伊童的双手，跳到了一边：“够了，伊童，你想和我分手就明说，我不会纠缠你，现在就可以，不要拿我当赌注，我承受不起！”

伊童被毕京当众甩开，脸色微微一变，随即恢复了正常，咯咯一笑：“输不起还是玩不起？毕京，你不是一个没底气的人，怎么反应这么激烈？不像你呀。”

崔涵薇脸色也变了，如果让她输一百万她也输得起，但如果让她输了商深，她不同意：“为什么要拿商深当赌注？我不同意。”

“输不起？”伊童用激将法。

“不是输得起输不起的问题，是值不值得的问题。”商深伸出右手抱住了崔涵薇的肩膀，一脸甜蜜状，“我才舍不得离开薇薇，不管输赢，我都会在她身边。就算赢得了全世界，没有她在身边，又有什么意思？”

商深的话不管真假，却如一道闪电瞬间照亮了崔涵薇的整个天空，她心神荡漾，身子一晃，险些站立不住，如果这句话真是商深的真情告白，她会幸福得醉了。

好在崔涵薇还保持了足够的清醒，知道商深的话表演的性质居多，不过心里还是无比甜蜜，女人就是喜欢自欺欺人，明明知道是假话也爱听。

商深的话不但让崔涵薇意乱情迷，也让伊童一时目眩，如果是毕京对她说出如此一番情深意切的表白，她也许会真的爱上他。可惜的是，毕京现在不会，以后也不会。

“不要拿我当赌注，我不是你们拿来对赌的物品，我退出。”毕京高举双手，后退一步，站在了伊童的安全距离之外。

“既然这样，就换一个赌注……”伊童歪头想了想，“如果你赢了，我愿意让你入股或是收购我的公司，如果我赢了，也一样，怎么样？”

“好。”崔涵薇干脆利落地一口答应，“就这么说定了，一年后见？”

“好，1999 年的元旦，我们再看。”伊童哼了一声，转身就走，“走，我们吃饭去，不和他们一般见识。”

黄广宽几人虽然愤愤不平，吃了大亏，但既然伊童发话了，又明显打不过商深一方，只好恨恨地瞪了商深几人一眼，转身就走。

什么时候商深一个穷小子身边也有这么多志同道合者了？黄广宽依次打量了商深身边的几人一眼，王启东从容不迫，刘凌沉稳有力，王向西意气风发，文盛西气质不凡，不用提几个女孩了，崔涵薇高贵大方，蓝袜淡然典雅，徐一莫青春奔放，卫辛人淡如菊，他心中忽然酸意汹涌，商深到底走了什么狗屎运，怎么结交了这么多优秀的朋友，个个人中龙凤出类拔萃？

和商深擦肩而过的时候，他轻蔑地笑了笑：“商深，今天算你走运，等下次再遇见，你就要倒霉了。”

商深只是淡淡地笑了笑，没有说话，目光直接越过黄广宽，落在了叶十三身上。

叶十三却不看商深，目光停留在崔涵薇身上，伤感又复杂。

“商深，你小子坏了我多次好事，我可是记住你了。”朱石对商深无比痛恨，他把被范卫卫的保镖痛打一顿的账都记在了商深身上，今天他又被商深当众打得满地找牙，对商深有好感才怪了。

“我也记住你了。”商深微笑着回应了朱石的挑衅，“男人喜欢美女很正常，但见到一个美女就搭讪就想动手动脚，就不正常了。要么是心理不健康，要么是身体有残疾，或者是两者都有。你是哪一种？”

商深的话如火上浇油，朱石本来就对商深抱着崔涵薇的举动极度不满，现在又被商深当面羞辱，他一时气愤难当，伸手就朝崔涵薇的脸上摸去：“我就是心理不健康加身体残疾，你能怎么着我？”

手才伸出一半，就被商深抓住了，商深用力一抓，然后再用力一拉，朱石身子就弓成了虾米，半蹲了下来，疼得直叫：“哎哟，哎哟，放手，你他妈赶紧放手，再不放手我就对你不客气了。”

现在商深完全掌握了主动，朱石还嘴硬，商深就乐了，一脚将朱石踢倒：“你还能怎么对我不客气？”

朱石在地上打了一个滚，怒火冲天，当即抓住扫帚就要和商深拼命，却被黄广宽拉住了。

“算了，君子报仇十年不晚，今天就算了。”黄广宽阴阴地看了商深一眼，“总还有再见面的时候，走，我们先去吃饭，别浪费了伊童为我们在蜀道难订好的贵宾间。听说贵宾间只有两间，可以享受超凡的待遇，看他们的样子，应该是没有订到房间被赶出来了，哈哈。”

本来商深一行也打算离开了，听到黄广宽的话，蓝袜忽然停下了脚步，她俯身到崔涵薇耳边耳语几句，崔涵薇先是一愣，随后点头笑了，二人冲商深等人挥了挥手，说道：“走，我们也回去，今天还偏偏就要在蜀道难吃饭了。”

商深几人不明就里，不过到底是年轻人，都想争一口气，凭什么是伊童他们订了房间就没有他们的房间，几人相互点头，跟在崔涵薇和蓝袜身后，返回了蜀道难。

伊童几人走在前面，先到一步，伊童和服务员说了几声什么，服务员就非常有礼貌地请伊童几人上楼。

伊童沾沾自喜地回头看了崔涵薇一眼，眼中流露出了胜利之色，总算扳回一局，也算心理平衡了几分，她招呼几人上楼："三楼一共两个贵宾间，左手一个右手一个，我们是右手的，别进错了。涵薇，你们是哪个贵宾间呢？不对，两个贵宾间都订出去了，你们不会在大堂吃饭吧？也不对，大堂也没地方了，不过你们可以蹲在门口吃，倒也是挺有情调。"

"多谢关心，不过我很遗憾地通知你，伊童，你的贵宾间被我们征用了。请注意，是征用，不是借用。"崔涵薇没有说话，蓝袜越众而出，来到了伊童面前，她莞尔一笑，从伊童身边擦身而过，来到了服务员面前，拿出一张卡，"我要征用贵宾间。"

是一张很普通的卡，白色的卡，看不出有什么奇特之处，上面甚至没有名称，只有一个私人签名，名字龙飞凤舞，看不出是什么字。

服务员一看此卡如临圣旨，脸色都变了，深深地弯下了腰，双手捧过白卡："好的，请您稍等，我马上给您安排。"

然后她一脸歉意地对伊童说道："对不起，伊小姐，您预订的贵宾间被征用了，实在抱歉。"

"什么？"伊童睁大了眼睛，不敢相信眼前发生的事实，她几乎出离愤怒了，"为什么？凭什么？我预订在先，凭什么要让给他们？不行，我不让，说什么也不让！"

"不让也不行。"服务员一脸的为难之中，又有不容置疑的坚定，"萧总郑重交代过我们，只要是持有超卡的贵宾，不管提出什么要求，我们必须无条件服从，甚至就算是拆了饭店，我们也必须配合。"

不是吧，一张卡有这么大的威力，这是什么卡？是游戏世界里面的通关卡吗？别说伊童了，就连商深等人也是面面相觑，一脸愕然。

蓝袜到底是什么人，怎么会有这么大的来头？伊童心中震惊莫名，她虽然也认识蓝袜，却只知道蓝袜身世神秘，家里很有钱，但到底她家里因何有钱又从事什么生意，她一概不知。她也问过爸爸，爸爸也说查不到蓝袜的来历，似乎蓝袜就是一个凭空出现的孤儿一样，谁也不清楚蓝家在国内有什么产业，也不知道蓝袜的父母是谁，而蓝袜公开的身份就是中关村的一个小小摊主。

蓝家的神秘就和神秘而稀少的蓝姓一样，不但几乎没人知道蓝袜家族的存在，甚至都没人见过蓝袜父母！蓝家就如一个传说中的存在，只有蓝袜一个人抛头露面，而且还不显山不露水，低调得如一滴露水。

滴水却可以藏海。

商深一向自认有识人之明，比如范卫卫、崔涵薇，都各有其气质和高贵，一看就知道出身不凡，而杜子清、徐一莫和卫辛，一举一动透露出小家碧玉的温馨雅致，但从蓝袜身上，他既看不出来有如范卫卫、崔涵薇一样的高贵，又没有如杜子清、徐一莫一般的温馨雅致，蓝袜就如一块含而不露的美玉，包裹在石头之中，拙朴而含蓄，收敛了所有锋芒。

如果说商深是一把藏在鞘里的宝刀，那么蓝袜就是一块璞玉，有待慧眼识珠之人识破她的伪装。宝刀出鞘容易，璞玉出石，就难多了。

刚刚在对战时，自己一方已经输了一局，现在又输，她输不起了，伊童大怒："不行，凡事都要讲规矩，要讲究先来后到，我们先订的房间，为什么要让给他们？不让！"

"就是，不让！"朱石跳了出来，为伊童摇旗呐喊，"他们就算想抢，也去抢别人的好了，不是还有一个贵宾间吗？凭什么抢我们的？不行，就是不行！"

"不好意思。"服务员虽然年纪不大，顶多也就是25岁，却十分镇静，明显是见过大场面的人，她冷冷一笑，"是还有一个贵宾间，不过对方来头很大，你们惹不起。很抱歉，只好征用你们的贵宾间了。"

服务员名叫萧小小，一米七的个子，长相甜美，长腿细腰，她本来对伊童一方一视同仁，没什么偏见，不过不知道为什么，一见到朱石的样子就突然心生厌恶，她本来心平气和的态度因为朱石的出现而突然变坏了，就说出了气话。

"什么？"朱石更是暴跳如雷了，不是吧，还有这样的事情，直接当他们是软柿子捏，欺人太甚，他推开伊童，上前一步，手指萧小小的鼻子，“你一个小小的服务员也敢说大话，信不信我砸了你们的店？”

叶十三也忍不住了，本来他不想出面，但实在是商深一方直接抢了房间的做法太直接太暴力太打脸，也分开众人来到萧小小面前，一拍柜台说道：“砸店就不必了，犯法的事情不做，我只想问问你……萧小小是吧，你说另一个贵宾间的客人来头很大，我们惹不起，那你知道我们的来头吗？我们你们就惹得起了？”

叶十三先是意味深长地看了商深一眼，目光中充满了敌意，又回身看了伊童一眼，目露征询之意，他相信以伊童的来历，放眼北京也没有几人可以压她一头。

商深并没有回应叶十三的眼神，昔日的发小走到今天，虽不是他想见到的结果，但世事变迁，眼下的局面也不是他所能掌控的。他只是心中喟叹，现在他和叶十三借助别人的力量暗中较量，也许总有一天，他们会狭路相逢，正面相对，甚至直接短兵相接。

伊童朝叶十三点了点头，和朱石的浅薄和浮躁相比，还是叶十三处理事情时进退有度，颇有大将之风，她又不无遗憾地看了毕京一眼，见毕京若无其事一副置身事外的样子，不由得心中叹息一声，或许她不该拿爱情赌气，非想征服毕京，毕京终究不是她的菜，她为什么非想让他臣服于她？

摇了摇头，驱散了脑中的胡思乱想，她又回到了现实之中，心中不无得意地想，在她的视线范围之内，虽然可以压她一头的人不少，但怎么也不会那么巧就非得凑在一起。好吧，崔涵薇勉强算可以和她平起平坐，如果能欺负了另一个贵宾间的客人，也算是挽回了面子。

会是谁呢？伊童心思浮动，忽然莫名地紧张了几分。

“他们是……”萧小小深吸了一口气，正要说出对方的来历时，忽然愣住了。

“是谁要抢我的房间？吃多了还是活腻了？”

/第/四/十/三/章/

挺身而出

一个声音在叶十三的身后响起，随后一个人身前身后随从无数地现身场中，他气势汹汹地分开众人来到了叶十三面前，上下打量了叶十三一眼，轻蔑不屑的表情瞬间变成了惊愕和狂喜。

“我还以为是哪棵葱哪头蒜，哪家达官贵人，原来是你这个狗屁不是的小子。事情过去这么久，我都忘了你这个屌货了，没想到，你自己送上门了。怎么着，不但想跟我抢女朋友，还想抢我的房间是不是？好呀，我让你抢！”

话一说完，他扬起巴掌，一掌就打在叶十三的脸上。

叶十三认出了来人是谁，太突然太意外，以至于他愣在了当场，没防备对方说打就打，一个耳光正好打中了右脸，当即右脸就肿了。

毕京也认出了来人是谁，不是别人，正是祖纵。见识过祖纵发疯的他当即就㞞了，虽然自己一方人也不少，不过祖纵一方更是人多势众，他悄悄后退几步，想要藏身在人群之中，不被祖纵发现。

上次割破了祖纵的汽车轮胎，相信祖纵对他耿耿于怀，不提奔驰汽车的四个轮胎价值多少了，就是以祖纵的性格肯定咽不下这口气。他后来打听过祖纵的为人，知道人称“祖一夜”的祖纵还有一个外号叫“祖小心”。

祖小心的意思不是说他做事小心，而是说他为人小心眼，睚眦必报，而且记性还长。俗话说老狗记得千年事，只要是得罪过他的人和事，不管过了多久，只要他想了起来，就会想方设法加倍还回来。

说实话，毕京虽一向自诩为天不怕地不怕，但他还真有几分害怕祖纵。

不料他才一动身，就被祖纵发现了，祖纵只盯了他一眼就认出了他，当即哈哈一笑：“你小子也在？太好了，今天来个一窝端，上次割了我的车胎我还没有和你算账呢，既然遇上了，今天一定得一次性算个清楚才行。”

祖纵横行霸道惯了，谁也不放在眼里，一个箭步就冲了过去，撞开黄广宽推开朱石，一把就抓住了毕京。

朱石不知道祖纵是谁，见祖纵动手就打了叶十三，还想对毕京出手，早就憋了一肚子气的他哪里还按捺得住，吃个饭吃得这么憋屈，先是被商深欺负，现在又被一个长得奇丑无比跟麻秆一样的骷髅欺负，再不还手传出去都没法混了，他二话不说，当即飞起一脚就朝祖纵的后背踢去。

朱石的最大缺点就是没有眼色，不识时务。不分时间地点地对美女耍流氓也就算了，美女的还击力度毕竟有限，却还看不清楚形势，不管是在深圳还是北京都拿出他一不怕疯二不怕傻的愣头青精神，说动手就动手。

结果朱石的身子才一动，腿刚伸出，脚离祖纵近在咫尺的后腰还有一段距离时，旁边突然凭空出现一只脚，正踢中他还在半空的腿，当即一阵剧痛传来，他痛呼一声，“扑通”就摔倒在地。

祖纵身前身后跟随了一大批人，所谓物以类聚人以群分，他是什么性格，周围的朋友就是什么样的人，有人想偷袭祖纵，祖纵的朋友自然不干。向朱石出手的人是一个个子不高、其貌不扬的男人，不到三十岁的样子，穿着看似普通，其实全是名牌，主要他长得矮小精悍，举手投足之间流露出一股咄咄逼人的气势。

商深看了出来，矮小男人应该是部队转业的，说不定会是特种兵。

矮小男人的出手看似轻描淡写，其实力道大得惊人，朱石被踢中之后，原地打了一个滚，还想站起来，却发现右腿完全麻木了，一点儿也使不上力气，一下又摔倒在地，他又惊又恐又痛，大喊：“黄哥，别放过他们。”

黄广宽比他聪明多了，一见祖纵一方不但人多势众，而且个个都不是什么善茬儿，他迅速和黄汉对视一眼，又和伊童交换了一下眼神，立刻得出了结论，三十六计走为上策。

伊童也认出了祖纵，心中一片凄凉，好吧，如果北京有几个她惹不起的人的话，祖纵就算其中之一，而且还是她最不想惹的人物之一！她心生退意，知道再僵持下去只能更丢人更丢面子，就伸手一拉叶十三，示意叶十三赶紧一走了之。

被当众打了一个耳光，叶十三怒火汹涌，如果是平常还好说，偏偏有崔涵薇在场。在梦中情人面前被人羞辱，是平生的奇耻大辱，他哪里还克制得住，当即暴起了，飞一般朝祖纵扑去。

“我和你拼了！”

“十三，不要！”伊童吓得花容失色，叶十三没有留意到就在祖纵动身的同时，祖纵的几个同行者已经悄悄地移形换位，分别盯住了自己一方的每一个人，很明显，祖纵的人打架经验丰富，而且分工有序，都是高手。

叶十三的身后早就有一人盯防了，叶十三一动，对方也动了。他长得五大三粗，脖子上文了一只老虎，不等叶十三的拳头举起，对方一脚飞出，正中叶十三的后背，叶十三闷哼一声，身子朝前一扑，就扑倒在地。

老虎不肯善罢甘休，向前一步，一脚踩在了叶十三的后背上，脚下用力，嘿嘿一阵狂笑：“还敢不敢？”

“敢！”叶十三摔得满嘴是血，却不肯服软，“呸”的一声吐了一口血唾沫，咧嘴一笑，“有种你打死我。”

“嘴还挺硬！”老虎脚下用力，整个人几乎都站在了叶十三身上，哈哈大笑，“让你尝尝被我踩在脚下的滋味……”

叶十三嘴上“唔唔”发声，却还是不肯服软，眼见他被踩在地上痛苦不堪之时，忽然一人冲了过来，一下撞在了老虎的身上。

老虎猝不及防，被撞得晃了一晃就摔倒在地上，他定睛一看，见是一个白净文雅的年轻人，顿时大怒，从地上一跃而起：“你敢打我，不想活了？”

说话间冲了过来，就要冲商深动手。

不错，救下叶十三的人正是商深。

商深不忍看着叶十三被人踩在脚下，虽然他和叶十三渐行渐远，但还是不能忍心眼睁睁看着叶十三被人欺凌，毕竟是多年的兄弟。

商深的挺身而出顿时引发了混战，老虎向商深出手，商深后退一步，老虎的攻击就落空了，老虎不肯放过商深，再向前一步。呼啦啦，商深的周围就围过来了许多人。

王启东、王向西、文盛西和刘凌才不会看着商深吃亏，都毫不犹豫地加入了战团。

见商深一方全军出动，伊童知道反击的时机到了，她大喊一声："我们和商深联手对付祖纵，都上啊！"

毕京见状，知道再溜走就太丢人了，左手一拉黄广宽，右手一推黄汉："上，上！"

黄广宽和黄汉也算有眼色，知道现在正是借力打力的大好时机，再错过就太傻了，二人气势大涨，猛然朝前一冲，和祖纵一方正面相遇。

祖纵一方有五六个人，虽然个个是精兵强将，但架不住两方联合在一起的人多，商深一方和伊童一方联手，足有十几人，完全将祖纵一方团团包围在了其中。

祖纵也意识到了不对，不再和毕京纠缠，转身回到场中，上下打量了商深一眼——此时商深处在最核心的位置，是双方联合力量的交会点，看上去就像他是联合一方的为首者一样。

"你是谁？"祖纵第一次见商深，见商深虽然没有什么大将之风，但当前一站，淡然从容的样子，还真有几分领袖风采，他愣了愣，目光越过商深，落在了商深后面的崔涵薇身上。

"薇薇？"祖纵眼前一亮，没想到崔涵薇也在，他都快忘了崔涵薇的存在了。最近流连花丛，结交了无数新女友，早就将推倒崔涵薇的事情抛到了脑后，没想到今天在这里意外重逢，数月不见，崔涵薇愈加出落得亭亭玉立犹如出水莲了，"你怎么也在？都是你朋友？"

崔涵薇十分反感祖纵，从祖纵出现的一刻起，她的心情就沉到了谷底。

本能地朝旁边一闪，崔涵薇躲开了祖纵故作热情的拥抱，冷冷地回应：“祖纵，你还是不改你嚣张狂妄的本性，请你离我远一些，我不想和你说话。”

“你是我的女朋友，怎么连话都不想说？不说话的男女朋友还真是奇葩。”祖纵依然嬉皮笑脸地向前凑了过去，伸手要摸崔涵薇的脸蛋，手伸出一半，却被突然出现的另一只手抓住了。

“祖纵，不要骚扰我女朋友。”商深挺身而出，虽然他现在还没有和崔涵薇明确关系，但现在他以男朋友的身份自居，时机最好，出面也名正言顺，“再动手动脚的话，小心我收拾你。”

“收拾我？”祖纵怪笑一声，“你算老几，还敢收拾我，信不信我一根小手指就可以把你打得连你爹娘都不认识你？不对，你说什么？你说薇薇是你女朋友，别胡说八道，薇薇怎么会看上你这个瘪三？”

“如果我是瘪三，恐怕你是连瘪三都不如的渣渣。”商深挺直了胸膛，当前一站，也确实，他俊朗的外表和不凡的风姿，立时将如骷髅一般的祖纵比得如尘埃里的蚂蚁，“薇薇怎么会看上我，就是她的事情了，反正她看不上你就是了。”

“就是，他是我的男朋友，我非常非常喜欢他。”崔涵薇心花怒放，抱住了商深的胳膊，将头靠在他的肩膀上，一脸甜蜜，“他是我今生的最爱，我只爱他一个人，祖纵，请你走开，不要打扰我们的幸福。”

徐一莫、蓝袜和卫辛三人在这种紧急时刻还不忘对视一笑，一齐做呕吐状，都被崔涵薇酸倒了。

祖纵眨了几下眼睛，不敢相信眼前的事实，他再次打量了商深几眼：“你叫什么名字？”

“商深。”

“哪里的？”

“中国的。”

“我问你哪个地方的人，不是北京人吧？”

“保密。”

“保密你个头。”祖纵怒了，虽然他对崔涵薇并没有什么真感情，也压根儿没有真当崔涵薇是他的女朋友，但当众被崔涵薇羞辱被商深贬低，他哪里还忍得住，顿时跳了起来，伸手就朝商深的头上打去，“我打爆你的头。”

商深岂能让祖纵打中，一闪就让开了祖纵的一击，哈哈一笑：“说不过比不过就动手打人，祖纵，你还真以为自己是别人的祖宗？你不过是一个没有城府狂妄自大的跳梁小丑罢了。有本事的话以理服人，以德服人，靠拳头和嚣张赢了别人，也不会让别人心服口服。说服对手永远比打败对手有难度，什么时候你能让别人臣服在你的光辉之下，你才是一个真正的胜利者。”

此话一出，祖纵反而愣住了，愣了片刻，他自嘲地嘿嘿笑了：“长这么大，还是第一次听别人说我是跳梁小丑，不过想了一想，刚才我跳脚的样子说不定还真有几分跳梁小丑的风姿，哈哈。商深是吧，我叫祖纵，很高兴认识你。”

商深也是一愣，没想到祖纵此人倒也有意思，既然对方主动伸手，他又何必拒人于千里之外，何况他刚才也说了，说服对手永远比打败对手有难度，就接过了祖纵伸过来的手，淡淡一笑：“我是商深，很高兴认识你。”

祖纵和商深握了握手，又不无遗憾地看了崔涵薇一眼，摇了摇头说道：“也别说，商深，你和薇薇站在一起，还真有夫妻相。今天我是来吃饭的，不是来打架的。既然薇薇跟你好了，我也不好再说什么，这样吧，我要和你公平竞争，要以德服人以理服人，要让你心服口服地服我，要让薇薇心甘情愿地离开你然后跟我，所以我愉快地决定了：从现在开始，我们就是薇薇的共同追求者，以后各凭本事来赢得薇薇芳心，怎么样？敢不敢赌？”

“敢呀，怎么不敢？”商深忽然发现虽然传说中祖纵比较无耻下流没有底线，真相却是他也有可爱的一面，就愉快地接受了祖纵的赌局，“就这么说好了，公平竞争，各凭本事。”

“一言为定！”祖纵再次和商深握了握手，一脸笑意，不知何故，他对商深印象很不错，不但对商深没有太强烈的敌意，反而觉得商深温和如春风，是一个可交的朋友，他拍了拍商深的肩膀，“薇薇眼光很高，人很挑剔，你能让她认可，真不简单。回头好好聊聊，传授一点儿经验给我，哈哈。”

“……”商深无语了，祖纵也太没有城府了，说好要和他公平竞争，他却向他请教经验，这么看来，其实祖纵是一个简单的人，他只好无奈地笑了，“好吧，有机会就一起交流交流。”

心里却想，泡同一个妞这样的事情，能一起私下交流吗？

“就这么着，我先去吃饭，回头再聊。”祖纵又依依不舍地看了崔涵薇一眼，作势欲抱，“薇薇，真的不抱一下吗？”

崔涵薇笑着摇头，跳到了一边。

祖纵自嘲地一笑，回头又看到了叶十三，脸色顿时晴转多云：“以后别让我再看到你，见一次打一次，丫的，影响我吃饭的心情。要不是今天见到了薇薇让我心情好了几分，我非打得你生活不能自理不可。”

话一说完，他朝叶十三呸了一口，领着随从声势浩大地上楼而去。

伊童一帮人张口结舌地呆立当场，望着祖纵嚣张而不可一世的背影，没有一个人挪动脚步，都吓傻了。

就连叶十三和毕京也不敢相信刚才发生的一切，吃了那么大的亏，不但没有还回来，还让对方扬长而去，太丢人太丢面子了。几人面面相觑，虽然心中愤愤不平，却没有一人敢向前一步去追祖纵。刚才祖纵的嚣张和狂妄给几人留下了不可磨灭的印象，他们都被祖纵和他身边人的强悍和强势吓破了胆。

说到底，伊童一方除了伊童之外，包括毕京和叶十三在内，就算是黄广宽和朱石，都不算是见过大世面的人，在祖纵既嚣张又玩世不恭的姿态面前，没有还手之力。而伊童毕竟是一个女孩子，虽然她也从小生长在权势之家，论打架斗殴不是特长，她只是叛逆和玩世不恭，却不是真正的太妹。

况且论打架，女人永远不是男人的对手。

直到祖纵一行完全消失在了楼梯的拐角处，伊童几人才如梦方醒，叶十三狠狠地瞪了商深一眼，一拉伊童，小声说了几句什么，然后伊童也意味深长地看了崔涵薇一眼，转身带领众人离开了。

只留下一地杂乱的脚印无声地诉说着刚才曾经发生过的一场冲突。

等伊童几人走远了，文盛西才呵呵一笑：“真没礼貌，明明是商深替他们解了围，连一句感谢都没有就走了，真没水平。活该被打！商深也是，要是我，才不管他们，让他们被祖纵狠狠打一顿才解气。”

王启东摇了摇头：“我觉得商深做得对，做人要看长远，不能计较一时得失。我们已经大获全胜了，得饶人处且饶人。”

/ 第 / 四 / 十 / 四 / 章 /

真命天女

“不对，启东，得饶人处且饶人不是你的风格呀？”王向西笑了，“你不是一向主张对付对手要打得对方没有还手之力吗？”

“生活中的对手和商业上的对手，要区别对待。生活中的对手不是你死我活的关系，商业上的对手，除非对方不肯就范，否则我也愿意和对方和平解决。当然了，如果对方非要殊死抵抗的话，到时我又占据绝对上风，我也不会手软，哈哈。”

王启东的性格日后体现在商业手法上，确实和他所说的一样：凡是被他打败的对手，如果臣服的话，他会高抬贵手放对方一马，并不在意是不是完全控股；凡是不臣服的，一律碾压，直接控股。

“我们还去吃饭吗？”徐一莫忽然意兴阑珊了，经过两次风波后，她不想吃饭了，主要是楼上的贵宾间有祖纵一帮人，“或者说，去别的地方吃吧？”

“我同意。”蓝袜高举右手，“换个地方吧，这里太没意思了。”

“好。”崔涵薇落落大方地征求别人的意见，“商深，小王哥、盛西哥、刘哥，你们的意思呢？”

商深笑了：“服从崔总的安排。”

崔涵薇掩嘴一笑：“那好，我们换个地方再吃，走，我知道一家素食馆的饭菜很好，今天是 1998 年的第一天，吃素菜有助于事业进步。”

“好，我赞成。”商深第一个响应崔涵薇的号召。

“素菜呀？”文盛西迟疑一下，见无人反对，他只好哈哈一笑，“好吧，我就不提反对意见了，从善如流。”

1998年的第一天，就这样在一次又一次的冲突中度过了，虽然混乱而无序，却在以后漫长的岁月中，给每个人都留下了深刻而难忘的印象。以至于若干年后当商深回忆起今天的一切，还会流露出会心的微笑。

晚上，等送走了所有人后，商深和崔涵薇一起回到了京北花园的家中。二人先是在小区内散了一会儿步，然后上楼。

商深烧了水，为崔涵薇泡了茶，说起一天来的经历，哭笑不得，想起蓝袜的白卡的惊人之处，他好奇地问道：“蓝袜到底是什么来历？太厉害了吧？”

“你管她什么来历？”崔涵薇喝着商深泡的茶，虽然商深泡茶的水平一般，她留下的价值千元一斤的好茶让他泡不出应有的味道，不过心里却是甘甜如蜜，“就不告诉你。”

“这么神秘？”商深嘿嘿一笑，没敢多问，见崔涵薇眉眼含笑，风情和温柔一时全部流露，不由得心中一跳，忙移开了目光。

“怎么不敢看我了，怕我？”崔涵薇想起商深当众向她的表白，气就不打一处来，“商深，你说话算话吗？”

“算……吧？”商深知道崔涵薇想说什么，当时形势所迫，情非得已，并非出自真心，当然了，要说喜欢，他对崔涵薇还真有几分喜欢，只不过在没有见过范卫卫之前，在范卫卫没有当面向他亲口说分手之前，他不会放弃对范卫卫的等待。

“真气人，你还是不是男人？”崔涵薇见商深想要赖，生气了。

“不是。”商深一脸认真地说道，“我还是一个男孩。”

“噗……”崔涵薇被商深气笑了，一放茶杯说道，“反正说出去的话泼出去的水，收不回来了，你看着办。你自己当着那么多人的面说要和祖纵公平竞争，你也知道祖纵是一个大嘴巴，你是我男朋友的事实，相信一夜之间就会传遍北京的圈子，不管你是不是我事实上的男朋友，名义上是跑不了了。

与其背了一个虚名，不如坐实了比较好。”

商深挠了挠头：“涵薇……”

“叫薇薇！”

“薇薇……”商深摸了摸鼻子，不好意思地笑了笑，“等不到卫卫对我当面说分手，我不想放弃最后的希望。”

“如果范卫卫永远不再见你呢？你要等她一辈子？”崔涵薇想不通商深的逻辑，“你到底是想等范卫卫一个郑重其事的分手，还是想以此为借口拒绝我呢？如果你对我真的一点儿感觉也没有，好，我不勉强，我退出。”

商深不知道该说什么了，平心而论，他确实有几分喜欢崔涵薇，不对，应该说是很喜欢崔涵薇。崔涵薇比范卫卫更成熟、更有风范，而且在为人处世上也比范卫卫更大气，虽然稍有傲慢的小性子，但对他确实好得没话说，不但会是生活上的良师益友，也会是事业上的合作伙伴。

对崔涵薇，他无从挑剔，无话可说。

“说话！”见商深半天不说一句话，崔涵薇急了，商深在别的事情上都挺拿得起、放得下，就在范卫卫的事情上不够爽快，虽然她也可以理解范卫卫是商深的初恋，初恋最难忘怀，但她就是理解不了为什么范卫卫明明告诉商深已经和他分手了，商深还要等她。

其实她也清楚，如果不是为了等范卫卫，商深对她是有感觉的。她能感觉得到，男女之间的感情既微妙又清晰，微妙是说身为当事人都可以感觉到对方的好感，清晰是说当事人总觉得他们之间的关系没有挑破，其实在外人看来，他们之间的关系早就明朗化了。

“我和卫卫、毕京之间有一个一年之约，之前你也听到了，毕京还想在一年之约到期时和我一比高下。我也相信卫卫是一个言出必行的人，一年之约到期的时候，她肯定会出现。”商深说出了他的真心话，“所以，现在距离一年之约只有半年时间了，半年后，卫卫能出现最好，如果她还不出现，我就当她彻底从我的生命中消失了……”

半年时间？崔涵薇想了一想，觉得她已经等了半年了，也不在乎再多等半年，何况接下来的半年里会有许多事情要忙，也就不再过于逼迫商深了。她又端起了茶杯，歪头想了一想，粲然一笑："好吧，再给你半年时间，如果半年后你还不对我好，我就跟别人跑了。"

"跟谁？"商深一脸紧张。

"要你管？"崔涵薇嘻嘻一笑，"要么是祖纵，要么是叶十三，反正都是你不喜欢的人，恶心死你。"

这也行？商深摸了摸后脑，憨厚地笑了，"要是实在想跟人跑，我觉得你至少要找一个门当户对的，别随随便便就跟了祖纵或是叶十三。"

崔涵薇以为商深还能说出一番什么大有道理的高论，正准备洗耳恭听时，不料商深话锋一转，嘿嘿一笑："你可以考虑一下黄广宽或是朱石……"

"要死呀你。"崔涵薇被商深成功地恶心到了，抓起一个东西就砸向了商深，"打死你算了。"

东西一出手就觉得不对，原来是手机，她"哎呀"一声："小心。"

还好商深眼疾手快，一伸手接住了手机，笑道："随便就拿手机砸，到底是有钱人。"

"去你的，一个手机算什么，我是怕砸坏了你。"崔涵薇见天色不早了，起身要走，"我要回家了，明天公司正式开张。"

"要不别走了，你住得挺远，明天早上我们一起去公司，多方便。"商深是真心挽留崔涵薇，崔涵薇住的地方离京北花园远，离公司也远。

"真心想让我留下来？"崔涵薇微微一笑，又上下打量商深一眼，"会不会不安全？"

商深哑然失笑："怎么会不安全？不对，我可能会不安全。"

"你！"崔涵薇气着了，伸手去打商深，"一个男人这么胆小，活该你被范卫卫抛弃……哎呀，不好意思，我不是故意说你，你别生气。"

"怎么会？"商深才不会生气，他也清楚他不是被范卫卫抛弃，而是在正确的地点没有遇到正确的人而已，"你的意思是，如果我胆子大一些，早早和卫卫发生了什么，生米做成熟饭，就算她家里反对也没用了？"

“你真无耻。”崔涵薇脸一红，被商深无理取闹的逻辑气得哭笑不得，“商深，你老实交代，你不会真和范卫卫发生什么了吧？”

“你觉得呢？”商深故意逗崔涵薇。

“我，我，我怎么知道？”崔涵薇又急又恼，都快哭了，“如果你们真的发生什么了，我以后再也不理你了。”

多情总被无情恼，商深摇了摇头，崔涵薇对他是真的动心了，他轻轻地说道：“不是尊前爱惜身，佯狂难免假成真。曾因酒醉鞭名马，生怕情多累美人……其实，我真的不是有心要伤卫卫的心，可是和她恋爱，最终还是伤了她的心，到底是为什么呢？”

见商深一脸悲怆，崔涵薇也没再继续追问下去，她也大概能猜到，商深是一个偏向传统的人，应该不会和范卫卫发生什么，毕竟相处的时间还短，她向前一步，将头靠在了商深的怀里，柔声说道：“不怪你，也不怪她，只怪你们情深缘浅。”

商深轻轻抱住了崔涵薇，感受到怀中崔涵薇身体的温热，想起他和崔涵薇相识以来一起走过的风雨，飞机上的偶遇、深圳的旖旎以及半年来在北京的相扶相携，说起来，他和她在一起的日子比和范卫卫在一起的日子还要多，也许，她才是他的真命天女。

“抱抱我，商深。”崔涵薇心中忽然柔情无限，觉得商深经历了太多不该经历的感情纠葛，她很想用她全部的爱来温暖商深，“不管遇到怎样的阻力，也不管经历怎样的风雨，只要你在，我就永远不会离去，我保证。”

商深用力抱住了怀中的崔涵薇，第一次感受到崔涵薇的真情流露，他的心都要融化了。他将头埋在崔涵薇的长发之间，嗅到崔涵薇秀发的清香，心乱如麻。

男儿有泪不轻弹，只因未到伤心处，不知何故，商深一时想起了许多人许多事，范卫卫、叶十三、杜子清、徐一莫以及眼前的崔涵薇，他鼻子一酸，眼泪夺眶而出。

人生是一条滚滚向前奔流不息的河流，错过的也许就会永远错过，而曾经拥有的，也未必就真的属于你。还是勇敢地大步向前吧，前方，才是你勇往直前的未来。

晚上，崔涵薇留了下来，反正房间够用，她睡在了主卧，商深还继续睡次卧。

半夜里，商深被一阵说话声惊醒，他吓了一跳，以为房间进贼了。又一想，不对，京北花园是一家安保十分到位的小区，不会也不可能有小偷。

仔细一听，听明白了，原来是崔涵薇的梦话。

“商深，我真心对你，希望你也能真心对我。”

“希望你开开心心，不要再纠结过去不放了。放下过去才能面向明天，范卫卫不会回来了……”

商深摇了摇头，也不知是该笑还是该感动。想了一想，他悄悄来到门前，见房门虚掩，没有关上，心想崔涵薇对他还真是不设防，轻轻推开房门，映入眼帘的是崔涵薇侧身睡在床上的倩影。

商深不是登徒子，他进房间不是为了偷窥崔涵薇的睡姿或是意欲对崔涵薇不轨，而是想看看崔涵薇有没有盖好被子。

果然不出他所料，崔涵薇踢了被子，半个身子露在外面。还好她穿了睡衣，不过玲珑曲线却一览无余。商深屏息蹑脚，悄悄替崔涵薇盖好被子，然后又轻轻走了出去。

崔涵薇似睡非睡间，不动声色地露出了一丝心满意足的笑容。

次日，阳光大好，商深和崔涵薇一早起来，下楼吃过早饭，开车前往公司。迎着初升的朝阳，商深意气风发，崔涵薇粉面如玉。

商深开车，车技已经大有长进。

半年来，商深不但拿到了驾照，车技基本上也达到了随心所欲驾驶的地步，但和驾龄十年的老司机相比，还有一定差距。

公司成立后，崔涵薇打算为商深配一辆专车，商深本想要一辆普通款汽车，文盛西听说后，非要鼓动商深买越野车，说是男人都要有一款可以驰骋天地的越野车，这样方显男儿气概。架不住文盛西的再三游说，商深向崔涵薇提出了要求。

崔涵薇自然没有异议，为商深选了一款吉普，尽管商深并不是十分喜欢美国品牌的汽车，也不太喜欢吉普过于方正的外形，但目前越野车市场可选择的余地不大，也只好如此了。

公司的楼下已经布置一新，员工已经全部到齐，为首者是公司招聘的副总王松。

王松一米八的个子，年约三十，圆脸，浓眉，大眼，一脸憨厚忠诚之相，他是商深亲自招聘的干将。在招聘时，首先他的长相让商深十分认可，大凡忠诚之人必有忠厚之相，其次他的谈吐进退有度，不夸夸其谈，让商深认定他是一个将才。

将才和帅才的不同之处在于，将才必须具备沉稳可靠的品格，能坚定地执行董事会的管理理念。将才不需要有多大魄力和多有创意的创新精神，但必须有方正的性格和公正的管理理念。

王松已经将一切都布置妥当，他沉稳的性格特别适合担任日常的管理工作。见一切都安排得井井有条，商深一拍王松的肩膀："王哥，很好，滴水不漏。"

王松呵呵一笑："商总过奖了，分内之事，必须做到滴水不漏。如果分内之事还做不到圆满，就是失职了。"

商深哈哈一笑："说得好，如果人人都爱岗敬业，做好本职工作，并且热爱本职工作，谁都会有一个不错的前景。许多年轻人埋怨没有机会，没有升迁，却不从自身的懒怠和不努力寻找原因，就会在埋怨中再次错过机会。一个人，只有自身强大了，才有选择的机会。如果你不会开车，给你一辆宝马你也开不走不是？"

"商总所言极是。"王松由衷地佩服商深的见解，商深虽然比他年轻，却比他走得更快更远，"就和商总一样，如果不是商总自身的优秀，崔总也不会和您合作事业不是？而且看样子，崔总还想和您更深一层、更进一步合作……"

王松嘿嘿一笑，笑得很含蓄。

不是吧，他和崔涵薇的关系就这么明显，谁都能看得出来？不过一想也是，他未婚，崔涵薇未嫁，崔涵薇是公司的董事长，他又是大股东兼总经理，任谁都会猜测他和她的关系。

“王哥，对于管理大师软件的推广，方案做出来没有？”商深巧妙地转移了话题。

“做出来了，已经放到商总的办公桌上了。”王松是聪明人，知道商深不愿意再提此事，不过从早上商深和崔涵薇一起开车出现就可以得出结论，二人昨晚在一起。是只住在一起还是同居一室，就不知道也不好说了。

一个男人和一个女人关系最密切的体现不是两个人一起吃晚饭，而是两个人一起吃早饭。

放过鞭炮，走完程序，上楼，到了公司，全体员工列队欢迎。

蓝袜也在其中。

/ 第 / 四 / 十 / 五 / 章 /

一剑在手

蓝袜穿了一件再普通不过的蓝色风衣，紧紧包裹在内的身材胖瘦适宜，曲线动人。不过和她掩饰不住的美丽不相对应的是，她还戴了一顶宽大的帽子，低头站在员工中间，低调得好像不存在一样。

谁也不知道她是公司的第二大股东，甚至比总经理商深还要位高权重，但她却没有在公司担任任何职务。

作为总经理，商深发表了简短的讲话。

“有人说，这是一个最好的时代，因为我们恰逢其时，赶上了互联网的浪潮。也有人说，这是一个最坏的时代，因为互联网的兴起，会颠覆许多行业，会改变许多习惯。到底这是一个最好的还是最坏的时代？你说好就好，说坏就坏，全在我们一念之间。跟上了时代的潮流，并且引领时代潮流，这就是一个最好的时代。跟不上时代潮流，被时代抛弃，或是故步自封，不肯适应时代的改变，这就是一个最坏的时代。凡是认为这是一个最好的年代的人，都是成功者。反之，就是失败者。那么，我问你们，你们说这是一个什么样的时代？”

商深的演讲虽然简短，却热血沸腾，激发了所有员工的血性，众人一起高喊：“这是一个最好的时代！”

“不错呀商深，有了赵向飞的演讲水平。”进到办公室，崔涵薇一拍商深的肩膀，对商深刚才的一番高论很是满意，“继续保持并且发扬，照这样下去，你早晚会超越赵向飞。”

“赵向飞又不懂技术，以后能有多大成就？”蓝袜坐在了商深办公室的沙发上，她斜着身子靠在沙发背上，有一种美人倚红楼的美感，“我觉得以后成就最大的应该是陈安平的兴潮网和傅开诚的索鹰以及纪德佑的韵舟网，甚至王启东以后也有可能会超过赵向飞，赵向飞的黄金时代已经过去了。”

赵向飞自从来到北京加入到外经贸部的项目之中后，中国黄页网站的建设步伐就大大放慢了，虽说不是停滞不前，至少也远不如从前的上升势头了。蓝袜看衰赵向飞的未来，也在情理之中。

“说到赵向飞，就说到了以后我们公司的发展方向了。”商深招手让王松也进来参与讨论，四个人，是目前公司的最高管理层了，“我认为，互联网发展到今天，走过 1997 年互联网元年之后，1998 年应该是一个飞速发展之年。如果说 1997 年互联网元年之前，IT 行业是技术为王的时代，一个软件一个程序员就有可能撑起一家公司带动一个产业，但那是在互联网普及之前的事情，互联网的普及，会颠覆以前的观念，重新建立一个新的秩序。”

“什么秩序？”蓝袜笑问。

“我怎么知道？”商深双手一摊，一脸无奈，“如果我能提前预知新的秩序，我就可以抢先一步占得先机了。所以从某种意义上来说，赵向飞就是一个可以预知先机的人，他的中国黄页从一开始就不被人看好，但是他坚持自己的看法，硬是上马了，结果都看到了，他成功了。”

“他是赌对了，赌对一次不算什么，赌对第二次才有资格说是可以预知先机。”蓝袜总觉得赵向飞有点儿过于夸夸其谈了，她并不喜欢赵向飞的为人，“商深，你的意思是，赵向飞会在互联网浪潮到来之后，再一次抓住机遇？”

“我不敢肯定，但我认为中国互联网的兴起，肯定会有赵向飞参与其中。你不要忘了，赵向飞虽然是电脑盲，甚至也不懂互联网技术，但他有演讲口才有领导才能，而且他有快人一步的眼光，我觉得他以后可能会是中国互联网成就最大的一人。”

“你的依据是什么？”崔涵薇也对商深对赵向飞的盲目推崇大惑不解，尽管她对赵向飞没什么偏见，但在她看来，和王启东、陈安平、傅开诚、纪德佑等人相比，赵向飞既没有海归的文凭，又没有海外资金的资助，还不是专业出身，他凭什么就可以超越所有人？

“我刚才已经说过了，互联网的兴起，让IT行业技术为王的时代已经过去了，接下来会进入内容为王、创意为王的时代。”商深侃侃而谈，从现在起，他正式进入了角色，开始以置身于互联网大潮的创业者自居了，虽然之前他为此已经做了充足的准备，但就他自己认为，以前只是在助跑阶段，现在开始冲刺了。

王松老老实实地端坐在下首，洗耳恭听商深的高论。崔涵薇微微歪了头，一脸淡然笑意，蓝袜则是以手托腮，饶有兴趣的样子，就如一个虚心好学的学生一般。

不过她可不是一个听风就是雨的好学生，她很有自己的见解，别人轻易说服不了她。

“我基本上赞成你的说法，在互联网普及之前，确实是技术为王的时代，一个软件就可以创造奇迹，但在互联网普及的时代，虽然会进入内容为王和创意为王的时代，但技术为王并不会过时，只不过会和内容为王、创意为王并存，不如以前一样独占鳌头了。”蓝袜说出她的见解，她眼中闪现若有所思的光芒，“从目前的迹象来看，门户网站会异军突起，说不定会在相当长一段时间内是互联网的风向标。和门户网站的包罗万象相比，其他行业网站也会出现一些，但最终哪些可以存活下来，就不好说了，还是要看谁更能抓住网民的心思。现在网民还很少，但可以预见的是，在不久的将来，网民数量会迅速增多。”

“没错，中国毕竟是人口大国，相信网民数量早晚会以亿计。网民数量的增多，就意味着互联网的壮大。”商深点头，他对蓝袜的说法深以为然，不由得心里暗暗吃惊：蓝袜不但有一个深不可测的身世，还在低调之下隐藏了高人一等的见地，不简单，是一个很有智慧的女孩。“网站就和报纸杂志一样，想要吸引人，就要有足够让人眼前一亮的内容，所以是内容为王。内容为王是门户网站的思路。如赵向飞的中国黄页一样，或许没有太让普通网民喜欢的内容，却有让专业人士感兴趣的内容，它为商家提供了一个商业信息交流的平台，也一样获得了成功，是创意为王。也许在以后和门户网站并行的许多专业网站，会出现订购衣服、电影票或是订餐的类型网站，只要做得好，赢得了认可，也是难得的成功。创意为王是类型网站的思路。当然，我所提的类型网站的说法或许不太准确，反正大概意思你们明白就行了。”

“那么在互联网时代，技术为王又是什么呢？”崔涵薇的思路被商深和蓝袜带动，也拓展了宽度，以前她觉得除了做门户网站之外，似乎别的网站都没有出路，听商深这么一说，有豁然开朗之感，心中隐隐埋怨商深还对她隐瞒了许多想法。

“一个KV300和一个王码五笔就可以一统天下的年代，随着互联网的普及会成为过去，为什么呢？因为在互联网出现之前，软件普及不方便，只能通过拷贝安装，但互联网普及之后，尤其是网速提高、网费下降，让软件下载成为可能。这样，会让许多编写软件的高手争相将自己编写的软件放到网上提供下载，同时为了提高下载量也就是普及率，会纷纷采取免费的政策。除了免费之外，还要拼谁的软件更好用更有创意，这就是互联网时代技术为王的思路。”商深说到此处，冲王松点了点头，王松会意，拿出一张软盘递给了商深。

“这就是施得公司成立之后推向市场的第一个软件——电脑管理大师！”商深扬了扬手中的软件，朝崔涵薇和蓝袜点头一笑，“不要小瞧这个才几兆大小的软件，如果装到你的电脑里，可以帮你做许多你不会做、忘了做或是懒得做的事情……”

王松已经很有眼色地打开了电脑，商深将软盘插进了机箱，点击了安装。安装速度很快，一分钟后就安装完毕了。

桌面上多出了一个方方正正的图案，字体也很方正，六个字：电脑管理大师。

崔涵薇和蓝袜早就知道商深一直在编写一个可以管理电脑各项功能的软件，之前也体验过测试版，还提出了一些修改意见。后来商深就没再给她们最终版，她们还以为正式版的推出还需要一段时间，没想到商深已经不知何时完成了最终版本，她们对视一眼，兴趣大起。

商深见包括王松在内，几人都围了上来，就微微一笑，然后打开了软件。软件的启动界面简洁大方，上面最醒目的位置是北京施得计算机系统有限公司，下面还有一行小字，是商深的名字。

软件操作界面美观实用，几个功能键的位置很醒目，非常方便操作。商深一边依次演示软件功能，一边说："平常我们使用电脑最大的困惑是什么？就是时间长了，电脑里面的垃圾文件越来越多，占用C盘空间越来越大，启动和运行速度越来越慢，许多软件卸载之后还占用空间和注册表，电脑使用的痕迹总是无意中透露自己的隐私，等等，但大部分普通用户不会查看开机启动项里面都有哪些软件随机启动，也不知道怎么清理使用痕迹和垃圾，所以电脑管理大师软件的目的就是一剑在手，天下我有。"

"哧……"崔涵薇被商深的比喻逗乐了，"软件就软件吧，还剑，武侠小说看多了吧？"

"剑是兵器之王，以轻灵多变取胜，用剑来比喻电脑管理大师最恰当不过了。"商深却没笑，一脸严肃，打开了软件的第一个功能——启动项管理，示意几人，"看，启动项里面有好几个不需要随机启动的软件，这样会拖慢启动速度。其实很多软件只需要在使用的时候启动就可以，不需要随机启动。但许多用户不知道，因为有些软件安装的时候会强制随机启动，不但会在启动时拖慢电脑的启动速度，启动后还在后台运行，占用电脑宝贵的内存资源。所以，有必要将一些不常用的软件取消随机启动。比如这个绘图软件，还有这个看图软件等，都应取消随机启动。"

商深操作完毕，重启了电脑，崔涵薇和蓝袜惊喜地发现，电脑的启动速度确实比以前快了不少，启动之后的运行速度也快了许多，不由得连连点头："果然好用。"

“下面我们演示一下清理垃圾。垃圾分两种，软件垃圾和系统垃圾，软件垃圾是软件使用过程中产生的各种垃圾，系统垃圾是系统运行时制造的垃圾。新电脑使用时，几乎没有什么垃圾，使用时间长了，垃圾堆积如山，长期积集在电脑里面，不但占用了大量空间，还会影响电脑的正常使用和健康，人体垃圾还需要清理，何况电脑呢？”商深点击运行了清理垃圾的选项，软件开始执行操作，搜索电脑垃圾，不一会儿就显示出来了几十兆的垃圾，“这台电脑使用的时间还不长，装的软件也不多，就这么多垃圾，要知道，这台电脑的硬盘空间一共才几个G……”

在以后随着制造业的发达和技术的进步，硬盘也会越来越大，从几个G到几百个G甚至上千G都不在话下了，但现在，连100G的硬盘还没有出现。

当然，此时的软件体积也不大。不过不管软件的体积大小，谁也不希望宝贵的硬盘空间里面全是垃圾。

“现在清理使用痕迹，看这里……”商深手法利落地操作了几下电脑，立刻显示出了所有的操作痕迹，打开过的每一个文件和文件名，以及使用过的软件和上过的网站，全部一目了然，“是不是觉得很可怕？在电脑面前，你没有任何隐私可言。”

崔涵薇惊讶地捂住了嘴巴，原来电脑忠实地记录了她的每次操作，每动一次鼠标就记录在案，就如一个人时刻在背后窥探你的隐私，你的一举一动它都无声无息地为你记上一笔，多可怕多惊人。

还好，崔涵薇暗暗庆幸，她没做什么坏事没有上什么不该上的网站，否则在商深这个电脑高手面前，就如当年在深圳酒店里跃出浴缸时未着寸缕的裸体一样，被他一眼看穿，所有隐私尽收眼底。

怎么会一下想到了这个？崔涵薇蓦然脸红了，真是不该，现在是上班时间，思想不能走偏，她轻轻一拧自己的右手，强迫自己回到现实。

蓝袜疑惑地看了崔涵薇一眼，不明白刚刚还好好的，怎么一转眼崔涵薇就心跳加快脸色绯红了？办公室的暖气虽然很足，但也不至于热到脸上飞红的地步。蓝袜想不明白，但很快心思又落到了商深的电脑管理大师软件的操作上。

平心而论，对商深，蓝袜是有几分好感，但也仅限于好感，还没有上升到喜欢的高度。但好感是合作的基础，如果她讨厌商深，她就算肯借钱给崔涵薇，也不会入股施得公司，不会和商深共事。

蓝袜就是先看人品后看能力，能力不足，后天可补，人品不行，一无是处，她不会和人品差的人有任何形式的合作，哪怕再有前景再赚钱，她也不稀罕。

通过一段时间的接触，蓝袜完全认可了商深的为人，她以前总以为商深是一个技术型人才，觉得商深可能只是一个单纯的电脑高手，并没有管理方面的才能。不料越了解他，她越发现，商深确实是一个巨大的宝藏，越开采，宝贝越多。商深不但有电脑方面的天赋，在管理理念和为人处世上，也有独到之处，真是一个全面型的人才。

蓝袜相信一点，一个人不可能方方面面比别人杰出，只需要有一方面出类拔萃就行了。当然，相比在某方面特别突出的人，她更欣赏一个各方面都比别人强一些虽然不是特别突出却十分均衡的人。就好比一个偏科生，数学考满分语文却不及格，再是数学天才，也只是一个瘸腿将军。

如果一个人，数学不是第一，语文不是第一，英语不是第一，但总成绩第一，那么在大浪淘沙的历史进程中，他会笑到最后，成为最后的胜利者。

蓝袜相信商深就是一个总成绩第一的人。

商深没有注意到身边两位美女心思各异的情绪波动，他全神贯注地操作着电脑管理大师软件："轻轻一点，就可以清理全部使用痕迹，是不是很方便？这么好的一个全功能软件，不要一百八，不要十八，甚至不要八块，是免费的，还不赶紧下载？"

"哈哈……"王松也被商深的话逗乐了，没想到商深还有推销天赋，"商总，推广方案已经做好了，请您和崔总过目。"

/第/四/十/六/章/

蚂蚁搬家

王松并不知道蓝袜的真实身份，不过见蓝袜可以随意进入商深的办公室，就知道蓝袜大有来头，职场中人应有的职业素养让他不该问的问题绝对不问。

“好，下面我们一起讨论一下推广方案。”商深拿过方案，随意翻了几眼。

“讨论之前，我有一个问题想先问一下。”蓝袜笑吟吟地举起了右手，像学生提问一样提问，“请问商老师，辛辛苦苦做出来的软件，免费提供下载，怎么赢利？难道要当雷锋？”

“赢利问题……”商深憨厚地笑了笑，“我暂时还没有考虑过。”

“啊？”蓝袜莫名惊诧，“不是吧商老师，你不考虑赢利，是觉得公司的投资都是大风刮来的？公司不赢利的话，顶多坚持一年半载就倒闭了，你到时喝西北风？”

“保守估计，一年半的时候，电脑管理大师软件就会在市场上占据很高的份额，到时应该会有慧眼识珠的公司收购，根据市场份额的占有率，乐观估值会有一亿人民币。”商深自信而腼腆地笑了。

“一个亿？”蓝袜睁大了眼睛，不敢相信商深的话，投资 300 万，一年半后，好吧，就算两年后是一个亿，这也是逆天的回报率，是不可想象的奇迹，“大话太大了吧？”

“和 ICQ、Hotmail 的成功相比，我们的电脑管理大师软件只能算是很小的成功。”商深自信满满，对未来无限看好，“我相信我的电脑管理大师软件的思路，到目前为止，至少在国内是无人想到的创意。”

蓝袜不说话了，双臂抱肩，一只手托住下巴，若有所思地想了一会儿：“假设你的设想成立，有资方看中了我们的软件，非要花巨资买下，那么问题是，资方买来之后，怎么利用软件赢利？资方也不是傻子，买回去后，肯定会想方设法收回成本的。”

“资本的出发点都是为了赢利，这一点不用争论，但赢利的方式和时间长短不同，比如微软收购Hotmail，收购后，Hotmail本身也不会为微软带来任何直接的利润，不过却可以为微软完善想要构架的整个生态圈。Hotmail是必不可缺的一环，所以即使价格很高，微软也要不惜血本买下。巨头考虑赢利的方式和我们不一样，我们需要的是短期收益，是直接的现金，巨头考虑的是长远的市场占有率和布局，等有一天我们不缺资金不缺市场占有率时，才会有足够的高度开始考虑布局。”商深既是向蓝袜解释，也是在向崔涵薇和王松解释。

崔涵薇听明白了商深的所指，不过她还是隐隐担心：“赵向飞的中国黄页还好说，可以直接从企业收钱，门户网站的赢利点又在哪里？还有王启东的OICQ呢？难道和我们的电脑管理大师一样，只能靠卖掉赚钱了？”

“门户网站的赢利方式有两种，一是上市，二是广告收入。从短期看，中国黄页或许见效快，但从长远来说，黄页一类的网站不管是上市还是广告收入，应该都不如门户网站有前景，毕竟门户网站更有包容性，也更有人气和人流。至于OICQ最好的前景就是和ICQ一样，被巨头收购，否则赢利前景并不明朗。我和启东、向西聊过，他们的意思也是想走ICQ之路。我们的电脑管理大师也是一样，要么卖掉，要么等市场规模扩大到一定程度时，融资或是上市。”商深隐隐觉得他的思路还没有完全打开，似乎除了卖掉和融资上市之后，还另有赢利点，但以他目前的高度还发现不了闪光点在哪里。

当然，也可以理解，每个人都会被时代局限，谁也无法脱离时代的局限而站在一个俯视苍生的高度来预测未来。况且到目前为止，互联网才刚刚崭露头角，或者说，连峥嵘的姿态都还没有展现，未来到底怎样发展，别说商深了，恐怕就连微软等巨头也不得而知。

1998年初，不只是中国互联网才刚刚开始进入群雄四起的角逐时期，在全球范围内也是如此，此时还是微软一统天下之时，苹果还没有崛起，谷歌还没有诞生，Facebook更是遥遥无期。国内，三大互联网巨头，一个也没有出现，还有许多日后叱咤风云的互联网公司，此时还连影子都没有。

谁也不是未卜先知的神仙，不知道在现在看来犹如光速一样的1兆宽带，在不久的将来将会被认为是蜗牛一样的速度。互联网的出现，将人类以前的发展速度全盘推翻，以让人想象不到的速度颠覆了以往几千年的发展模式，势不可当地将人类社会的发展推向了一个全新的高峰。

人类社会有历史记录以来的几千年，如果浓缩成一个小时的话，前59分钟的发展几乎是原地踏步，只有最后1分钟突然加速，就如前面59分钟是步行，后1分钟坐上了汽车。而在1分钟的最后几秒钟，人类又换乘了高铁，相当于最后几秒所飞奔的路程，超过了前59分钟的漫长历程。

最后的几秒钟里面，到底会出现什么样的奇迹，到底会经历怎样的巨变，除非经历过后，回头再看时才会清楚知道，否则身处时代之中，只能跟随时代的脚步一同前进。

但不管是不是可以预知时代的方向，商深等人却是已经置身于时代的洪流之中，和许多跟不上时代脉搏甚至排斥时代潮流的人相比，商深优秀并且目光敏锐多了。

随后，几人又讨论了一下电脑管理大师的推广方案，眼见就到了吃饭时间。

今天是公司的第一天，是个值得纪念的日子，商深提议请全体员工一起吃饭，崔涵薇欣然同意。一行数十人浩浩荡荡，包下了楼下一个饭店的全部餐位，在会聚一堂的欢乐气氛中，商深和所有员工共同举杯，预祝公司的未来鹏程万里。

一周后，最终定稿的电脑管理大师正式上线，面向全部网民提供免费下载。上线后一小时，下载量寥寥无几，远远低于商深的预期。

到底是哪里不对？商深坐在宽敞明亮的办公室里，微皱眉头，思索问题的症结所在。诚然，现在网速过慢网费过高是一个制约因素，网民下载软件会首先考虑流量问题，流量一超，高额的上网费用让人承受不起，所以即使再喜欢某一个软件，也会三思而后行，钱包问题毕竟是最大的问题。

怎么办呢？

微软自带的浏览器虽然有下载功能，但如果一次性下载不完，下一次再下载还得重新开始。现在网费大多是按流量收费，上网的人都会计算一下今天的流量有没有超标，如果没有，明天就可以多上一会儿网。

是不是可以写一款下载软件，支持断点续传功能？今天下载一部分，明天再接着下载，后天再继续下载，利用三天甚至一周的时间，以蚂蚁搬家的精神一点点拿下一个喜欢的软件，这样既可以有效地控制流量，又可以在不超出流量范围的情况下下载自己喜欢的软件，不至于因为软件过大而担心流量超标不去下载。

对，商深脑中灵光闪现，编写一个下载软件的念头在他脑中形成，越来越强烈，几乎让他无法抵制兴奋之意，当即打开电脑写下了第一行代码。

大多数时候，谁也不知道历史因何而改变，也许就是一次谈话，也许就是一次饭局，也许就是在你打开电脑写下文字或是代码的一瞬。商深并不知道的是，在他敲击下第一行代码时起，一个奇迹就此诞生了。

既然要有蚂蚁搬家的精神，商深就决定为自己的下载软件起名为蚂蚁搬家。他是一个想到做到的人，埋头苦干了一个月时间，总算有些眉目了，准备先测试一下的时候，春节到了。

春节要回家过年，商深谢绝了文盛西非要挽留他在北京过年的盛情，回家了。毕业后一直东奔西走，还没有回家看上一看，虽说父母身体都还不错，父母也再三强调，如果他没有要紧的事情，不用非回家看望他们，只管好好工作就行了。但商深还是觉得有愧于父母，早早收拾好行李就坐车回去了。

从北京到家乡，四五个小时的路程，现在还没有通高铁，火车大多是慢车，在拥挤的绿皮车厢中，在哐当而单调的铁轨声音中，在花生、瓜子、矿泉水的叫卖声中，商深下了火车转汽车，终于回到了阔别半年之久的家中。

本来崔涵薇让他开车回去，他却还是坚持坐车，一是开车路程太远，二是不愿意过于张扬，毕竟崔涵薇为他配的车是一辆三十多万的豪车，在公司刚刚成立之初还没有做出任何成绩的情况下，就开着一辆豪车招摇过市，不是他的性格。

小镇宁静依旧，没几辆汽车，正是黄昏时分，树叶落尽的乡村在夕阳的掩映下，呈现温暖的迹象。炊烟袅袅，升腾的是乡愁和童年的回忆，四下传来呼儿唤女回家吃饭的声音，以及飘浮在空气中远远近近的戏曲。商深站在门前的小河边上，看着结冰的河水和河岸上枯黄的野草在风中摇曳，忽然有了一种怅然的感觉。

社会的飞速发展和时代的进步，不仅会带来理念的颠覆，相应地，还会改变许多传统习惯，让记忆中许多温暖的部分从此成为永远的回忆。比如以前点着油灯讲故事的宁静夜晚，都被光怪陆离、五光十色的夜晚所替代，那些一家人团聚在一起聊天的其乐融融的场景，也会被各自围坐在电视前或是抱着电脑上网所改变。

有得就有失，人生就是一道必须选择的选择题，不给你留有不选择的余地。就如他和范卫卫，转眼已经分开大半年时间了，她依然是音信全无，或许在范卫卫心目中，他真的已经被彻底地打入了冷宫。

走过石桥，穿过一片不大的树林，就来到了家门前。方方正正的小院依旧，漆黑的大门还贴了一副春联。

上联：太平真富贵；下联：春色大文章。

看字迹，明显是父亲的手笔。

商深暗暗一笑，轻一推门，门应声而开。

“汪汪……”一条半人多高的白狗摇头摆尾地扑了过来，一头就扎进了商深的怀中。

迎接他的不是爸妈，而是一条通体白色的老狗小白，本来商深以前叫它毛毛，但后来发现一身白毛的毛毛是一条出类拔萃的白狗，还是小白更符合它的身体特征和随时高兴随时生气的性格特征，他就正式将它命名为小白了。

小白其实已经是老白了，今年 10 岁，相当于近 60 岁的老人了。7 岁以上的狗就会精神迟钝，对刺激反应迟钝，不愿多动，眼睛无神，10 岁以上的老狗更是举止迟钝，脊背伛曲，走路缓慢。还好老白比一般 10 岁以上的老狗精神状态都要好上许多，还有精神跳跃。

不过看着老白从小白一点点变老的商深，却能明显感受到老白的行动远不如以前敏捷了，而且它的眼神也不如从前明亮了。在狗的世界里，你的一年相当于它的 10 年。商深离家半年，等于是离开了老白 5 年。

也许老白已经没有几个他的半年了，商深抱住了老白，感受到老白迫不及待的亲热，心中既温暖又伤感。他以前也养过一条白狗，虽然不如眼前的老白通体没有一根杂毛，却也是白得出众。只不过第一条白狗死得早，才 5 岁就死掉了。当时商深年龄还小，抱着它的尸体大哭了一场，伤心至极，并且发誓永不再养狗。

后来无意中见到了现在的老白，刚刚出生的它当时毛茸茸的，像是一个玩具，一见之下商深就喜欢上了它，也忘记了不再养狗的誓言，把它抱了回来。

有生必有死是世间规律，有聚必有散也是人间悲欢，谁也逃脱不了。虽然聚散不定，犹如浮萍，但如果连相聚都没有，何来一往情深？商深也释然了许多，聚散不定，人生匆匆，珍惜眼下的幸福，把握当下的一刻，就足矣。

小院不大，方方正正，一百多平方米。院中种了几棵果树，还有一棵高大的榆树和两棵槐树。除此之外，院子的角落里还有鸡舍，里面养了十几只鸡。

“谁呀？”

听到老白叫声的父母闻声出门，见院中多了一人，长身而立，虽风尘仆仆却也神采奕奕，正是半年未见的儿子商深。

“儿子回来了。”商深的父亲商鹤羽满头白发，乍一看，颇有世外高人的风范，就如一个隐居乡下的隐士，举止之间，完全看不出有农民的怯弱，相反，却有一种淡定从容的高雅。

如果是古代，商鹤羽绝对是一个羽扇纶巾的名士。

个子不高的商鹤羽五十开外，除了格外醒目的满头白发之外，他穿着一身宽松的太极服，这让他有些仙风道骨的气息。一双眼睛炯炯有神，一双耳朵大而有轮，下巴丰满而圆润，如果从面相学的角度来说，是一个很有福相之人。

和商鹤羽站在一起的李文玉面相显年轻，她一头黑发，脸色红润，虽然一身普通打扮，当前一站，温润贤淑，一看就是一个非常贤惠的女人。如果说商深身上有父亲的气质的话，那么他更多地继承了母亲温良的长相。

“爸，妈，我回来了。”商深心中涌动着亲情，向前一步，来到了爸妈面前，“你们身体还好吗？”

“好，好，一切都好，回来就好。”商鹤羽抱住了商深的肩膀，上下打量了商深几眼，“还好，没怎么瘦。”

反倒是李文玉依然静静地站在原地未动，只是一脸微笑地看着商深，并没有流露出热切的举动。

商深的家庭和别的家庭稍有不同，通常人家都是母亲对儿子的关怀多一些，商家不同，父亲对儿子的关怀更多，父子关系也更密切。商深也说不上来为什么感觉上和父亲更亲近，或许是受父亲的教诲更多影响更大的缘故。

“还好，最近吃得好睡得香，肯定不会瘦了。”商深暗中打量了爸妈一眼，见二老精神状态不错，心里就踏实了许多，随二老进了房间。

房间稍显阴暗，虽然生了炉火，却不温暖，只比外面的寒冷稍微温热了几分。

房间的布置很简单，就是北方农村普通人家的格局，正中是一张八仙桌，两侧各一把太师椅，上有对联一副。

上联：思国思家思社稷；下联：修心修子修春秋。正中是一幅鹏程万里的万里江山图，图上也有题字：江山千秋秀，中华万年春。

右首是一个土炕，炕上有被子和箱子，还有一个炉灶。炉上有一把铝壶，壶里有水，发出了“吱吱”的声响。

炕四周的墙上还贴满了各式年画，有年年有余，有五子登科，都是吉祥喜庆的主题。

/第/四/十/七/章/

物是人非

一切都那么安详和沉静，和外面热火朝天的互联网世界相比，小镇上的生活依然停留在以前的慢节奏之中，不徐不疾，就如一条缓缓流淌的小溪，明净、清澈并且充满了回味的气息。

“爸，妈，房子可以翻盖一下，我看有些地方都开裂了，多危险。”墙壁上有些斑驳的地方露出了墙皮甚至还有裂缝，商深不无担心地说道，“而且房子也比以前潮冷了许多，再住下去，会得风湿。”

“你在北京还没有房子，以后还要娶媳妇，这些都要花钱，爸妈都老了，不需要那么多钱了，就不折腾房子了。”商鹤羽站了起来，从抽屉里翻出一个存折，拿出老花镜戴上，数了一数上面的数字，连数三遍才确认无误，“爸妈没什么本事，挣不了多少钱，一辈子就存了 5 万块，你在北京需要钱，都拿上。如果还不够的话，爸妈也没办法再帮你了，就只能靠你自己了。”

“儿子，你一个人在北京，人生地不熟的，又无亲无故，肯定很为难。不过人生一开始总有那么几步很艰难，挺过去就好了。”李文玉也开导商深，“妈妈相信你一个人能在北京闯出一片天地。”

商深从仪表厂辞职的事情，从深圳回来后就告诉了家里，一开始商鹤羽很是恼火，差点儿急得上北京找商深，看能不能让商深再回仪表厂上班，却被李文玉劝住了。

在李文玉的劝说下，商鹤羽慢慢地接受了商深打破铁饭碗独自闯荡的事实，尽管实际上他也认为好男儿就应该志在四方，不过总觉得商深还小，还没有准备好就贸然下海，万一呛着了、淹着了怎么办？后来他也想通了，如果等学会了游泳再下海，也许机遇就失去了，一边下海一边学习游泳，或许才是最好的选择。

毕竟时代不同了，现在是新时代了，听说还有什么互联网，已经不是他的眼界所能达到的高度。

等后来商深打来电话，说是他手中有一万块钱想放到家里时，商鹤羽才欣慰地笑了，才没多长时间，儿子就赚了一万块，太厉害了，如果还在仪表厂工作，别说一万块了，连一千块都赚不到。人生果然是投入越大收获才越大，安稳的工作虽然好，但却可以一眼看到未来，或者说，未来和今天一样，没有什么区别。

人活着，就是活一个奔头，活明天，如果一眼就可以看到明天的样子，那还有什么意思？现在他基本上认同了儿子的选择，他一辈子吃亏就吃在了太老实、太过追求安稳之上，不是不思进取，而是想得太多做得太少，总是瞻前顾后，不肯放手一搏。

一代人有一代人的活法，放手让下一代去走自己的路，是为人父母者最聪明理智的决定。

商深没接爸爸的存折，他轻轻推了回去："不用，我还年轻，结婚的事情也先不考虑。说不定等我结婚的时候，自己就赚到了结婚的钱。"

"那不行。"商鹤羽坚定地推了回去，脸一沉，"你赚到结婚的钱，是你自己的本事，爸妈给你钱，是爸妈的本分。拿着！"

商深知道爸爸的脾气，在许多事情上他很固执，而且观念很传统，坚定地认为父母为儿子盖房子娶媳妇是必尽的责任。其实在商深看来，父母把他养大成人就已经完成了任务，以后他再怎样发展凭他的本事，不能再依靠父母了。

不过他还是接过了存折，收了起来："谢谢爸妈。"

"还没吃饭吧？时间不早了，开饭。"见商深收了起来，商鹤羽才露出了一丝笑容，招呼李文玉开饭，“儿子最爱吃的大包子蒸好了吧？趁热端上来，别凉了。”

“凉不了，做饭的事，还用你操心？你就操心儿子的婚姻大事就行了。”李文玉嗔怪地白了商鹤羽一眼，转身出去了。

乡下房子的格局都是卧室和厨房不在同一个房间，一般卧室是坐北朝南的正房，厨房是西房或北房，厨房里面做好的饭菜，要穿过院子才能端到正房。

李文玉一掀门帘出去了，北方的冬天，家家户户都会安装一个厚厚的棉门帘以遮挡寒冷。

“儿子，有对象了没有？”李文玉一走，商鹤羽立刻换了一副笑眯眯的表情，好奇地问道，“我上次听十三说你处了一个女朋友叫范卫卫，说她是深圳人，深圳也太远了，她能跟你留在北京不？”

提起范卫卫，商深就不免心思浮动，原来叶十三已经和家里说了他和范卫卫的事情，他还打算隐瞒过去：“我和她……已经分手了。”

“分手了？”商鹤羽从叶十三口中得知范卫卫是深圳大户人家的女儿，又长得漂亮，心里就有几分不踏实，他还是认为儿子找一个门当户对的女孩比较好，出身太好从小娇生惯养的女孩，太难侍候，娶回来当姑奶奶，太委屈了儿子。

“嗯。”商深点头，不愿意多提此事。

“分手了好。”商鹤羽点头微笑，“人家是大户人家的女儿，和你身份差距太大，就算勉强在一起，也过不到一块儿，不如分手。儿子，不是爸爸说你，以后做人要踏实，不管是对待事业还是婚姻，都要脚踏实地。再找，就找小户人家的好姑娘，别再找大户人家的女孩了，和咱们的身份不般配。”

商深点了点头，却没接爸爸的话，心里却想，他是和范卫卫分手了，现在身边却有一个出身和范卫卫不相上下甚至更胜一筹的崔涵薇，如果让爸爸知道了，不知道会不会反对他和崔涵薇在一起。

不过好像他和崔涵薇还没有在一起……算了，不想了，大过年的，想崔涵薇做什么，他和她目前只是事业上的合作伙伴。

吃过晚饭，商深到外面散步，吹着微凉却清新的空气，头脑清醒了许多。

年的味道已经很浓了，家家户户都贴上了对联挂起了灯笼，就连平常为了省电而不亮的路灯也点亮了。

不知不觉走到了叶十三的家门口，若是平常，商深二话不说就推门而进，他和叶十三太熟了，小时候经常在叶十三家里吃饭睡觉，亲如兄弟。只是现在却形同陌路，不由得一时伤感。

在门口停留了片刻，他正要转身离去时，门却“吱呀”一声开了，人影一闪，叶十三走了出来。

“深子，我就知道你喜欢饭后散步，这个点儿差不多正好走到我家门口。”叶十三朝商深点了点头，“一起走走，我有话和你说。”

商深迟疑一下，还是点了点头。

“我刚才见到甜甜了。”叶十三和商深走出了几十米远，在一个土堆上站住，昏黄的路灯灯光打在他的脸上，有一种不真实的迷幻感，他开口提及的是让商深想不到的一个人，“她完全变了一个人一样，我都认不出她了，虽然打扮得很新潮，不过总有一种风尘之气，当年那个清纯烂漫的甜甜哪里去了？”

甜甜在商深的记忆中只是一个模糊的影子，他都记不清她长什么模样了，小时候是喜欢和甜甜一起玩儿，但也只是儿时的玩伴而已，如今时过境迁，他已经遗忘了许多事情。

不是他有意遗忘，而是每个人对过去事情的印象不尽相同，同样一件事情，也许在你看来不过是一件微不足道的小事，但在对方心中却留下了难以磨灭的深刻印象。

“甜甜？”商深愣了一愣，努力回想了一下，脑中依稀出现了甜甜当年清纯清秀瘦弱的模样，他对她的记忆还停留在高中之前，“她还好吗？”

“她不好，很不好。”叶十三的神情在浓重的夜色中如寒冰一样阴冷，他直直盯着商深的眼睛，“对于甜甜，商深，你难道没有一点儿愧疚之心？”

商深和甜甜青梅竹马，小时候也是关系密切的小伙伴，只是人生聚散不定，长大后，渐行渐远，如果说商深对甜甜没有喜欢也是假话，但平心而论，他对甜甜的喜欢只是止于好感，和爱无关。到后来高中之后，甜甜误入歧途，他用一场大醉来祭奠了他和甜甜青梅竹马的情谊，从此之后，他就将甜甜在他的心中埋葬了。

商深是一个善良的人，但也是一个极有原则的人，有些人、有些事情过去了，他就会完全放下。事过即忘，转身路人，就算没有告别，也是若我离去后会无期。

“什么意思？”商深没明白叶十三为什么突如其来冒出这样一句话。

“什么意思？”叶十三冷笑连连，“商深，你太能装了吧？你居然还有脸问是什么意思，甜甜落到今天的地步，还不是因为你！她是被你害的！”

商深一脸愕然，他什么时候害甜甜了，高中阶段，他一心努力学习，只为考上大学而全力拼搏，他既没有和甜甜谈恋爱，更没有对她始乱终弃，甚至连她当时在做什么都没有留意，他怎么就害甜甜沦落风尘了？“你这话是什么意思？怎么又是我的错了？”

“就是你的错！”叶十三咬牙切齿，“商深，你知道我恨你什么吗？明明是你做下的错事，你却总是一脸无辜的表情，好像真的和你无关一样，你太能装了！”

商深完全被叶十三说迷糊了，不过却隐隐抓住了一点儿什么：“十三，你是不是一直喜欢甜甜，然后你误会我害了甜甜，所以才一直对我怀恨在心？”

“我是喜欢甜甜不假，你害了甜甜也是真，我没有误会你！你就是让甜甜成为一个风尘女子的罪魁祸首！”叶十三继续说，“甜甜一直喜欢你，在她的爱情里，你就是她的全世界。她也一直以为她是你的全世界，结果后来她才发现，山盟海誓到了最后全部会变，在你的眼里，没有她的位置。上了高中后，她以为你会向她表白，从小到大，她的眼里只有你，没有我更没有宝家，结果你却完全忽视了她的存在，就连她主动约你看电影请你吃冰激凌你都无动于衷，甚至一次又一次拒绝她的邀请。她在极度伤心失望之下，才自暴自弃，不再学习，不再以考上大学为目标，自甘堕落，其实我知道她的良苦用心，不过是想引起你的注意罢了……”

商深出了一身的冷汗，怎么会这样？他和甜甜青梅竹马不假，但到初中之后，他和她就很少再在一起玩耍了，因为他立志要考上北京的大学，要飞出小镇，要成就一番事业，对情窦初开的甜甜各种方式的示爱，也不是视而不见，而是心思完全在学习之上，压根儿就没有看见。

如果他当初聪明一些，给甜甜一个暗示，比如说和她相约在北京的大学相聚，也许甜甜就会奋发图强，也能考上北京的大学。只可惜，当时他太想考上大学了，在他的世界里，大学是唯一的太阳，完全容不下别的星光，包括爱情。

“结果你没有给她哪怕一个眼神一句话的暗示，她彻底对你死心之后，就沉沦了。当时我一直劝她不要因为你一片树叶而放弃整个森林，她没有了你，还可以有我，你猜她怎么说？”叶十三的眼睛在黑暗中发出幽幽的光芒，十分吓人。

“她……怎么说？”商深感觉身子一软，几乎要虚脱了，他靠在了树上，原来在背后发生了这么多他不知道的事情，原来甜甜的堕落是因为他对她的忽视，原来叶十三对他莫名其妙的恨来自甜甜，一切的一切都让他的大脑飞速旋转，却又理不出一个头绪。

到底是他在感情上面太迟钝，还是他太在意自己的主观世界而忽视了外界的一切？不管怎样，他想起了知道甜甜沦落风尘之后心情郁闷大醉一场的往事，隐隐察觉到了什么——其实他对甜甜是有感觉的，只不过当时年少无知或是年少轻狂，只一心想功成名就之后再谈论其他，却不知道，待他功成名就后，她已经满头白发。

“她说，你是她生命中第一个也是最后一个爱过的人，除你之外，其他人在她眼中，都不过是过客。”叶十三双拳齐出打在了树上，“商深，你罪孽深重呀，你欠甜甜一辈子的心安理得！”

商深呆了半晌，大脑一片空白，忽然清醒过来，一把抓住了叶十三：“甜甜在哪里？我要见她！”

“她走了……”叶十三悲怆地摇了摇头，一脸惋惜，“她不想再见你了，只让我转告你一句话。”

商深不知道该怎么形容自己的心情，伤心？确实是。失望？或许有。心痛？痛不可言。他不是痛心错过了和甜甜的感情，而是错失了拯救甜甜的良机，如果当年他早一些察觉，只需要他一个承诺，或许甜甜的人生之路就会改写。

但人生没有回头路可走，甜甜如果当初再大胆一些、再明朗一些，也许就不会有今天的局面。可惜的是，一切都无可挽回了。更让他痛心的是，甜甜即使得不到他的回应，也不必非要拿自己的青春赌明天，非要做出极端的事情。

“她说，如果时光可以重来，她不会再做这样的傻事了，不值，真的不值。有时候你认为做出的天大的牺牲，在根本就不在意你的人眼里，不值分文！”叶十三转述了甜甜的话，他的眼中涌出了泪水，“商深，你知不知道，从甜甜堕落的那一刻起，我就发誓，以后一定要帮她讨还公道。甜甜太傻了，而你，太狠心了。”

商深不是狠心，是压根儿不知道背后发生的一切。

“如果有可能，请替我转告她，我想郑重其事地对她说一句对不起！我不是有意忽视她，而是我不知道她的心意，我真的毫不知情，如果你不说，我现在都不知道到底发生了什么。”商深声泪俱下，他在为甜甜惋惜并且懊恼不已。

“装，继续装！”叶十三无比鄙夷地看了商深一眼，在他的眼中，商深的表情因为昏黄的灯光而有几分扭曲，他最痛恨商深明明做出了许多罪大恶极的事情，却还要装作毫不知情的样子，“我不信你对甜甜没有一点儿感觉，更不信你不知道甜甜这么做是为了你！商深，我看不起你！你不但遗弃甜甜在先，又骗了范卫卫的感情，转眼又将范卫卫抛到了脑后，现在又和崔涵薇打得火热，商深，你真是一个薄情寡义之人！”

商深清醒了几分，见叶十三因为过于激动而变形的面孔，他忽然想明白了一件事情：“十三，你先是因为甜甜对我耿耿于怀，然后又因为崔涵薇而对我恨之入骨，对不对？”

/第/四/十/八/章/

志在必得

“对！”叶十三直截了当地回答了商深，丝毫没有掩饰他的恨意，“我就是恨你，恨你一再夺走了我的所有。”

“你为什么不从另外的角度想一想，以前，甜甜喜欢的是我，而你喜欢甜甜，现在，崔涵薇喜欢的是我，而你又喜欢崔涵薇，在爱情追逐之中，我从来不是主动和你争夺的一方，相反，是你想从我手中抢走甜甜和崔涵薇，叶十三，你不觉得从头到尾都是你自寻烦恼吗？”商深很冷静、很客观地为叶十三分析问题，他是想化解叶十三对他没有道理的莫名其妙的恨意，“说到底，是你一直在抢我的女人，你觉得你做得对吗？”

“商深，你还怪我了？”叶十三跳了起来，挥拳就要打向商深，“你太无耻了，居然在害了甜甜之后，还若无其事地说出这样的话来，你还是人吗？”

商深一动不动，任凭叶十三的拳头落在了他的胸膛上。

“我承认甜甜的事情有我的责任，以后我自会向甜甜弥补，但现在的问题是我们在讨论谁是谁非，你不要转移话题。”商深直视叶十三的双眼，“到底是我抢你的女朋友，还是你一直想抢我的女朋友？”

叶十三心虚了，商深的话不无道理，他一直站在自己的立场考虑问题，却没有换位思索一下，说到底，也确实是他喜欢的女孩都不喜欢他，却又都喜欢商深，是他始终在抢商深的女朋友才对。

只不过他不会承认是他的错，他用力一推商深：“商深，你不要避重就轻，回答我的问题，你到底有没有对甜甜有过一丝的愧疚之心？”

商深当然对甜甜有愧疚，不是一丝，而是深深的愧疚之心，只不过他愧疚的对象是甜甜，不是叶十三，没有必要对叶十三说个清楚。叶十三的所作所为让他对他十几年的发小情谊逐渐消耗殆尽，仅剩下一点点的残存的念想让他不至于将叶十三完全扫进他的垃圾站里。

“再见！”商深没有回答叶十三的问题，甜甜的事情让他心情格外沉重，不想再和叶十三纠缠下去，转身要走。

“等一下。”叶十三拦住了商深的去路，“有件事情你有必要知道……”

商深站住，目光越过叶十三的头顶仰望星空，没有了城市灯光的污染，乡下的星空美丽如画，繁星点点，犹如梦境。只不过美丽的星空伴随着远去的童年，越来越远去了当年的童真，就如他和叶十三的友情，慢慢地掺杂了太多的杂质。

“黄广宽和朱石还在打崔涵薇的主意……”想了一想，叶十三决定还是对商深如实相告，虽然崔涵薇不喜欢他，他却深深地喜欢崔涵薇，喜欢一个人就要让她快乐开心，他不允许崔涵薇受到半点儿伤害，“他们上次来北京，就是元旦那一次，以一辆宝马为交换条件，让毕京替他们约出崔涵薇和徐一莫任意一人，毕京当着我的面没敢明确答应，不过我知道，毕京背后肯定会答应黄广宽，因为毕京太喜欢宝马了。还有，黄广宽上次来北京，还和崔涵柏私下见了面，听他的口气，崔涵柏和他关系还非常密切，保持着频繁的接触，一点儿也没有因为上次的深圳事件而对他有芥蒂。所以请你转告崔涵薇，让她提防毕京之外，还要提防她的哥哥崔涵柏，小心崔涵柏一不小心就卖了她……”

“崔涵柏斗不过黄广宽，黄广宽阴险狡猾，心眼太多，他很能揣摩别人的心思。崔涵柏就是求胜心切，又被黄广宽唬得团团转，以为黄广宽真的有通天的手段，他对黄广宽一直抱有幻想，他的心思被黄广宽摸得一清二楚。”叶十三的想法是，既然他保护不了崔涵薇，就让商深保护好了，虽然他很嫉妒商深，但崔涵薇在商深身边比被黄广宽算计了要强一百倍，如黄广宽一样的人渣流氓，他就算碰崔涵薇一根手指也会让他觉得无比恶心。

“谢谢！”商深冲叶十三点了点头，对叶十三的关心，他并没太放在心上，也是他觉得叶十三对崔涵薇的关心之中夹杂了太多的私心，别说他不想接受他的施舍，相信就连崔涵薇也不会对叶十三假以颜色。

“你听我把话说完。”见商深没有听进去他的话，叶十三一把拉住商深，态度强硬地说道，“如果你保护不好崔涵薇，我和你没完！”

“不关你的事情。”商深一把甩开叶十三，“你还是管好你自己吧，想想怎样才能抚平杜子清的伤痕再说，你伤她太深了。”

“还有一件事情……”叶十三没有接商深的话，他的目光冷峻，“我和伊童联合创办了一家互联网公司，而且办公地点就在你们诚铸大厦的对面，商深，春节过后我会正式向赵向飞提出辞职，然后全力以赴投入互联网浪潮之中，说不定以后我们还会狭路相逢，成为竞争对手。”

商深心中一惊，伊童和叶十三联合创办一家互联网公司的事情，他还真不知情，也没听崔涵薇说过，估计崔涵薇也不得而知。不过又一想，互联网是一个无边无际的世界，大到足够容纳许多人的梦想，未必叶十三和伊童联合创办的公司就一定与他和崔涵薇的公司正面相遇。

“恭喜你，十三，祝你成功。”商深扔下一句话，扬长而去，也不理会身后叶十三的双眼在夜幕之下闪烁着森森寒光。

夜色如水，清凉如冰，漫步在小镇的街头，四下空无一人，远处偶尔传来几声狗吠和猫叫，还有孩子的哭声，更显幽静和寂寥。商深心绪难平，脑中不停地闪现甜甜的一颦一笑和绝望的背影，正如一首诗所写：此情可待成追忆，只是当时已惘然。

如果有可能，他希望亲自见甜甜一面，郑重其事地对她说一声对不起，希望她原谅他当年对她的“忽视”，并且劝她迷途知返，不要再执迷不悟下去了。

也不知道范卫卫现在怎么样了？过年了，她应该回来了，商深拿出手机，翻到了范卫卫的电话号码，按下了拨号键，片刻之后传来提示音：您拨打的号码是空号……

不知何故，商深总觉得范卫卫不会取消她的手机号码，而他的手机号码，依然是在北京时她给他选的号码，一直没变。

对于叶十三和伊童也创办了一家互联网公司的消息，商深只是在最初感到震惊之后，很快就恢复了平静。现在正是互联网浪潮汹涌之时，各种计算机和互联网公司如雨后春笋一般应运而生，相信每天都会注册成立几十家，叶十三及时投身于互联网浪潮之中，也在情理之中，不足为奇，也不必放在心上。

虽然商深也知道伊童和崔涵薇的不和，他却认为生意不是斗气，各自发展就好，谁走得更快更长远，凭自己本事，并不一定非要踩着对方上位才是成功。

抬头仰望明月，虽然不是圆月，却也格外皎洁，商深一时情绪所至，发了一条短信给范卫卫："海上生明月，天涯共此时。情人怨遥夜，竟夕起相思。"

回到家中，爸妈已经睡下了，商深回到自己的房间，辗转反侧不能成眠，迷糊了半天，睁眼一看都快11点了，还是没有丝毫睡意。他索性披衣坐起，拿起一本书翻看了起来。

才看了一页，手机忽然响了。难道是范卫卫来电，他一下惊醒了。

一看来电号码，竟然是崔涵薇。

这么晚了，崔涵薇还打来电话，难道出了什么变故不成？商深忽然想起了叶十三的提醒，心中一惊，忙接听了电话。

"喂，涵薇，这么晚打来电话，出什么事了？"

"商深，你在哪里？"话筒另一端的崔涵薇的声音，平静而淡定，"没出什么事儿呀，就是想给你打一个电话。"

"我在家呢。"商深放心了，笑道，"这么晚不睡觉，是不是又和徐一莫她们出去玩儿了？"

"没有，我老老实实在家里待着呢，北京的冬天那么冷，出去玩儿什么？难道要去后海看冰？呵呵……"笑了一气，崔涵薇又说，"对了，上次你说过，你家房子年久失修了，你想帮老人修修，这不过年了，要不要修一下？"

“他们不想修，怕花钱。等开春了再说，到时他们不想修，也由不得他们了，我找好了人直接过来修。”商深很纳闷崔涵薇大半夜打来电话，突然问起家里修房子的事情，不由得大为不解，“你不好好设想一下公司的发展方向，怎么总想一些鸡毛蒜皮的小事？”

“你的事情没有小事。”崔涵薇沉吟了一下，“对了，过完春节后你来我家里一趟，我爸妈想见见你。”

“见我？干什么？”商深立刻提高了警惕，“什么名义什么目的？”

“看把你吓的，真没出息。”崔涵薇咯咯笑了，“爸爸用了你的电脑管理大师软件，对你的软件赞不绝口，忽然就想见见你了。还有，哥哥也说想和你合作一个项目，反正到时你过来就行了，又不会吃了你。”

既然提到了崔涵柏，商深就觉得有必要提醒一下崔涵薇：“涵薇，你要小心你的哥哥，他私下一直和黄广宽保持着联系，也许你哥不会诚心出卖你，但万一他被黄广宽算计了无意中出卖了你也不一定。”

“不会的，你放心好了，哥哥虽然有时做事情急躁一些，求胜心切，又有过于轻信别人的毛病，但他对我还是很在意的，不会让任何人染指他的宝贝妹妹。这是他的原则，也是他的底线。”崔涵薇对崔涵柏有信心，从小到大，哥哥对她爱护如掌上明珠，虽然哥哥比她才大几个小时，却拿出大出十几岁的大哥风范对她爱护有加。

商深不好再说什么了，说多了，似乎就有挑拨离间他们兄妹关系之嫌，而且他也相信崔涵柏不至于傻到非要出卖自己亲妹妹的地步，何况说起来，崔家并不缺钱。

“好吧，你自己多保重，晚安。”商深困意袭来，想要睡觉了。

“等下商深，我还有话要说……”崔涵薇迟疑了一下，“爸爸说，互联网是一个泡沫，早晚会破灭，我本来对未来充满了信心，可是我们的管理大师软件虽然好，下载量却很小，你说下一步该怎么办才好？”

公司成立之后，就推出了一个电脑管理大师软件，推出后，反响平平。虽然在有限的下载量之下，使用的网民都说好，但下载量还是提升不上去。

同时和王启东、王向西合作的OICQ虽然前期工作已经接近完成，却由于王启东和王向西注册公司，迟迟没有推向市场。乐观估计，最早也要到1998年底才有望正式推出。

以目前的形势来看，OICQ推向市场后，也不会很快见到收益。崔涵薇的担心虽然稍显急切了一些，但也可以理解她渴望成功渴望获得认可的迫切。

“不急，春节过后，我会有新的举措，到时你就知道了。”商深并没有告诉崔涵薇他的蚂蚁搬家软件已经接近完成了，春节过后就可以面世。

“什么新的举措，快说，让我高兴高兴。”崔涵薇不想被蒙在鼓里。

“不说了，要睡了。”商深打了一个大大的哈欠，不由分说地挂断了电话。

不是他有意隐瞒崔涵薇，是他想做到万无一失之后再告诉她，不想让她多操心不该操心的事情。技术也好，市场也好，是他的关注点，崔涵薇只需要负责资本和公司运营就行了。

当然，商深也有信心让公司走向正轨走向光明大道，互联网浪潮才刚刚涨潮，离风起云涌的大潮澎湃之时，还有一段路要走。

美美地睡了一夜，天一亮，商深精神抖擞地起床之后，沿着小镇一条宁静的小路跑了一圈，身心很久都没有这么舒畅了。回家路上遇到了许多以前的熟人，都热情地打着招呼，诉说着乡情和亲情。

到了家门口，却发现门口围了一群人，都是街坊四邻，也不知道出了什么事情，聚在一起说个不停。

见商深回来，眼尖的镇东头老光棍张华尖叫一声：“商深回来了，快来当面问问他。”

人群哗啦一下就将商深围在了中间。

商深不好意思地挠了挠头：“叔叔阿姨，大爷大娘二叔二婶，你们有什么事情吗？”

“小深子，二爷问你，你有对象了没有？”一个一头花白头发嘴唇有一个缺口的豁嘴老汉凑了过来，眯着眼睛笑。

“豁二爷，您可真操心。”商深呵呵一笑，没有直接回答豁二爷的问题。

豁二爷和张华齐名，是镇上有名的老单身汉，五十多岁了，从来没有娶过媳妇，一个人住三间破房，放一群羊，孤独度日。

“你和十三都是我看着长大的孩子，我不操心你们操心谁？十三比你个儿高，比你帅气，他能找到女朋友不稀奇，听说他找的是一个北京的姑娘？我看了相片了，可俊了，跟仙女一样。你什么时候也找一个仙女让我开开眼？”豁二爷咧开大嘴直笑，一笑，就露出了只剩下几颗的黑牙。

原来是叶十三向镇上乡亲炫耀了女友，商深暗暗一笑，也不知道叶十三展示的是谁的照片，杜子清还是别人？叶十三也有意思，他和杜子清分手后，现在还是单身一人，却拿一张照片来向别人说事，也不知道是出于什么心理。

又一想，也是，镇上就他和叶十三是大学生，是许多人口耳相传的别人家的好孩子的代表，自然会被人关注得多一些。算起来他和叶十三虽然才22岁，但在乡亲们眼中已经是大龄青年了，即使还没有结婚，也应该有女朋友了才对。在他们朴实的观念中，不管他和叶十三多么事业有成，如果没有女朋友，也会让他们觉得一事无成。

“十三的对象可漂亮了，跟电影明星一样。不过他的是照片，夏想和关允都带了女朋友回家过年了，小深子，你啥时候也带一个漂亮的女朋友回来让我们瞅瞅……”豁二爷的背后是一个个子矮小的中年妇女，她圆圆的如同一段木头，上下一般粗细，正是镇上闻名的胖二娘。

胖二娘原本姓庞，叫庞二妹，刚嫁到镇上时，还是一个又萌又呆爱笑的姑娘，一笑就露出一对好看的酒窝。然而岁月是把杀猪刀，才几年时间，庞二妹就被生活活生生打磨成了胖二娘。

/ 第 / 四 / 十 / 九 / 章 /

先斩后奏

一白遮百丑，一胖毁所有，本来很白净的庞二妹年轻时还算水灵，发胖之后，不但水灵变成了肥白，连酒窝也被胖没了。从庞二妹变身胖二娘的过程是一个从受人欢迎的小媳妇变成被人嘲笑的肥婆娘的痛苦过程。在痛苦的转变中，庞二妹也深刻地体会到了女人姿色的重要性，认为男人就是一种肤浅的只看重外表不看重心灵的生物。一个肥胖的女人心灵再美，在他们眼中，也不如一个心理阴暗但外表漂亮苗条的女人有吸引力。

或许是追忆似水流年，或许是为了安慰自己受伤的心灵，成了胖二娘后的庞二妹特别喜欢八卦，谁家娶媳妇谁家处对象，她总是第一个凑过去打听，其实都知道她并不是关心别人的婚姻大事以及是不是幸福，她只是想看看别人的女朋友是不是有她当年漂亮。

如果没她当年漂亮，她就会获得极大的心理满足感。如果比她当年还漂亮，她就会预祝对方以后不会像她一样被岁月这把杀猪刀弄成现在这副惨不忍睹的模样。

镇上近年来考上大学的好孩子屈指可数，商深和叶十三是其中最优秀者。不过邻镇近年也不乏优秀的好孩子，比如相距才 3 公里的小斗镇上也同时出了两个轰动一时的人物，一个叫夏想，一个叫关允。

夏想和关允也是从小一起长大的发小，关系非常密切，就同商深和叶十三一样。二人和商深、叶十三年龄相仿，也是去年大学毕业，大学毕业才半年，这不回家过年的时候，每人都领了一个漂亮的女朋友回来。

小斗镇和商深的家乡马头镇相距仅 3 公里，两镇通婚的人数极多，所以两个镇子上的人大多都是亲戚，也大多都认识。夏想和关允昨天来马头镇走亲戚，引起了轰动和围观。

轰动的不是因为夏想在国家级大报驻省记者站的工作，也不是关允在县里担任县长通讯员的职务，而是因为二人的女朋友。夏想的女朋友曹殊黛是省局一个局长的女儿的身份也不是引起围观的主要原因，让马头镇人闻风而动的还是因为曹殊黛的漂亮和温良。

同样，围观关允女朋友金一佳，也不是因为金一佳是来自北京大户人家的大家闺秀身份，而是因为她的落落大方之美。如果说曹殊黛的漂亮是贤妻良母型的温良，那么金一佳之美就是明净辽远之美，是既为事业合作伙伴又是生活伴侣的完美。

曹殊黛和金一佳的出现，在小镇引起了过节一样的轰动，几乎半个镇子的人都出来围观，一见之下，都被二人的超凡脱俗之美惊呆了。倒也不是说小镇上的人没有见过美女，而是没有见过如曹殊黛和金一佳集美貌、气质和所有女人优点于一身的完美女人。

昨晚商深被叶十三叫去，就在二人谈话的时候，镇上的人都在围观曹殊黛和金一佳。后来商深直接回家休息了，又和崔涵薇通了半天电话，完全没有注意到外面发生了什么。叶十三却在回去的时候，遇到了曹殊黛和金一佳，虽然他也算是见识过了杜子清之清纯、崔涵薇之高贵、伊童之另类，但还是被曹殊黛的沉静之美和金一佳的大方之美震惊了。

不得不承认，曹殊黛和金一佳确实是顶级美女。不但人美，举手投足之间的优雅和从容，也是一般人无法相比的。

也不知是羡慕还是嫉妒，叶十三在心中忽然就愤愤不平地想，曹殊黛论相貌也就比杜子清强了三分，论气质和高贵还不如崔涵薇。好吧，金一佳的气质要高贵不少，不比崔涵薇逊色，甚至比崔涵薇还多了几分贵气，但她又不如崔涵薇清丽。

反正叶十三就是要挑一挑曹殊黛和金一佳的不足，用她们的缺点来对比杜子清和崔涵薇的优点，尽管说来杜子清和崔涵薇和他都不相干，但他还是在心里多了些莫名的优越感和满足感。

只不过叶十三的优越感很快就被豁二爷和胖二娘的问题打击得体无完肤——在围观了曹殊黛和金一佳之后，豁二爷和胖二娘兴致勃勃地回家，正好和叶十三不期而遇，还沉浸在浓浓的八卦兴趣之中不能自拔的二人，当即拉住了叶十三，不停地问叶十三是不是也有女朋友。

本来就是乡亲之间很正常的一问，叶十三听了却觉得大受刺激，仿佛他现在还没有女朋友就混得很丢人一样，鬼使神差之下，他拿出了杜子清的照片让豁二爷和胖二娘过目。

杜子清的照片是艺术照，本来就漂亮的杜子清经过艺术加工之后，更是美丽动人，当时就让豁二爷和胖二娘惊呆了，二人都说不出话来，只知道重复一句话："太好看了，仙女，仙女！"

心理上获得了极大满足的叶十三，突然就多出了一个念头，说了一句话："商深也有女朋友，比我的女朋友还漂亮。"

冬天是镇上最闲的季节，豁二爷和胖二娘又都是无事可做之人，叶十三的话成功地激发了他们熊熊燃烧的八卦之火，回去后，就东家长西家短地说起了叶十三和商深的女朋友。夏想和关允虽然引发了轰动，但二人毕竟是邻镇人，不是本镇人，本镇人对自己镇上的商深和叶十三更感兴趣，而且还有一种要比过夏想和关允的念头。

正是抱着看热闹长志气的想法，天一亮，镇上好事者才在豁二爷和胖二娘的带领下，早早来到了商深的家门口，想要围观商深的女朋友。

"小深子，十三不会骗人，他说你有女朋友你肯定就有了，就算没带回来，至少也得让我们看看照片，是不是？"胖二娘见商深想搪塞过去，不由得急了，拉住了商深的胳膊，"小斗镇出的两个大学生，一个夏想一个关允，都带了女朋友回家过年。我们马头镇也出了两个大学生，你和叶十三，十三没带女朋友回家过年，至少带照片了，你不会连照片都没带吧？”

原来夏想和关允带女朋友回来了？商深暗暗摇头一笑，夏想和关允他也认识，虽然不熟，但也坐在一起吃过饭聊过天，在他认为，夏想和关允也是难得的人才，二人思路清晰，处世圆润，夏想和关允都有从政之心，相比之下，夏想身上充满了“苟利国家生死以，岂因祸福避趋之”的情怀，具有浓郁的儒家思想的烙印，而关允比夏想多了沉稳和从容，却少了些许朝气，不过关允也是一个“天下兴亡，匹夫有责”的有为青年，或许他比夏想少了热血，但骨子里为国为民的情怀毫不逊色。或者说，夏想的处世手法多一些强硬和横冲直撞，而关允则是事缓则圆，步步推进。

不管是哪一种行事风格，只要都有“感时思报国，拔剑起蒿莱”之心，就都是值得尊敬和学习的优秀同龄人。

商深想走的是商界之路，与夏想和关允的从政之路并不冲突，他也并不羡慕二人的选择，更不嫉妒二人的成功，从政也好经商也罢，只要都有报国心，早晚殊途同归，为国为民奉献自己的聪明才智。

却没想到，他不想和夏想、关允相比，相信夏想和关允也无意和他一争高下，却因为二人回家过年带了女朋友而让乡亲们非要拿他和二人对比一番，商深无语了，虽然也知道乡亲们的争强好胜之心并没有恶意，却不符合他的性格。

他原本是一个低调的人，就算功成名就，也不会衣锦还乡，而是会锦衣夜行。就如此次回家过年，他原本可以开崔涵薇为他配备的价值 30 多万元的吉普车，却还是选择了坐火车回家，因为在他为公司创造出价值之前，在公司还没有正式赢利之前，他不会享受在先。

“我还没有女朋友，所以，没有照片。”商深身上还真没有任何一个女孩子的照片，不管是范卫卫还是崔涵薇，他都没有保留她们的照片。

也是他没有向她们要过，而她们也没有主动给过。

“怎么会？”胖二娘才不相信商深的话，她比商深大了十几岁，正是如狼似虎的年龄，她伸手就摸商深的身子，“你肯定有女朋友，是不想让我们看是吧？让我翻翻，你身上肯定有照片。”

商深想躲开，却被胖二娘的肥手一把抓住，无法挣脱，一想在众目睽睽之下如果和胖二娘纠缠的话，也不雅观，索性不反抗了：“你翻吧，没有就是没有……”

话才说一半，胖二娘却一翻手真从他身上翻出一张照片，只看了一眼，她就惊呼出声：“哎呀哈，小深子不老实，骗人，明明有女朋友非说没有？你看你和你女朋友的亲密样子，啧啧啧，真是让人羡慕。你女朋友真漂亮，跟一朵花似的，人和人怎么差距就这么大呢？我也就是现在胖了，要是以前，也能和你女朋友比一比……”

怎么还真有一张照片？商深也迷糊了，他和范卫卫没有合过影，照片上面的人是谁呢？又一想，忽然恍然大悟，是他和崔涵薇在飞机上的合影。

上次他从徐一莫手中抢过他和崔涵涵的合影之后，本意是想撕掉，后来一忙就忘了，一直随身带着。后来有一次无意中翻到，再想撕又犹豫了，觉得没有必要欲盖弥彰，他和崔涵薇本来没有什么，难道非要用撕了一张合影来证明清白？何况范卫卫又不相信他。

没想到居然被胖二娘当众翻了出来，也是让人无语。

胖二娘晃动手中的照片，人群一哄而上，纷纷围观。照片传来传去，响起羡慕声一片。

“仙女！”

“美女！”

“真俊！”

“好看，真好看！”

“照片还我！”商深担心照片被众人弄脏或是弄坏，朝人群大喊一声。

“想要照片没问题，告诉我们她叫什么名字，是什么人家的闺女。”胖二娘别看胖，动作却敏捷，伸手抢过照片，拿在了手里，但就是不还给商深。

商深本来就是一个好孩子，在面对咄咄逼人百无禁忌的胖二娘之时，更是没有还手之力，他只好腼腆地一笑——当然，腼腆也是攻守合一的颇具杀伤力的武器——趁胖二娘愣神的工夫，一把从她手中抢走了照片。

“她不是我女朋友，只是一个普通朋友，叔叔阿姨，大爷大娘都散了吧，回家吃早饭带孩子蒸馒头包饺子多好，别闹了。”收起照片的商深，转身分开人群，就要逃之夭夭。他可是领教过乡亲们八卦的热情和精力，他们在得冬闲的季节，不爱打麻将不爱赌博，就爱聊天八卦，旺盛的精力全部化成了滚滚的家长里短的热情，燃烧了整个冬天的寒冷。

商深才迈开几步，衣服就被胖二娘抓住了，胖二娘哈哈一笑：“想跑？没那么容易，不老实交代她是谁，你别想逃过我的魔爪。”

也别说，胖二娘的胖手还真是魔爪，商深被她抓住，想要挣脱却是不能，正拉扯时，忽然不远处传来一阵轰隆隆的声音，乍一听，声如雷霆，吓得众人惊慌失措，纷纷回头张望。

一看之下，更是惊呆了。

不远处，有四五辆工程车浩浩荡荡一字排开，正朝人群开来。当前一车，是一辆推土机，后面有挖掘机和混凝土搅拌车。

出什么事情了？众人震惊之后，纷纷让开了一条路，让车队通过。马头镇虽然是小镇，比村庄要高一个行政级别，但也和大村没有区别，平常很少见到工程车出现，因为镇上压根儿就没有什么需要出动工程车的工程。

工程车的后面，还有一辆吉普越野车。

工程车的头车停了下来，从上面跳下了一个中年男人，他戴着安全帽，一脸笑容：“各位乡亲，请问，商深家在哪里？”

“这里就是商深家。”胖二娘哪里还顾得上再和商深纠缠，她惊吓得几乎失去了思索能力，结结巴巴地问道，“你，你们是谁？干吗要找商深？是不是他欠了你们的钱，你们来拆他家房子了？不行，我可告诉你们，如果你们敢拆商深家的房子，我们镇上的老少和你们没完。”

“怎么会拆商深家的房子？你想多了。”中年男人呵呵一笑，朗声说道，“我们是为帮商深家修补房子的，麻烦乡亲们让一下，我们的工程车要过去。还有，谁有时间都可以过来帮忙，工钱一天按10块钱算。”

“一天10块钱？我没听错吧？”豁二爷吓了一跳，他养了一群羊，一个月的收入才一百块，就算是村里人人羡慕的高收入了，为此他还颇为沾沾自喜，自认放羊比种地甚至上班强，他为此很有高人一等的骄傲。

镇上不管谁家有事需要帮忙，都会过去相帮，帮忙只要管饭吃就行，没人要钱。没想到，帮商深家修补房子，一天能赚10块钱，这这这……这也太豪爽了，如果一下去十几二十几个，不是说要一天支出好几百元了？

我的乖乖，一天几百，几天下来就是几千元巨款，豁二爷吓得话都说不出来了，再看商深时的眼神，几乎就是仰望加崇拜了。

商深也惊呆了，事情太突然，他完全不知道发生了什么事情："你们是谁？我家里没说要修补房子呀？"

"你是商深？"中年男人愣了一愣，热情地递上了一支烟，"商总你好，我叫梁学，受崔总所托来为您家的房子做修补工作。"

"崔总？崔涵薇？"商深想明白了什么，不由得无奈一笑，他都跟崔涵薇说过了，不用她帮忙她非不听，而且现在又是过年期间，非弄得这么声势浩大，不符合他低调的做人风格，他无奈地搓了搓手，"修补一个平房而已，用不着这么兴师动众？再说现在又快过年了……这样吧，你们先回去，我和崔总说一声。"

"和我说什么？"一个轻灵清脆的声音响起，人群一闪，春风满面笑意盈盈的崔涵薇现身在了商深面前，她一身白色羽绒服，脚上长筒靴，头上马尾辫，当前一站，亭亭玉立如出水莲，明眸皓齿，宛若天仙下凡。

"哇……"

"美女！"

"俊姑娘！"

"这丫头真好看！"

人群一阵欢呼，躁动起来，一拥而上就要围观崔涵薇。

崔涵薇吓了一跳，没想到众乡亲如此热情，她虽然也算见识过大场面之人，却还是不习惯被人围观，惊吓之下，双手抓住了商深的胳膊，躲到了商深身后。

/第/五/十/章/

一触即发

胖二娘打量了崔涵薇几眼，忽然惊叫一声：“啊啊啊，她就是商深照片上的姑娘……小深子，你还说你没有女朋友，这不，你女朋友都找上门了，你还怎么说？你是不是骗了人家，人家不干了，上门兴师问罪来了？”

商深索性不理胖二娘了，胖二娘自从人发胖之后，心思也多了许多，总是喜欢搬弄是非。不料崔涵薇却对胖二娘挺有好感，她嘻嘻一笑，抱紧了商深的胳膊：“大娘，你是说对了，他骗了我的感情，想逃跑，我才不会放过他，就追了过来。大娘、大爷，你们可要为我做主，你们说，能不能放过商深？”

“不能！”豁二爷第一个跳了出来，“小深子，你要是敢对不起这位姑娘，二爷我第一个不饶你。”

“二娘我第二个不饶你！”胖二娘也跟着添乱。

“大爷我第三个不饶你。”商深的本家大爷商大爷也加入到了统一战线之中。

“爷爷我第四个不饶你！”镇上德高望重的何爷也笑眯眯地对商深发话了。

主要也是因为崔涵薇长得太漂亮，而且她一旦放下她高傲的伪装，换上亲切和蔼的笑容，非常有亲和力，许多人第一眼就会喜欢上她。

就连商深也不得不佩服崔涵薇天生的表演才能，简直太逼真、太形象了，他还从来没有见过崔涵薇鼓动老头老太太的才华。

好吧，商深眼见群情激愤，他虽然有主场优势，但还是不敌崔涵薇的魅力，只好认输了：“好，好，我不会对不起她，也不敢对不起她。”

“好！”人群爆发出了一阵欢呼。

在欢呼声中，崔涵薇粉面娇艳如花，洋溢着幸福和满足的神情，她紧紧抱住商深的肩膀，依偎在商深的身旁，甜蜜就如烟花一样在心中炸裂开来。

儿子一早就出去跑步，对于已经习惯了儿子早起锻炼的商鹤羽和李文玉来说，并没多想，以为儿子还会和往常一样跑完步就回家吃饭。

不料二人做好了早饭，左等右等也不见商深回来，二人着急了，以为商深出了什么意外，就出来看个清楚。

二老一推开门就生生吓了一跳，门外不知何时堆满了黑压压的人，在人群之外，还有几辆只在大城市见过的工程车，人群吵吵闹闹乱成一团，好像出了什么大事。

怎么了这是？商鹤羽老实巴交一辈子，从来没有经历过大事，更没有见过这么大的场面，又惊又吓，又看到人群之中的商深，二人忙分开人群来到商深面前。

“儿子，怎么了？”商鹤羽一把拉住了商深的手，“都围在咱家门口干什么呢？”

李文玉却比商鹤羽镇静，她一眼就注意到了紧抱商深胳膊的崔涵薇，在未走近之前就暗中打量了崔涵薇几眼，不管是相貌还是气质，都深合她心，再看到崔涵薇依偎在商深身边的甜蜜和幸福，她心里就明白了几分。

“没事，没事，是崔总叫来的工程车，想帮我们修补房子。”商深暗暗瞪了崔涵薇一眼，对崔涵薇先斩后奏的折腾微有不满，不过在不满中，却又有一丝的幸福，毕竟崔涵薇也是出于一番好心。

“崔总？”商鹤羽的目光停留在了崔涵薇的身上。

“商伯伯，我叫崔涵薇，您就叫我薇薇吧。我是商深的好朋友，也是他的合作伙伴，听他说家里的房子年久失修了，您二老住着不安全，就特意调来了工程车帮您二老修补一下，希望没有打扰二老过年。”崔涵薇非常有礼貌地向二老致意，她明媚如春光美丽如朝阳的笑容让人心生欢喜。

“不打扰，不打扰。”商鹤羽连忙摆手，笑得合不拢嘴，“欢迎还来不及呢，姑娘，快进屋坐，外面冷。”

话一出口商鹤羽才觉得哪里不对，人家来帮他修补房子，他说欢迎还来不及，一点儿也不客气，太不当崔涵薇是外人了，不过他现在也看出了端倪，崔涵薇，哦，薇薇对儿子有意思，似乎是儿子的……女朋友？

在商鹤羽和崔涵薇说话的工夫，李文玉招呼一众乡亲，说了几句话后，人群陆续散去，只剩下几个好事者还想亲眼见见工程车怎样帮商家修补房子。

崔涵薇跟随在商深身后，随商深父母一起进入商家的院子，心里既忐忑不安又满心甜蜜。她以为她的冒险之举会引来商深的不满，还好，商深的些许不满只是一闪而过，并没有对她的大张旗鼓而生气，她一颗心就放到了肚子里。

之所以冒了惹怒商深的风险出动工程车来为商家修补房子，也不是她的主意，而是徐一莫突发奇想。徐一莫再三强调，就和女人喜欢浪漫一样，男人骨子里的不安分和追求刺激的天分让他们都喜欢有一定冒险精神的女人，而有创意的冒险更会让他们为之迷恋。

正是由于徐一莫的观点得到了崔涵薇的认可，然后当徐一莫提出不如来一出突然袭击，出动工程车为商家修补房子，一来可以赢得商深父母的好感，二来可以坐实她和商深的恋爱关系，三来也会让商深感受到她对他的在意和用心，一举数得……崔涵薇动心了。

崔涵薇只思索了片刻就做出了决定，当即拿起电话调动了几辆工程车，日夜兼程赶往了商深的家乡。

事后，崔涵薇对她兴师动众帮商家修补房子的举动暗自庆幸，此事不但是商深对她态度大变正式接受她的一个关键的转折点，而且也让商深父母对她留下了不可磨灭的印象，认可她是商家媳妇的一个标志性事件。

在商家短暂停留之后，崔涵薇用她的吉普车接上商深父母和商深，直奔省城石家庄而去。在她的劝说下，商深和商深父母同意了跟她去省城过年的提议，腾出空间让工程车修补房子。

等商深和父母一行被崔涵薇接走之后，推土机开始出动，一举推倒了商家的大门，随后工程车全部进入了商家的院子，开始了作业。到底是现代化机械，对付高楼大厦都不成问题，何况是一个小小的院子和几间平房了。只一天时间，商家的围墙就焕然一新，全部推倒重建完毕。

这让围观的好事者连连称奇，不敢相信如此神速的建设速度。

又一天后，商家的正房全部翻修一新，不但加固了地基，还修补了房顶，既保证了安全，又完全杜绝了漏水事件的再次发生。

三天后，不但商家全部房屋都修葺一新，而且正屋上面还加盖了一层，成了二层小楼，气势非凡，同时就连院子也平整了一遍，铺上了青砖路面。放眼望去，商家干净、整洁、气派，别说镇长家都不能与之相比，放在全县也是数一数二。

许多人都对商家羡慕不已，说是商家出了一个商深，不比夏家的夏想和关家的关允逊色。也有人嫉妒商家的气派，背地里说了许多坏话，不但说商深的钱肯定是坑蒙拐骗得来的，还说商家其实没钱，要是真有钱就不翻修了，直接推倒重建新房不是更好？

就有内行的人反驳说，商家翻修房子比推倒重建新房的花费还要高上许多，不提每天支付给镇上二十多人的工钱，就是所用的材料以及铺地用的青砖，都是最好的建材，光是材料费用就可以在镇上新盖一栋三层小楼。如果再算工人费用和工程车费用的话，花费更是天文数字。

在嫉妒商家的人中，叶十三是最强烈却又表现得最不明显的一个。他从来不在人前说商家和商深的任何坏话，却在暗中恨得咬牙切齿，对商深如此大张旗鼓地翻修房子很是不以为然，认为商深就是故意拿他当垫脚石，因为商家的房子翻修之后，不少人都来问他，什么时候也领女朋友回来，让女朋友带着工程车为他家翻修房子。

镇上的人就喜欢比较，尤其是他和商深是同年走出去的大学生，自然而然总是会被人放在一起对比。每当有人问起类似的问题时，叶十三表面上笑着应对，说是他可没有商深的福气，没有一个有钱的女朋友，心中却是痛恨商深的虚伪，借女人上位，拿女人的钱为自己脸上贴金，算什么男人？

话虽这么说，叶十三心里却隐隐期待，如果伊童如崔涵薇一样也给他一个大大的惊喜，他会不会激动得无以复加从此对伊童言听计从？

此事一时在镇上乃至全县传为美谈，商深的大名也一夜之间传遍全县，成为县里口耳相传的爱情事业双丰收的偶像级人物。

其实商深自知，他的爱情和事业都还没有落在实处，还处在悬空的状态。

崔涵薇带商深及商深的父母在省城石家庄住了几天，几天来，她陪商深父母玩遍了省城，同时和商深父母建立了密切的关系。春节后，她又亲自送商深父母返回镇上。见到焕然一新的家，商鹤羽和李文玉几乎不敢相信自己的眼睛！

在听说新家花费巨大后，商鹤羽和李文玉心中既心疼又感慨，赶紧打电话给商深，让他好好珍惜崔涵薇，并且警告商深，这么好的女孩如果他辜负了她，他们饶不了他。

商深现在才知道崔涵薇的聪明和厉害，采取了迂回之策，先让爸妈认可了她，他如果不接受她或是对她不好，不用她出面，爸妈就会主动收拾他。

一着不慎竟然被崔涵薇算计了，商深深感无奈，无奈之余，却也知道在崔涵薇的小小聪明里，满满的都是对他的爱意。想起她为他所做的一切，他的一颗心终于在和范卫卫分手将近一年之后，慢慢地向崔涵薇倾斜了。

春节过后，商深回到了北京，投入到紧张的工作之中。感情上有了进展是好事，但事业上有所突破，也是他的努力方向。

如果说 1997 年是中国互联网元年的话，那么 1998 年是中国互联网奠定基础的一年，也是至关重要的一年。不管是对中国的改革开放，还是对中国的互联网来说，这一年都注定是不平凡的一年。在改革开放正值 20 年之际，互联网作为一种全新的开放力量势不可当地出现了，一旦出现，就迸发出勃勃生机。互联网不仅是一种技术力量，更是一种文化力量、精神力量，在不知不觉中改变着我们对世界的定义和认知。

1998 年 1 月，连邦软件开始在福州进行网上软件销售试验，此站点被评为福建十佳网站之一，并在当地的Windows98中文版发布中首次成功采用网上预定方式。此举为后来风靡一时的电子商务网站8848的萌芽。

1998年2月，祥麟公司推出“中国人自己的搜索引擎”，并且正式把网站更名为索鹰，模仿雅虎模式，走门户网站之路，索鹰一举成名，并且由此奠定了身为三大门户网站之一的基础。4月，索鹰获得了第二笔风险投资，从此索鹰的发展进入了快车道。

互联网初期，网民面对这个网络的海洋无从下手，因此就需要有专门网站来进行引导，成为网民进入互联网的门户，这便是最初的门户网站的含义。门户网站使商业互联网的全球化成为现实。美国雅虎是公认的门户网站的鼻祖，1994年4月雅虎推出了门户网的雏形。

与此同时，人在广州的纪德佑也开始着手改变韵舟的命运。1998年2月，中国第一个全中文界面的免费邮件系统在韵舟诞生，容量30万。出乎很多人意料的是，网民对这种互联网上的“房子”表现出极大的热情，纷纷进驻，新注册用户量以每天2000人的速度递增，仅半年时间内注册用户就高达30万。

此时各大公司纷纷致电纪德佑，要购买韵舟免费邮件系统。经过一番接触，纪德佑最终答应将中文免费邮箱系统以不到100万人民币的价格出售给广州电信，是为韵舟的第一桶金。

然而纪德佑的野心并不仅限于此，很快，韵舟又推出了第一个中文个人主页服务系统。当年5月，韵舟始料未及地成为中文互联网第一网站。在中国互联网络信息中心（CNNIC）的年度最佳网站排名，韵舟就排到了第一名。随后，韵舟一发不可收，接下来仍然是一系列的首创：第一家中文全文检索、第一个无限容量免费的网络相册、第一个免费电子贺卡站、第一个网上虚拟社区、第一个网上拍卖平台，当然，还有后来的第一个成功运营的自主研发的国产网络游戏。

韵舟获得了巨大的成功，很快，华尔街的投资商排队前来拜访纪德佑，要求向韵舟投资。韵舟度过了资金短缺期，也开始进入了飞速发展的膨胀期。但实际上此时的韵舟，本质上还不是门户网站的思路，也没有具备成为三大门户网站之一的潜质，改变韵舟未来命运契机的是纪德佑思想观念的转变。

在1998年6月之前，纪德佑根本没重视过网络门户网站的概念。然而一天，一个国外大网络门户站点的CEO告诉纪德佑，他们一个月的广告收入高达25万美元！纪德佑猛然惊醒，才意识到网络广告在将来可能会成为网站最有前途也是最主要的收入。

意识到了未来的无限可能，纪德佑就改变了思路，将韵舟的首页改版成了“门户”网站，结果心想事成，韵舟改版后不到一个月，访问量激增。

真正奠定韵舟三大门户网站之一的江湖地位的事件，不仅仅是以上的改变，还在于随着韵舟的飞速发展，纪德佑越来越意识到，偏安于广州一隅，无法适应互联网浪潮的更大冲击，韵舟应该北上北京，在北京落户。

纪德佑的这个想法，彻底改变了韵舟未来的发展方向。

1998年3月，第九届全国人民代表大会第一次会议批准成立信息产业部，主管全国电子信息产品制造业、通信业和软件业，推进国民经济和社会服务信息化，它也成为中国互联网产业的主管。信息产业部的成立，进一步确定了互联网在中国未来的重要位置。

1998年6月，由于瀛海威公司持续亏损，后续资金极度匮乏且负债严重，董事会和管理方爆发了冲突，斗争的最终结果是总裁出局。作为中国互联网鼻祖的瀛海威衰落之势，依然不可抵挡。

1998年7月，中国互联网络信息中心（CNNIC）发布了第二次《中国Internet发展状况统计报告》。至1998年6月30日，我国共有上网计算机54.2万台，上网用户117.5万人,CN下注册的域名9415个,WWW站点3700个，国际出口带宽84.64Mbps。

韵舟位列十佳网站第一名。

1998年9月15日，索鹰再次改版，明确宣布要做中国第一网站。9月22日，韵舟全面改版，朝着中文网络门户方向迈出了坚定的第一步。10月20日，原天马利方论坛改为天马在线，宣布推出网络门户站点，随后，12月宣布收购台湾华渊，将之合并，正式推出了酝酿已久的兴潮网。至此，日后叱咤风云的三大门户网站全部以昂然的姿态出现在了中国和世界的眼中。

1998 年 10 月，即索鹰开通 8 个月后，美国《时代周刊》“年度风云人物评选活动”将傅开诚评为“50 位全球数字英雄”之一，名列第 45 位。

1998 年 11 月，王启东在深圳正式成立了深圳企鹅计算机有限公司。总之，后来在中国商业互联网领域呼风唤雨的几大网站，在这一年全部陆续亮相，正式登上了历史舞台，自此拉开了互联网进入中国民众生活的序幕。

然而在兴盛之外必有衰败，1998 年 11 月，除了总经理以外的全体瀛海威中高级管理人员集体辞职，是日恰值北京的流星雨之夜，故称为流星雨夜大逃亡。瀛海威从此退出了历史舞台。

虽然在 1998 年对网民来说，上网依然还是一种高端消费行为，每小时需花 8 元钱的上网费和 4 元钱的电话费，但即使这样，丝毫没有减弱互联网对人们的吸引力。

1998 年作为中国商业互联网真正兴起的一年，世界开始在中国人的眼中发生了变化。中国互联网在 1998 年正式走入门户时代，从 1997 年的互联网元年开始，经过一年的酝酿，这一年，才是中国互联网大举兴起的一年。

从资本层面看，傅开诚的索鹰是正统的风投之路，纪德佑是靠卖邮件系统赚取了第一桶金，才有了前进的基石。而兴潮网的陈安平是利用天马的资金再加风投的资金，他身为管理者其实也是打工者，由此也为他以后的命运埋下了隐患，因此，在业内流传的一个说法是：索鹰是傅开诚的，韵舟是纪德佑的，兴潮……不知道是谁的！

在 1998 年互联网浪潮汹涌澎湃之时，商深依然只是一朵小小的浪花，淹没在互联网的大潮之中，别说有一闪而过的光芒了，甚至连片刻跃上潮头的机会都没有。

但不要紧，红红火火的 1998 年虽然诞生了许多日后叱咤风云的网站，但不要忘了，几年后一统江山的三大巨头，除了企鹅之外，另外两家别说没有问世，连影子都还没有。

来得早不如来得巧，在中国互联网第一次浪潮来临之时，商深明显落后了一步，但他并没有放弃努力，依然在努力地追赶之中。

1998年6月，商深正式推出电脑管理大师软件2.0版以及下载软件蚂蚁搬家1.0版。同时，叶十三和伊童的网站也正式上线。让所有人都想不到的是，叶十三和伊童的网站既不是门户网站，也不是专业的类型网站，而是一家提供中文上网服务的中文上网网站。

网站一经推出就立刻大受欢迎，就连商深也为之叹服——伊童和叶十三的创意走到了所有人的前面！

然而商深怎么也想不到的是，他的电脑管理大师软件会和叶十三的中文上网网站狭路相逢，发生了一场旷日持久的遭遇战！

6月，和商深阔别将一年之久的范卫卫回国了，和范卫卫同时回国的还有薛奇夫妇。

伴随着范卫卫和薛奇夫妇的回归，中国互联网即将迎来新一轮的风暴，将由群雄四起的纷争时期进入战国七雄的春秋争霸阶段！

中国互联网风起云涌，大战一触即发！